白《はく》村《そん》江《こう》

荒山 徹

PHP
文芸文庫

○本表紙デザイン＋ロゴ＝川上成夫

白村江《はくそんこう》　目次

「白村江」主要登場人物

余豊璋《よほうしょう》：百済王子。父王亡き後、兄である義慈《ぎじ》によって廃嫡される。
沙宅智萬《さたくちまん》：豊璋の傅役《もりやく》。
余義慈：豊璋の兄。百済王。
鬼室福信《きしつふくしん》：百済国の元王族。
金春秋《きんしゅんじゅう》：新羅王族。王位継承者でありながら不遇をかこつ。
金法敏《ほうびん》：金春秋の息子。
金徳曼《とくまん》：新羅女王。金春秋の再従姉妹《またいとこ》にして伯母《おば》。
泉蓋蘇文《せんがいそぶん》：高句麗の宰相（大対盧《だいたいろ》）。国の実権を握る。
蘇我入鹿《そがのいるか》：倭国の大臣《おおおみ》を務める蘇我蝦夷《えみし》の息子。
葛城皇子《かつらぎのみこ》：天豊財重日足姫天皇《あめとよたからいかしひたらしひめのすめらみこと》（皇極《こうぎょく》〈斉明《さいめい》〉天皇）の息子。
田来津《たくつ》：蘇我入鹿が養っている孤児たちの一人。

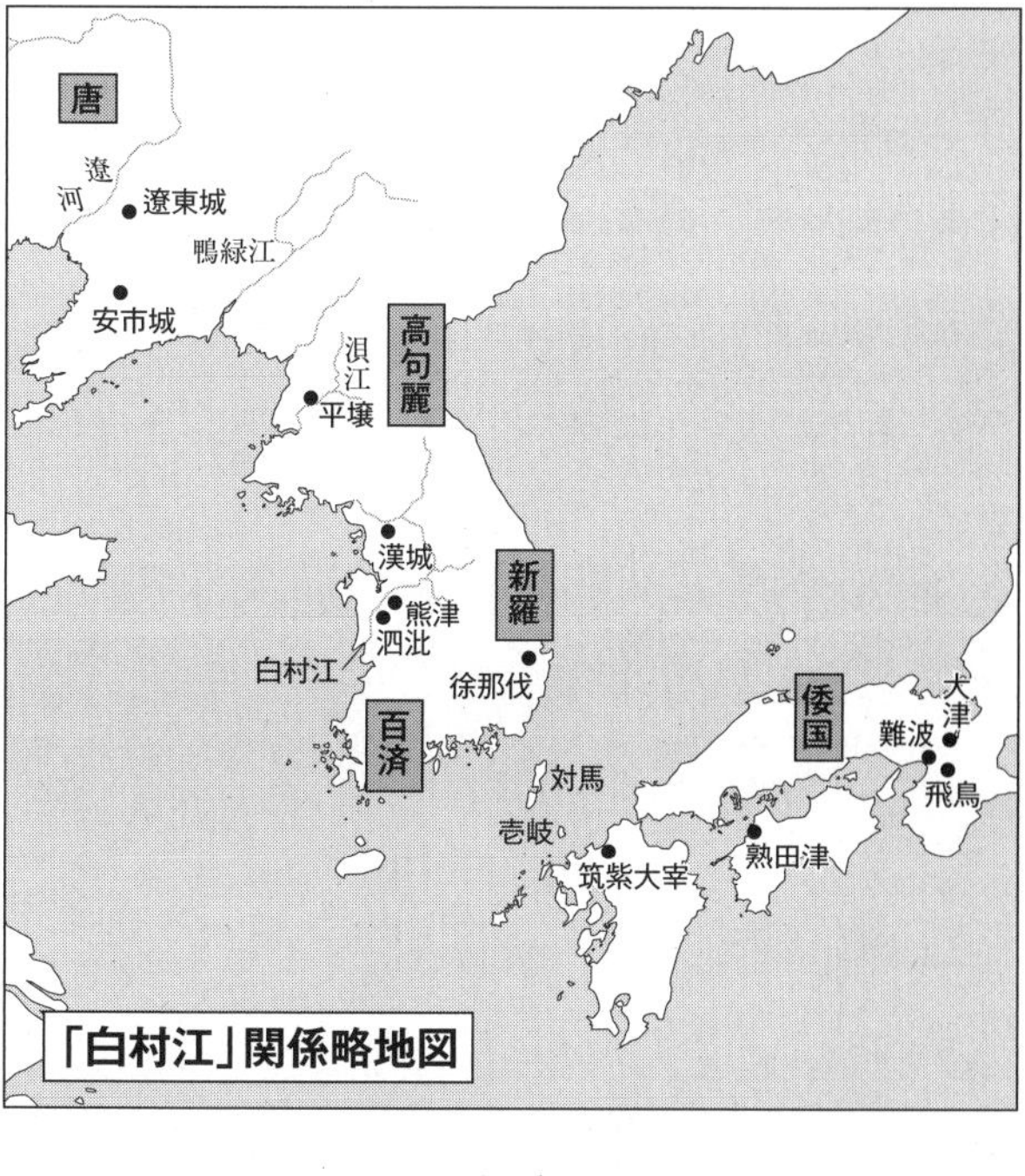
唐
遼河
遼東城
鴨緑江
安市城
高句麗
浿江
平壌
漢城
新羅
熊津
泗沘
白村江
徐那伐
百済
倭国
大津
難波
飛鳥
対馬
壱岐
筑紫大宰
熟田津
「白村江」関係略地図

第一章　開戦二十一年前

一

　その船は死の臭《にお》いをまとっていた。

　河口に群れ飛ぶ鷗《かもめ》や海猫が夜明けの到来を歓《よろこ》び、うるさいほど鳴き交わしていたのに、それが一斉《いっせい》に静まり返るや、白い翼をけたたましくぶつけ合い、慌《あわ》てて遠ざかっていった。禍々《まがまが》しい黒雲が船の後を追って空を疾《はし》り、暁天《ぎょうてん》を鮮やかに彩《いろど》ろうとしていた薔薇《ばら》色の光輝《こうき》を一気に凋《しぼ》ませた。

　黄金の光に照り輝くはずだった朝ぼらけの海は、一転して翳《かげ》り、冷たく重い灰色に沈み込む。船は八挺櫓《はっちょうろ》を備えた小型の軍艇《ぐんてい》で、櫓を漕《こ》いでいるのは黒い戎衣《じゅうい》の男たちだが、彼らの顔は冥府《めいふ》の軍兵《ぐんぴょう》であるかのように陰鬱《いんうつ》の表情に閉ざされていた。

　沖合に達すると、櫓は引き揚《あ》げられ、帆柱《ほばしら》を起こしての帆走《はんそう》に移った。北東の順風を孕《はら》んで帆が円《まる》く膨《ふく》らみ、船は鈍色《にび》の波間を矢のように突き進む。兵士らは一言も口をきかず、休息の姿勢を取るでもなく、ただ船端《ふなばた》に塑像《そぞう》のように固まって虚《こ》空《くう》を見つめるばかりだった。

　四方から陸影が完全に消え、なお幾許《いくばく》かの時間が経過した頃、水平線に小さな染《し》みが出現して、次第に島の形を取り始めた。島といっても岩礁《がんしょう》に毛が生《は》えた程度の大きさしかなく、打ち寄せる大波に荒々しく磯辺を洗わせるその原初の姿は、いかにも絶海の孤島めいている。

　やがて帆柱が伏せられ、兵士たちは再び櫓を握った。奇怪な形状に切り立った海《かい》蝕《しょくがい》崖に沿って漕ぎ進めてゆくと、島のほぼ反対側に入江が開けた。掻《か》い込む腕のように長く延びた岩棚が天然の桟橋《さんばし》を形成し、既《すで》にそこには同型の軍艇が一隻《せき》停泊していた。

　桟橋に待ち構えていた二人の兵士が、接岸する船から投じられた繋留《けいりゅう》用の太綱を受け止め、近くの岩の突起に素早く結わえつける。

　船ではその間、上甲板《じょうかんぱん》後方の撥《は》ね蓋《ぶた》が引き開けられ、両腕を挿《さ》し入れた兵士が、まるで積荷でも扱うようなぞんざいさで、船倉《せんそう》から二人の人間を摑《つか》み出した。

二人は兵士たちの間を無造作《むぞうさ》に手渡しされて桟橋に荷揚げされたが、どちらも足腰が萎《な》えて自力で立つことができず、くずおれるようにその場にうずくまった。波《なみ》飛沫《しぶき》が彼らの背を無慈悲《むじひ》に濡らす。

「さあ歩け」

兵士の叱咤《しった》の声が浴びせられた。

一人がよろめきながら身を起こした。齢《よわい》七十を超えていると思《おぼ》しき小柄な老人である。髷《まげ》がほどけかかって白髪《はくはつ》が凄愴《せいそう》に乱れ、高貴な着衣は汚れに汚れ、ところどころ襤褸《ぼろき》切れのように引き裂かれている。学者めいた風貌《ふうぼう》の持ち主で、頬《ほお》が深くこけ、目の下に隈《くま》ができ、憔悴《しょうすい》の色が濃い。それでも瞳には、燠火《おきび》のような不敵で不屈《ふくつ》の光が消えずにあった。

「さっさと立たぬか」

動こうとしないもう一人の脚《あし》を、別の兵士が短槍《たんそう》の石突《いしづき》で乱暴に小突《こづ》いた。悲鳴があがり、弱々しい泣き声がそれに続いた。

老人は嚇怒《かくど》の目で兵士を睨《にら》み、憤然《ふんぜん》として口を開きかけた。しかし、このような狼藉《ろうぜき》の数々を、もう幾度《いくど》となく彼らはその身に受けてきたのであろう、抗議するだけ無駄《むだ》と諦観《ていかん》の境地に達したものか、老人は片膝《かたひざ》をつくと、小刻みに揺れる小さな肩にそっと手をかけた。

「泣いてはなりませぬ。さあ、どうかお泣き止《や》みくださいませ」

「な、泣いてなどおらぬ」

細く震《ふる》える声が返ってきた。気丈《きじょう》ではあるが、悲しいくらいに幼い声だった。

老人に助け起こされて立ち上がった。年の頃六、七歳の男の子である。目を真っ赤に泣き腫《は》らし、かろうじて泣き声はこらえたものの、涙はなおとめどなく流れて頬を濡らしつづけた。惨《みじ》めさにうちひしがれ、表情に子供らしい生気《せいき》が微塵《みじん》もない。贅沢《ぜいたく》な錦織《にしきおり》の着衣が泥まみれになっているのは老人と同様で、額、頬、首筋、手指に擦《す》り傷を散らしている。

「ご覧ください、殿下《でんか》」

老人は励《はげ》ますように云《い》った。「船が一隻先着しておりましょう。もしや、我らより先に島流しにされたと承《うけたまわ》る、王太后《おうたいごう》さまをお乗せして参ったのやも」

「母上が！」

蒼白《そうはく》だった顔に少しだけ赤みが射した。男の子は背筋を伸ばした。

一団の兵士たちに前後左右を厳重に取り囲まれ、老人と男の子は歩《ほ》を進めていった。それは野辺《のべ》をゆく葬列を思わせた。

空には雲が厚く低く垂れこめ、陽光は遮《さえぎ》られている。孤島は淀《よど》みに落ち込んだごとくに翳り、潮風が兵士らの戎衣を激しく打ちはためかす音、岩場に叩《たた》きつけられる波の砕け散る音、さらに耳を澄《す》ませば、得体《えたい》の知れない海の怪物が唸《うな》ってでもいるかのような海嘯《かいしょう》が、遙《はる》か遠く不気味に聞こえてくる。

天然の桟橋を渡り終えた先には、両脇に兵士を従えた瘦《や》せぎすの男が、我こそは島の支配者といわんばかりに、肩を傲然《ごうぜん》とそびやかして待ち受けていた。

繊細《せんさい》に整った目鼻立ちは高貴な出自であることをうかがわせるが、どこか頽廃《たいはい》の色があり、しかも満々たる野心を隠そうともせず、それが男の印象をなおのこと下《げ》卑《び》たものにしていた。朝廷で高位にあることを示す銀華《ぎんか》の装飾を施《ほどこ》した冠帽《かんぼう》を端然《たんぜん》と被《かぶ》り、ゆったりとした紫衣《しい》の袖《そで》と裾《すそ》が浜風に翻《ひるがえ》っている。ここで太陽が顔をのぞかせれば、朝服《ちょうふく》に縫《ぬ》い取られた金糸銀糸《きんしぎんし》の紋様《もんよう》が、さぞ燦然《さんぜん》と照り輝いたことだろう。

「船旅ご苦労であった、沙宅智萬《さたくちまん》どの」

男は冷笑を浮かべて、ねぎらいの言葉を口にした。すると老人は、眦《まなじり》を裂かんばかりに目を見開いた。

「そなたっ、鬼室福信《きしつふくしん》ではないかっ」

驚愕《きょうがく》の視線で男を睨みすえ、絞《しぼ》り出すような声で云った。

「いかにも、おれは福信よ」

男は復讐者《ふくしゅうしゃ》の暗い悦《よろこ》びに昂《たかぶ》った声でうなずく。「旧名を余《よ》福信。正義面《せいぎづら》した忠臣智萬どのの諫言《かんげん》により先代王の逆鱗《げきりん》に触れるところとなって、臣籍《しんせき》に降下させられた不逞《ふてい》、いや不遇の王族、福信さまだ。気ままの素行《そこう》、王族たるに相応《ふさわ》しからざるものなり、という理由にもならぬ理由でな。王都を放逐《ほうちく》されて、久しく辺境に逼塞《ひっそく》を余儀《よぎ》なくされていたが、めでたくも主上《しゅじょう》の御世《みよ》が到来し、おれを憐《あわ》れみ呼び戻してくださったという次第だ」

「粛清《しゅくせい》の片棒を担《かつ》がせるためにか」

沙宅智萬は老臣の気骨《きこつ》をふり絞って、皮肉げに云い返した。「いやはや、これは片棒というにも値せぬぞ。主上がそなたにやらせているのは、卑《いや》しい牢番仕事である。暴虐《ぼうぎゃく》を極《きわ》めた宮廷粛清劇の後始末じゃ。かりそめにも、王家の血を引く者が手を染めてよいものではあるまい」

「何を」福信は鬱積《うっせき》した憎悪《ぞうお》の色を露《あら》わにしたが、すぐに嘲《あざけ》りの笑いに変えた。「ふん、好きなように云え。負け犬の遠吠えを聞くのが、これほど心地《ここち》よいものだとは思わなかった。よいか、老いぼれ。愚《おろ》かにも叛逆《はんぎゃく》を企《くわだ》てた王族、不埒千万《ふらちせんばん》な腐れ佞臣《ねいしん》どもを流罪《るざい》に処する、この重要な役儀と引きかえに」

福信は誇《ほこ》らしげな仕種《しぐさ》で、銀華が装飾された冠帽に手をやった。「主上は、恩率《おんそち》の位階をお授けくださった。この福信の力量をお見込みあそばされたのだ。だがな、第三位の官品で満足するおれではない。達率《だちそち》、佐平《さへい》と昇りつめ、いずれ必ず王族に復帰してくれようぞ」

　込み上げてくる野心を抑えようとしてか、福信の薄い唇《くちびる》は卑しく歪《ゆが》んだ。

「叛逆とは！」

　沙宅智萬は、怒りに烈《はげ》しく声を震わせる。「先王さまの意中は、ここにおわす豊《ほう》璋《しょう》王子にあらせられた。その聖なる遺志を踏みにじった主上の悪逆非道こそ、叛逆の名に値しよう」

「ははは、ほざけほざけ、老いぼれ犬」

　福信は老臣の弾劾《だんがい》を受け流すと、その傍《かたわ》らで黙ったままでいる男の子に視線を落とした。「我らの話がわかっているのか。そなたが話題の主となっているのだぞ、翹《ぎょう》岐《き》どの」

「我は豊璋じゃ」生気のなかった顔に表情が動いた。暗い瞳にも微《かす》かな光がともったようだった。「そのような名前は知らぬ」

「これは聞き分けのない。そなたはもはや王子ではない、豊璋でもない。王族の籍を剝奪《はくだつ》され、翹岐という名の一庶人《しょじん》に落とされたのだ。翹岐どの――こうしてどのを付けて呼んでやるのは、おれたちがともに旧王族であるという好誼《こうぎ》からだ」

「我が名は豊璋じゃ」

　男の子はきっぱりとした口調で云い張った。「父王は、我に自らの御名《ぎょめい》である璋を賜《たまわ》り、佳字《かじ》である豊を戴《いただ》かせて豊璋とした。そうであったな、じい」と、傅役《もりやく》の老臣を見上げる。

「仰《おお》せの通りでございます、豊璋殿下」

沙宅智萬はやさしく微笑《ほほえ》もうとしたが、皺《しわ》の多い頬を涙が次々と流れ落ちた。

「なぜ泣く？」

幼齢の王子は、思いつめたように声をかけた。「泣いてはならぬ、そう申したのは、じいではないか」

老臣は答えられなかった。泣き声だけは出すまいと、唇を引き結ぶのがせいいっぱいだった。代わって福信の笑い声が、獲物を嬲《なぶ》る鞭《むち》のように鋭く響《ひび》き渡った。

「降りかかった身の不運、それを正しく教えてやるのが傅役たる者の務めであろう。王子から庶人へ、華美を尽くした宮中《きゅうちゅう》から鳥も通わぬ大海原の孤島へ——さあ翹岐どの、そなたを見舞った運命は、しかし、さほど理不尽なものではないのだ。むしろありふれた話といえる。司馬遷《しばせん》の『史記《しき》』は？　まだか。とはいえ漢《かん》を興《おこ》した劉邦《りゅうほう》の偉業ぐらいは聞きかじっていよう。よし、では話は早い。劉邦には盈《えい》という嫡子《ちゃくし》がいた。ところが、功《こう》なり名を遂《と》げ、ついに漢の初代皇帝の座に昇った劉邦は、糟糠《そうこう》の妻呂后《りょこう》との間に生まれた嫡男《ちゃくなん》の盈を疎《うと》んじ、これを廃嫡《はいちゃく》して、老いて見染めた最愛の寵姫《ちょうき》、戚《せき》夫人に生ませた趙《ちょう》王如意《じょい》に跡を継《つ》がせんとした。耄碌《もうろく》した老帝の理非をわきまえぬ願いは、さいわいにも忠臣たちの活躍で阻《はば》まれ、盈は無事に二代目皇帝として即位できたわけだが……さて、この有名な故事に擬《なぞら》えて、翹岐どのには自分の演じどころがおわかりか」

豊璋は答えなかった。答えずとも、福信を見上げる目には強い憎しみの色があり、彼が今の譬《たと》え話を理解したことを雄弁に物語っていた。

「ならばよい」福信は面白げに手を打ち鳴らした。「それにつけても哀《あわ》れを極めたのは戚夫人だ。呂后は夫人の手足を――いや、やめておこう。この挿話《そうわ》は悲惨の極みだからな。そなたのような童子《どうじ》に話して聞かすのは、さすがのおれでも気が咎《とが》めるというもの」

「よもや」不意に沙宅智萬はぎくりとした表情になって、福信を凝視《ぎょうし》した。「そなた、よもや王太后さまに――」

疑懼《ぎく》の言葉はしかし、豊璋の急《せ》いた声に押し退《の》けられた。

「母上、母上はどこ」

「そう、それよ」福信の顔が今にも舌舐《したな》めずりせんばかりになった。「継室《けいしつ》の明珠《めいしゅ》王太后――いや、もはや王太后さまではない、庶人の明珠というべきか、ともかく翹岐どの、そなたの母上はあの騒動が起きて以来、離ればなれの身となった息子の来着を待ちわびているぞ。ついて参るがよい」

袖を翻して歩き出す福信の背に、なおも鋭く疑惑の眼差《まなざ》しを向けてその場を動かない老傅役の手を、豊璋が強く引いた。

「さあ、早く。じいの云った通りだ。母上はこの島にいらっしゃるんだ」

弾《はず》んだ声。子供らしい言葉遣《づか》い。やむなく沙宅智萬は歩を踏み出した。その足取りは重かった。

前後左右を取り囲んだ黒衣の兵士たちが、足並みを揃《そろ》えて動き始める。草木の一本も生えていない荒涼《こうりょう》として異質な光景が眼前に展開された。海底の玄武岩《げんぶがん》が隆起して形成された島らしく、見渡す限り暗灰色《あんかいしょく》の岩ばかりである。島の奥部《おうぶ》に向かって微かな傾斜が感じられたが、それでも地面はほとんど平坦といってよかった。

福信が振り返って云った。「この島の名を存じておいでかな、智萬老」

「島の名？　こんな孤島に名前など――」

「あるのだ。沸流《ふつりゅう》島という」

「沸流！」にわかに沙宅智萬は身震いした。

「そう、不吉な島名だな。初代王温祚《おんそ》の兄の名から取られている。王位継承の争いに敗れて、祖国の卒本扶餘《そつほんふよ》国を逃れた沸流と温祚の兄弟は、半島を南下し定住の地を見出した。当初は兄弟力を合わせて国を創るはずが、立地の選定をめぐって仲《なか》違《たが》い、それぞれが別に建国した。弟の国は栄え、兄の国は行き詰まった。温祚が建てた百済国《ひゃくさいこく》の繁栄ぶりを目にした沸流は慙悔《ざんかい》の余り死んでしまった。いってみれば沸流とは、百済の裏の国、流産した双生児《そうせいじ》なのだ。王族を島流しの刑に処する地に相応しい名だとは思われぬか」

「流刑島《るけいじま》……噂《うわさ》には耳にしていたが、まさか実在しようとは……」

「かくいうおれも、少し前までは知らなかった。歴代の王から王にのみ継承される専管事項《せんかんじこう》であるらしい。この者どもは――」付き従う戎衣の一団を福信は顎《あご》で指し示す。「実は正規の兵ではない。王に直属し、沸流島の刑務を掌《つかさど》ることを子々孫々の使命として相伝《そうでん》する刑吏《けいり》の一族――沸部衆《ふつぶ》というのだそうだ。おれがこの役儀の責任者であるのは名目だけで、すべての手順を心得ているのはこいつらなのだ」

やがて目の前に、高々と岩の壁が立ちはだかった。城壁のようだが、人工的に岩を積み上げたものではなく、壁状節理、すなわち玄武岩が垂直に切り立って出来上がった天然造化《ぞうか》の妙である。

岩壁の一部分に大きな空洞が貫通していて、そこを恰好《かっこう》の城門とすべく両開きの木扉が取り付けられていることだけが人の手の加えられたものであった。

福信が近づいてゆくと、心得たように扉が開かれた。城門をくぐり抜けると、岩壁が囲繞《いにょう》する広々とした空間が現われた。十人ほどの兵士――福信とともに島に先着していた沸部衆の男たちが、整然と並んで出迎えた。

「見ろ」福信は岩壁を指差した。「あの外側は、そのまま断崖絶壁《だんがいぜっぺき》となって海に落ち込んでいる。いってみれば、この沸流島は浅い平底の鉢のような形で海面に突き出しているわけだな」

　そんな地形説明を、しかし沙宅智萬は聞いてはいなかった。空間の内部は、中央に古儀《こぎ》の祭壇《さいだん》を思わせる怪奇な形状の大岩が巨木の根の瘤《こぶ》のように盛り上がり、それを遠巻きにして、居住用か収蔵用か粗末《そまつ》な木造の小屋が三つ四つ立ち並んでいるのだったが、智萬の目はそれらの情景を一通り見回すより早く、真っ先に城門の右手横へと向けられた。血の臭いがむっとするほど濃く立ち込めていた。

　次の瞬間、智萬は言葉を失い、瞬《まばた》きすることも忘れ、凝然《ぎょうぜん》とその場に立ちつくした。身につけているものといえば、華麗な簪《かんざし》の他には何もない裸の女たちが積み上げられていた。その数は二十体を優に超えていよう。いずれも若い女たちで、硬直した白い肉体のあちらこちらに惨たらしい傷が走り、どす黒い血をこびりつかせている。そのうえ斉《ひと》しく死顔に苦悶《くもん》の表情を固着《こちゃく》させ、これが酸鼻《さんび》な虐殺《ぎゃくさつ》の果ての惨状《さんじょう》であることを否定し得ぬ証左《しょうさ》として、一人ひとりが訴えているのだった。

「おお、何ということを……」

　智萬はしばらく呆然《ぼうぜん》としていたが、はっと心づいた声をあげ、憑《つ》かれたように次々と死顔を検《あらた》め始めた。

「そうであったな。智萬老の孫娘は、確か王太后付きの侍女《じじょ》だとか。王太后を哀れんで、我も我もと扈従《こしょう》を志願したのは健気《けなげ》だが、意《おも》わざりき、流刑の島が実は刑場であったとは。島流しと公布したのは、民《たみ》の目を欺《あざむ》くため」

福信はわざとらしさを隠そうともしない嘲笑《ちょうしょう》の口調で云うと、智萬への復讐心は満たされたとばかり、今度は豊璋に作為《さくい》的な笑顔を振り向けた。「安心せよ。そなたの母上はあの中におらぬ。この鬼室福信、いやしくも王太后だった女を侍女と一緒くたにするほど、礼を弁《わきま》えぬ男ではない」

今や豊璋は、気死する一歩手前に見えた。だが、耳に入った「そなたの母上」という言葉に引き寄せられたか、巨石へと向かう福信の後を追いかけた。

その時、背後に老傅役の号泣《ごうきゅう》を聞いた。豊璋は一瞬立ち止まった。振り返ってしまいそうになる自分をこらえるかのごとく、小さな手をぎゅっと握り締め、すぐにまた駆け出した。

祭壇めいた巨岩の横に、斧《おの》を手にした男が無表情に控《ひか》えていた。黒衣の戎装《じゅうそう》だが、頭に霜《しも》を戴いた年配者で、彼が沸部衆を束ねる棟梁《とうりょう》のようだった。

岩の祭壇の上には、裸の女が邪神《じゃしん》に捧《ささ》げる生贄《いけにえ》よろしく横たえられていた。豊麗《ほうれい》な肉づきをし、肌には縦横に縄目の痕《あと》が走っていた。股間《こかん》の花園は原形をとどめておらず、粘膜《ねんまく》が弾《はじ》けて血肉のぬかるみと化している。過度の凌辱《りょうじょく》が加えられたことは一目瞭然《いちもくりょうぜん》であったが、その意味するところが幼い男の子にわかろうはずもなく、実際、豊璋の視線が氷結《ひょうけつ》してしまったのは死体の肩の辺りでだった。

その先――裸女《らじょ》には首がなかった。白い頸骨《けいこつ》をのぞかせた切断面は、まだ生乾《なまがわ》きである。

「残念なことをした」

期待していた母子対面の愁嘆場《しゅうたんば》が実現しなかったことで、福信の言葉には実感が込もっていた。「そなたの来島を待ちきれず、自ら舌を嚙《か》み千切《ちぎ》って、黄泉路《よみじ》に先立たれたのだ」

斧の柄《え》を握った年配の男に向かって、福信は手を振った。

男は小さくうなずき返すと、斧を足元に置き伏せ巨岩に歩み寄った。裸女の首なし死体が横たわるやや上方の岩棚に、大小二つの方形木箧《ほうけいきばこ》が並べ置かれていた。男は大きいほうの箧を左腕に抱《かか》え取り、蓋を外《はず》して右腕を中に突き入れた。何かをかき混ぜる仕種で腕を動かしていたが、すぐに海藻《かいそう》めいたものを摑み出した。それをぐいっと引き揚げると、白い雪片《せっぺん》を撒《ま》きこぼしながら黒髪の下に生首が現われた。

雪と見えたのは塩であった。

塩をまぶされた女の貌《かお》は、その身に加えられつづけた恥辱《ちじょく》と暴虐の数々を告発するかのように無限の怨《うら》みに歪んでいたが、不思議なことには、生きていた頃の豪《ごう》奢《しゃ》な美しさも損なわれてはいないのだった。

豊璋の口が何かを叫びかけたが、声は出てこなかった。

「王太子の地位の簒奪《さんだつ》を謀《はか》った憎い異母弟と、その生みの母を肉醤《ししびしお》にせよ。それが主上のお望みなのだ」

福信は、岩棚の上に残った小さいほうの木篚を指し示した。「翹岐どの、あちらがおまえのために用意した首篚だが、愛《いと》しい母と同じ篚で塩漬けにされたいと望むのであれば、さばかりの慈悲をかけるのは吝《やぶさ》かではないぞ」

豊璋の反応はない。生ける屍《しかばね》と化したようだった。

福信は舌打ちした。「できるだけ惨めな思いを味わわせてから殺せ、とのご下令《かれい》であったが——もうこのくらいでよかろうな？」

「鬼室福信閣下は見事に王命を果たされました」王太后の生首を無造作に木篚に戻し、沸部衆の棟梁はうなずいた。「さよう復命することをお約束いたしましょう」

福信は肩の力を抜いたように、ほっと息をついた。「ではやってくれ。これで最後だ」

棟梁は首篚を岩棚に載せると、斧を再び手にした。傍らに控えていた沸部衆の中から二人が影のように抜け出し、豊璋に向かってゆく。

彼らに左右の腕を取られても豊璋は抵抗しなかった。母の、そして自身の冥福《めいふく》を祈るように、静かに目をつむっただけだった。

人形でも扱うような容易《たやす》さで、二人は小さな身体《からだ》を巨岩の前に横たえた。沸部衆たちが読経《どきよう》を始めた。仏法の経典《きようてん》を誦《ず》しているのではなかった。彼らの口から流れ出るのは、抑揚《よくよう》といい語彙《ごい》といい、北扶餘語の痕跡《こんせき》を濃厚に残存させた古代百済語の呪文《じゆもん》であった。その不可思議な音韻《おんいん》による誦詠《しようえい》の波に送り出されるように、棟梁が斧を引っ提《さ》げ豊璋の前へと進む。

その時、慌ただしく城門をくぐって走り込んできた兵士があった。豊璋と沙宅智萬を囚送《しゆうそう》してきた船を桟橋で待ち迎えた二人のどちらか一方で、彼らはこの儀式の最中《さなか》も引きつづき入江で船番に当たっていたのだ。

「申し上げます」

兵士は俄《にわ》か指揮官の福信にではなく、己《おの》が棟梁の前で手を支《つか》えた。誦経《ずきよう》は波が引くように止んだ。「船が向かって参りまする」

「船だと？」福信は怪訝《けげん》な表情で棟梁を見やる。「おれに割り当てられたのは王族二人、明珠と翹岐の始末だけのはずだが」

「不審千万」棟梁も首を傾《かし》げる。「沸部衆の船ではございませぬ。しかして沸流島の所在を知る者は我らの他におらぬはずなれば」

「うむ。このおれにしてからが、この島に連れてきてもらったようなものだからな」

船番の兵士が再び口を開いた。「どうやら倭国《わこく》の船かと見受けられます」

「倭船？　ますますわけがわからぬ——よいわ、この目で見届けてくれん。こいつの首を斬り落とすのはその後だ。しばし待っておれよ」

福信が八人の沸部衆を引き連れて去った後、天然の岩壁に囲まれたこの空間は死の静寂《せいじゃく》が支配する場となった。生者より死者の数のほうが上回っているのである。

横たえられた豊璋の呼吸は浅く、岩壁の外で響き渡る波音はむしろ静けさを強調する。ほかには、沙宅智萬の嗚咽《おえつ》が断続的に聞こえてくるばかりであった。老臣は裸女の死体の山の前で死顔の一つを撫《な》でさすりながら、狂ったようにすすり泣き続けていた。

どれほどの時間が経過したか、突然、入江の辺りで怒号《どごう》が聞こえてきた。たちまちのうちに、得物《えもの》が打ち鳴らされると思しい鋭い金属音まで入り混じり始める。沸部衆の一人が城門に急ぎ、外の様子をうかがっていたが、血相《けっそう》を変えて振り向き、

「すわっ、鬼室福信さま、ご危急《ききゅう》っ」

一声高く叫び置くや、弾かれたように外へ飛び出していった。同輩たちも一斉に後を追って駆け出してゆく。

「これ、待たぬか」

棟梁は制そうとしたが、雪崩《なだれ》を打ったような勢いとはまさにこのことで、止める間もなかった。「……何事や起きたる」と苛立《いらだ》たしげに口にして、自身のとるべき行動を決めかねるふうであったが、結局のところ斧を手放して豊璋を担ぎ上げた。骨ばった肩の上で揺られ豊璋は目を見開いた。表情はなおうつろのままだった。

棟梁が城門の扉に近づいた時、横合いから黒影が飛びかかった。棟梁が大きくよろけ、豊璋は振り落とされた。上体を起こすと、黒い影かと見えたのは何と彼の傅役で、ともに白髪を戴いた老人同士による、くんずほぐれつの組み打ちが目の前で展開されていた。

沙宅智萬は、豊璋の知る日頃の謹厳《きんげん》さとは別人のような鬼気《きき》迫る激しさで戦いを挑《いど》んでいたが、心身の極度の疲労のためか、すぐに目に見えて劣勢《れっせい》となった。

豊璋は辺りを見回した。跳《は》ね起きると、祭壇めいた巨岩に走り戻り、落ちていた斧の柄を握る。だが六歳という年齢では重く頑丈《がんじょう》な鉄斧《てっぷ》を持ち上げるのは無理というものだった。どうにか両手で引きずって智萬のところへ戻った時には、既に決着がついていた。

智萬が孫娘の髪から抜き取った鼈甲《べっこう》飾りの簪が、対手《あいて》の盆窪《ぼんのくぼ》に深々と突き立ち四肢《しし》には断末魔《だんまつま》の痙攣《けいれん》が走っている。その背に馬乗りになっていた智萬がぜいぜいと肩で荒い息をつきながら振り返り、豊璋を目にするやたちまち新たな涙を噴きこぼした。

「じいっ」

豊璋は斧の柄から手を離した。両腕を広げる老傅役の胸に飛び込んだ。抱きしめられた瞬間、ふっと意識が遠のいてゆき——。

二

「……唐《とう》からそのまま真っ直《す》ぐ帰国してもよかったが、百済では国王が代替わりしたばかりだったのを思い出し、挨拶《あいさつ》でもしてやろうと針路《しんろ》を東に変えたわけだ。ありていに云えば寄り道だな、寄り道。ところが王宮に行ってみれば、新羅征伐《しんらせいばつ》とやらに出陣して留守という。親征《しんせい》とは、いやもう新しい王さま、えらく張りきったものだな。そうではないか、百済王の親征といえば、どうしても思い出さずにおれぬ、あの過去の忌《い》まわしい——ま、他国の歴史を云々《うんぬん》するのは控えよう、こちらはどうしたものかと思っていたところ、耳寄りな話が飛び込んできた。前王の死を巡って起きた政変で追放の憂《う》き目を見た悲運の幼王子が、長らく閉じ込められていた王宮の地下監獄《かんごく》から明日にも島流しにされるらしい。これを聞いてわたしの冒険心が疼《うず》かずにいられようか。ひそかに出港準備を整えて待ち、暁闇《ぎょうあん》に乗じ泗沘《しひ》の大《だい》王浦《おううら》を漕ぎ出した怪《あや》しの船こそそれだと教えてくれる者があって、ただちに追跡にかかった。追ってくる船など見なかったって？　当然だよ、わたしの船に乗っているのは、人間離れして遠目の利く老練の船夫ばかりだからね。熊津江《ゆうしんこう》を下っている間も、大海原へと乗り出した後も、つかず離れず、それなりの距離を保っていたのだ」

不思議な、異国ふうの訛《なま》りのあるその声を、豊璋は最初夢の中でのように聞いていた。きびきびした声は次第に鮮明になり、夢ではなく、現実に耳にしているのだと気づいた。

「まあ、そのぶん島に着くのが遅れてしまったが。危《あや》ういところだったようだ」

まぶたは自然に開いた。陽光がまぶしく目に突き刺さった。夜明け以来の暗鬱《あんうつ》な曇天《どんてん》が嘘だったかのように、澄み渡る秋空に太陽が圧倒的な強さで照り渡っていた。

豊璋は周りを見回した。太陽の登場とともに世界は一変していた。驚くべき光景が目に飛び込んでくる。

沸部衆の兵士たちが岩床《がんしょう》の上に力なく正座し、頭の後ろで両手を組んでいた。いや、組まされていた。海岸近くの岩棚にきらきらと光るものがあり、何かと目を凝《こ》らしてみれば、積み上げられた刀剣や短槍の山が陽光を反射しているのだった。見たことのない甲冑《かっちゅう》を身につけた兵士たちが島に出現していて、投降した沸部衆を取り囲み、抜き放った剣を片手に鋭い監視の目を注《そそ》いでいる。その数ざっと二十人ばかり。

栈橋には、変わった形の中型船が、軍艇二隻を押しのけるように接岸していた。猛々《たけだけ》しい印象を与える堅牢《けんろう》そうな軍船《いくさぶね》で、大きさの差は抜きにしても、百済の軍艇は脆弱《ぜいじゃく》に見えた。揺れる舳先《へさき》に、甲冑の兵士が槍《やり》を握って不動の姿勢で立っている。

それからようやく豊璋は鬼室福信を目にした。すぐ近くにいたために、気づくのが最後になってしまったのだ。

憎むべき男は後ろ手に縄を打たれ、引き据《す》えられる囚人《しゅうじん》同然の惨め極まりない姿を強《し》いられていた。憤怒《ふんぬ》と恥辱とで顔が真っ赤に染まり、目の前に立つ長身の男をぎらぎらとした兇暴《きょうぼう》な眼光で睨みつけている。

後ろには沙宅智萬がいて、智萬は智萬で報仇《ほうきゅう》に燃える厳しい目を福信に注いでいたが、ふと視線を動かし、豊璋に気づいてほっと安堵《あんど》の顔になった。

長身の男が振り返った。若い男だった。海の色を思わせる深い青で染められた領巾《ひれ》が小粋《こいき》に首に巻かれ、漆《うるし》を塗《ぬ》った小札《こざね》の甲冑が、蜥蜴《とかげ》の皮膚《ひふ》のように極彩色《ごくさいしき》の輝きを放つ。

青年は片膝をつき、さらに身を屈《かが》めて顔を寄せてきた。豊璋をのぞきこむように見つめる。身体つきは逞《たくま》しく引き締まり、肌は陽焼《ひや》けしている。顔立ちは粗削《あらけず》りで、見るからにふてぶてしいものだったが、清冽《せいれつ》な若さが不思議と高貴な品となって香っていた。

「豊璋王子？」

異国風の訛りのある、あの声だった。豊璋はためらいもなくうなずいていた。

青年は白い歯を見せて満面の笑《え》みを浮かべると、さっと立ち上がりざま腕を伸ばし、彼の両腋《りょうわき》をすくい取った。そして、若い父親が赤子をあやす時にしてみせるように、彼を頭上に高々と抱え上げた。

心地よい上昇感が豊璋を陶然《とうぜん》とさせ、青年の頭よりさらに高くせり上がった目に、光る海、見はるかす大海原の燦然たるきらめきが、永遠のもののごとくに焼きついた。

「王子、わたしと一緒に参りましょう」青年は云った。「海の彼方《かなた》、倭国へ」

三

「……何とも狡猾《こうかつ》なやつでした。遣唐使、唐へ向かう倭国の使臣だと名乗ったのです。途中でこの島を見つけたので立ち寄ってみた、そう申してわたしを油断させ——いきなり咽喉《のど》もとに剣先を突きつけてきました。沸部衆も敵の精兵に手もなく打ち負かされ、武装解除のやむなきに至ったのでございます」

鬼室福信《きしつふくしん》は汚れた朝服の袖で額を流れる汗をぬぐった。仲秋《ちゅうしゅう》の夜気《やき》はひんやりしていたが、汗は止まらなかった。弁明を兼ねた屈辱《くつじょく》の報告は、終盤にさしかかっている。

「その後、わたしも倭船に乗せられました。沸部衆が後を追ってこられぬように と、人質《ひとじち》にとられたのです。翹岐《ぎょうき》と沙宅智萬《さたくちまん》めはわたしを海に投げ込むよう、しきりに訴えておりましたが、やつはそれには耳を貸さず、翌朝、因珍島《いんちん》の浜辺でこの身を解き放つと、南へ去ってゆきました。わたしとしては、とにもかくにもこの言語道断の一件を報ずべく、日に夜を継いで、殿下の陣中をようやく訪ね当てた次第にございます」

福信はおそるおそる顔を上げ、義慈《ぎじ》王の反応をうかがった。

床几《しょうぎ》に腰かけた王は腕組みして言葉を発しない。燭台《しょくだい》に揺れる炎が、平素の精気溢《あふ》れる顔に陰気な翳りを隈取らせている。それが何とも不気味だった。

　福信が息も絶え絶えになって王前に導かれた時、明朝に予定される攻撃について作戦会議を主宰《しゅさい》していた王は、彼の泥まみれの姿を目にするや幕僚たちを追い出したのである。

　広い帷幕《いばく》の中に、福信は王と二人だけで向き合っていた。王は肩幅が広く、がっしりとした体軀《たいく》に恵まれた美丈夫《びじょうふ》で、甲冑をまとったところなどは胆力《たんりょく》の塊《かたまり》のように見えた。

「まことに面目《めんぼく》次第もございませぬ」

　重い沈黙に耐えきれず、福信は再び口を開いて叩頭《こうとう》した。「臣《しん》福信が罪、万死《ばんし》に値いたしまする」

「──蘇我入鹿《そがのいるか》？」

　ようやく王の口が開かれた。その声音《こわね》に怒りの響きはなく、福信が懼《おそ》れていた断罪《ざい》の調子もなく、意外や王は、内心の途惑《とまど》いを率直《そっちょく》に吐露《とろ》したようであった。

「蘇我と申せば」福信はほっと息を吐《は》き出しそうになるのを堪《こら》え、王の関心にすかさずつけ入るべく、舌を懸命に動かす。「倭国の宰相《さいしょう》を務める一族と聞き及んでおりますが」

「宰相蝦夷《えみし》の嫡男、名を入鹿と申した」

「しかし、本人でありましょうや。倭国宰相の御曹司《おんぞうし》が、かかる狂気の沙汰《さた》に及ぶなど、およそ考え難《がた》いことにございます」

「二日前、泗沘の王宮から報《しら》せが参った。蘇我入鹿が何の予告もなく表敬訪問《ひょうけいほうもん》と称して現われた、と。突然のことであったので、宮中ではちょっとした騒ぎになったらしいが、入鹿はわしが出陣中と聞かされると、翌朝早くに帆を揚げ忽焉《こつえん》と去った、というのだ。そなたの話と勘案《かんあん》するに、日時は符合《ふごう》する」

「では本当に入鹿だと？」

「留守役の伏忽成忠《ふくこつせいちゅう》が間違いなく本人と保証した。昨年父王が亡くなった後、倭国でもほどなく王が没したが、成忠は我が名代《みょうだい》として倭国へ弔問《ちょうもん》に赴《おもむ》いたのだ。その際、蘇我宰相から自慢の嫡男を引き合わされ、親しく言葉を交わしたという。二十歳《はたち》を出たばかりの若さだが、父の蝦夷も一目置《いちもく》くほどの辣腕家《らつわんか》で、多少の訛りはあれど、見事な百済《ひゃくさい》語を操《あやつ》ったとか」

「確かに」福信はしぶしぶと認め、「蘇我一族の権勢、倭王を凌《しの》ぐ――わたしのような者もそう耳にいたしております。あれはまさしく傲岸不遜《ごうがんふそん》の権化《ごんげ》のような若造でした」と悔《くや》しさに顔を歪めて続けた。「ですが殿下、入鹿本人とすれば、ますます以《もっ》てわけがわかりませぬ。倭国宰相の跡継ぎが、あろうことか他国の政《まつりごと》に土足《どそく》で介入《かいにゆう》し、廃《はい》王子を連れ去ってゆくとは、余りに破天荒《はてんこう》な振舞《ふるま》い」

「冒険心が疼かずにいられようか——そう申したそうだな、入鹿は。とすれば、異国の王子の窮状《きゆうじよう》に同情し、大いに義侠《ぎきよう》心《しん》を発揮したというところか。成忠の見立てでは、入鹿という男にはそのような性格的特徴が備わっているらしい。よく云えば辣腕家だが、奔放不羈《ほんぽうふき》で、常に大向こうをあっと云わせたいと願望し、独断専行を好み、己《おのれ》が先頭に立たずにはいられず、しかも危険に手を染める楽しみを知っている生来《せいらい》の賭博師《とばくし》というのだ。頭が痛い——息子自慢の一方で蝦夷は、成忠にそう愚痴《ぐち》をこぼしたそうだ。身分を偽《いつわ》り、唐や高句麗《こうくり》にもしばしば出入りしているとも聞く。唐からの帰国の途次《とじ》に立ち寄ったというのも嘘ではあるまい」

「果たして単に義侠心からだけでありましょうや？　廃王子にせよ使い道はある、そんな打算も働いたのではございませぬか」

「それもあろうな。単純な冒険家気取りならともかく、一筋縄《ひとすじなわ》ではゆかぬ男となれば」

「このままですませてよいはずがございませぬ。殿下、何卒《なにとぞ》この福信めに罪を贖《あがな》う機会を賜りますよう、伏してお願い申し上げます」

「どうせよと？」

「わたしを遣倭使に任命くださいませ」

福信は覚悟の顔を王に向けた。「海を渡って倭地に乗り込み、翹岐めを奪い返して参りまする」

「うむ、そうしたいのは、やまやまである。わしとて心穏《おだ》やかではおらぬ」

「ではこれより」

「まあ待て。今が平時なれば、ただちに厳重な抗議を申し入れてもくれよう。だが、わしは新羅征討《せいとう》という国家を挙げての大事業を抱える身である。倭国と事を構えるのは得策《とくさく》ではない。さなきだに倭国では、我が国がこれまで積み重ねてきたその場しのぎの外交的口説《くぜつ》に愛想を尽かし、信用のおけぬ反覆《はんぷく》の国なりと、百済を見限る動きが進んでいるらしいのだ。就中《なかんずく》、その筆頭は倭王家という。さような芳《かんば》しからざる状況にあって、蘇我は我が百済になお親昵《しんじつ》の姿勢を崩さぬ貴重な紐帯《ちゅうたい》。迂闊《うかつ》な真似《まね》はできかねる。しばし様子見を決め込むに如《し》かず。入鹿の行為は黙認するとしよう」

「黙認！　しかし、それでは殿下の、我が百済国の沽券《こけん》にかかわりまする」

「入鹿の狙いが何であれ、廃王子の翹岐に使い道などあろうものか。いずれ持て余すに決まっておる。翹岐は島流しと公布したが、辺陬《へんすう》に所在する倭国こそ最果ての島国。これでわしの体面は保たれよう。民も、さすが名は体を表わす、徳義慈愛の王だと讃《たた》えるであろう」

福信がさらに云い募《つの》ろうとするのを、王はうるさげに手を振って制した。「もうよい。それより戦《いくさ》だ。新羅の息の根を止める、そのことに全力を傾注《けいちゅう》せねばならぬ。よって、こたびの件は不可抗力《ふかこうりょく》と見なし不問に付《ふ》そう。わしはな、おまえを見込んでいるのだ、福信。その底知れぬ力量と野心をな。だからこそ、父王の治下《ちか》で不遇に泣いていたおまえを取り立ててやった。誰もが認める手柄を立ててみせよ。望むがままの地位に就《つ》けてやろうぞ。差し当たって今は、一つ申し付ける儀がある」

「お命じくださいませっ」地面から顔を上げて福信は叫ぶように云った。「何なりと」こびりついた土が、額からぼろぼろ剝《は》がれ落ちる。

「首を一つ、泗沘の王宮に持ち帰れ」

王は床几から立ち上がった。福信を促《うなが》し帷幄《いあく》を出た。

音を立てて燃える篝火《かがりび》が闇《やみ》を焦《こ》がし、夜気は冷え込みを深めていた。半輪《はんりん》の月が昇って、遠方の山の稜線《りょうせん》を、夜空におぼろげながらに浮かび上がらせている。篝火の近くで熱心に談じ込んでいた幕僚たちが、王に気づいて背筋を伸ばした。

「中で待っておれ。軍議再開だ。わしはすぐ戻る」

王は彼らに声をかけ、帷幄の戸口を守っていた二人の衛兵についてくるよう命じた。

王の率《ひき》いる親征軍は、谷川に沿った地形に夜営の陣を布《し》いていた。どこからともなく水流の音が聞こえてくるのは、それがためである。

闇の底で兵士たちが眠っているのを、微弱な月影がかろうじて照らし出している。芋虫《いもむし》の大群が、夜の野原を埋め尽くすかのような光景であった。小部隊単位で火が焚《た》かれ、それぞれ見張りを立てている。

ゆく先々で、見張りの兵士が鋭く誰何《すいか》の声をかけてくる。そして王と知るや、無駄のない動きでさっと礼を返す。

福信は讃嘆《さんたん》の念を禁じ得なかった。王族を逐《お》われた彼は従軍の経験があり、百済軍の士気の緩《ゆる》みを目《ま》の当たりにしてきた。歩哨《ほしょう》といえば眠りこけるものだった。それが今は別の国の軍隊かと見違える。王の統率力が、末端にまで行き渡っている証左であろう。

「わしは諡号《しごう》をもう考えてある」

慮外《りょがい》で不吉な言葉を、王は軍靴《ぐんか》の底で地面を踏みにじるようにして力強く歩を進めつつ口にする。「後近肖古《ごきんしょうこ》、そう決めた。そなたも知るように、近肖古王は百済の礎《いしずえ》を築いた偉大な君主であった。自ら軍を率いて北伐《ほくばつ》を敢行し、高句麗王斯由《しゆう》を討死《うちじに》させた。近肖古こそは、範《はん》たるに足る仰《あお》ぐべき理想の大王である。だからわしは太子の頃から心に決めていた、王位に即《つ》いたら必ず親征してやろうと。我が玄祖《げんそ》父《ふ》の明穠《めいじょう》は自ら軍の先頭に立って出陣し、新羅の伏兵《ふくへい》に遭《あ》い不慮《ふりょ》の死を遂げた。今をさる九十年前の悲劇だ。爾来《じらい》、百済王家にとって親征は禁忌《きんき》となった。明穠の後を継いだ昌《しょう》は、親征どころか父王の仇《かたき》を討とうともしない腑《ふ》抜《ぬ》けだった。四十年以上も王位にありながら仇敵《きゅうてき》新羅と交戦したのはわずか二度、それも向こうから攻めてきたのを迎え撃《う》ったに過ぎぬ。即位の翌年には頓死《とんし》するような虚弱短命の王が二代続いて、ようやく反撃を開始したのが我が父だ」

王はそこで言葉を切り、虚空をキッと見すえてから、また口を開いた。

「父は四十年間の治世で新羅と干戈《かんか》を交えること十三度に及び、それゆえわしは武《ぶ》という諡号を奉《たてまつ》ったのだが、その父にしても親征はついぞ行なわなかった。新羅に痛撃を与えることも叶《かな》わず、晩年には戦に倦《う》み疲れ、己の無力から目をそらすように酒色《しゅしょく》に溺《おぼ》れていった。売女《ばいた》の明珠《めいしゅ》に骨抜きにされ、何を血迷ったか太子のわしを廃嫡、豊璋《ほうしょう》いや翹岐に後を継がせようとした――もう済んだ話であるな。それはともかく、こうしてわしは晴れて王となった。なったからには、百済をこれまでの非力惰弱《ひりきだじゃく》な百済のままにはしておかぬ。宿敵新羅の討滅と、紊乱腐敗《びんらんふはい》した国政の立て直し、課題は二つに絞られる。そして福信、この二つ、実のところ一体だとは思わぬか。我が百済が軍事強国に新生するという意味において」

「御意《ぎょい》」福信は身震いする思いで答えた。「深く肝《きも》に銘《めい》じまする」

「さような不退転の決意を以て、わしは出陣した。この一か月余、我が親征軍は想定以上の戦果をあげつつある。東部国境方面で落とした敵城は、獼猴《びこう》城を始めとして四十余城を数える。さらに昨日、先鋒将の碧骨允忠《へきこついんちゅう》から大耶《だいや》城を抜いたとの吉《きっ》報《ぽう》が届いた」

「おお、大耶城が！」

「そうだ。父王が幾度も望んで手に入れ得なかった城だ」王の声は喜びに滾《たぎ》る。「我らは待望の洛東江《らくとうこう》進出を果たしたのだ。新羅の王都に直結する要衝《ようしょう》が手中に収まった。見ておれ、数年のうちには王城を陥落《かんらく》させてみせよう。半月《はんげつ》城で戦勝の宴《うたげ》を盛大に催《もよお》し、高慢な金徳曼《きんとくまん》を素っ裸に引き剝《む》いて、酌婦《しゃくふ》として侍《はべ》らせてくれん」

王はぴたりと足を止めた。軍営の外れに急拵《きゅうごしら》えで建てられた小屋の前だ。福信は鼻筋に皺を寄せた。扉は閉ざされているが、特有の臭気《しゅうき》が外に洩《も》れ出している。衛兵の手にする炬火《こか》の炎が揺れた。かまわず王は扉を開けるように命じた。

小屋の中は福信の予想した通りだった。細長い台架《だいか》が運び込まれ、白木の木箧が所狭しと並べ置かれている。王は衛兵から奪った炬火を自ら掲《かか》げ、台架の間を縫ってまわった。それぞれの木箧の蓋に、屠《ほふ》った城と敵将の名が墨書《ぼくしょ》されている。

大耶城　古《こ》陁《だ》炤娘《しょうじょう》

記されてからまださほど時間が経《た》っていないことを示す、淋《りん》漓《り》としたその文字を指し示し、王は中を検めるよう命じた。

「わたしが？」福信は衛兵を見やった。二人が怯《ひる》んだ表情になって後退《あとずさ》りする。

王がうなずいた。「運ぶのはそなただ。自らの目で確かめよ」

かくなっては是《ぜ》非《ひ》もない。意を決し、福信は木筐の蓋を外した。外周の縁《ふち》まで塩がたっぷり詰め込まれ、収まりきれぬ長い髪が、塩の上面で黒《くろ》蛇《へび》がとぐろを巻くようにわだかまっていた。吐き気をこらえつつ、黒髪を摑んで引き揚げる。

塩の中から出てきたのは女の生首だ。塩分の抗《こう》腐《ふ》作用で比較的生時の原形が保たれている。死美人、そう形容してよい見《み》目《め》麗《うるわ》しい女ではあったが――。

「大耶城都《と》督《とく》、金品《ひん》釈《しゃく》の夫人である」王が云った。「允忠の報告では、降伏を許されなかった金都督は、まず妻を殺し、自らも首を刎《は》ねて死んだという」

そう聞いて心に頭を擡《もた》げた一抹《いちまつ》の疑いを、福信は敢《あ》えて口にしなかった。籠城《ろうじょう》の末に夫の手にかかった覚悟の死というには、夫人の顔は無念と痛苦《つうく》に凄《すさ》まじく歪んでいる。彼の脳《のう》裡《り》には、沸流島での明《めい》珠《しゅ》王太后の惨たらしい最期《さいご》の姿が連想されていた。

「これを王宮に持ち帰り、獄舎《ごくしゃ》の地面に埋めるのだ」

「獄舎に――しかと承ってございます」

なるほど、常に囚人たちの足に踏ませ、死して後も辱《はずかし》めを与えつづけるというわけか。即答はしたものの、隣の木箆の蓋に書かれた名前がふと目に入り、こればかりは訊《き》かずにいられなかった。「しかし殿下、なぜ金都督その人ではなく、妻のほうなのです？」

「わからぬか」王は薄笑いを浮かべる。「女だからだ」

しばし福信は首をひねり、ようやく思い到って得心《とくしん》し、そして感歎《かんたん》した。「さまでの深謀遠慮《しんぼうえんりょ》でしたとは」

「しかも大伯母《おおおば》は金徳曼だという」

「すると、あの金春秋《しゅんじゅう》の娘なので？」

「娘の悲惨な死は、春秋にさらなる打撃となろう。金春秋、王位に最も近い男子継承者でありながら、未《いま》だ王になれぬ不運の男。新羅の貴族どもは揃って愚か者よ。このわしが最大の好敵手と認め、怕《おそ》れ、警戒し、畏敬《いけい》を惜《お》しまぬ新羅王族は、ひとり金春秋あるのみ。その彼を厭《いと》い、こともあろうに女を王位に即けてまで疎んじるとは。『書経《しょきょう》』に、牝雞《ひんけい》の晨《あした》するは惟《こ》れ家の索《つ》くるなり、という。めんどりが時を告げるのは、家が落ちぶれる前兆という意味だ。まさに然《しか》り」

王は確信に満ちた声音で締めくくった。「哀れ、金春秋が王座に昇れぬまま、新羅は金徳曼という牝雞の下《もと》で滅《ほろ》ぶであろう」

四

急な病《やまい》と称して出仕を停止していた金春秋が、都の外れに構えた藁葺《わらぶ》きの私邸《してい》を出て王宮へ、彼の再従姉《またいとこ》にして伯母であり、かつ男女の仲でもある徳曼女王の君臨《くんりん》する王宮へと馬を駆ったのは、大耶城陥落の悲報が、王都を烈しく震撼《しんかん》させてから七日を経《へ》た日の午後のことであった。金春秋は最上位から二番目である伊飡《いさん》の位にあったが、何の官職にも就いてはいなかった。貴族たちに疎外《そがい》され、権力から遠ざけられているのである。

徐那伐《じょなばつ》の小盆地にささやかに隆起する小丘陵《しょうきゅうりょう》の上に築かれた王宮は、他の三韓《さんかん》諸国に較べて際立《きわだ》った二つの特徴を有していた。

一つには、王国創業の肇《はじ》めより宮地を一度も動かしていないということである。高句麗は発祥《はっしょう》の地である広大な扶餘《ふよ》平野の卒本《そつほん》を振り出しに丸都《がんと》城へ遷《うつ》り、中華諸王朝から圧迫されて鴨緑江《おうりょくこう》を越え、半島内部の平壌《へいじょう》に都して二百年余りを閲《けみ》していた。その怒濤《どとう》の南侵《なんしん》によって追い立てを喰《く》らった形の百済は、建国の地である漢山《かんざん》を失陥《しっかん》し、熊津《ゆうしん》からも早々に立ち退かざるを得ず、今はさらに南方の泗沘《しひ》に奠《てん》都《と》して百年が経過している。すなわち新羅《しんら》だけが長らく安定を保っているのである。

その一方、高句麗と百済の王宮は正殿《せいでん》から築地《ついじ》の屋根に至るまで総瓦葺《そうかわらぶ》きだが、新羅の宮殿はすべてが板葺きのままであった。これが特徴の第二とすべきもので、瓦屋根の建築物はあるにはあるが、興輪寺《こうりんじ》、祇園寺《ぎおんじ》、実際寺《じつさいじ》、皇龍寺《こうりゅうじ》などの大寺刹《だいじさつ》に限られ、王族や貴族の豪邸に瓦は使われていない。そのような財政的余裕があれば、国力を富ませ兵を養うべし——というのが百年前にこの世を去った新羅中興の祖である法興王《ほうこう》金原宗《きんげんそう》の遺誡《いかい》で、爾来、粛々《しゅくしゅく》と遵守《じゅんしゅ》され今日に至っている。

王宮の正門前で馬を降りた金春秋は、澄み渡った秋空の下《もと》、これから彼が向かう正殿の板葺き屋根に、いつものことではあるが、無念さを込めた目を向けた。

幼い頃から彼は心の中に大きな夢を抱《いだ》いていた。法興王の衣鉢《いはつ》を継いで祖国を飛躍的に発展させ、半島の外来種である高句麗、百済を両《ふた》つながらに討ち滅ぼし、噂に聞く大唐長安城《だいとうちょうあん》には及ばぬまでも、三韓統一の記念建造物となるに相応しい壮《そう》麗《れい》な巨大王宮を建設して、その屋根をすべて瓦で葺き揃え、東海から昇る朝陽《あさひ》を燦然と照り輝かせてみたいものだ、と。しかし実際のところ、彼は四十歳を刻んだ今なお王になれずにいた。

金春秋は目を高く上げて蒼天《そうてん》をまぶしげに見やり、そのまま背後を振り返った。王都といえばきらびやかな響きが伴うが、貴族の屋敷と庶民の家が混じるように散在し、ほとんどの土地は農地であり、この小丘陵の麓《ふもと》まで水田が押し寄せている風景は、鄙《ひな》びたものだった。

時あたかも収穫の季節を迎え、陽射《ひざ》しに輝く稲穂が秋風に波打つように揺れるさまは、自分が黄金の海原に浮かぶ孤島にいるかのごとく錯覚《さっかく》された。稲穂の波の中に刈取りに精を出す農民たちの姿が、あちこち小さく望見される。遠目にはのどかな光景だが、彼らが大耶城陥落の兇報《きょうほう》に怯《おび》え、浮足立って、必死の形相《ぎょうそう》で鎌を使っているのを、金春秋は王宮へ来るまでの間に自分の目でしっかりと見ていた。

「忘れるな、春秋」自分に向かって呟《つぶや》く。「おまえの身は、彼らのためにある」

大きく息を吸う。決然と胸を張る。金春秋は手綱《たづな》を従者に預けて、歩を踏み出した。

さして広くもない宮殿の内部は、深閑《しんかん》と静まり返っていた。侍女に先導され、彼は薄暗い回廊を進む。

王宮の女主人は、彼女の再従弟《またいとこ》であり甥《おい》であり、かつ最愛の情人でもある男を自らの私室へと迎え入れた。羅の牀幃《うすものしょうい》を未練なく取り払った寝台、板材を組み合わせただけの文机《ふづくえ》に椅子《いす》、それに二、三の必要欠くべからざる調度品を除けば、ここが女王の居室《きょしつ》とは信じられないほど簡素な部屋であった。

小さな花一つ活けられてはいない。だが彼女の厳しい意志が気となって隅々《すみずみ》に充満し、それが一種の装飾の役割を果たしているともいえる。王座にあることの決意が部屋を彩っているのだ。

「よく来てくれました、春秋」

侍女が去るや、金徳曼はためらわず彼の腕の中に身を投げた。

新羅、いや三韓で初めての女王である彼女の容色は、めっきり衰えていた。元来が父王に似て男性的な容貌《ようぼう》の所有者で、一文字に濃い眉《まゆ》、やぶにらみの目は吊《つ》り上がり、唇が大きく、えらと顎は力強く張っている。雄勁《ゆうけい》、そう形容するほかないその顔が、今はたるみ、くすみ、むくんで、大小の皺が刻まれていた。四十代の半ばを超えたことより、王位に十年も縛《しば》りつけられている重圧が、彼女を極端に老《ふ》けこませたのだ。

しかしそれを隠そうともせず、顔に塗った白粉《おしろい》は申し訳程度であり、華やかな着衣で見る者の目を誤魔化《ごまか》す気もなく、白や素朴《そぼく》な草色の麻衣《あさぎぬ》を重ね着してすませている。よほど重要な公式行事でもない限り、翡翠珠《ひすいだま》をあしらった金の王冠《おうかん》と金襴緞子《きんらんどんす》の礼服を身につけることは稀《まれ》だった。平素の執務もこの装いで通している。

とはいえ、自《おの》ずと身に備わった威厳は隠せぬもの、余計な飾りを排しているぶん、彼女の内なる神聖な力に周囲は知らず知らず圧倒され、魅了されてしまうのだった。

疲れた翼を休める鳥が、憩《いこ》い半ばで再び飛び立つように、女王は金春秋の抱擁《ほうよう》から威厳のある仕種で身を離した。

「この国はどうなってしまうの。わたしは不安でいっぱいです」

臣下を前に令旨《りょうじ》を読み上げるように冷静な口調だが、女王が思いを偽らず口にしていることを金春秋は察した。

「だからここへ呼んだの。短いひとときでもいい、恐ろしさを忘れたくって」

女王の視線がちらと寝台に向けられ、すぐに彼の面上に戻った。「でも、今は女ではなく王であらねばならぬ時ね。亡き父から受け継いだこの国の行く末は、わたしの肩にかかっているのですもの」

もちろん彼としても、そんなつもりで王宮に来たのではなかった。数歩後ろに下がり、ここが廟堂《びょうどう》であるごとく臣下《しんか》の礼をとる。「力強きお言葉に奮《ふる》い立つ思いです。春秋、自身の無力さを愧《は》じるよりほかありません」

「まあ、ぬけぬけと」女王の太い眉がきりりと逆立《さかだ》った。「王都が上を下への大騒ぎだったというのに、仮病《けびょう》を使って七日間も参内《さんだい》を怠《おこた》っていた不逞の廷臣《ていしん》の云うことがそれ？」

徳曼女王は、至純至高の讃嘆《さんたん》と、拗《ねじ》けて歪んだ嫉妬《しっと》とが複雑かつ微妙に交錯《こうさく》する眼差しで、しばし春秋を強く見やった。

父系をたどると曾祖父《そうそふ》を同じくし、母系に照らし合わせれば伯母・甥という濃い血で繋《つな》がれた両者ではあったが、容姿は対蹠的《たいせき》の一語に竭《つ》きる。

春秋の、寧《むし》ろ女性的ともいえる美貌は高貴さを極め、典雅さ、優美さをも兼ね備えて、彼のほうがよほど女王と呼ばれるに相応しかった。二人が並べば、容貌魁偉《かいい》な徳曼など、せいぜい下僕といったところであろう。自他共に認めるその絶望的な逕庭《けいてい》が、彼女の胸宇《きょうう》に愛情と妬《ねた》みという背反する感情の紅炎《こうえん》を、いつも同時に、そして同程度の烈《はげ》しさで掻《か》き立てずにはおかないのだ。

新羅の王族たちは、血の聖性の保持という奇矯《ききょう》な強迫観念に駆られ、数世紀にもわたって王族間のみの閉鎖的な婚姻《こんいん》を積み重ねてきた。

度外れた近親婚に次ぐ近親婚、限界を踏み越えた聖血濃縮の果てに生み出された形態的顕現《けんげん》、それが徳曼女王の男性的な醜貌《しゅうぼう》なのである。片や春秋が宿痾《しゅくあ》的な血の桎梏《しっこく》から免《まぬが》れ得ているのは、彼の父が非王族の——それどころか、見目麗しいが卑賤《ひせん》な生まれの嬖倖《へいこう》を母としたことによるものだった。

もっとも、そうした出生ゆえに、彼も父も、王位に即《つ》くことが貴族会議に承認され得ないという高価な代償を支払わねばならなかったが。

「でも、許します」

内心の葛藤《かっとう》を克服して徳曼はほっとしたように云った。「そのほうが賢明だったと認めてあげるわ。莫迦《ばか》正直に王宮に出てきたら、責任を糾弾《きゅうだん》されて、血祭りに上げられていたところよ。金毗曇《きんひどん》と朴廉宗《ぼくれんしゅう》の見幕《けんまく》ったらなかったわ」

「わたしは娘を嫁《とつ》がせたに過ぎません。父として婿《むこ》を見る目を誤ったという非難なら、甘んじて受けましょう。それはそれとして、品釈《ひんしゃく》を大耶城主に推挙したのは他ならぬ毗曇と廉宗の二人だったはずだが」

「わたしもそう思い出させてやったわ、辛辣《しんらつ》にね。でも、聞く耳を持たないの。娘婿の不始末は、すべからく舅《しゅうと》がとるべきだの一点張りで。大耶城の陥落を政治的に利用しようだなんて、大貴族の風上《かざかみ》にも置けないわ」

女王の声は、涌出《ゆうしゅつ》する怒りを抑えかねて細かな震えを帯びた。

「困ったものだ。真の敵は百済です。責任を追及し合って内紛ということにでもなれば、それこそ義慈《ぎじ》王の思う壺《つぼ》でしょう。と、こう云ったところで、毗曇たちには責任逃れの遁辞《とんじ》と取られるのは目に見えていますがね」

「あなたも遺族という名の被害者なのよ、愛する娘を失ったのですもの。可哀《かわい》そうな古陁炤娘《こだしょうじょう》、あの娘《こ》に何の罪があって？　悼《いた》もうという気さえなかったわ、毗曇と廉宗には。わたしだって大伯母だというのに」徳曼は濃い一文字の眉を逆立てた。「いいえ、あなたの云う通りね、春秋。今は烏滸《おこ》がましい臣下に怒りを向けている場合ではない。憎むべきは百済王の義慈。断じて許せないわ。あの信じ難い蛮《ばん》行《こう》は、わたしの耳にも入っているのですよ。あなたがどれほど悲嘆に暮れているかと思うと――」

「我が娘の首が、義慈王の命で泗沘城の牢獄《ろうごく》に埋められたという、あの風説ですか」

「ただの噂であってくれればいいのだけれど」

「事実でしょう、間違いなく」春秋は平板な口調になって肯《がえ》んじた。「義慈王の狙いがおわかりですか？」

「狙い？　嫌がらせだけではない、と？」

「これは呪術《じゅじゅつ》なのです、殿下。惜《お》しくも二年前、九十九歳の高齢で入寂《にゅうじゃく》した新羅仏教界の巨星、円光大師《えんこうだいし》は仏道修行のかたわら三韓の古代呪術研究に手を染め、『韓枝篇《かんしへん》』と題する著作を遺《のこ》しましたが、その中で呪術を類感《るいかん》と感染の二種に分けています。後者のほうの感染呪術と申すは、呪《のろ》いをかける時、相手の毛髪《もうはつ》や爪《つめ》、あるいは衣服の一部などを入手して、それを刺したり焼いたりすることにより、呪う相手を病気にしたり、死なせたりできるというもの。つまり義慈王は、新羅女王の髪や爪の代わりに、その妹君の孫の首を手に入れたというわけです」

「このわたしに、呪いを！」徳曼は憤激《ふんげき》で顔を真っ赤に染めた。「おのれ、義慈め」

「ご案じ召さるな。さようなことで呪いなど発動いたしましょうや。わたしは懐疑《かいぎ》的ですな。とは申せ、念のため興輪寺と皇龍寺には通達を出しておきました、ただちに対抗呪禁《じゅごん》の百高座《ひゃくこうざ》を設けるようにと。それでもまだ安心できぬとあれば、この際、慈蔵《じぞう》大師を召喚《しょうかん》してはいかがでしょうか」

「慈蔵をな」

「参籠《さんろう》していた終南山《しゅうなんざん》を降り、今は長安《ちょうあん》の都に住まいするやに聞いております」

「よき進言です。わたしはあなたほど合理的ではないの。呪いはやはり恐ろしい。さっそく手配するわ」

「御意に。呪い云々《うんぬん》はさておき、殿下、義慈王は本気です。本腰を入れて、我が国を滅ぼさんと図《はか》っております。その意味で、大耶城を失ったことは大きな痛手でした。まさに戦慄《せんりつ》すべき事態です。新羅は国家存亡の危機に瀕《ひん》したといっても過言ではない」

「あなたにそう云ってもらえて、我が意を得たりの思いです、春秋。毗曇たちはそこまで口にしなかったわ。もちろん軽視したとか、楽観的だった、というのではないのよ。痛恨《つうこん》の失態という言葉が飛び交っていたのだもの。でも、大耶城をいかにして奪い還《かえ》すのか、重臣会議の流れは結局そちらに向かったわ」

「我が義兄が口癖のように申していた言葉があります。大耶城こそは百済という暴《ぼう》河《が》を遮る堤塘《ていとう》なり、と」

「金庾信《きんゆしん》がそのようなことを」

「守るに易《やす》く、攻めるに難き城。まず奪還はなりますまい。義慈王とて一国を傾ける覚悟で攻勢に出たはずで、今は持てる力を使い果たし、当分の間は休息を余儀なくされるでしょうが、いずれ大耶城を拠点に奔流《ほんりゅう》となって兵を進めて参るは必至《ひっし》です」

「ならば、どうすればよいの」

「本日、それを奏聞《そうもん》に及ぶべく参内《さんだい》いたした次第です。春秋が渾身《こんしん》の献策、何卒お聞き届けくださいますよう」

春秋は背筋を立て、容色を改めた。烈々《れつれつ》と迸《ほとばし》る決意と闘志《し》は、顔立ちが美しいだけに、官能的な陽炎《かげろう》となってその周囲に揺らめき立つようだった。徳曼は一瞬、それに魂を奪われそうな表情を見せ、すぐに自身も頬を引き緊めた。

「話して」

「されば、事茲《ことここ》に至っては新羅一国での国防は不可能と思い知らねばなりませぬ。喫緊《きっきん》に必要なのは――」女王の反応をうかがいながら春秋は具案《ぐあん》を言上《ごんじょう》した。「同盟国です」

五

徳曼《とくまん》は表情を動かさず、却《かえ》って春秋《しゅんじゅう》の斟酌《しんしゃく》など無用とばかりに先を促《うなが》した。

「どの国と組むと？」

「もとより選択肢は、三つより他にあるはずもありません。唐か倭国《わこく》か高句麗《こうくり》か、です。効果の大きい順に申せば、まず唐。これは云うを俟《ま》たないでしょう。義慈王とて唐帝の冊封《さくほう》を受けている立場ですから、勅命《ちょくめい》に従わないわけにはいかない。唐が我が国を支持してくれれば万事解決です。次には倭国。我が新羅《しんら》も百済《ひやくさい》も、倭国を大国で珍物《ちんぶつ》が多い国として、ともにこれを敬仰《けいぎょう》し、常に使《し》を通じて往来しております。倭国がその軍事力で、かつてのように半島情勢に介入し、しかして、かつてのような敵国としてではなく、我が国の楯《たて》となって百済を掣肘《せいちゅう》してくれるとしたら、これほど心強い展開はないと申せましょう。最後が高句麗です。これも軍事強国で、そもそも我が新羅が興隆し得たのは、高句麗の侵略に対する百済の抗戦が長期化した結果、漁夫の利を得るように、その間隙《かんげき》を衝《つ》けたからでした。高句麗を倭国の次としたのは、目下《もっか》かの国は長城の築城に躍起《やっき》となっておりますので、果たして対百済戦にどれほどの兵力を割《さ》けるものか、期待薄だからです」

「風前の灯火《ともしび》の新羅に手を差し伸べてやろうというからには、三国とも、それなりの見返りがない限り、乗り気にならないでしょうね」

「ですから唐、倭国、高句麗という効果の順は、同時に、同盟し難きの順ともなっているのです。唐には、百済を棄《す》てて新羅に肩入れする一片の理由もありません。歴史を顧《かえり》みますと百七十年前、高句麗の侵略で存亡の危機に瀕した百済の蓋鹵王《がいろ》は、辞を低くして魏《ぎ》朝に救いを乞《こ》いました。しかるに魏帝の拓跋宏《たくばつこう》は、高句麗は我が忠実な朝貢国《ちょうこう》であるからと歯牙《しが》にもかけず、苟《イヤシク》モ能《ヨ》ク義ニ順《シタガ》ヒ、之《コレ》ヲ守ルニ仁《ジン》ヲ以《モツ》テセバ、亦《マ》タ、何ゾ寇讎《コウシユウ》ニ憂《ウレ》ヘンヤ――朝貢国同士、仲良くせよという、通り一遍の回答を寄越しただけだったのです」

「その三年後、漢山城が陥落して、百済王は首を刎ねられたのでしたね、高句麗王の前に連行されて」

　徳曼は自らの手で両肩を抱き、身震いを抑えようとした。

「不祥《ふしょう》な例を持ち出したようです。どうかご容赦《ようしゃ》のほどを」

「包み隠さず申してくれたほうがよい。つまり今の我が国は、百七十年前の百済に酷似《こくじ》した状況にあるというわけですね。唐の援助は当てにできない、と。それで、倭国の可能性のほうが高いというのは？」

「高い、とまでは申せませぬ。あくまで比較の問題です。殿下もよくご存じのように、かつて倭国は任那《にんな》の安羅《あんら》国に倭府を置き、軍隊を駐留させて、任那諸国に大きな影響力を行使しておりました。しかし我が国が任那の地を奪って完全に併合《へいごう》し、百済も背叛《はいはん》的な行動に出ると、倭国はここが潮時と撤退してゆきました。八十年前のことです。爾来、半島における旧領と権益を収復する野心を、潔く棄て去ってしまったかのようです。もっとも倭国が海を渡って半島に押し寄せてきたのは、任那に産出する鉄が目当てのことゆえ、倭列島でも鉄が採れるようになった昨今、資源供給地としての半島の価値は、限りなく低下して当然です。軍隊を出すという労力をかけずともよくなったのですからね。また隋《ずい》、唐と直接交渉するに至り、百済などは中華文化の中継地としての利点も失いました。寧ろ漢土に隋、唐の巨大統一帝国が誕生したことにより、宿命的な仇敵の高句麗までもが、海を越えて倭国に媚《こび》を売らねばならぬ情勢となったのです」

　春秋はいったん口を閉ざし、自分の説明を徳曼が正しく理解しているか探る目になって、ふたたび語を継いだ。

「いえ、高句麗はともかくも、倭国にとって我が国と百済は、直接間接のいずれにせよ、半島からの撤退に追い込んだ愉快ならざる対手です。今回の争いは、勝手に潰《つぶ》し合えとばかりに海の向こうで面白がって高みの見物を決め込む、というところではないでしょうか。新羅と倭国の間に同盟のかろうじて成立する余地があるとすれば、表面的には銷《き》えているかに見える半島旧領への未練を、それこそ冷めた灰を吹き分けて燠火《おきび》を探し出すような具合で掻き立てる、これより他に手はありませんが、実に至難《しなん》の業《わざ》と思われます」

「それは高句麗だって同じでなくて？」

徳曼は焦れたような声をあげた。「七重城《しちじゅうじょう》に攻め寄せてきたのは僅《わず》か四年前よ。わたしたちの曾祖父、真興王《しんこう》から九十年も経つというのに、まだ新州《しんしゅう》を諦めてはいないのだわ。下手《へた》に同盟なんて持ちかけてご覧なさい、それこそ待ってましたとばかり舌舐めずりをして、十郡そっくり返せと迫ってくるに決まっている……あなた、まさか応じようというのではないでしょうね。だめよ春秋、絶対にだめ。そんな見返り、断じて許しませんからね」

「考えもしませんでした」

春秋は笑い飛ばすように云った。「新州を失ったが最後、新羅は唐へ使者を直接に派遣することのできない辺陬《へんすう》の小国に逆戻りですから」

「じゃあ、やっぱり同盟の話に乗ってくるとは思えない。それに、高句麗が百済と敵対していたのだって、大昔の話よ。憎み合っていても、所詮《しょせん》は同じ穴の貉《むじな》。共に扶餘《ふよ》族の近親憎悪というやつね。あの貪欲《どんよく》な侵略国同士が戦争を止めてから、もうどのくらいになると思って？」

「三十五年です」春秋は即答した。「最後の交戦は、高句麗から一方的に仕掛けた、領土的野心というよりも懲罰《ちょうばつ》的な意味合いの濃いもので、しかも百済は報復を慎《つつし》みました。よって両国間の偃武《えんぶ》は、いっそ百済が対高句麗戦を抛棄《ほうき》した時点から起算するのが妥当《だとう》であると思われるのですが、そうなると二倍半の八十八年、ほぼ九十年にも及びます」

「そう、九十年よ。結局、曾祖父さまが新州十郡を奪ったことで、百済と高句麗は槊《ほこ》を伏せたのです。二百年ものゆきがかりを棄てて」

「それでも殿下、わたしは高句麗に関する限り成算ありと見込んでいます。限りなく小さな望みですが、賭《か》けてみる価値はあると考えているのです」

「いったいどんな手で口説《くど》こうと云うの」

「長城をお忘れですか」

「長城ですって？　でも、あなたさっき、高句麗に期待できない理由として長城を挙げたのではなくって」

「それはそれ、これはこれです。高句麗が長城を築き始めたのは十年も前のことで、それでも完成に至ってはいない。あと数年は要するだろうと専《もっぱ》らの噂です。かかる規模の大きさは、ひとえに唐に対する恐怖心の純然たる発露《はつろ》です。高句麗のほうこそ、同盟国を求めているのではないでしょうか」

「歴史は繰り返す、とは云うけれど」女王は疑わしげな目を向けた。「隋帝が高句麗を攻めた状況が再現される、と？」

「それに備えての長城です」

「高句麗遠征《えんせい》——あんな愚行《ぐこう》、かつてなかったわ。それが原因で隋は国力を使い果たし、三十年と続かなかったのですから。唐の李世民《りせいみん》は賢明な皇帝と評判よ。楊広《ようこう》と同じ轍《てつ》を踏むかしら」

「名君の誉《ほま》れ高い李世民は、内治を充実させるその一方で、突厥《とっけつ》を撃破し、吐谷渾《とよくこん》を服属させ、高昌《こうしょう》を滅ぼし、吐蕃《とばん》をも手なずけました。賢帝のもう一つの顔は、楊広にも引けをとらぬ高慢で無慈悲な侵略者なのです。それを殿下、お忘れなきよう。今や、屈服せざるは東夷の高句麗あるのみ。よし、あの楊広にしてできなかったことを朕《ちん》が為《な》し遂げてやろう、そんな野望に駆られてもおかしくはありません」

「でも——」

「昨年末のことですが、李世民は答礼の使者を平壌《へいじょう》城に派遣しました。李大徳《りだいとく》というその使者は——」

「それならば聞いていています」徳曼は春秋の言葉をすかさず遮《さえぎ》った。「建武《けんぶ》王は唐が友好を恢復《かいふく》する兆しを見せたと喜び、大徳をことのほか厚遇《こうぐう》したとか？　大臣を彼の宿館に三度も派遣して、それはもう前代未聞のもてなしぶりだったそうですね」

「では、大徳の帰国後、彼が実は間諜《かんちょう》であったことが判明し、高句麗宮廷は大いに震撼、今なお余震の最中にある――ということはご存じでしょうか」

「何ですって」

「李大徳の官職は職方郎中《しょくほうろうちゅう》といって、詳しく地理を踏査《とうさ》し、精密な地図を作製するのが任務です。答礼使という偽りの仮面をかぶった大徳と彼の部下たちに、まんまと高句麗は長城の内側で彼ら本来の職務を遂行《すいこう》されてしまった、というわけです」

「…………」

「大徳の報告を聞いた李世民は喜色を露わにして、こう宣《のたま》ったとか。高句麗ハ本《もと》四郡ノ地ナルノミ」

「高句麗とは」徳曼は重く溜め息をつきながら云った。「そもそも中華の地であるに過ぎない、か」

「中華の地、すなわち華壌《かじょう》――と、この二文字は楊広が高句麗遠征の直前に発した出師《すいし》の詔《みことのり》に出て参ります。ただし李世民は、今はまだ民を労したくないと付け加えたそうですが。以上は、高句麗が独自に探り出してきたものです」

「よほど伝手《つて》があるのですね」

「高句麗も長安城に間諜を潜入させています。国の存亡がかかっているのですから」

「そうではなく、あなたが高句麗に。なるほど、あの国との同盟にこだわるわけがわかってきました」

「高句麗にとって望ましい同盟相手は、どの国でしょうか」

春秋の論は最終段階にまで進んだ。「倭国は距離的に遠過ぎ、唐に対する直接牽《けん》制《せい》の役を果たせない。必然的に百済か新羅の選択となりましょう。かつて百済は隋に遠征の助勢を三度も秘《ひそ》かに申し出、高句麗にそれを知られて怨みを買いました。百済の厚顔《こうがん》で卑劣《ひれつ》な遊泳術には、かつて友誼《ゆうぎ》を結んだ倭国も匙《さじ》を投げ、反覆の国と見限ったほどです。百済とはそういう国なのです。百済か、我が国か——高句麗がどちらを選ぶか、考えるまでもありません」

「どちらも選ばない、という選択もあり得るでしょう?」

徳曼は疑問を投げかけたが、もはや春秋は微笑するばかりで答えなかった。答える気がないのだ、と女王には察せられた。この先は論議でなく決断だ。逡巡《しゅんじゅん》の色を見せた後、やがて彼女は決然と顎を引いた。

「わかりました。高句麗と交渉を進めてください」

春秋は眉宇《びう》を開き、深々と頭を下げた。

「ただし念を押しておきますが、くれぐれも新州を譲ってはなりませぬ」

「その点はご安心ください。殿下のほうこそ、どうかこの一件をご内聞《ないぶん》に願います。毗曇《ひどん》や廉宗《れんしゅう》に知れたら、どんな妨害《ぼうがい》を仕掛けてこないとも限りません」

「云われるまでもないこと」女王は遺憾《いかん》の色を刷《は》いて声を尖《とが》らせた。「あの者たちにとっては、国益より、あなたに点数を稼がせないことが優先されるのですもの。それはそれとして、交渉は難航が予想されてよ。いったい誰を使者に派遣するつもりなの？」

心外な、とばかりに春秋は目を見開いた。

六

金春秋《きんしゅんじゅう》が王宮を出た時、すでに闇の帳《とばり》が厚く降りていた。夜空には無数の星々が神秘の輝きを帯びて運行を続けている。先月造畢《ぞうひつ》したばかりの瞻星台《せんせいだい》では、熱意あふれる天文士たちが、夜通し交替で観測に努めていることだろう。

前庭を正門に向かって歩き始めると、二頭の馬を牽《ひ》いた男が暗闇の中から抜け出るように現われた。

春秋と同じく細身の上下を着込み、腰に長剣を佩《は》いている。すらりと背が高い体軀は春秋の輪郭《りんかく》とぴったり重なるもので、そればかりでなく優美に整った顔立ちまでもが酷似していた。ことに今のような星明かりだけが頼りとなると、傍目《はため》には見分けがつきかねるほどで、実は年齢の隔《へだ》たりがひと回りあるのだが、春秋が四十歳とは思われぬ若さを保持しているため、年下の従者との外見的な差を探すことは極めて困難だった。

「さあ出発だ、君解《くんかい》」

春秋は姿容《しよう》まで彼に忠実な従者に向かい、うなずいて云った。「予想以上に時間を要したが、允許《いんきよ》は得た」

「春秋さまが自ら乗り込まれることも、承認なさったのですか」

「使者の派遣までは理詰めで説得した。わたし自身が行くことは——実力行使だ」

春秋は腰に手をやって、帯の締め具合を調節した。それから左右の襟元《えりもと》をかき寄せた。首筋に生々しく残っていた赤い咬痕《かみあと》が、それで隠された。

「二度だ」

「ほ、それはそれは」

「允許そのものは一度目で得たのだが」春秋は厳粛《げんしゆく》な口調で云う。「これが今生《こんじよう》の別れになるやも、と泣き付かれてな。云われてみれば成程その通りだ。不覚にも情が湧《わ》いて、二度目に及んだというわけだ」

温《おん》君解の目が、星明かりを映して濡れたように光った。嫉妬の色と主君に気づかせないほど、一瞬のことだった。

直立不動の門衛に見送られて、王宮の正門を出ると、主従はそれぞれ馬に跨《また》がり、丘陵を下りた。

星影を頼りに北に向かって徐那伐《じょなばつ》盆地を駆け抜け、ほどなくすると闇の中に蹲《うずくま》ったような小さな仏閣が見えてくる。栢栗《はくりつ》川の支流が東西に横断する手前。寺名を墨《ぼく》胡《こ》寺《じ》といい、通称は高麗寺《こうらいじ》と呼ばれているように高句麗と縁の深い寺である。


新羅《しんら》の仏教は、高句麗からの渡来仏教を母胎《ぼたい》とする。仏法が新羅で公認されて今は百年をようやく超えたばかりだが、その始源を尋ねれば、さらに百年を遡《さかのぼ》り、墨《ぼく》胡子《こし》という名の高句麗僧の渡来、布教に行きつく。

当時は高句麗としても、苻《ふ》氏の大秦《だいしん》からの渡来僧により仏教を伝えられて五十年になるやならずやの頃で、いわば揺籃《ようらん》期を脱していなかったが、早くも異国への布教を志す沙門《しゃもん》が現われるまでに仏教熱は昂揚《こうよう》していたわけである。

いっぽうの新羅では、長きにわたった扶餘《ふよ》の軛《くびき》――すなわち高句麗の支配下から脱すべく抵抗、反撃、独立への準備が秘かに開始されたばかりで、当の敵性国から渡来した異教が国家次元で受容されるなど、およそ望めぬことであった。

しかしながら墨胡子の法灯は、彼の創始になる一小刹《しょうさつ》にその名を冠して受け継がれ、細々と今に至っているのである。興輪寺《こうりんじ》、皇龍寺《こうりゅうじ》、祇園寺《ぎおんじ》、実際寺《じっさいじ》、永興寺《えいこうじ》、はたまた徳曼の御代《みよ》になって完成した芬皇寺《ふんこうじ》、霊廟寺《れいびょうじ》のように国家事業の一環として建立《こんりゅう》されたのではなかったが、墨胡寺は新羅仏教の真の濫觴《らんしょう》として崇敬《すうけい》され、高句麗語による仏典研究の拠点であり、かつまた高句麗からの亡命僧の受け入れ先ともなっているのだった。

主従が正門の前で馬を止めると、待っていたように一人の僧侶が馬を牽いて星明かりの下に進み出てきた。

達磨《だるま》めいて丸々と肥え太り、肌のつるりとしたその顔も満月を思わせて福々しい。あたかも大小の円を縦に重ね載せ、短い手足を申し訳程度に生やしたかのような記号的体形である。

厚手の僧衣は一目で旅装用とわかる。編目の麁《あら》い僧帽を被り、錫杖《しゃくじょう》を斜めに背負っている。馬は二頭で、革の鞍《くら》を置いた栗毛が自らの騎馬用、もう一頭は丈夫な駄馬で、三人分の更衣《こうい》と食糧、道中に必要なその他の品々を包んだ荷駄を背に乗せていた。

「和尚《おしょう》」春秋は急いたように声をかけ、それでは大いに礼を失すると気づいて、馬を降りた。「こんな時間だが、状況は逼迫《ひっぱく》している。すぐに出発したい」

「春秋さま、今か今かとお待ち申し上げておりました」

墨胡寺の玄鍼《げんしん》和尚は、甲高《かんだか》い、やや女性的な声で応じた。「見ての通り、準備万端整っております」

「では急ごう」

「その、整ってはおるのですが……」

春秋は、いったん鐙《あぶみ》にかけた左足を地面に下ろした。続いて彼の眉が顰《ひそ》められる。玄鍼の背後から、これも馬を連れた人影が挑むような足取りで現われ出たことに気づいたからだ。

それよりも早く、馬上の温君解が鐙で馬腹《ばふく》を蹴《け》ろうとしていた。春秋を護《まも》るべく間に馬を乗り入れようとしての動きだった。従者はすぐに小さく吐息《といき》し、緊張を解いた。

「おまえか」

春秋は厳しい声で云った。

「父上、どうか法敏《ほうびん》もお連れくださいさい」

まだ二十歳《はたち》前かとも見える若者が、抜き合わせるような力強さで請願した。頰の辺りに少年の幼さが香り、繊細で優美な造作《ぞうさく》の一つ一つは、まさしく父親譲りではあったものの、骨格は案外に逞しく、武人の形質——春秋には片鱗《へんりん》もない——をあからさまに、多分に誇らしげに主張している。「わたしも、準備万端整えて参りました」

若者は裾長《すそなが》の外衣《がいい》をまとった旅装で、剣を背中に斜めに負っていた。荷物は鞍の後ろに振り分けにしている。

にわかに周囲の空気が硬化した。

「夕刻、お見えになりまして」とりなすように玄鉞が割って入った。「若さまのご決意、並々ならぬものと拝察いたしましたが」

「ならぬ」春秋の返事はにべもない。「同行は許さぬ。何度申せばわかるのだ。その齢《とし》で無謀が過ぎるぞ」

「剣には自信があります」

金法敏は、腰に吊った長剣を握り、ぐっと突き出してみせた。「母方より、今は新羅に吸収された金官加羅《きんかんから》王家の血を受けついでいるお祖父《じい》さまに手ずから教えてもらった金官加羅の秘剣です。無謀なのは、いっそ父上のほうではありませんか。護衛の剣士団も連れず、高句麗に入ろうとするなんて」

「父は密使だ。正式な使者に非《あら》ず。仰々《ぎょうぎょう》しい護衛など無用」

春秋はきっぱりと云い、馬上の従者に視線をちらりと走らせて続けた。「君解がいれば、それで充分だ」

「わたしだって、お役に、お役に立ってみせます」

「法敏、その憤怒がわからぬ父ではない。おまえは古陁炤娘《こだしょうじょう》と最も仲のよかった弟だ。姉の仇討《かたきうち》と考えているのだろう」

「いいえ、そ、そのようなことは……」

「父も愛娘《まなむすめ》を亡くした。鬱屈《うっくつ》はおまえと同じだ。しかし、勘違いをしてはならぬ。密使を志願したのは、祖国を存亡の瀬戸際《せとぎわ》から救うため。私怨《しえん》を霽《は》らすのが目的ではない」

「それは、法敏にだってわかります、わかりますが……」

春秋の嫡男は、黙し難い思いに顔を歪めていた。そして結局、堰《せき》を切ったような勢いで本音を口にし始めた。「姉上は──異国の牢獄の冷たい土の下に塵芥《じんかい》のように埋められた姉上は、不浄な罪人どもの汚れた足に踏みつけにされているのです。死んでなお辱められているのです。わたしは、高句麗の力を借りてでも百済を滅ぼし、姉上を故国の土にちゃんと葬って差し上げたい」

「法敏、さような私情、父の前で二度と口にするな」

春秋の口調は厳格を超え、秋霜烈日《しゅうそうれつじつ》を極めた。「おまえも王族の端《はし》くれなれば、第一義に国のことを、民のことを思え。何は措《お》いても国のため、民のためと考えよ。己の思いを優先させてはならない。考えるなとまでは云わぬが、私的な感情に動かされる勿《なか》れ」

法敏は横面《よこつら》を張り飛ばされたような顔になった。春秋の叱責《しっせき》は一種の帝王学であり、しかも平素ことあるごとに説諭されていた。だからこそ、熱く奔騰《ほんとう》してやまない私情の極点にあっても、若者の胸はこのうえもない鋭さの精度で抉《えぐ》られたのだった。

「わかりました」と、いったんは弱々しくうなずき、それでもなお食い下がった。「ですが父上、わたしはついて参ります。行《こう》を共にしたいのです。及ばずながら父上をお護りするため」

「剣の力では生きて帰れぬやも。譬《たと》えるならば高句麗は虎穴《こけつ》で、そこに虎児《こじ》を得にゆくようなものだ。仲立ちの労を取ってくださった当の玄鏃和尚でさえ、命までは保証の限りに非ずと仰せである。それでも父は行かねばならぬ。おまえは残れ、法敏」

「いいえ、わたしは――」

「父に不慮《ふりよ》あれば、跡は誰が継ぐのだ。誰が新羅を護るのだ」

「仁問《じんもん》が……」

法敏の声は先細りになって、萎《しぼ》んだ。

静寂が戻った。

と、闇の中に新たな蹄《ひづめ》の音が、耳を澄ますまでもなく、もう存外近くに聞こえた。門前で対峙《たいじ》する四人の前に、騎馬が並足で乗りつけてきたが、

「止まれ、こ、こらっ、止まれったら」

ひどく焦っているらしい声を残して、通り過ぎていった。馬は前方の闇に溶け込む寸前、かろうじて止まり、騎乗する小柄な人物が、いかにも危なげな手つきで手綱を操っているのが見えた。

馬は反転した——まではよかったが、不用意に動かした鐙が腹を蹴ったせいだろうか、いきなり速足になって戻ってきたかと思うと、あっという間に四人が見守る前を通過した。

「あっ、あいつ——」

法敏が叫んだ時には、君解の馬が動いていた。夏の高原の風を思わせる柔らかい駆けぶりで、すぐにも追いつくと、僅かの間だけ並走して止まった。

二頭はすぐに引き返してきた。君解は左手で自分の馬を操り、右手は捕らえた馬の手綱を握っていた。先に馬から降りると、牽いてきた馬に向かった。最初は見守るだけのつもりのようであったが、乗り手の要領を得ない様子を見かね、

「さあ、若さま」

声をかけて促し、両腕を伸ばして鞍から抱き下ろしてやった。

「ありがと、君解」

引け目を感じた様子の微塵もない、素直で元気いっぱいの声が夜気をなごませた。騎馬の主が小柄なのも道理で、彼はまだ十代のごく前半と見える少年だった。

夜目にも白いその顔は父の春秋に瓜二つで、兄の法敏のようにいずれ自己主張するであろう武人の形質は、まだ発芽前であった。頭巾《ずきん》を取れば総角《そうかく》が顕《あらわ》れるはずだ。

外出用の上着を羽織っているのは旅装のつもりであるらしく、背中に吊っているのは稽古《けいこ》用の木剣である。真剣は元服《げんぷく》後に父から賜ることになっていて、それにはまだ何年もかかる。彼はまろぶように法敏の前に駆け寄ると、片膝をつき、不退転の決意がにじむ勢いで云った。

「兄上、どうか仁問もお連れください」

「お、おまえ、どうしてここが……」

「準備万端、整えてきました」

「そんなこと聞いちゃいない。どうしてわかったのだ、おれがここにいるって」

「兄上があんまり父上のまわりをこそこそしているから、おかしいと思って、兄上の様子をうかがうことにしたんです。そしたら――」

「こいつめ、おれの後をつけてきたんだな」

「お願い。きっと役に立ってみせるよ」

「おまえなんか何の役に立つ。足手まといになるだけだ」

「兄上と一緒に行きたいんです」

「いいか仁問、これはお遊びじゃないんだ」

「わかってるよ。ねえ、お願いだから」

「おまえの齢じゃ、無謀が過ぎるだろう」

自信を以てとどめを刺したつもりが、刺されたのは彼のほうだった。

「法敏」春秋は宣告した。「どの口で父の言葉を云う」


「行っておしまいになった――」

悄然《しょうぜん》、肩を落として法敏は見送った。

北に向かって去った四つの馬影《ばえい》は、たちまち闇の厚い緞帳《どんちょう》に閉ざされた。蹄鉄《ていてつ》の意志的な響きも、徐々に小さなものになってゆく。

「生きて、お帰りくださるだろうか」

法敏は独りごちるように云った。心底その声は心細げで、呆《ほう》けた響きすらあった。気負いも虚《むな》しく置き去りにされて、彼は突発的な虚脱状態に陥《おちい》っていた。自嘲《じちょう》めいた口調でこうも続けた。「ふん、今のおれにできるのは、父上の無事を祈ることだけかよ」

そして己の体たらくに気づき、顔を歪めた。「こんなにもだらしのない男だったのか、おれってやつは」

「兄上」

仁問が不安そうな顔を向け、法敏の手を求めてきた。法敏はその小さな手をぎゅっと握り返してやった。

「父上が帰ってくるまで、兄上が、わたしたちの父上でいてくださいね」

「仁問――」

「お母さまも、兄上を頼りにされるはずです」

熱く胸にこみ上げるものを覚え、法敏は夜空を振り仰いだ。その瞬間、星々のきらめきにまぶしく目を射られたと思った。いや、そんな受動的なものではない。勝手に瞳が自ら進んで星の輝きを吸収し、それも、吸い尽くそうといわんばかりの貪欲さだ。

みるみるうちに眼球が横溢《おういつ》する光彩で満たされてゆくのを彼は感じた。そのめくるめく感覚の中で、数日前、父の春秋に連れられ、天文観測施設を見学した時のことが思い出された。

本格的な瞻星台を建てるには多額の資金が必要で、我が国には無用とする意見が朝議《ちょうぎ》で大勢《たいせい》を占《し》めたという。立派な瞻星台が唐《とう》の都、長安《ちょうあん》にある、そこで作成される暦《こよみ》を今まで通り使えばいいではないか、と。圧倒的な反対を押し切ってまで建設を推進したのが父だと、法敏は聞いていた。

その夜――、切り出した花崗岩《かこうがん》の匂いもまだ新しい瞻星台では、天文士たちが熱心に観測を行なっていた。彼らのよき理解者であり庇護者《ひごしゃ》である春秋が、嫡男を伴って訪れたことに誰もが満面の喜色で迎えた。

正直云って法敏は、どうして父が瞻星台に固執《こしゅう》したのか理解できなかった。子供でもあるまいに大の大人が一晩じゅう星の動きを見続け、記録することに何の意味があるのだろう。

天文士たちは熱を込めて説明してくれた。観測地点が違えば、夜空も微妙にずれて見える。その僅かの差異を把握《はあく》することが重要で、そのためには新羅の王都にも一級の瞻星台がなくてはならない。要するに自国の夜空を治め得て、初めて国を統治することができるのだ、と。

だが結局よくわからなかった。昼間、剣術の稽古に打ち込み過ぎて身体は疲れきり、早く屋敷に帰って布団《ふとん》に入りたいという思いが募るばかりだった。それでも、帰りの夜道で父が唐突に馬を止め、夜空を仰ぎながら口にした言葉は、なぜか今も記憶に鮮明だ。

「輝いてこそ、星だ。人は、星たらねば。そう思わないか、法敏」

自分は何と答えたのだったか。彼は今、父の言葉を声に出してなぞった。

「輝いて——何ですか、それ」見上げる仁問が不思議そうに訊いた。

「ちえっ、変だなあ」直接は答えず法敏は云った。「父上が見えなくなったら、おまえを引っぱたいてやるつもりだった。いいところを邪魔されてなきゃ、惨めに取り残されることにはならなかったんだ。だのに、どうでもよくなった。おまえの云う通りだよ、仁問。父上のいない間、おれたちが母上をお守りしなくては。おまえだって老且《ろうしょ》や仁泰《じんたい》たちの父親代わりになってやるんだぞ、いいな」

「はい、兄上」

「ようし」法敏は顔を上げて今いちど北を見やり、耳を澄ました。「もう蹄の音も聞こえなくなった。帰ろう」

繋いでいた弟の手を離し、自分の馬に向かいかけ、ふと何かを思い出したように立ち止まった。「蹄の音? おい、仁問。おまえが近づいてくるまで、蹄の音が全然しなかったのはどういうわけだ」

鞍によじのぼっていた仁問の姿は、慌てて逃げ出そうとするかのようだった。法敏は駆け寄って弟を引きずり下ろした。

「や、やめてよ、兄上」

「こいつめ、ちゃんと説明しろ。おまえ、ずっと前から、近くにこっそり隠れてたんだろう。あの頃合になって出てきたのはどうしてだ。ほら、云えよ仁問。引っぱたかれたいか――やっ」

驚きの余り法敏は、仁問を強く揺すぶるのを止めてしまった。

「父上か！　そうか、そうなんだな？」

羽交《はが》い締《じ》めにされた苦しさに眉を顰めながら、仁問は笑顔をつくった。

「兄上がこそこそ嗅《か》ぎまわっているのを、父上はとっくにお気づきだったんです。だから王宮に出かける前に、わたしをそっと呼んで、命じたんです。こうやって兄の邪魔をしろって――」

「策を授けたのか」

「父上によれば、わたしは兄上にとって弱味なんですって。ねえ、そうなんですか」

「くそっ、ひと芝居打たれたってわけか。とんだ策士だな、父上は。いや、父上が策士だってことは前から薄々わかってたんだが」

「何？」

「策士の子です」仁問はうれしそうに云った。

「兄上も、わたしも」

自分でも気づかないうちに法敏は笑い声をたてていた。「変だな、何だか父上が無事に帰ってくる気がしてきたよ。うん、父上は生きて戻ってくる、必ずな」

心の底からの確信を込めて云い、腕から力を抜いた。羽交い締めから解放された仁問を馬のほうへ押しやり、すぐに考え直して抱え上げ、鞍の上に乗せてやった。

「明日からは、兄が乗馬の稽古をつけてやろう」

七

金春秋《きんしゅんじゅう》は、達句火《たくか》、州都の一善《いちぜん》、古《いにしえ》の沙伐《さばつ》国が領していた沙伐、冠文《かんもん》と北上し、その先の鳥嶺《ちょうれい》に差しかかった。峻嶮《しゅんけん》な小白《しょうはく》山脈を抜ける六十の峠道の中で鳥嶺が随一の難所と称せられるのは、その名の由来が「鳥も越え難い嶺《みね》」であることからも察せられる。

すでに紅葉が始まっていた。峠の頂《いただき》から俯瞰《ふかん》する眺めは、幾重《いくえ》もの稜線が見渡す限り紅《くれない》と黄に染まって、壮大なうねりを見せる色鮮やかな錦繍《きんしゅう》の大海原だった。ところどころで顔をのぞかせる片麻岩《へんまがん》や花崗岩の奇岩怪石群が、風景に神秘の興《きょう》趣《しゅ》を添えている。

その景勝を愛《め》でている余裕が、春秋にはなかった。苦労して手綱を操り、ひたすら馬を急がせた。ただし胸中《きょうちゅう》では曾祖父王の偉業を偲《しの》ばずにいられなかった。

拓境《たくきょう》――国の領域を広げたという意味において、真興《しんこう》王こそは新羅における〝広開土王《こうかいどおう》〟であった。王の治世下で、国土は倍増した。

名将金居柒夫《きんきょしつふ》に率いられた新羅軍は怒濤となって鳥嶺を越え、遙か遠く、西の海にまで通じる広大な領域を獲得した。

新州――新たな領土として編入された土地には、高句麗《こうくり》と百済《ひゃくさい》が久しく領有を争ってきた歴史があった。両国ともに国王の命を犠牲にするほど、血みどろの鬩《せめ》ぎ合いを展開した。頽勢《たいせい》が必至となるや、百済は起死回生をかけて新羅に同盟を乞い、援兵を得て高句麗を駆逐《くちく》した。その地を、ただちに真興王は奪ったのである。

九十年前のことだ。まさしく鷸蚌《いっぽう》の争いにおける漁夫の利。いや用意周到、もとよりそれが同盟に応じた狙いであった。長年の仇敵同士だった高句麗と百済は偃息《えんそく》し、新羅は両国から恨《うら》みを買うこととなった。

だが、それに見合うだけの価値は大いにあった。領土の拡張というに留《とど》まらない。半島を東西に貫通し、百済、高句麗のどちらにも頼らず、邪魔もされず、中華大陸の帝国に自力で使者を出せる国となったのだから。

同盟相手のよもやの裏切りに逆上した百済王の明穠《めいじょう》は、反攻を焦るあまり拙劣《せつれつ》に出陣し、自滅的な討死を遂げた。百済は窮地《きゅうち》に陥り、それにつけ込んだ真興王は宿願だった任那諸国の完全併合をも果たした。

半島東海岸の小盆地に発祥し、長く中華文明の僻陬《へきすう》と見なされてきた新羅の隆《りゅう》盛《せい》、発展は決定的なものとなった。

かくして歳月は流れ、今、明穠王の玄孫《やしゃご》がついに反撃を開始した。新羅と百済の国境を睨む難攻不落の要塞《ようさい》、大耶《だいや》城が百済軍の手に落ちたのは、義慈《ぎじ》王の決意が不退転のものであることを物語る。いずれ新州に手を伸ばしてくるのは必至だ。

新州はある意味、百済からというより高句麗から奪い取ったものといってよく、その奪取者の曾孫である自分が高句麗に同盟を求めにゆくとは、何という皮肉な巡り合わせか——ともすれば己の使行に自嘲めいた鬱屈が湧き上がりそうになり、それを春秋は意識して抑え込まねばならなかった。

難儀して鳥嶺を越えると、国原《こくげん》に出た。新州の東端に位置し、真興王が小京《しょうきょう》を置いて占領統治の要《かなめ》とした地である。これより先は、北西に向かって流れる阿利水《ありすい》に沿って馬を進めた。徐那伐《じょなばつ》を出てから五日目の夕刻には、北漢山《ほくかんざん》の一支峰を極めていた。

頂から南側の眼下を一望すれば、広大な平野を東西に貫いて青龍《せいりゅう》のような阿利水の巨体が横たわり、滔々《とうとう》たる河川の流れは太陽の沈みゆく彼方を目指している。烟《けぶ》る夕靄《ゆうもや》に包まれたその先は海であった。

阿利水という名は、かつてこの河川流域を支配していた高句麗人が呼んだもので、古く魏晋《ぎしん》の帯方郡《たいほうぐん》の頃には帯水《たいすい》と呼称されていた。今となっては新羅ふうの呼び名に改めてもよかったが、差し迫ったことでもなく、引き続き阿利水と口にして誰もいっこうに気にかけなかった。

その壮大な落日の眺望《ちょうぼう》に、三人は背を向けていた。北面して、山頂の巨岩に屹《きつ》立《りつ》する一個の石碑に向き合っていた。碑石それ自体は大人の背丈《せたけ》ほどだが、岩盤を整形した三層からなる基壇の上に設置されているため、見上げるばかりの高さがある。石蓋《いしぶた》付きの方形切り石。苔生《こけむ》した表面が西陽《にしび》の斜光に染まり、古態《こたい》な赤緑の輝きを渋く返照《へんしょう》するかのごとくである。建立されて百年を経ていないが、すでに荘《そう》厳《ごん》な古碑《こひ》の趣《おもむ》きを帯びていた。吹きさらしの山頂で風雨に曝《さら》されて碑面が摩滅《まめつ》し、彫り込まれた文字は判読しづらい。それを春秋は声に出して読み上げていった。

「――管境巡狩《カンキヨウジユンシユ》シ、民心ヲ訪採《ホウサイ》シ、以テ労賚《ライ》セント欲ス。如《モ》シ忠信ニシテ精誠、才超エテ厲《レイ》ヲ察シ、勇敵ト強戦シ、国ノ為《タメ》ニ節《セツ》ヲ尽クシテ功有ルノ徒《ト》有ラバ、爵《シャク》物《ブツ》ヲ加賞《カショウ》シ、以テ勲効《クンコウ》ヲ章《アキ》ラカニス――」

荘重《そうちょう》な文面は、彼の頭に、胸に、己の血肉と化して刻みつけられている。春秋は二十七年前、父に連れられて北漢山に登り、この碑文と対面した。辺陬の徐那伐から文明の中心長安へ、一本に道が繋がったことを誇るべく建立された真興王の管境巡狩碑《じゅんしゅひ》。それを目にした感激は、今なお昨日のごとくに鮮明だ。十三歳だった彼は、その時、天の啓示《けいじ》を受けたように自ら奮って誓いを立てたのだった——曾祖父の志《こころざし》を継ごう、と。爾来、節目《ふしめ》の亥年《いどし》ごとにこの峰に登っては碑を祀《まつ》ることを自分に課してきた。

春秋が刻文の朗誦《ろうしょう》を終えると、にわかに陽が翳った。太陽が海に没し去ったようだ。

「噂には聞いておりましたが」温君解が感に堪《た》えた口ぶりで云った。「これほど立派な石碑でしたとは」

「曾祖父王の」春秋はうなずき、神妙な顔つきで碑石を見上げた。「自負の表われであると同時に、後継の者への誡《いまし》めでもあろう。新羅という国を永遠に富み栄えさせよ、と。忠信にして精誠か——そうとも、このわたしこそ率先して忠信精誠、祖国に節を尽くさねば。高句麗行きは、その実践の第一歩だ」

「仏教者の立場からも、一言申し述べさせていただけますかな」小声で経文《きょうもん》を唱えていた玄鉞《げんしん》が顔を上げた。「真興王さまは新羅の領域を拡大したのみならず、仏法信仰の徒としても偉大なお方でございました。徐那伐に櫛比《しっぴ》する大伽藍《だいがらん》はどれも王がお建てになったもの。皇龍寺の丈六金銅仏《じょうろく》の鋳造《ちゅうぞう》を発願《ほつがん》なさったのも王です。晩年には剃髪《ていはつ》して僧になられ、法雲《ほううん》と自ら号して大往生を遂げられました。かくも仏法を信じ抜かれた国王は高句麗にも百済にもおりませぬ。新羅こそ三韓仏教の中心にならん、という墨胡子《ぼくこし》さまの予言は必ず果たされるでありましょう。拙僧《せっそう》としても、生国《しょうごく》の高句麗を見限って、新羅で仏道修行する道を択《えら》んだ甲斐《かい》ありと申すもの。春秋さまよりは常々、故国との縁《えにし》を大切にせよと云われて参りましたが、それを役立てるのは今この時と勇躍しております。憚《はばか》りながら巡狩碑の前で経典を誦し、使行の成功を仏に祈った次第にございます」

玄鍼に向かい、春秋は恭《うやうや》しく敬礼《きょうらい》する。

間もなく三人は、迫り来る闇に追い立てられるように山頂を後にした。

馬を繋《と》ぎ留めた八合目辺りの木立まで引き返し、それより先は夜明けを待って下山することに決めた。焚火《たきび》を起こし、携行した糧食を食べ終えると、熊の毛皮に包《くる》まって身を横たえた。

夜の到来とともに山の空気は急激に冷え込みだしていた。野宿も五夜目とあって、身体が節々に疲れを訴えている。目を閉じると、春秋はたちまち深い眠りに落ちていった。

どれほど眠っていただろう。目を覚ますと周囲は暗く、まだ夜中のようだった。

空を見上げても、月も星もない暗黒の空間が広がるばかり。ただ目の前の石碑だけが、まるで自ら発光するように薄《うつす》らとした透明な輝きに包まれている。巡狩碑だと？　春秋は目を見開いた。どうしてまた山頂に上がってなどきたのだろう、しかもいつの間に――と訝《いぶか》しむ間もなく、石碑に変化が起こった。輝きが強まり、石碑の輪郭が光の奔流の中に融《と》けるように呑《の》み込まれた。すぐに目を開けていられなくなった。声が、地から湧き上がるような森々《しんしん》とした声だけが、聞き取れた。

「――なぜ北へゆく」

春秋は動顚《どうてん》した。何だ、これは。夢か、夢を見ているのか。が、夢の中というには余りに生々しい声の響きだ。

「――なぜ南へゆかぬ」

南？　倭国《わこく》のことか？　高句麗ではなく倭国へゆけ、そう指図しようというのか。状況の奇怪さも忘れ去り、思わず春秋は反論を口にしかけた。ところが舌が硬直し、一言も発することができなかった。姿の見えぬ相手の声のみが一方的に耳に流れ込んでくる。

「――半島南岸から北上し、この帯水一帯に至るまでの広きが、そもそも韓族本来の土地であった。しかし漢の武帝《ぶてい》が四郡を設置したことで、韓は中華の侵略を甘受《かんじゅ》した。時代が下り、遼東太守《りょうとうたいしゅ》の公孫康《こうそんこう》が楽浪郡《らくろうぐん》を割《さ》いて帯方郡を新設し、漢人による支配はいっそう強固なものとなった。その公孫氏を魏《ぎ》の曹丕《そうひ》が滅ぼし、半島侵入をうかがう高句麗も討つと、それを好機に韓の諸部族が蜂起《ほうき》したのも当然といえば当然であろう。だが帯方太守を討ち取ったものの、戦いに利あらず、蛮族の叛乱《はんらん》として討伐を受け、韓族独立の夢はあえなく断たれた。一方、曹氏の魏もすぐに司《し》馬《ば》氏の晋《しん》に帝権を奪われ、晋は匈奴《きょうど》に敗れて南遷《なんせん》し、文明の中心であった中華大陸は、五胡《こ》十六国が目まぐるしく興亡する大動乱に突入した。かくて中華の支配が緩んだ隙を衝《つ》き、楽浪、帯方の二郡を滅ぼして、北から半島に侵入してきたのが高句麗だった。韓族のできなかったことを高句麗が代わりに果たしたのだ、悔しいことにな。さらには高句麗の別種が馬韓《ばかん》諸国に支配力を発揮し、百済を名乗って覇を唱えた。扶餘《ふよ》族の国同士が、帯方郡の故地――遡れば韓族の故地であるが――を巡って争い始めたのは遺憾《いかん》千万なれど、討伐された衝撃から立ち直れぬ韓族は、ある時は高句麗の支配下で頤使《いし》され、ある時は百済の庇護下に汲々《きゅうきゅう》と安んじるより他なかった。中華の軛が扶餘の軛に替わっただけであった。だが、戦いに明け暮れる扶餘の両国を尻目に、辰韓《しんかん》十二国の雄《ゆう》であった斯盧《しろ》国が盟主となり、韓族を糾合《きゅうごう》し、着々と力を蓄えていった。時に新盧《しんろ》、時に斯羅と呼ばれた国名も、ついに我が祖父王の代に正式に定まった。新羅、と」

　春秋は固唾《かたず》を呑んだ。では、やはりあなたは真《しん》……そう叫ぼうとした。が、依然として声にはならない。

「――そして、このわしは帯水一帯の土地を奪還し、それを記念してこれなる石碑を刻んだ。南では弁韓《べんかん》、すなわち任那の十二国を悉《ことごと》く併合し、倭の残存勢力を一兵残らず海の向こうに叩き出してやった。だがしかし、扶餘族を一掃《いっそう》することまでは叶わなかった。春秋よ、我が曾孫《ひまご》よ、この碑の前で立てた誓願をわしは知っておる。ゆえ、おまえにこそ望もう。扶餘族を掃き出し、半島を韓族の手に取り戻してくれんことを」

春秋の背を戦慄が駆け抜けた。百済を滅ぼし、高句麗を北帰《ほっき》させる――それこそが彼の宿望であった。だが現実問題として、滅亡の瀬戸際に追いつめられたのは新羅であり、それを免れるために、高句麗の援助に縋《すが》らざるを得ない状況なのだ。それにもかかわらず、声は断定的に命じるのである。

「――おまえのゆくべきは、北に非ず。南なり。春秋よ、南へゆけ」

「南へ、どうして南、倭国なのです」

今度こそ声が出た、と思った瞬間、一気に夢から覚めていた。

温君解と玄鉞が心配そうな表情で覗き込んでいた。春秋は上体を跳ね起こすと、周囲を見回した。ほどなく夜明けとなる澄明《ちょうめい》な気配が辺りに立ち込めている。石碑の前などではなく、馬を繋いだ木立の中だ。傍らには、すっかり冷えきった焚火の痕があった。

「ひどく魘《うな》されておいででした」君解が云った。

「わたしは――何か云っていたか？」

「聞き取れるようなことは何も」玄鍼が首を横に振り、君解が同調してうなずいた。

警告なのだろうか――春秋は視線を宙に泳がせた。高句麗には行くな、という。と、右手が何かを握っていることに気づき、ゆっくり手を開いた。千切れた蔓《つる》が現われた。

「葛《かずら》、のようですね」不思議そうに君解が云った。「この林に葛など一本も見かけませんが」

八

北漢山――主峰の名を以て、そう総称される山塊《さんかい》群を半日がかりで踰《こ》えると、その先は開けた曠野《こうや》を、まっすぐ北に向かって駆けつづけた。
夕刻を待たず、金春秋《きんしゅんじゅう》と温君解《おんくんかい》に玄鍼《げんしん》和尚の三人の行手には大河が立ち塞《ふさ》がった。目を凝らしても、遙か彼方の対岸は霞《かす》んで見分け難く、果てしない水の連なりが滔々《とうとう》と広がるばかり。晩秋の陽射しを浴びた川面《かわも》に、微光《びこう》の縞《しま》模様が寒々と織り成され、爾後《じご》の行程の困難さを暗示するかのようだった。

七重河《しちじゅうがわ》を渡れば対岸は高句麗領となる。すなわち、この地こそは新羅《しんら》最北の辺《へん》陲《すい》であり、扶餘《ふよ》族の軍事強国に対峙する最前線に他ならない。

実際ここまで来る間、隊伍《たいご》を組んで巡邏《じゅんら》する兵士の一団と幾度も遭遇《そうぐう》した。面上に緊張《かんげき》の色を漲《みなぎ》らせない者は一人として見なかった。南で百済が大耶《だいや》城を掠《かす》め取った間隙に乗じ、高句麗が再び侵略してくるのではないか——北の国境守備の重責を担う七重城主の懸念《けねん》が、一兵卒に至るまで正しく行き渡っている証左であろう。

金春秋たちは、殺気に近い誰何《すいか》を幾度となく浴びせられ、そのたびに、巡察使の証《あかし》である馬蹄《ばてい》の紋章《もんしょう》を陽刻《ようこく》した金牌《きんぱい》を見せることで事なきを得てきた。

「くどいようですが」鞍の上で伸び上がって対岸を睨んでいた温君解が、東に位置する七重城の方角を指差して云った。「大将軍に一声かけておかずとも、本当によろしいのでしょうか」

「そのことならば」春秋は応じる。「放念せよと申したではないか」

「しかし、春秋さまの高句麗密行を大将軍が知っていれば、いざという時には七重城から救出部隊を潜入させられます。やはり必要最小限の予防策は講じておくべきか、と」

「わたしの覚悟を鈍《にぶ》らせてくれるな、君解」

春秋の声音は静かだった。

従者は、はっとした顔になり、自責の念に頬を歪めてうなだれた。「そうでした、お許しください。春秋さまのお気持ちはわかっているつもりでおりましたのに」

「それだけではない」

従者というより友を気遣《きづか》うように春秋は言葉を継いだ。「毗曇《ひどん》や廉宗《れんしゅう》に気脈を通じてはいまいか――金閼川《きんあつせん》の向背《こうはい》が未だ見極められずにいるのも、七重城に立ち寄らぬ理由の一つだ。高句麗に行くと知って、わたしを足止めにかかるかもしれないからな」

「されば」玄鉞がうなずいた。「これより先は拙僧がご案内つかまつりましょう」

三人は七重河の流れに騎影を映し、あわあわと秋陽を孕んだ薄《すすき》の白い穂波が、見渡す限りに揺れる河原を進んでいった。太陽はいったん傾くや、何の未練もなげに西空を滑《すべ》り落ちた。

夕闇の気配が忍び寄り始める頃、先頭をゆく僧侶《そうりょ》は馬を止めた。群生する薄の中に埋もれるように建った小宇《しょうう》の前だった。その軒先《のきさき》に、彼が被っているのとそっくり同じ仕様の竹編みの僧笠が吊るされてあった。玄鉞が馬を降り、春秋と君解もそれに倣《なら》った。辺りには夕暮れ時の静寂が立ちこめ、秋風に薄が擦れ合う音だけが聞こえてくる。

「智定《ちじょう》、わしじゃ」玄鉞が声をかけた。

すぐに応《こた》えがあった。小宇の中からではなく、三人の右斜め後方。薄をかき分けるようにして一人の男が飛び出してきた。

「和尚さま」

玄鉞の前に手を支《つか》えたのは、これといって特徴のない――ないにもほどがあろうと思われる、年齢不詳《ふしょう》の僧侶である。頭髪が一面に短く伸び、僧衣を脱げば平凡な農夫か人夫で通りそうだ。

「首尾《しゅび》はどうであったか？」

「大師さまはご快諾《かいだく》くださいました」

ほとんど口を動かしていないにもかかわらず、智定の声音は明瞭《めいりょう》に聞こえた。

「お迎えが対岸で待機しております。和尚さまのほうこそ、ご用意のほどは？」

「準備できておる」玄鉞は即答し、宜《よろ》しいですなというように春秋を見やった。

春秋はうなずき返すと、一歩進んで智定に問いかけた。「して、大対盧《だいたいろ》どのはお会いくださると？」

「まだそれは」智定は首を横に振った。「虚雲《きょうん》大師のお話ですと、泉蓋蘇文《せんがいそぶん》どのは

「目下、遠く遼東に赴いているのだそうです」

「何、遼東に」

「はい。長城建設の進捗を自ら監察するためだとか。しかし、ほどなく王都で閲兵式が控えておりますので、それまでには平壌に馳せ戻って参るはず。その時こそは必ずご期待に添うべく、お膳立てを整えて進ぜん――との由にございます」

「待て、そして希望せよ、というわけか」内心の落胆の色を見せず、春秋は自分に云い聞かせるように云った。

「では、和尚さま。わたしはこれから迎えを呼びに行って参ります」

智定は一礼すると、薄の穂をかき分けて河の方角に消えた。まもなく、水に飛び込んだらしい音が聞こえた。

「え、まさか泳いで？」さすがに君解が驚きの声を上げる。

「智定などという尤もらしい法名より、韋駄天の仇名で通っておりましてな」玄鍼がにこやかに云った。「走りに劣らず、泳ぎもまた大の得意ときておりますよ」

「韋駄天の智定がいなかったら」春秋が引き取って言葉を添えた。「わたしの企図は、こうも順調に運んでいないはずだ」

彼が自ら密使となって高句麗に赴かんと決断したのは、大耶城陥落の急報に接したその日のうちのことだった。急ぎ墨胡寺から玄鍼を招いて協議し、翌早朝には根拵《ごしら》えの密命を帯びた智定が徐那伐《じょなばつ》を先発した。それだけの下工作を施しておいたうえで、頃合いを見計らい徳曼《とくまん》女王に允許《いんきょ》を乞うたのである。

三人は馬に背負わせていた荷をすべて下ろした。鞍を外し、馬具も取り除いた。もはや馬は不要だった。裸馬にした四頭とも解き放ってやった。周囲に闇の帳が降り、夜空に星がまたたき始めた。

小宇の中は狭く、天井も低かったが、床板だけは張られてあった。破れた屋根から射し込む星明かりが内部を薄らと照らしている。床の上に二人分の僧衣が折り畳まれて置かれていた。

彼らは黙々となすべきことに着手した。春秋と君解は着ているものを脱いで僧衣に着替え、彼らの頭を玄鉞が己の剃刀《かみそり》を使って剃《そ》りこぼった。たちまちにして即席の坊主頭《ぼうずあたま》が二つできあがった。

「ほう、似合うではないか、君解」

「そういう春秋さまこそ、匂うがごとき名僧の趣きが」

変貌《へんぼう》した顔を見合わせて二人は低く笑い声をあげ、互いにもっともらしく合掌《がっしょう》などし合って、また笑いを重ねた。

「それにしても、これは寒いものだな」春秋は頭をつるりと撫であげた。

「すぐに慣れまする。感冒《かんぼう》にも強うなりますぞ。坊主、風邪知らずと申しましてな」

主従の奇妙な昂揚感《こうようかん》が伝染したように、玄鍼もまたおどけた口調で応じた。

三人は再び外へ出た。荷物の中から携帯用の小鍬《くわ》を取り出し、小宇前の地面に深めの穴を掘った。各自が必要最小限のものを択《えら》んで手荷物にまとめ、残りは穴の中に投げ込んだ。その上に鞍を重ね置き、土をかぶせて穴を元通りに埋めた。

君解は愛刀だけは手放さなかった。白い麻布をぐるぐると巻きつけ、泥をなすりつけて汚すと、一見した限りでは杖《つえ》のように見えなくもなかった。これですべての作業が終わった。

小宇に戻って脯糒《ほび》の夕食を摂《と》り、あとはひたすら待ちつづけた。

智定が姿を現わしたのは、間もなく子夜《しや》にも差しかかろうかという頃だった。彼は、高句麗僧に変身した春秋と君解を見ても格別の反応を示さなかった。空を指差し、こう云った。

「ご覧くださいませ。いい具合に、雲が出て参りました」

その言葉通り、妖《あや》しく頭を擡《もた》げ始めた叢雲《むらくも》が、地上から星明かりを奪いつつあった。

智定に先導されて薄の中を進み、すぐに川辺に出た。

一艘《そう》の舟が横付けされていた。舳《みよし》と艫《とも》とに分かれて坐《すわ》る二人の漕ぎ手は、黒い影と化している。櫂《かい》を握り、こちらをじっと見上げているのがかろうじて判別された。彼我《ひが》の間に言葉は交わされなかった。まず智定が舟に移り、それを真似て玄鍼が弾んだ鞠《まり》のように跳躍《ちょうやく》し、春秋、君解の順で続く。

二人の高句麗僧は、対岸に向かってゆっくりと舟を漕ぎ出した。いや、対岸とはいうものの、実際には文目《あやめ》も分かぬ漆黒《しっこく》の闇の中を進んでゆくのである。たちまち方向感覚が失われた。単調な櫂の響きを聞くうち、時間の感覚までもが溶け出してゆくようだった。

ひっそりと黄泉路を巡る舟に乗って、このまま永遠に彷徨《さまよ》いつづけることになるのでは——春秋がそんな恐怖の妄想にかられそうになった頃、前方の闇の中に、ぼうっと赤い光が二つ出現した。にわかに舟が勢いを得たかのように滑り進み、やがて光の正体は炬火《たいまつ》であることがわかった。

舳が方向を転じた。と、次の瞬間、舟の横腹から鈍い振動が伝わった。岸辺に着いたのだ。幾本もの腕が突き出され、乗っている者たちを次々と陸の上に引き揚げる。

すぐに手を振りほどいた君解が、春秋を背にかばって油断なく周りを見回した。二本の炬火が音をたてて闇を焼いている。投げかけられた光の輪の中、春秋は自分たちが七、八人の僧侶に取り囲まれているのを君解の肩越しに見て取った。

玄鍼が、中央に立った僧侶に向かって歩み寄った。二人は合掌して敬礼し、高句麗の言葉で何かを云い交わし合っていたが、すぐに玄鍼は僧侶を従えるように戻ってきた。

「春秋さま、我が弟にございます。拙僧はしがない亡命僧に過ぎませぬが、弟はこれでも高句麗にて大師の称号を奉《たてまつ》られております」

「虚雲《きょうん》と申しまする」

高句麗僧の声がやわらかく響いた。その丸々とした顔立ち、達磨のような体形は、なるほど玄鍼と酷似したものだった。

九

三日後――。

浿江《ばいこう》を漕ぎ渡る舟の上から、春秋《しゅんじゅう》は対岸の平壌城を望見していた。

最初、彼の目には、深く色づいた錦秋《きんしゅう》の連山を背景に荒々しく屹立する断崖絶壁が、屏風《びょうぶ》のように川岸にそそり立った光景として認識された。

やがて、それが実は天然の地形でなく、城壁だと知って、度肝《どぎも》を抜かれた。何という長さか。渺々《びょうびょう》と流れる大河の岸に沿い、東西に果てしもなく延びた大城壁。

高さにしても、およそ尋常《じんじょう》とは云い難く、距離が離れているにもかかわらず、あたかも見上げているかのような感覚に襲われる。

近づくにつれ、背後の連峰は城壁の向こうに沈み、澄みきった晩秋の蒼天《そうてん》を、埤《ひめ》堄《がき》や狭間《はざま》の複雑な縁取《ふちど》りが獰猛《どうもう》に切り取った。

「聞きしに勝るとはこのことですね」

君解《くんかい》が感に堪えたように歎声《たんせい》を放った。「まさかここまで凄いものだとは」

「同感だ」春秋はうなずく。「隋《ずい》軍を敗退させたのも宜《むべ》なるかな、だ」

虚雲《きょうん》大師が片腕を水平に伸ばし、対岸の一角を指し示して、高句麗《こうくり》の言葉で何かを告げた。大師は新羅《しんら》語を解さぬとの由だが、二人の感歎を嗇《お》しまぬ声音から内容をあらかた察したに違いない。

「三十年前のことになりますが」

玄鍼《げんしん》が訳して伝える。「左翊衛《さよくえい》大将軍の来護児《らいごじ》が上陸したのが、あの辺りだったと云います。隋の水軍は海原を渡って浿江を遡り、王都へ直接攻撃を企図したのでした。その舳艫《じくろ》のつらなりは数百里にも及んだとか。ですが結局、あの堅固《けんご》な城壁に阻まれて来護児は勝利を手にすることが叶いませんでした」

「三十年前か」君解が云った。「わたしが生まれる前のことです」

「わたしは十歳だったぞ」春秋は云った。「あの時のことはよく覚えている。隋と高句麗の戦いの帰趨《きすう》に、国中が息を詰めていたよ。強引《ごういん》な遠征がもとで隋が滅ぶことになろうとは誰も予想していなかったんじゃないかな」

「拙僧も弟も、まだ沙弥《しゃみ》でしたが」玄鍼が自らの体験を口にする。「国家存亡の危機とあって、僧侶たちに混じり城内の小寺で一心不乱に金光明経《こんこうみょうきょう》を唱えていたものです」

虚雲がまた何かを云った。自信に満ちた力強い口調だった。玄鍼が訳した。

「あの城壁のある限り、高句麗は永遠不滅なり、そう申しておりまする」

「なるほどな」内心の思いを押し隠して春秋は相槌《あいづち》を打つ。「さもあろう」

「やれやれ」玄鍼は肩をすくめ、呆《あき》れた声で呟いた。「如何《いか》な大師どのよ、我が弟よ。永遠不滅なものなど、この世に一切存在しないというのが仏の教えなのだがな」

春秋は今の己の返答とは別のことを考え始めた。堅固な城壁都市、難攻不落の軍事都市としての外観に目が慣れてくると、彼はさらなる感慨《かんがい》にとらわれずにいられなくなった。

半島は、韓《かん》と呼称される土着種族の固有の領土であるが、半島の付け根近くに位置する平壌こそは、有史以来、外来種族による半島侵略の拠点としての役割を果たしてきた悪《あ》しき因縁《いんねん》の地なのだ。

古くは殷末周初《いんまつしゅうしょ》に箕子《きし》が、秦末漢初《しんまつかんしょ》に衛満《えいまん》が平壌を都に国を建て、南に膨張《ぼうちょう》して韓族を圧迫した。漢の武帝《ぶてい》は、三代続いた衛氏の王国を遠征の末に滅亡に追い込み、漢四郡（楽浪《らくろう》郡・真番《しんばん》郡・臨屯《りんとん》郡・玄菟《げんと》郡）を設置し、平壌に楽浪郡治《ち》を置いて、半島の大部分を漢帝国の直轄領に組み込んだ。

漢と、その後継者《こうけいしゃ》である魏《ぎ》、晋《しん》による支配は四百余年もの長きにわたって継続したが、東晋の衰退に乗じ、扶餘族の高句麗が平壌を奪い取った。最初のうち高句麗は平壌を重視してはいなかった。だが、強大な北魏帝国によって西進の夢を断たれると、鉾先《ほこさき》を南に変えて半島侵略策に国是《こくぜ》を転換した。幾多の前例に倣って平壌はまたも野望の拠点となり、高句麗はここに都を遷してきさえした。爾来二百年余り、今に至るも高句麗の王都としてあり続けている。その平壌を、春秋は今、目《ま》の当たりに望んでいるのだった。新羅の王族として、すなわち古《いにしえ》の韓族の王統譜《おうとうふ》に列《つら》なる者として。

――春秋よ、我が曾孫よ。

北漢山での夜、夢の中で聞いた曾祖父王の言葉が不意に生々しく甦《よみがえ》る。

――おまえにこそ望もう。扶餘族を掃き出し、半島を韓族の手に取り戻してくれんことを。

春秋は胸に昂るものを覚えた。感情を抑えようとして、僧衣の袖の中でぐっと拳《こぶし》を握り締める。

いずれ、いずれ必ず。だが、今はその時ではない。百済《ひゃくさい》の侵攻という差し迫った課題に対処するため、高句麗に同盟を持ちかけにゆくところだ。今はまだ、この荒ぶる情動を心の檻《おり》から解き放ってはならない。


涙江には帆を張った大小の船舶が繁《しげ》く往き来していた。船着き場に至っては市《いち》が立つような賑《にぎ》わいを見せている。菰《こも》に包まれたさまざまな品々が荷揚げされ、あるいは船積みされてゆく。人夫たちの威勢のいい声が、あちらこちらから聞こえてくる。

この場の支配者は活気であり、春秋としては彼我の国力、経済力の差を如実《にょじつ》に見せつけられる思いである。百済の泗沘《しひ》城も白村江《はくそんこう》という名の大河に臨《のぞ》むやに聞いている。小盆地に位置する徐那伐が水運の便を欠くのは、やはり王都として不利な条件だと認めざるを得ない。

船着き場から南の大門までは僅かの距離だった。巨大過ぎる城壁との対比で、城門は鼠《ねずみ》の穴のごとく小さく見えた。

門衛の兵士たちは槍を片手に形式的に直立するだけでなく、不審の者に鋭く目を光らせている。怪《あや》しまれた者は有無《うむ》を云わさずに詰所《つめしょ》へと引っ張られてゆく。船着き場のお祭りのような喧噪《けんそう》からは一転し、暗い緊張感が翳《かげ》を落としていた。

唐との対立関係が影響しているのだろうか。平壌の都人が徐那伐を見たならば、その牧歌的な環境に呆れかえるに違いない――春秋はそう思い、従者の目にも同じ色を見た。

君解も口を閉ざしている。ここから先、新羅語は禁句なのである。幸いにも僧侶の一団は不審の目を向けられなかった。それどころか衛兵たちは、先頭を行くのが虚雲大師と知って挙《こぞ》って武人式の敬礼を寄越した。

かくして春秋は、高句麗の都に足を踏み入れた。歩を進めながら空を見上げ、困惑の表情が浮かびそうになるのを押し隠した。

平壌城は浿江の流れがゆるやかに描く弧の内側に築かれ、いびつな半月のごとき形状とのことだった。広大な城内は外城《がいじょう》、中城《ちゅうじょう》、内城《ないじょう》という三つの区画に大別されているといい、自分たちは今、外城に入ったはずである。だが、目に入るのはまたも城壁ばかりだった。

道の左右は陰鬱な色をした高い石積みの壁がそそり立ち、空を窮屈《きゅうくつ》に狭めている。これはつまり、城壁の内部も高壁によって幾つもの区画に区切られているということだ。

壁のところどころに門が刳《く》り貫《ぬ》かれ、人々はそこから出入りしていた。門をくぐっても、その内部にはさらに新たな城壁が現われるのではあるまいか。そう、まるで迷路のように。

かかる巨大迷路都市であるならば、敵軍が侵入したとしても、城内を完全に制圧し遂《おお》せるのは容易な業ではない。この構造は要塞そのものであり、まさしく都民は王都という名の要塞都市に住んでいるのだった。

春秋は急に息苦しさを覚えた。少なからぬ人々が道を行き交っていたが、その顔は心なしか不安に急《せ》き立てられているように見えた。

虚雲が住持《じゅうじ》を務める毫一寺《ごういつじ》は、外城西北の外れに位置する――とは説明を受けたものの、春秋としては、高壁と高壁の狭間をひたすら進み、数えきれないほど角を曲がり、方向などとうにわからなくなった頃、目の前に忽然《こつぜん》として壮麗な伽藍《がらん》が出現した、というのが実感だった。

大師と尊称される高僧の寺だけあり、その結構ときたら練兵場にも使えそうなくらい大きなもので、新羅の誇る興輪寺《こうりんじ》や皇龍寺《こうりゅうじ》など小型の模型に思えてくるほどだ。

天を衝くような九重塔が中心に聳《そび》え立ち、それを北、東、西の三方向から三つの大金堂が取り囲んでいる。広大な敷地内には講堂や僧坊が櫛比《しっぴ》して、これぞ高句麗仏教の一大総本山なりという趣きだが、同規模の寺が平壌城内だけでも何と二十は下らないのだという。

春秋には僧坊の一つがあてがわれた。異国の来訪僧を泊めるための専用坊ゆえ、逗留《とうりゅう》が不審がられることはないとの由であった。

玄鍼と智定《ちじょう》は翌朝から毫一寺の勤行《ごんぎょう》に参加して不在がちとなり、春秋は君解と二人きりで日を送った。待つこと以外に何もなく、日を追って焦りの感情が高まってゆくのを如何《いかん》ともしがたい。目的地まで乗り込みながら、肝腎《かんじん》の対手には会えずにいるのだ。

「政敵が多いということですが」君解が無聊《ぶりょう》をかこって訊く。「こんなにも長く王都を不在にしてしまって、大丈夫なのでしょうか」

春秋は首を横に振った。「わたしにも、よくわからぬのだ。懸念無用と虚雲大師は仰せだが、こうも音沙汰《おとさた》がなくてはな」

宰相職の大対盧《だいたいろ》の地位を、泉蓋蘇文は亡き父から引き継いだとのことだ。泉一族は高句麗きっての名門貴族。だが世襲に際しては生来の凶悪非道な性質が嫌われ、反対する声が少なくなかったらしい。そこで蓋蘇文は卑屈なまでに辞を低くし貴族会議での承認を勝ち得たが、それは一時凌ぎの方便に過ぎず、大対盧になるや、大方の危惧《きぐ》した通り尊大で残忍な振舞いが目に余り、今や反対派が勢いづいている

――というのが、玄鉞を通じて春秋が得た高句麗政界の最新の動向であった。

それは君解にとって単純な疑問でも、春秋には大いなる憂慮《ゆうりよ》である。

蓋蘇文は長城建設事業を監察するため遼東に赴いたというが、体《てい》よく王都から追い出されてしまったのではないか。その間に反対派は、彼を亡きものにせんと陰謀を張り巡らしているのではあるまいか。

そうなったが最後、春秋の計画は水泡《すいほう》に帰す。蓋蘇文が虚雲大師に帰依《きえ》しているという、その細い糸を頼りに平壌まで来たのだ。

果たして、こんなところで空《むな》しく時間を費《つい》やしていてよいものか。対百済戦の趨《すう》勢《せい》はどうなっていよう。王都の安全は保たれているのだろうか。日一日と、春秋の顔に刷《は》かれた悲観の色は濃くなってゆく一方だった。


九月も今日で終わりという日、玄鉞が虚雲を伴って僧坊に姿を見せた。

「お喜びくださいませ」

虚雲が開口一番そう云い、玄鉞が訳して伝える。揃って明るい顔色を見れば、話のあらましは容易に察せられた。果然、大師は続けた。

「今早朝、大対盧は平壌にお戻りになりました。さっそく屋敷に出向き、春秋どのが我が毫一寺に逗留中の旨《むね》、申し伝えましたところ、大対盧は一瞬、驚きの色を露わにされましたが、すぐにこう仰せになりました。ならば、お目にかかろう、と」

「春秋さま」君解が喜びに手を打ち鳴らす。

春秋は十数日間の胸宇の痼《しこ》りが融け出してゆこうとするのを感覚したが、なおも慎重を期して訊いた。「それで、わたしが当地へ参った目的については――」

「もちろんお伝えいたしましたとも。大対盧もそれは直《ただ》ちにお察しになったようで、大耶城の一件であろうな、とうなずかれ、拙僧の話を途中で遮ると、ご本人の口から直接承ろうとの仰せでした」

まだ見ぬ蓋蘇文に、春秋は身が引き締まるものを覚えた。

遠く遼東に身を置きながら、百済が新羅に侵攻したことを知っていた。一国の宰相としては当然のことと云えようが、春秋の極秘来訪を即座に大耶城に結びつけてみせる辺り、その鋭い洞察《どうさつ》力は只者《ただもの》と思われない。手強《てごわ》い対手になりそうだという予感が沸《わ》き上がる。

「よろしゅうございましたな、春秋さま」玄鋮が自分の言葉として云った。「一歩前進、これでわたしもお役に立てたというもの。春秋さまは、この先が本当の勝負となるわけですが――おっと、云わずもがなのことを。うれしさの余り口が滑りました。どうかお許しください」

「いや、和尚の仰せの通りだよ。蓋蘇文どのは会うと云ってくれたに過ぎない。まさに勝負とは云い得て妙だ」

「ただ残念なことには」虚雲が補足した。「今日明日というわけには参らぬようで。明日は予定通り閲兵式がありますゆえ、それが済んでからという運びになりましょう。今しばらくのご辛抱《しんぼう》を」

「かたじけない」

春秋は玄鋮と虚雲に頭を下げた。焦ることはなかった。後は蓋蘇文をどう説得し、新羅との同盟を肯《がえ》んじさせるか、だ。これればかりは対面してからが勝負というしかない。

十

春秋《しゅんじゅう》は目覚めた。蠟燭《ろうそく》の明かりの中に、印象の薄い顔が浮かんでいた。智定《ちじょう》だと気づくのに少し時間がかかった。

「まだ夜明け前じゃないか」

傍らで、やはり起こされたらしい君解《くんかい》が緊張をあからさまに帯びた声で云った。

「大師がお呼びでございます」智定は短く告げた。「至急、中ノ金堂《なかのこんどう》にご足労願いたい、と」

主従は素早く目を見交わした。ただちに布団から抜け出し、夜着を脱いで僧衣に着替えた。君解は布をぐるぐる巻きにした愛剣を手にするのを忘れなかった。

智定に導かれ僧坊を出る。晦《みそか》の夜空に月はなく、無数の星々が燦然《さんぜん》と輝き競っていた。東の空は白んでさえいないが、寺域は星明かりだけで充分に明るい。

中ノ金堂とは、九重塔を囲んだ三つの金堂のうち、塔の真後ろに立つ北側の巨大伽藍をいう。

こんな時刻なのに、金堂の前に一小隊ほどの完全武装した兵士が整列していた。訓練の行き届いた精兵と思しく、正面を見据《みす》え微動だにしない。三人の僧侶がその前を横切っても見向きもしなかった。智定も一切の説明を省いて、春秋たちを金堂内部へいざなった。

玄鉞と虚雲が出迎えた。広い空間に彼ら二人――いや、もう一人いた。堂内の大部分は闇に蚕食《さんしょく》され、燭台に伸びた炎の舌は内陣のみ照らし出している。本尊として鎮座するのは丈六《じょうろく》の釈迦如来《しゃかにょらい》立像で、蠟炎《ろうえん》を浴びた金銅の肌はそれを荘厳《そうごん》な後光《ごこう》のように返照《へんしょう》させていた。

その男は如来像の前で正座し、何かを敬虔《けいけん》に祈っているようだった。武人。甲冑を着込み、兜《かぶと》と長剣は傍らに置いてある。

気配を感じ取ったか、男は振り返った。瞬時に春秋と目が合った。少年の面影《おもかげ》を残した若い男。目に清潔な力がある。頰は引き締まり、口元は一文字に結ばれている。春秋は長子の法敏《ほうびん》を連想した。

「こちらが金春秋公にございます」

虚雲が告げると、若い武人は向き直り、背筋を伸ばし、それから深々と一礼した。

「泉男産《せんだんさん》です。初めてお目にかかるを得て、欣快《きんかい》の至りに存じます」

春秋は驚いた。若者の口から出たのは流暢《りゅうちょう》な新羅《しんら》語だった。

「男産どのは大対盧のご子息《しそく》にして――」

玄鍼が虚雲の言葉を訳しかけたのを、泉男産は軽く手を上げて制した。「第三子です。上から男生《だんせい》、男建《だんけん》、そしてわたし。兄二人は今日の閲兵式で兵を指揮することになっています。この男産は、春秋公をお連れするよう父から仰せつかって参りました」

「貴国の閲兵式に、わたしを？」

思わず口走るように云い、それからようやく自分が立ったままでいる非礼に気づき、春秋は慌てて対坐《たいざ》し、礼を返した。「失礼いたしました。新羅の、金春秋です」

「父はあなたを、春秋公」男産は硬い口調で云った。

生硬《せいこう》ではあるが、敵意めいたものは感じられない。父である泉蓋蘇文《せんがいそぶん》の代理を務めるという任務に昂りを覚え、それゆえにこそ硬質な語勢になっている――そう見抜いて春秋は途惑いを覚えた。これは、好意と呼ぶべきものだろうか。

男産は間を置いてから先を続けた。「歎賞しているのですよ。我が国に乗り込んで来られた胆力は、余人に真似し得るものに非ず。せめてもの心づくしに閲兵式をご覧に入れて供《きよう》せん、と」

「いや、しかし――」

春秋は驚きから覚め得なかった。

何という破格の待遇《たいぐう》だろうか。他国の王族の目に、自国の軍事力を、その一端なりとも触れさせるのは狂気の沙汰である。況《ま》して閲兵式ともなれば全貌《ぜんぼう》を晒《さら》すに等しい。心づくし――その言葉を額面通り受け取るわけにはいかぬであろう。蓋蘇文の底意、奈辺《なへん》にある。

春秋が当惑している間に、男産の合図を受けて虚雲が金堂を退いた。

「わたしの新羅語はいかがですか、春秋公」

男産の声が彼を思考から引き戻した。

「余りに見事で驚きました」

「世辞《せじ》をお使いになる」

「いいえ、掛け値なしに。しかし高句麗の宰相のご子息ともあろうお方が、なぜわたしの国の言葉を？」

「父は漢語、百済語、新羅語を操ります」

春秋は耳を疑った。「蓋蘇文公が若い頃、身を俏《やつ》して長安《ちょうあん》に暮らし、唐《とう》の国情をうかがっていたという噂はわたしも存じ上げています。しかし百済語、新羅語も、とは初耳だ」

「言葉は武器、というのが父の持論です。もっとも、それを押しつけられるほうは、たまったものではありませんがね。わたしたち兄弟は三人が揃って不肖《ふしょう》の息子なのです」

はにかみの笑みを男産は浮かべてみせた。「百済語の習得は容易でした。元々は高句麗の言葉ですから。新羅の言葉は難しかった。でも、それ以上に歯応《はごた》えのあるのが漢語です。唐の言葉は、鮮卑《せんぴ》の――」

その先を続ける前に、虚雲が二人の兵士を従えて戻ってきた。男産は云った。

「では、お着替えいただきましょうか」

「着替え？」

「僧侶は閲兵式に列席せぬもの。それを」

男産の命で、兵士の一人が春秋の前に一式の甲冑を差し出した。

「春秋さま――」

背後で手を支えていた君解が声を硬くして囁《ささや》く。その彼の前にも、すかさず同じ甲冑が用意された。

「その布に巻かれた長いものは剣ですね」男産が云い当てた。「堂々と腰に佩《は》くよう、供の者にお伝えください」

「これなるは我が従者、温君解と申す者。ご高配、かたじけなく存じます」

行き届いた配慮を春秋は謝し、君解は感じ入ったように平伏した。

まもなく二人は僧侶の姿から高句麗兵に変貌した。胴鎧《どうよろい》を装着し、肩甲《かたよろい》、腿当《ももあ》て、脛当《すねあ》てを付け、最後に鉄兜《かぶと》をかぶれば、もはや沙門には見えない。甲冑のずしりとした重みに春秋は気が張るのを覚えた。

金堂の外に出ると、東の空は黎明《れいめい》の兆しを見せ始めていた。整列しているのは、男産の親衛隊とのことだった。五十人で編制された騎馬部隊である。新たに加わった〝僚兵〟に兵士たちは何も云わなかった。云い含められているのだろう。彼らの無言の視線を浴びながら、春秋と君解は用意された馬に跨《また》がった。

十一

閲兵式の会場は平壌《へいじょう》城の城外にあった。

浿江《ばいこう》を左手に見つつ南西に下り、右手に延々と伸びる城壁がついに北へと方向を転じてゆくと、眼前には平坦な開豁地《かいかつち》が広がった。

その頃には朝陽が昇って、周囲は明るくなっていた。雲一つない蒼天だが、妙に寒々しいのは青みが足りないからで、暦の上ではこの日から冬が始まったことを実感させた。浿江の川面を渡って吹き寄せる南風は、冷気を含んで肌を刺した。

陣幕で囲い込まれた広い空間の一方に、観覧の桟敷席《さじき》が設置されていた。その途方もない大きさに春秋《しゅんじゅう》は目を奪われた。

五段に組み立てられており、二百人以上を収容できるかに思われる。そこに高句麗《こうくり》の貴族たちが続々と詰めかけているところだった。彼らの誘導には王宮の宦豎《かんじゅ》たちが動員されていた。

桟敷の横には宴席が設《しつら》えられ、酒樽《さかだる》、肉や果物、そのほか珍奇な酒肴《しゅこう》を豪勢に盛りつけた器《うつわ》が夥《おびただ》しく準備されている。湯気を立てている鍋の前で、宮廷料理人たちが忙しく立ち働いていた。

さらには、きらびやかに着飾った妓女《ぎじょ》の一団が控えており、その一角だけは春の花壇かとばかり爛漫《らんまん》と映じる。閲兵式の後は、お楽しみの宴会となるわけだった。

泉男産の親衛隊は桟敷席の警固という役回りで、騎乗したまま周囲に配列した。男産は指揮を副官に任せ、自身は案内人として終始、春秋の傍らにあった。そればかりか、桟敷に坐る貴族たちの姓名と官職を、問われもしないのに春秋に耳打ちして教えるのである。春秋は驚きを禁じ得ない。これは好意か。好意だとしても行き過ぎだ。

「父の指示です」男産はあっさり云った。「秘密にしておくことでもありませんからね」

　春秋は、男産の告げる名前と顔を記憶に刻もうと心を集中させた。高句麗の支配層である重臣、高官たちだ。この先、どんな役に立ってくれぬとも限らない。

　やがて桟敷席は、前列の中央を除いて埋まった。

「そうでした、父の言葉をお伝えしなければ」

　男産の口調が改まったのを聴き取り、春秋は背筋を伸ばした。「承りましょう」

「あなたがた韓族の目には、扶餘族の国である我が高句麗など半島の侵略者として映じることでしょう。しかし高句麗もまた、血みどろの被侵略の歴史を負っているのです。初代王は王莽《おうもう》の新《しん》を対手に奮戦して討死を遂げ、後漢《ごかん》とはしばしば干戈を交えました。曹魏《そうぎ》に王都を攻め落とされ、前燕《ぜんえん》には王宮を焼かれたのみか前王の墓を暴かれて屍を奪われた。そして隋帝の親征を迎え撃ったのは僅か三十年前のことです。そのようにして我が国は、周辺諸民族を未開野蛮《やばん》と夷狄《いてき》視する尊大な中華《ちゅうか》王朝の侵略を受け続け、手傷を負いつつ、これを敢然《かんぜん》と撥《は》ねつけてきました。中華の侵略の矢面《やおもて》に立って、半島を防衛する守護者としての役割を果たしてきたのです」

「確かに、我が新羅は中華の軍兵と対峙したことはない。だが――」

「恩を着せようというのではありません。高句麗の南進を弁ずるのでもない。宿命ですよ。そのような地理上の宿命ゆえ、我が国は軍事国家として存立し、自今《じこん》も強大な軍事国家としてあり続けるでしょう。そう運命づけられているのです。さもなくば中華に呑み込まれてしまうのは必定《ひつじょう》ですから。という次第で、十月の朔《ついたち》に行なわれる年に一度の閲兵式は、最重要の伝統的国家行事に位置付けられていて――王です」

男産が顔を向けた先に、春秋も視線を注いだ。

盛装した騎馬武者の軍団に前後左右を取り囲まれて、四頭立ての馬車が会場に入ってきた。馬車を見るのは初めてだ。史書では知っていたが、その製造には高度の技術を必要とし、新羅には存在しないしろものである。子供の背丈ほどもある直径の車輪が軋《きし》りながら滑らかに回転するのを、彼は痺《しび》れたように見つめた。

馬車は桟敷正面で止まった。貴族たちが一斉に立ち上がって出迎えた。並走していた輿《こし》が車体に横付けされ、駆け寄った宦豎が恭しく扉を開く。中から小柄な老人が現われ、覚束《おぼつか》ない足取りで輿の上に乗り移った。

錦衣《きんい》の金銀の縫い取りと、白髪の上に被った小さな黄金の王冠とが朝陽に鈍く輝く。隋の侵略軍を撃退した挙句《あげく》の果てに疲労死を遂げた兄王の後を継ぎ、王座にあること二十余年。今や自身も唐の威嚇《いかく》を受ける立場となった建武《けんぶ》王の老いた顔は、萎《しぼ》んだ渋柿の実のように見えた。閲兵式に臨む国王というより、隠居した小役人が何を間違ったか王の扮装《ふんそう》をして登場する寸劇でも見るかのような滑稽《こっけい》みが感じられる。

護衛の騎馬隊の長らしき男が馬から降り、輿に付き添って悠然と歩を進めた。甲冑が生来の皮膚であるかのように似合う堂々たる体軀、鉄兜の下で輝く鋭い眼光、鋒先のように左右に跳ね上げた髭《ひげ》――赤銅《しやくどう》色に日焼けした肌を差し措けば、この武人のほうがよほど王者の風格を備えていた。

「父です」男産が云った。

桟敷の前列中央席に建武王は着座し、その傍らの座を泉蓋蘇文が占めた。

蓋蘇文が片手を上げて合図すると、陣幕の入口付近に整列していた軍楽隊が洞簫《どうしよう》、大觱篥《おおひちりき》の管楽器、腰鼓《ようこ》、担鼓《たんこ》の打楽器を一斉に打ち鳴らして閲兵式の開始を告げた。さらに竪箜篌《すごんふ》、五弦琵琶《びわ》などの弦楽器も加わって、いかにも北方的な暗鬱にして悲壮な旋律《せんりつ》が奏でられる中、軍団が次々と入場し、桟敷の前を整然と、かつ勇壮に行進した。

男産は急に口を閉ざした。桟敷席の大臣たちを教えていた気安さが影をひそめた。春秋は目を凝らす。説明がなくとも各部隊の編制は大方推測がついた。

最初に登場したのは高句麗治下の異民族の部隊だった。先頭をゆくのは扶餘人からなる歩兵軍団である。弱水《じゃくすい》上流の寒冷地にのみ棲息《せいそく》するという黒貂《くろてん》の帽子を被っていることから、すぐに見分けがついた。生粋《きっすい》の扶餘人は高句麗人に較《くら》べ大柄で、甲冑の下の戎衣《じゅうい》は白で統一されている。高句麗で白色が尊ばれるのは、旧宗主国の習慣に影響されたものだと聞く。

次に沃沮《よくそ》の矛兵隊が後続した。沃沮人は矛を巧《たく》みに操る歩戦で古来、東夷《とうい》世界にその勇猛さを鳴り響かせており、今も部族的伝統を墨守《ぼくしゅ》して幅広の矛を誇らしげに握っていた。

続いて、毛皮をまとった濊《わい》の山岳部隊が行進した。

彼らは小柄ながら、手足の動きに敏捷《びんしょう》さが感じられた。濊人の大半は山の民であり、戦斧《せんぷ》や石鉞《せきえつ》などが主たる武器である。

濊が独立の王国だった頃、春秋の父祖の国は彼らと北東で国境を接し、さまざまな文化交流を行なってきた。新羅も山がちな国であるから、濊の山岳戦術は新羅軍の一部にも取り入れられている。

第四の部隊は見るからに異様だった。毛皮を着込んでいるのは濊人と同じだが、頭髪と髭を長く伸ばし、顔色はくすみ、目だけが鋭く光っている。文明人が思い描く未開の民そのものである。

彼らが通過すると、桟敷席の貴族たちの中で鼻を袖で覆《おお》う者が一人や二人ではなかった。山林地の穴居人《けっきょじん》として知られる挹婁人《ゆうろう》ではないか、と春秋は思った。

挹婁人は強力な楛矢《こし》で名を馳せたが、現に彼らの背中には取り回しのよい短弓が負われている。

獰猛な東夷族として中華世界を震撼させた扶餘にしても沃沮にしても、さらに濊も挹婁も、今は高句麗に臣従し、その域内で独自の風習を保って生き延びている。

この後も幾つかの服属少数民族の部隊が登場したが、春秋の脳裡には貊《はく》や粛慎《しゅくしん》、勿吉《もっきつ》、靺鞨《まっかつ》、置溝婁《ちこうろう》といった部族名が知識の断片として飛び交うだけで、それを眼前の武装集団に照応させるのは容易なことではなかった。

軍楽隊の奏でる旋律が変わった。漢土の流行の楽曲を取り入れたと思しい、それだけに洗練の度合を高めた節回しに乗って、高句麗の軍兵が登場した。名にし負う騎馬軍団が途切れることなく続き、その果てしない人馬の波は春秋を圧倒せずにおかなかった。

彼らは鉄兜の頂に高句麗人特有の華麗な羽飾りをあしらい、磨《みが》き抜かれた鉄製の甲冑を輝かせ、鋼《はがね》の意志を漲《みなぎ》らせて行軍した。騎馬もまた筋肉が張って逞しく、色鮮やかな絹布《けんぷ》や漆革《しっかく》の馬具で飾り立てられている。幾百の蹄《ひづめ》が舞い上がらせる土埃《ぼこり》が茶色の河となって宙を奔流し、その中に武具の冷たい光と鮮やかな色彩とがきらめき過ぎてゆく。

袖を引かれて春秋は我に返った。桟敷席を注目するよう君解が促している。視線を転じてみれば、泉蓋蘇文が建武王の耳元に口を寄せて何事かを囁いていた。王がうなずき、蓋蘇文は立ち上がる。一礼して桟敷を降り、牽かれてきた彼の馬に跨ると、軍団の行進に向かって駆け出した。貴族たちが桟敷席から何事ならんと身を乗り出す。

その反応から察するに、蓋蘇文の行動が予定外のものであることは瞭《あきら》かだ。この先は自分で指揮を執《と》るつもりだろうか、と春秋は思った。

短槍で武装した軽騎兵の一団が過ぎ、続いて長弓を握った百人からなる歩兵部隊が進んでくるところだった。蓋蘇文が号令をかけると、弓兵たちは一斉に足を止めた。そして桟敷席に背を向け、浿江の川岸に相対し、弓射の陣形を構成した。矢がつがえられ、弓弦がきりきりと彎《ひ》き絞られる。

次の瞬間、春秋は思わず叫び声を上げていた。弓兵たちが一糸乱れぬ動きで桟敷席のほうへ、回れ右をしたのだ。満月のごとくに盈《み》ちた弓から、同時に百本の矢が唸りを上げて飛び出した。

春秋の激しい驚きは馬に伝わり、馬は棹立《さおだ》ちになろうとした。直前に腕を伸ばした君解が轡《くつわ》を押さえていなかったら、春秋は振り落とされていたことだろう。

悲鳴と絶叫《ぜっきょう》が閲兵場にこだました。

桟敷席にこの世の地獄が現出した。即死した者は僅かで、大半はその場に倒れ伏すか、あるいは段上を転がり落ちた。彼らは全身に苦痛の痙攣《けいれん》を走らせ、芋虫のように蠢《うごめ》き、四肢を収縮させてのたうちまわった。

幸運にも矢を受けなかった者たちは、自失の数瞬後、何が起きたかを理解し始めるや、恐怖の叫びをあげて逃げ出した。桟敷席はたちまち混乱の坩堝《るつぼ》と化した。逆上して、乱闘めいた押し合い圧《へ》し合いとなり、貴族にあるまじき口汚さで怒号がわいて、最上段からは十数人がこぼれ落ちた。

すかさず第二射の矢が襲いかかった。怒号を苦悶の叫びに換えて、貴族たちは次々と射倒されてゆく。

軽騎兵の一隊が奔流のような勢いで引き返してきた。激突せんばかりに桟敷席に馬を乗り入れると、馬上から縦横無尽《じゅうおうむじん》に短槍を振るい、瀕死《ひんし》の負傷者を蹄で踏みにじった。

猛り狂った蛮行、狼藉の極みのようでいて、その実、無慈悲なほどの冷静さに裏打ちされた動き——掃蕩《そうとう》だった。陽光を銀色にはねかえす穂先は、たちまち毒々しい緋色《ひいろ》にきらめいた。血が幾筋も中空に迸《ほとばし》った。

やがて、建武王の首を突き刺した槍が初冬の空に高々と掲げられた。

十二

金春秋《きんしゅんじゅう》が泉蓋蘇文《せんがいそぶん》と宿願の会見を果たしたのは、閲兵場を夥しい血で染めた前代未聞の惨劇《さんげき》から七日後のことだった。

それまでの間、彼は再び毫一寺《ごういつじ》の僧坊に起居する身に戻り、蓋蘇文からの連絡を待ちわびた。政局の推移については、折りに触れて虚雲《きょうん》が伝えてくれた。

陰惨《いんさん》このうえない手段で反対派を一掃してのけた蓋蘇文は、王位簒奪の挙には出ず、建武王の甥《おい》を新たに即位させたとのことであった。とはいえ新王は傀儡《かいらい》に過ぎず、誰が国権のすべてを掌握《しょうあく》しているか問うまでもなかった。反対派は完全に息の根を止められた。あれだけの人数を一度に殺されては再起不能となるのも当然で、少なからざる中間派の人々は蓋蘇文の果断と武力に恐れをなし、当面は息をひそめている。平壌《へいじょう》城は平穏で、地方でも叛乱の兆しは見られないという。

「大対盧と反対派貴族たちの衝突は、いずれ避け得なかったのです」

虚雲は蓋蘇文を弁護する立場で述べる。「謂《い》わば先手を打ったのですな。後れを取ったが最後、大対盧のほうが葬《ほうむ》り去られていたことでしょう」

「根本の原因は何だったのです」

春秋は訊いた。「以前のお話では、蓋蘇文公は凶悪非道な性質が嫌われていたということですが、執権者の性格への好悪のみに対立が起因するとは思えません。古来、国政が分裂するのは、一に利権の偏《かたよ》り、二に政策の違い、三に——」

「唐《とう》の威嚇にどう臨むべきか、それを巡って両者は争っておりました。単純化すれば、高句麗の自主独立を断乎《だんこ》守るべし、という対唐強硬派の領袖《りょうしゅう》が大対盧です。これに対し対唐融和派、弱腰派と申しますかな、これまで以上に唐に屈従《くつじゅう》、臣属するのが生き延びる道と説くのが反対派の貴族たちでした」

ようやく春秋は腑《ふ》に落ちた。同時に、期待が頭を擡《もた》げるのを覚えた。蓋蘇文の国権掌握は、高句麗が唐との対決姿勢を闡明《せんめい》したことになる。同盟相手として新羅《しんら》を売り込む絶好の機会が転がり込んできたに等しい。しかも蓋蘇文の返答は、それが即座に国家の意志決定となるのである。

そして十月八日の深夜——。

迎えは閲兵式当日の時のように突然だった。今度は寝入り端《ばな》で、またしても泉男産が参上した。

「正装をお持ちしたかったのですが」

そう云って男産は略式の朝服《ちょうふく》を差し出した。正装するためには、頭巾ではなく冠《かんむり》をかぶる必要がある。剃りこぼちた頭に冠は無理というものだった。

新羅の王族である自分が高句麗の朝服を身にまとう――甲冑を着た時以上の複雑な心境で春秋は袖を通した。略式とはいえ、高級な素材が用いられ、仕立ても入念だった。繊細な染色、洗練された意匠《いしょう》も含め、新羅のものを卓越《たくえつ》していた。

高句麗貴族とその従者という姿で春秋と君解は馬に乗り、男産の後に従った。彼の親衛隊による警固は厳重を極めた。途中、幾つもの門を通過し、内城にある蓋蘇文の私邸へいざなわれた。

屋敷は周囲を大勢の兵士に取り囲まれ、臨戦態勢下の軍営のような様相を呈《てい》していた。そこかしこで篝火が闇を焦がし、深夜とは思えぬ明るさに包まれている。

会見は一対一で行なわれた。隣接する控えの間に君解《くんかい》は男産と残り、春秋だけが客間に招じ入れられた。

さして広くもない部屋だった。中央に円卓《えんたく》と一対《いっつい》の椅子、一方の壁に四脚が虎足《こそく》形の文机が寄せ置かれ、筆架《ひっか》、硯《すずり》、水滴、紙が載っている。それが調度品のすべてで、飾りつけなどは一切排されていた。春秋は身震いした。牖《まど》が開いて夜風が吹き込んでいる。

「寒さは我慢していただこう」穏やかな声の新羅語を聞いた。「いまだに血の臭いが身体に染みついているようで、常に牖を開け放っているのだ」

泉蓋蘇文は立って春秋を出迎えた。「ようこそ高句麗へお越しになった」引き続き流暢な新羅語で云うと、一揖《いちゆう》して、客のために椅子を引き、促された春秋が着席するのを待ってから対座に腰を下ろした。

春秋は驚きを以て蓋蘇文を見つめた。高句麗の宰相、いや――国権を握った事実上の高句麗王は意外にも、もの静かで、思慮の深さを滲《にじ》ませた風貌の男だった。閲兵式で目にしたのと間違いなく同じ顔立ちなのに、印象はまるっきり違う。あの時は厳めしい甲冑姿に幻惑《げんわく》されたのだろうか。日焼けした肌は蠟燭の明かりによって白く中和されて映じ、尖《とが》り立った口髭は武人の象徴の極みのごとくだったのに、今は何やら哲人の証であるように思われる。

歳の頃は春秋よりやや上で、まとっているのは宮服《きゆうふく》である。すなわち蓋蘇文は、春秋との会見に正装で臨んでいるのだった。それは礼を以て春秋を迎えたことを物語る。

「鶏林《けいりん》ニ金春秋有リ」蓋蘇文のほうでも春秋を値踏みするようだった。「儀表英偉《ぎひようえいい》ニシテ済世《さいせい》ノ志有リ、か。なるほど、春秋公は噂通りのお方とお見受けいたした」

「過分《かぶん》のお言葉、痛み入ります。ですが、わたしなどは――」

「春秋公」蓋蘇文は礼を失しない程度の仕種で、軽い苛立《いらだ》ちを示した。

「我が言《げん》は額面通りに受け取っていただきたいものだ。美辞《びじ》と謙譲《けんじょう》の応酬《おうしゅう》など時間の無駄と心得るゆえ」

「さようなれば」春秋は小さく点頭した。「こちらとしても願ったり叶ったりです」

「ともに母国の存立を憂《うれ》える者として、公には一度お目にかかりたいと思っていた。まさか、このような形で実現しようとは。本来なら盛大にもてなさねばならぬが、閲兵式にお招きしたことを以て、せめてもの心づくしと受け取ってほしい」

閲兵式に招いたのが心づくし？　男産の口からもそのように聞かされたが、この時もまた春秋は、一刻も早く本題に入ろうとする余り、含意《がんい》の理解を曖昧《あいまい》なままにして性急にうなずいた。「気遣いはご無用に。あくまでも密使として参った身です」

「いいや、微行《びこう》とはいえ、王族でありながら危険を冒《おか》し敵対国に乗り込んできた胆力、称賛せずにはいられぬ。だが、貴公も見て知った通り、わしは国王を手にかけ、腑抜けの貴族どもを一挙に葬り去った。叛逆者の非難をかわし、治者として国内の動揺を沈めることで今は殺人的に忙しい。このような夜更《よふ》けにご足労《そくろう》願ったのも、就寝《しゅうしん》を削るしか時間が取れなかったからでな。さっそく用件をお聴かせいただこう。手短にお願いしたい」

春秋は深く息を吸った。勝負の時。新羅の興廃《こうはい》をかけた一世一代の大勝負だ。

これまで幾度となく推敲《すいこう》し、彫琢《ちょうたく》して、暗誦《あんしょう》できるまでになった苦心の文章を声にした。新羅の立場、高句麗の立場をそれぞれ縷述《るじゅつ》し、両国が恩讐《おんしゅう》を超えて同盟し、半島から百済《ひゃくさい》を消滅させる必要性、歴史的必然性を説いた。論旨《ろんし》は明快にして説得力に富んでいるはずだ。

蓋蘇文は無言で耳を傾けていた。相槌も反駁《はんばく》もなく疑問もさしはさまず、ことさら無表情を装い、内心を読み取らせなかった。春秋が語り終えるや、即座に彼の口は開かれた。

「これは見くびられたものだな」

さほど不快そうではなかったが、冷めた口ぶりではあった。

「見くびった？」春秋としては予《あらかじ》め幾つかの返答を想定していた。しかし、この反応ばかりは予想の枠外にあった。「わたしが何を見くびったと云うのです」

「公は同盟の利を力説された。しかしながら高句麗は新羅の助力を必要としておらぬ。かつて我が国は隋帝の侵略軍を三度とも撃退した。同盟国なしでだ。自らの国は、自らの手で守る――それが我が高句麗の国是である」

「唐は隋と違います。李世民《りせいみん》には、楊広《ようこう》のような危うさがない」

「その点は賛意を表しよう。だからこそ遼東に長大な城壁を築き、城塞《じょうさい》の数を増やしてきた。ぬかりはない。油断もしておらぬ。唐が隋ではないように、高句麗もまたかつての高句麗に非ず。唯一案じられたのは、獅子身中《しししんちゅう》の虫ども──対唐屈従派の無能な大臣どもだったが」蓋蘇文は薄く笑った。「やつらは今、冥府《めいふ》への旅の途上にある」

「つまり新羅の兵力が取るに足らぬと？　あなたこそ新羅を見くびっておいでのようだ」

「そんな無用の見積もりはしておらぬよ。不必要と申したまでだ。自国の兵力に自信をお持ちなら、なぜ遠路ここまで来られた」

春秋は返答に窮《きゅう》した。手強い。取りつく島がないとはこのことだ。

「ならば」顔色《がんしょく》は平静に保ちつつ、頭脳を必死に振り絞って春秋は云った。「不愉快な過去を思い出させることになりますが──」

「かまわん。云ってみたまえ」

「かつて貴国の位《い》宮《きゅう》王は、魏軍に王都を陥落させられ、沃沮の地に難を逃れました。そのほぼ百年後、今度は燕軍の侵略を受け、王都はまたも占領された。この時も高句麗王は沃沮の断熊谷《だんゆうこく》に逃れ、一命を救われたのでした」

「釗《しょう》王だな」機嫌を損じたふうもなく蓋蘇文は補足する。「諡《おくりな》を故国原《ここくげん》という」

「曹魏の時も、前燕の時も、高句麗が再興できたのは沃沮国があったればこそです」

「なるほど、今度は新羅が沃沮の役回りを務めてくれようというわけか」蓋蘇文は面白そうに軽く手を打ち鳴らした。「沃沮は、我が高句麗の属国であったのだぞ」

「新羅は同盟国として助力いたしましょう」

「残念だが、その見立ては正しくないな。唐に平壌城を落とされた時点で、高句麗の滅亡は決定的となる。王が新羅に逃れようと、唐は追撃してくるからだ。その時は当然ながら貴国も滅ぶわけだ」

「まさか唐がそこまでするはず――」

「位宮と釗の両王が生き延びられたのは、沃沮に追撃をかけるだけの国力を、魏も燕も欠いていたからだ。曹魏は三国一の強国だったが所詮は分裂国家で、前燕に至っては五胡《こ》十六国の一つに過ぎなかった。唐は統一国家であり、しかも隋の煬広がそうであったように李世民もまた自ら遠征軍を率いてくるだろう。高句麗へ、そして貴国へ」

何と、新羅に唐兵が侵入する――その未来図は、春秋が一度たりと思い描いたことのないものだった。思わず彼は問いを発した。慌てて口を噤《つぐ》もうとしたが、すでに声になっていた。「唐は本気で出兵してくると?」

「語るに落ちたな、春秋公」蓋蘇文は穏やかに云った。「そこが公の甘さだ」

「いや、わたしは何も――」

「唐の出兵を前提に論を進めながら、心の底では完全に信じていない。唐は脅《おど》しをかけているだけではないか、あるいは高句麗が折れるだろう、そう思っている。突き詰めて考えたことがない、しかし、それも当然だ。所詮は他人事《ひとごと》だからな。つまり公は、他人事を利用して自国の安全保障を図ろうとしているのだ。高句麗と同盟を結ぶということは、畢竟《ひっきょう》すれば唐を敵に回すわけだが、出兵はないと高を括《くく》っていればこそ、同盟などという愚案《ぐあん》が出てくる。さらに云おう、高句麗と新羅が手を結べば、窮地に追い込まれた百済は必ずや唐に泣きつくだろう」

「唐は動きますまい」

「いや、動く」蓋蘇文の答えは間髪《かんはつ》を容《い》れなかった。「唐は開戦の口実を探しておる。もっとも、口実があろうとなかろうと、唐の侵略は数年のうちとわしは睨んでいるが」

「…………」

「男産から伝えさせておいたはずだ。我が国の歴史は、中華の諸王朝を対手に重ねてきた死闘による流血で彩られている、と。中華による侵略の矢面に立って、半島を防衛する守護者としての役割を果たしてきた、と。貴国は中華帝国の恐ろしさをまったく知らぬ、幸福なことにな。よって唐と戦う覚悟がないまま、場当たり的な同盟策に活路を見出すという虚しいことをするのだ」

「覚悟」春秋は呟くように云った。自分なりの覚悟を以て高句麗に乗り込んできたつもりだった。だのに、その二字は彼の胸を深甚《しんじん》に抉りたてた。身体の奥深いところで、何かが震え出すのを感じた。孵化《ふか》の震動、とでもいうべきものを。

「そうだ、春秋公。覚悟だ。生き残る覚悟だよ、結局のところは。わしは覚悟を以て優柔不断《ゆうじゆうふだん》な国王を弑《しい》し、唐に媚《び》する売国の貴族どもを根こそぎにした。すべては国のため、高句麗という国が生き延びるためだ。尤も先輩面して説く気はない。覚悟という意味においては、百済王が先んじたと云っていいだろうからな。わしのは二番煎《せん》じ、彼の覚悟をお手本にして企てたようなものだ」

「義慈《ぎじ》王が——」

「聞いてもいよう、あの男は昨年、大規模な粛清劇を断行してのけたのだ。反対派の貴族連中を次々と処刑し、次期王に推戴《すいたい》される動きのあった異腹弟《いふくてい》の豊璋《ほうしよう》王子を幽閉《ゆうへい》した。父王を毒殺したとの風聞さえある。傍目には暴虐と映じよう。だが、覚悟なくしてはできぬことだ。その覚悟の鉾先が、大耶城に向けられた——そのことを、公はどこまで理解している。貴国は義慈の覚悟を見逃した。その迂闊が今回の事態を招いた。となれば窮地から脱するに必要なのは、貴国も覚悟を決めるということ以外に何があるかね、春秋公」

泉蓋蘇文はさっと立ち上がった。

「同盟の話は呑めぬ。貴国が新州《しんしゅう》と名づけた十郡を見返りに差し出されたとしても願い下げだ。さあ、お引き取りいただこうか。男産に送らせよう——国境まで」

第二章　開戦二十年前

一

東の大和《やまと》と西の河内《かわち》は、南北に長々と縦走《じゅうそう》する脊梁《せきりょう》山脈が境界線である。山脈は、西流する大和川を分岐点に北部は胆駒《いこま》、南部が葛城《かつらぎ》と呼ばれる。

主峰の高さは葛城が胆駒の倍近く、頂《いただき》は天空を摩《ま》するほど。わけても東側の勾配《こうばい》は急峻《きゅうしゅん》を極《きわ》め、緑なす平地に垂直に屹立《きつりつ》したかと目を疑う山塊《さんかい》は、見上げる人をして畏怖《いふ》せしめずにおかない。太古の神が築いた大城壁では、と。

その聖なる峰々を仰《あお》ぐ葛城の東麓《とうろく》に、子供たちの無邪気な声が響《ひび》く一角がある。

地元の者は誰云《い》うとなく〝巣箱〟と呼びならわしていた。

築地塀《ついじべい》で囲まれた広い敷地内に、箱のような建物が幾棟《いくむね》も建てられ、百人ばかりの子供たちが寝起きを共にしている。幼児から十代半ばまでと年齢に幅があり、その騒々《そうぞう》しいことといったら小鳥の巣箱どころか猿山だ。いずれも男児で、親を亡くした孤児たちである。

巣箱は、孤児院と学舎とを兼ねた施設で、子供たちには衣食住が供される代わりに修学が課せられた。

文字の習得に始まり、経書《きようしよ》の習誦《しゆうしゆう》、算術の講義、漢《かん》語と百済《くだら》語の習得などが主で、飛鳥《あすか》の学堂から派遣される一流の教授陣により、年齢と発達の度合に応じたきめの細かい学習指導が行なわれる。希望者には医学、薬学、暦《れき》学といった高度で最新の知識までもが惜《お》しげもなく伝授された。

肉体の鍛錬《たんれん》にも力が注《そそ》がれ、基礎体力を養うための種々の運動を始め、剣術や槍《そう》術、素手による格闘技などが必須の課目であった。兵士たり得るよう集団戦闘を想定した訓練も厳しく施《ほどこ》された。夏になると水練が近くの灌漑《かんがい》用の溜池《ためいけ》で行なわれ、時に蘇我《そが》川に遠征《えんせい》して急流を実地に体験した。溺死者《できししや》が出ることもあった。

年も押し詰《つ》まって、新しい男児が巣箱に入ってきた。年齢は六歳、雀《すずめ》と名乗った。

彼は奇異《きい》の目で見られた。倭国《わこく》の言葉をほとんど喋《しやべ》ることができなかったからである。男児は巣箱が開設三年目にして初めて迎える百済人だった。

異国人、つまり自分たちと違うというそれだけでも子供たちを刺激せずにはおかなかったうえ、言語の不通によって不断に生じる軋轢《あつれき》は、彼らの好奇心を、侮《あなど》り、蔑《さげす》み、嘲《あざけ》りへと容易《たやす》く転化させた。最初は言葉や態度でからかう程度だったのが、やがて男児の身体《からだ》には擦《す》り傷や青痣《あおあざ》がはっきり目立ち始めた。

きっかけは、雀が夜になると泣き出すことにあった。

昼は頭を使い、身体を動かし、腹が減ったりと、何とか気はまぎれる。しかし寝《ね》床《どこ》に入ると、どうしてもこれまでのことを考えずにはいられなかった。首を斬《き》られた母の惨《むご》たらしい死体を見せられた時の光景が脳裡《のうり》に焼きついて離れず、気がつくと涙をぼろぼろ流し、呻《うめ》き声を上げて泣いている。泣くな。泣いてはだめだ。いくら自分を戒《いまし》めても嗚咽《おえつ》は止まらない。

ここは王宮の私室ではなかった。一つの寝所に皆が雑魚寝《ざこね》している。ばか、うるさいぞ、眠れないじゃないか、と怒声《どせい》を浴びせられ、それでも泣きやまないと、容《よう》赦《しゃ》なく拳骨《げんこつ》の雨が降ってきた。

嫌がらせ、暴力は日増しに酷《ひど》くなった。

早く皆になじもうと必死に習い覚えた倭語を口にすれば、その抑揚《よくよう》が可笑《おか》しいといって嘲笑《ちょうしょう》される。倭国の慣習とは異なる彼の一挙手一投足も揶揄《やゆ》の対象となった。幼いながらも王族として自然に身についていた、常民とは違う品位ある振舞《ふるま》い、優雅《ゆうが》な身のこなしが、ここでは仇《あだ》となった。

衣服や履物《はきもの》などの支給品を隠されたり、捨てられたりすることもしばしばで、雀は常に気を抜くことができなかった。反撃は無益《むえき》と諦《あきら》めた。多勢に無勢、手傷を深く負うだけだ。逃れようのない閉鎖《へいさ》された空間の中で、まさしく彼は孤立無援の哀《あわ》れな小鳥だった。

巣箱には子供たちの日常生活を指導し、監督するために、舎監《しゃかん》とも呼ぶべき教師が交替で寝泊まりしていたが、彼が陥《おちい》った窮地《きゅうち》は知っているはずなのに、子供同士の世界には不介入《ふかいにゅう》とばかり見て見ぬふりをした。

夜の寒さも耐《た》え難《がた》かった。年が明け、孟春《もうしゅん》正月になっても葛城の頂は白く冠雪《かんせつ》したままで、陽光を燦然《さんぜん》と返照させる銀嶺《ぎんれい》は神々《こうごう》しくさえあったが、その背に西陽《にしび》を沈ませるや凄《すさ》まじい寒風《かんぷう》を吹き下ろしてきた。さなきだに薄い真綿の布団《ふとん》は、防寒にも何の役にも立たなかった。彼は丸めた全身にそれを蓑虫《みのむし》のように巻きつけた。そこまでしても寒さは切りつけるように肌肉に浸透し、骨の髄《ずい》までも冷やした。なぜ倭国では床下に煙道《えんどう》を引かないのか。そうすれば暖かく眠れるはずなのに。作る技術がないのだろうか。その自問と自答は束《つか》の間、祖国に対する誇《ほこ》らしさを感じさせ、同時に望郷の念をも揺《ゆ》すぶり起こした。彼は歯をガチガチと鳴らしながら涙を流した。涙までもが氷のようだった。

二

早朝、蘇我入鹿《そがのいるか》は護衛十三騎を従え桃原《ももはら》の館を出た。

桃原の館はかつて祖父馬子《うまこ》の別邸で、遺言《ゆいごん》によって入鹿が継承権を得たものだ。飛鳥の南に位置し、父の蝦夷《えみし》が居館を構える豊浦《とゆら》から遠からずの距離にある。館に隣接して馬子の陵墓《りようぼ》が聳《そび》え、その壮大な方錐《ほうすい》形の墳丘《ふんきゆう》は辺り一帯の陸標《りくひよう》となっていた。

入鹿は偉大な祖父が眠る奥津城《おくつき》に目礼して出発した。

仲夏《ちゆうか》五月の太陽はすでに高く昇り、辺りの下生《したばえ》に宿った朝露《あさつゆ》を宝石のようにきらめかせている。田植はとうに終わって、稲が勢いよく生育しつつあり、朝の早い農民たちが雑草取りに精を出している。

平穏な、いつもと変わらぬ飛鳥の眺望である。入鹿は為政者《いせいしや》として誇りを覚えた。

行先は王宮ではないが、官服の正装に身を包んでいた。入鹿自らが指示して、両袖《そで》を細くし、襟元《えりもと》を微妙に高くし、腰を極端に絞《しぼ》って仕立てさせたものだ。

黄金の帯金具には西域《さいいき》産という触れ込みの舶来《はくらい》の瑠璃《るり》が嵌《は》め込んである。鐙《あぶみ》を踏む鹿革の長靴《ちょうか》は微妙な色合いの草色に染色されていた。大粒の瑪瑙《めのう》と水晶《すいしょう》、色とりどりの管玉《くだたま》からなる豪奢《ごうしゃ》な首飾りを胸元に揺らし、さらには薄紅色の領巾《ひれ》を首に巻いている。

長安《ちょうあん》に滞在中、愛人として囲っていた漢人貴族の不良娘から餞《はなむけ》に贈られた領巾で、馬上それを優雅に吹きなびかせる入鹿の姿は洒脱《しゃだつ》の極みだった。

向かい風を浴びて彼は気力が充溢《じゅういつ》してゆくのを感じた。

ほどなく前方に騎影《きえい》が現われた。三騎。こちらが見えているはずなのに、速度をゆるめる気配がない。入鹿は眉《まゆ》をひそめて目を凝《こ》らし、舌打ちすると、馬を道端に寄せた。鞍《くら》から降りる。従者、護衛たちがそれに倣《なら》う。

「頭《こうべ》を低くせよ」

彼の一言で、一同は手綱《たづな》を握ったまま膝《ひざ》を折り、面《おもて》を伏せた。

驀進《ばくしん》してきた三騎は、そのまま傲然《ごうぜん》と通過するかに見え、突然、馬を止めた。見事な手綱さばきだった。中央の若者が馬首を進めてくる。若者を守るように左右の二人が両側からすかさず馬腹《ばふく》を寄せた。

「誰かと思えば、鞍作《くらつくり》ではないか」

若々しい声で呼びかけられる。

「葛城皇子《かつらぎのみこ》さま」

入鹿は一礼して応じる。と同時に、素早《すばや》く見て取る――葛城皇子は山林で取り回しの利《き》く短弓《たんきゅう》を背負い、略式の軍装で、鹿革の野袴《のばかま》を着けている――どうやら狩りにゆくところらしい。左右を固めているのは、佐伯 連子麻呂《さえきのむらじこまろ》に稚犬養 連網田《わかいぬかいのむらじあみた》。皇子の最も信頼する舎人《とねり》がこの二人だと、入鹿は以前に耳打ちされていた。その報告は確かだったようだ。子麻呂も網田も主君と同じく狩猟の扮身《ふんしん》である。

「こんな朝早くにどこへゆく」

無邪気《むじゃき》そのものの声を響かせ皇子は訊《き》いた。「狩りなら吾《われ》と共にせぬか。是非《ぜひ》にも腕較《うでくら》べがしてみたい」

葛城皇子は、とにもかくにも若い熱情の塊《かたまり》のような青年だ。若さが盈溢《えいいつ》して、弾《はず》み出んばかりに照り輝いている。それがため、母帝《おおきみ》の血を濃く引く美貌《びぼう》によって本来受けるはずの印象――繊細《せんさい》で女性的な印象が薄らいではいるのだが、その反面、思慮《しりょ》や分別《ふんべつ》、知性といった叡智《えいち》の要素も欠片《かけら》だに見出せない。皇子という立場、そして十八歳の年齢ならば身につけて然《しか》るべき威厳《いげん》も皆無《かいむ》である。入鹿に云わせれば皇子はまだ子供だった。

「皇子さまの弓の腕前は大そう評判でございますな。わたしの耳にも届いておりますれば」

失笑を押し隠して入鹿は応じる。こちらは朝衣《ちょうい》で、弓も持参していない。一目見れば、狩りにゆくのでないとわかるはず。

皇子は我が意を得たりとうなずく。

「去年はずっと父帝の喪《も》に服さねばならなかった。それで今年は、能《あた》う限り狩り場に赴《おもむ》くことを自分に許したのだ」

「なるほど、旻《みん》師、請安《しょうあん》先生がお嘆きになるも道理だ。このところ皇子のご尊顔《そんがん》を久しく拝しておりませぬ、と」

「ははは、これは痛いところを衝《つ》かれた。両先生には、よしなに伝えてくれ。漢学を習得することの大切さは、頭ではよくわかっているが、吾の若い身体が学堂に閉じ籠《こ》もるのを拒《こば》むのだ」

「どうか誤解なきよう。あくまで両先生のお言葉をお伝えしたまでで、この鞍作も大きな口は叩《たた》けませぬ。幸か不幸か蘇我の家に生まれましたが、そうでなかったら地の果てまでも冒険したいというのが夢なのですから」

「わかってくれるか」

「若さとは悍馬《かんば》のごときもの。父からは、もう落ち着けと、しょっちゅう小言《こごと》を喰《く》らっております」

「吾もだ」同志に出遭《であ》ったというように皇子は澄《す》んだ瞳《ひとみ》を輝かせる。「まこと親とは説教師のようなもの。それはともかく、どうだ、狩りのほうは？」

「父に呼びつけられておりまして。折角《せっかく》のお誘いではございますが、行かねば勘当《かんどう》されてしまいかねません。今申しました通り、日頃の行ないも行ないですし」

「大臣《おおおみ》に？」

「築造中の墳墓《ふんぼ》を見に、今来《いまき》へ参る途次にございます。一度見ておけと以前から口やかましく云われておりましたが、諸事多忙に託《かこつ》けて断ってきたものの、ついに屈《くっ》服《ぷく》するの余儀《よぎ》なきに至ったわけでございます」

「墳墓だって？」

皇子は首をひねり、ややあってうなずいた。「そうか、今来の双墓《ならびのはか》だな。大そうな規模だそうではないか。吾の耳にも届いている」

「自分の墓だけならともかく、わたしの墓まで用意してくれるというのですから、お恥ずかしい限りです。当節、豪勢《ごうせい》な墓を築くなど――」ふと思いつき、入鹿は正反対の考えを口にした。皇子の反応を確かめておく絶好の機会だ。「古来の慣習、いいえ、もはや悪習。改めるべき時かと」

墳墓築造には蘇我の部民《べみん》だけでなく、天下に広く人夫を徴発《ちようはつ》した。蘇我の権勢に靡《なび》いて進んで協力した者もないではないが、多くの氏族は不承不承《ふしようぶしよう》だろう。就中《なかんずく》、上宮王家《じようぐうおうけ》の春米女王《つきしねのひめみこ》に至っては、同家の部民を根こそぎ動員されたことに憤激《ふんげき》し、跫音《あしおと》高く小墾田宮《おはりだのみや》に乗り込んで来るや、現帝に愁訴《しゆうそ》したという。

――蘇我蝦夷は国政を擅《ほしいまま》にし、数々の無礼を働いている。天に太陽が二つとないように国に二人の王はいない。何さまのつもりで意のままに民《たみ》を役《つか》うか！　入鹿は帰国後その一件を知ったが、女王の怒りは相当なものだったらしい。皇子の耳にも入っているはずだ。

「そうかなあ」

皇子の口ぶりは、拍子《ひょうし》抜けするくらい無頓着《むとんちゃく》なものだった。「立派な業績を残した者は、それに見合うだけの墓を建てて然るべき、と吾は思うが」

「どうでしょうか。父は、亡き祖父と張り合おうという気持ちが強いのです」

「額田部女帝《ぬかたべのおおきみ》を支えた嶋《しまの》大臣の業績は、確かに素晴らしかった」

皇子の口調が急に棒読みのようになった。

「だが亡き父帝、今また母帝を支えているのは、そなたの父、豊浦大臣である。だから我が倭国はかくも平穏無事に治まっている――とは母帝からの受け売りなんだ、実を云うと」悪戯《いたずら》っ子が非を認める時のように、皇子は茶目っ気たっぷりに片目をつぶってみせた。「吾には政治《まつりごと》はさっぱりわからぬ。だが皇子のくせして、こうして狩りにかまけていられるのも、大臣がいてくれればこそということは理解できる。嶋大臣を凌《しの》ぐ墓を造って何が悪かろう」

喋っているうちに、どうでもよくなってきたらしく、皇子の視線はふらふらと入鹿から離れ、背後に控《ひか》える者たちに向けられた。

「うん？　旻師のところで見た顔だな……確か……」

思い出そうとしたが、これまたすぐに関心が失《う》せたようで、再び入鹿を見やった。

「大臣に宜《よろ》しく伝えてくれ。吾は早く狩りにゆきたくてたまらぬ。次は必ず付き合ってもらうぞ、鞍作」

云うが早いか馬に一鞭《ひとむち》くれ、入鹿の返事も待たずに駆け去っていった。三騎の馬《ば》影《えい》はたちまち見えなくなった。

「ふふ」忍び笑いとともに、内心の思いが不用意に口を衝いて出た。「女帝は、よき後継者に恵まれたものだ」

「鞍作さま」

呼ばれて入鹿は振り返った。皇子がその名を思い出そうとして、あっさり諦めた当の男が、彼を戒めるように眉根を寄せていた。

「葛城皇子さまには、どうかお気をつけくださいますよう」

「何」入鹿はぎくりとした。「それは……何か確実な物実《ものざね》あってのことか」

「あれば疾《と》うにご報告いたしております。これという確証はありませんが、古来、佯狂《ようきょう》と云うがごとく、万が一にも油断は禁物でございます」

「佯狂――狂ヲ佯《イツワ》ル、か」

入鹿は顎《あご》に手をやった。では、あれは演技なのだろうか。ことさらに自分の稚さ《おさな》を印象づけよう、という。だとしたら相当の策士だが、いや、とてもそうは思えない。さらに入鹿は、この遭遇そのものの意味を考えてみようとした。自分の墓を見に行く途中、葛城皇子に出遭った――何かの暗示なのか、と。

ばかばかしい。

すぐに入鹿は頭を振った。偶発的な出来事に意味付けして解釈するのは無駄《むだ》だ。そして、おれらしくもない。彼は自身を合理の権化《ごんげ》と見なしていた。ただ、慢心《まんしん》していたのは確かだろう。用心せねばならぬ。それに気づかせてくれただけでも、この男には旻師の学堂の優等生という以上に付き合う価値がある。自分にとって、漢の高祖《こうそ》における留侯《りゅうこう》のような存在になってくれるやも。

「心しておこう」入鹿は期待の色を匂わせて云った。「これからも良き助言を頼みたい、鎌子《かまこ》」

三

入鹿が今来に馬を乗り入れたのは、昼にはまだ時間のある頃合だった。

今来と呼ばれる地域は、大和《やまと》に一つならずある。三韓からの集団移住者である帰《き》化人《かじん》に居住地として支給された区画を、その土地その土地で先住者たちが便宜《べんぎ》的に、謂《い》わば普通名詞として今来と通称するうち、今来という地名が幾《いく》つもできてしまった。

蘇我蝦夷が双墓を築造しているのは、葛城は腋上《わきがみ》の地にある今来だ。葛城山東麓の一角を占め、南を巨勢山《こせやま》、東を国見山《くにみやま》に囲まれたこの小盆地に宮都《きゅうと》が営まれたこともあったが、古《いにしえ》の宮址《きゅうし》は草の海に埋もれて痕跡《こんせき》さえ留《とど》めず、ただ点在する大王陵がわずかにその縁《よすが》をしのぶのみ。それとても久しい歳月を経て墳丘を樹木群に占領され、小山としか見えない。そうした忘れられた廃宮の地にあって、新たな墳墓は遠方からも入鹿の目を引かずにおかなかった。

「いや、こいつは」想像以上の威容に思わず歎声《たんせい》が洩《も》れる。「なるほど、双墓とはよく云ったものだ」

形状それ自体は正四角錐で、祖父馬子の桃原墓と変わらない。見上げるばかりの巨大さもほとんど同じ。つまり、自分の屋敷に起居していれば常に目に入る見慣れた方錐形の墳丘だが、それが東西に相接して双《ふた》つ並び立つとなると、圧倒的存在感を放って迫ってくるのだった。

東のほうは墳丘の造成が終了して、葺石《ふきいし》工事の真っ最中だ。斜面の半ば辺りまで白い円石が敷《し》き詰められ、初夏の陽光を照り返して鏡面のようにまぶしく輝いている。西の墳墓は尖頂《せんちょう》部分と四方の角の整形が進行中で、こちらも使役される民が蟻《あり》のように群がっていた。

人夫たちのかけ声、労働歌が響き、墳丘の周囲には石、土、木材が積み上げられて、臨時に建てられた小屋の竈《かまど》から白い煙が数十本と立ち昇っている。墓域の外側では三重の濠《ほり》が掘られ、やはり夥《おびただ》しい数の人夫が働いていた。

飛鳥《あすか》では滅多《めった》にお目にかかれなくなった大規模な土木工事。天皇家とてこれほどの動員はできまい、と入鹿は誇らしさを覚える。すなわち自分は蘇我の実力を、やがて父から受け継《つ》ぐことになる己《おのれ》の資産を目の当《ま》たりにしているのだ。

こんなことなら、もっと早く視《み》に来るのだった。彼は昨年十月に帰国して半年余り、全国に散らばる蘇我領の監察に飛びまわってばかりいた。

入鹿は馬を進めた。南側の外濠に接するように、土を高く盛り上げて造成した区画があり、二層の楼閣《ろうかく》を中心として棟がいくつか並んでいる。造墓事業の指揮監督所であった。柵《さく》の前で馬から降りた。付き従う者たちをその場に控えさせ、入鹿一人だけが楼閣に向かう。

蝦夷は一階にいた。一階といっても壁はなく、太い柱と柱の間から四方が見渡せる。そこで父は贅《ぜい》を凝らした唐《とう》製の椅子《いす》に坐《すわ》り、いつものように側近たちに取り巻かれ、飽《あ》くことなく双墓に見入っているところだった。

「ようやく参ったか、息子よ」

入鹿に気づいて満足げに云った。その手が無造作に振られると、追い払われる蝿《はえ》の群れのように側近たちが席から離れ、楼閣は父子《おやこ》二人だけの空間となった。

「どうだ、己の目で直《じか》に見た感想は」

「聞きしに勝るとはこのことですね。これほどとは思わなかった」

「何だ、ひどく素直ではないか。いつものひねくれた口のきき方はどうした」

蝦夷は紫の冠《かんむり》をかぶっていた。十二階の冠位《かんい》を超越した至極《しごく》の証《あかし》である。冠の下の頭は今年還暦を迎えて白さを増している。祖父の馬子がそうであったように蝦夷もまた穏《おだ》やかな風貌《ふうぼう》で、威圧的なところがまるでない。常に愛想のいい笑《え》みを浮かべている。おまえは鋭すぎる、というのが入鹿に対する口癖《くちぐせ》だ。

「正直申し上げて、わたしともあろう者が、今はひたすら圧倒されております」

「莫迦《ばか》め」叱るように云いながら、蝦夷は嬉《うれ》しそうだった。「墓の主が気後《きおく》れしてどうする。ともかく、これが我らの力だ。力というものは、誰の目にも見えるよう可視化しておかねばならぬ。蘇我には迚《とて》も敵《かな》わぬ――常にそう思わせておくのが肝要《かんよう》だ」

「統治の第一条というやつですか」

「もちろん、力をひけらかすだけが能ではない。目に見えぬから恐ろしい、という力もある」

「第二条、と」

「要するに車の両輪だ。可視と不可視、その二つの力を併用《へいよう》してこそ支配というものは上手《うま》くゆく。覚えておけ」

父は老《お》いた、と入鹿は思う。そう、大臣蘇我蝦夷は確実に老いた。今になって何の帝王教育のつもりだ。そんな説諭など、歯牙《しが》にもかけぬ父だったのに。それにしても、いつの間に老いたのだろうか。

明るい陽光の下で見るせいか、どこにでもいる、ありふれた老人の顔だった。染《し》みや斑点《はんてん》、無数の皺《しわ》が驚くほど目立つ。同じく皺の深さを照らし出すにせよ、夜の燭炎《ほのお》は権力を握る者の重厚さを不気味なほど感じさせるが、昼の陽光は素《す》の老醜《ろうしゆう》をあばきだして容赦がなかった。

この老け込みたるや、尋常ではない。

去年の七月といえば、唐の長安で入鹿が帰国の準備にとりかかっていた頃だが、倭国《わこく》は未曾有《みぞう》の旱魃《かんばつ》に見舞われた。為政の長《ちよう》たる者の務めとして蝦夷は対策に乗り出さざるを得ず、諸寺に大乗経典《だいじようきようでん》の転読を命じ、雨乞《あまご》いをさせた。かつ自身も蘇我氏の氏寺《うじでら》である法興寺《ほうこうじ》の南の庭に香鑪《こうろ》をとり、仏、菩薩《ぼさつ》の像と四天王の像とを荘厳《しょうごん》し、衆僧を率《ひき》いて大雲経読誦《だいうんぎょうどくじゅ》の陣頭指揮を執《と》るという力の入れようだった。そうして三日間にわたり精魂《せいこん》を傾けた甲斐《かい》も虚《むな》しく、小雨程度の雨粒が一度ぱらぱらと降っただけで終わった。

翌日、即位して間もない現帝が南淵《みなぶち》の河上に御幸《ぎょこう》し、倭国古来のやり方で神祇《じんぎ》に対し雨乞いの儀式を執り行なうや、光溢《あふ》れる夏空が一天にわかに掻《か》き曇《くも》り、稲妻《いなずま》の閃光《せんこう》が次々と暗天を切り裂《さ》いて、凄まじい雷が連続して鳴り響き、大雨は五日にわたって止まず、溥く天下《あまね》を潤《うるお》したということだ。帰国後に入鹿が聞いたところでは、蝦夷が体調を崩したのは——本人は断乎《だんこ》否定するものの——それからのことであるらしい。

突然、祖父の記憶が甦《よみがえ》った。十七年前、彼が十歳の時のことだ。

祖父の馬子は葛城県《あがた》を賜《たまわ》りたい旨奏上《むねそうじょう》し、慮外《りょがい》にも額田部女帝に拒絶された。それがよほどの打撃となったか、子供の目にも、その日を境に馬子は老いを深めていった。気力を失い、健康を損ね、二年と経たずにこの世を去った。記憶にあるその祖父の姿が、今の父に重なる。

それほどのものなのか、女帝の力とは。

だが蝦夷としても、やられたままではいなかった。その年のうちに意趣返《いしゅがえ》しをやってのけた。それも、二つも。

一つには、蘇我の祖廟《そびょう》で八佾舞《やつらのまい》を催《もよお》した。漢土における祖先祭祀《さいし》の習俗をそっくり真似《まね》たもので、奉納できるのは皇帝に限られる。もう一つが双墓の築造に着手したことだ。これだけの規模ともなれば、単なる意趣返しの域を超え、天皇家に対する明白な挑戦、挑発を天下に闡明《せんめい》したに斉《ひと》しい。

「老いたと思っておるな、わしを」

「とんでもない」

「それで墓造りを急いだのではないぞ」

「もちろんですとも。おやじどのの意図がわからぬ、この入鹿ではございません。さぞや現帝《おおきみ》は戦慄《せんりつ》していることでしょう」

「さよう」

蝦夷は卓《たく》に載せていた杖《つえ》を手に取ると、椅子からゆっくり立ち上がった。身体が左右に不安定に揺れ、足腰がかなり弱っているのが入鹿の目にも容易に見て取れた。

「あれが」左手で杖を握って身体を支え、右腕を伸ばして東側の墳丘を指し示した。「わしの墓だ。そして、もう一つがおまえの墓になる。墓と云ったが、人夫たちは公然とこう申しておる、大陵《おおみささぎ》、小陵《こみささぎ》とな。どうだ、民おそるべし、ではないか。権力とは最も遠いところに棲息《せいそく》しながら、最も鋭く権力を注視し、その行く末までも見抜いてみせる、それが民という逞《たくま》しい生き物だ。ただし、双つながら陵となるかどうか――わしは己を魏《ぎ》の武《ぶ》帝に擬《なぞら》えているのでな。おまえは文《ぶん》帝たるべし」

「そう急《せ》かされては困りますね」話が本題に入ったのを察し、入鹿は軽口を叩くように云った。「文帝か、いいでしょう。ただし西晋《せいしん》の文帝だが――や、何が可笑《おか》しいのです、おやじどの」

「これが笑わずにいられるか」蝦夷は杖にしがみつくようにして、本気で笑い声をあげていた。「魏の文帝たれとはな、父がわしに仰《おお》せられたことなのだ。わしはこう答えた、いいえ父上、この蝦夷は曹丕《そうひ》に非《あら》ず、司馬昭《しばしょう》です、と」

「何と、まったく同じやりとりが、お祖父《じい》さまとおやじどのの間でなされていたとは」

「司馬仲達《ちゅうたつ》の役は父に相応《ふさわ》しい。諸葛亮《しょかつりょう》を倒したごとく物部守屋《もののべのもりや》を打倒し、政敵曹爽《そうそう》を排《はい》したと同じく厩戸皇子《うまやどのみこ》を除去し、丞相《じょうしょう》に等しい大臣となって、受禅《じゅぜん》への道を整えてくださったのだからな。わしの役回りは中継ぎの司馬昭というところ。よって――」蝦夷は、ひたと入鹿の顔を見据《みす》えた。その目の奥に執着《しゅうちゃく》の紅《あか》い炎がめらめらと燃え立った。「順の理《ことわり》として、おまえこそは西晋初代皇帝の武帝、司馬炎《えん》とならねばならぬ」

どう返答したものか。入鹿は途惑《とまど》った。

蘇我家による天皇位の簒奪《さんだつ》は、二人の間で暗黙の了解事項であった。だが、父がここまであからさまに口にしたことはない。老いなのだろうか。老いから来る焦り。我が子が皇位に即《つ》くのを見てから黄泉路《よみじ》に旅立ちたい、という。

父の強い眼差《まなざ》しから逃れるように墳丘に目を転じた。

天下万民が使役されている。蘇我蝦夷という男の号令一下、奴隷《どれい》のごとく労働を強《し》いられている。あの強大な力、国を意のままに動かす力が、今に自分のものとなる……一瞬にせよ怯《ひる》むものを覚えた己を恥じ、入鹿は全身に再び力が漲《みなぎ》るのを感じた。

「おやじどのが即位すればよい」

「わしは老いた」蝦夷は首を横に振った。「おまえが察した通りだ。あの雌鶏《めんどり》を皇位から引きずりおろすことで、我が力は竭《つ》き果てよう。だが、あらゆる抵抗を排除して、おまえを皇位に即けてやる」

こともあろうに現帝を雌鶏呼ばわりするとは――卒然《そつぜん》と、入鹿は理解した。そうか、雨乞い合戦に敗れた屈辱《くつじょく》、それこそが父の胸底《むなそこ》に僅《わず》かながら残っていたためらいを棄《す》てさせ、簒奪への決意を固めさせたのだ。

「魏の文帝たれと云ったのは、禅譲《ぜんじょう》の儀式という便法を発明し、かつ実行に移したのが曹丕だからだが、わしは禅譲を用いるつもりはない。正しくは、本朝第二十六代の男大迹大王《おおどのおおきみ》に擬えるべきであろうか」

「男大迹大王？　どういうことです」

「この地を選んだのはなぜと思う。飛鳥ではなく、葛城の腋上に双墓を築いたのは」

「さあて」

「見よ」蝦夷は杖を幾度《いくど》か突き直して真後ろを向き、平地から抜きん出て聳える緑の小丘陵を指し示した。「ただの丘と映じるあれが何であるか知っておろう」

「もちろん」入鹿はうなずいた。「我が蘇我の祖、武内宿禰《たけうちのすくね》の墓ではありませんか」答えた瞬間、父の意図がわかった。「なるほど、そうか！」

「そしてあれなるが」再び蝦夷は苦労して身体の向きを変え、双墓の右――北東に見える丘を指差した。「武内宿禰の玄祖父《げんそふ》、すなわち第六代国押人大王《くにおしひとのおおきみ》の陵だ」

「そしてあれなるが」入鹿は双墓の左――北西に見える丘を指差し、父の後を引き取って云った。「その父王、第五代香殖稲大王《かえしねのおおきみ》の陵」

「そうだ」蝦夷は傲然と胸を張った。「今では誰もが忘れて顧《かえり》みぬことなれど、蘇我は天皇家より出ておる。この地に墓を築くことで、皆にそれを思い出させてやろうというのだ。入鹿よ、おまえは第八代の国牽大王《くにくるのおおきみ》より数えて何世の孫となるか」

「わたしが？　考えもしませんでしたね、そんなこと」

　そう云い返しはしたものの、すぐに指を折って数え始める。

「まずは彦太忍信命《ひこふつおしのまことのみこと》、次が武内宿禰、それから蘇我石川宿禰《いしかわのすくね》、満智宿禰《まちのすくね》、韓《から》子宿禰《このすくね》、高麗《こま》に稲目《いなめ》に馬子、そしておやじどの」

　折られた指は九本を数えた。

「すると、この入鹿は国牽大王の十世の後裔《こうえい》ということに」

「さあ、そこで男大迹大王だ。大王は第十五代の誉田大王《ほむたのおおきみ》の五世で、越前の片田舎に逼塞《ひっそく》しておった。ところが第二十五代の稚鷦鷯大王《わかさざきのおおきみ》を以《もっ》て後嗣《こうし》が絶えると、大和《やまと》に迎えられて皇位を継ぐこととなる。その五世孫が、第三十五代の現帝よ。となれば国牽大王の十世であるおまえが三十六代目を継いだところで、別断おかしくはあるまい」

「天皇家を乗っ取るというわけか、倒すのではなく」

「これ、言葉を択《えら》べ」

「つまり漢土のような易姓《えきせい》革命でなく、こちらのほうが蘇我の名を棄てて、天皇家を継承する、と」

「分家が本家を継ぐ——それが最も無理のないやり方だからな。蘇我など臣籍《しんせき》に降下した時の名、惜しくもないわ」

「ま、それもそうですがね」入鹿は肩をすくめて同意した。聞き伝えるところでは、武内宿禰の子の石川宿禰が蘇我川の流域を根拠地としたので、蘇我を称するようになったという。所詮《しょせん》は河川の名だ。

「まだある。男大迹大王は、稚鷦鷯大王の姉を娶《めと》ることでさらなる正統性を得た。おまえには、雌鶏の娘がおる。あれを立后《りっこう》すれば皇位は盤石《ばんじゃく》となろう」

さすがに入鹿は眉をひそめた。先月、板蓋宮《いたぶきのみや》が新築した祝宴《しゅくえん》の席で、現帝の傍《かたわ》らに侍る間人皇女《はしひとのひめみこ》を目にしたばかりだが、葛城皇子の妹は、まだ年端《としは》のゆかぬ童女《どうじょ》でしかなかった。

「女の成長は早いぞ」彼の心中を読んだように蝦夷は云う。「事を起こす頃には妙齢《みょうれい》になっておる。そう先のことではない」

「いつ頃をお考えです」

「二、三年後には」

入鹿は身の引き締まるのを覚えた。父が具体的な日程を挙げたのは、これが初めてだ。

「あの高慢《こうまん》な口から退位を、いやおまえへの譲位を云わせてみせよう。ともかく雌鶏が屈服するまで、じわじわ絞《し》めあげてやるつもりだ。晋の文公が河陽《かよう》の会盟《かいめい》に周《しゅう》の天子《てんし》を呼びつけたがごとく、斉《せい》の桓《かん》公が封禅《ほうぜん》を欲《ほっ》したがごとく、あるいはまた楚《そ》の荘《そう》王が鼎《かなえ》の軽重《けいちょう》を問うたがごとく——あれなる双墓は、その手始めというわけだ」

蝦夷は墳丘に視線を戻そうとして、ふと不審の声をあげた。

「見慣れぬ顔だな。おまえが連れてきた者か」

入鹿は父の指し示す先を見た。誰のことかすぐにわかった。柵の前で彼の従者、護衛たちが思い思いに居流れている中で、彼だけは将軍か軍師にでもなったつもりで周囲の地形を見定めている。その、どこか他に抜きん出た挙止《きょし》が、蝦夷の注意を引いたようだ。

「旻《みん》師に最も目をかけられている男です。昨夜は我が館《やかた》に泊めて、酒を酌《く》み交わしました。近くおやじどのにも引き合わせるつもりですが、当代稀《まれ》に見る利《き》け者ですよ」

「珍しいな、おまえがそこまで他人をほめるとは。どこの馬の骨だ。いや、何やら見覚えのある顔だが」

「出は、中臣《なかとみ》氏です」

「なるほど、彌気連《みけのむらじ》に似ていたか」

「ご明察」

「息子の中に一人、家業の神事には見向きもせんで、『六韜《りくとう》』や『三略《さんりゃく》』ばかり読み耽《ふけ》る変わり者がいると聞いていたが、それがあやつか」

「鎌子、中臣鎌子といいます。嚢中《のうちゅう》の錐《きり》になる男、付き合いを深めております」

「張良《ちょうりょう》、魏徴《ぎちょう》が欲しくなったのだな」

蝦夷は満足そうに笑った。息子の成長に目を細める父親の顔だった。「よいことだ。大事をなすには謀臣《ぼうしん》の存在が不可欠。孤児どもに目をかけるのも結構だが、家柄のある者を味方につけるに如《し》かず。神祇伯《はく》の家の者となれば、なお重畳《ちょうじょう》。上手くやれ、入鹿」

「ふん、いつもながらの巣箱への過小評価は癪《しゃく》に障《さわ》りますが、それについては、いずれ必ず結果を出してご覧に入れましょう。あの子たちが成長すれば、文武に秀《ひい》で、比類なき忠誠心を備えた、最強の親衛隊が誕生するのですからね」

「入鹿の子供たち部隊、か」

蝦夷は気乗りしない顔で応じ、再びゆっくりとした動作で椅子に腰かけた。「おまえも坐れ」

その手から杖が離れ、音をたてて床を転がった。入鹿は杖を拾い上げ、卓上に載せ置くと、向かい合わせに腰を下ろす。

「もはや気ままは許さぬ」

断定口調で蝦夷は云った。「飛鳥に腰を据《す》えろ。わしの代理として朝政《ちょうせい》を執れ」

「摂政《せっしょう》というわけですね。で、おやじどのは？」

「病と称して出仕を止める。おまえが大臣として表舞台に立つのだ」

「いきなり過ぎませんか。荷が重いな」

「臆《おく》する勿《なか》れ。このわしが後見人として控えておる。遠慮《えんりょ》はいらぬ。存分に暴れ回ってみせよ。これまで以上に、蘇我の権勢を天下に溥《あまね》く見せつけてやるのだ」

「攻勢に出ろ、と」

「まさにそれよ」

「蘇我大臣の命《めい》、謹《つつし》んで承《うけたまわ》る」

背筋を伸ばして入鹿は肯《うべな》った。「大臣の度量に甘え、これまで存分に好き放題させてもらった。唐、高句麗《こうくり》、百済《くだら》、新羅《しらぎ》と海の向こうを広く見て回りもした。それで得た知見《ちけん》を活かし、朝政に臨《のぞ》もうと思う――どうです、こんなところで」

「さっそく懸案《けんあん》を一つ委《ゆだ》ねる。おまえの才覚で善処してみせよ」

「何なりと」

「百済の義慈《ぎじ》王が密使を送って寄越《よこ》した」

入鹿はうなずいた。公式に派遣される国使とは別に、蘇我家は代々、百済王との間に私的な交渉の手づるを有している。それによって倭国の誰よりも早く、つまり天皇よりも先に、さまざまの情報を入手することができるのだ。

「密使は、鬼室福信《きしつふくしん》という男」

入鹿は一瞬、目を剝《む》きかけた。唇《くちびる》を閉ざしたまま父を見返す。沸流《ふつりゅう》島の一件は、蝦夷に対してのみ詳細を告げていた。

蝦夷は値踏みするような目を向ける。

「豊璋《ほうしょう》を返せと？」ややあって入鹿は口を開いた。「この期《ご》に及んで？」

「豊璋？」蝦夷は空惚《そらとぼ》けた顔で首を横に振った。「さような要件、福信はおくびにも出さなんだぞ。豊璋といえば、どうしておる、あの哀れな廃《はい》王子は。巣箱に投げ入れたとか申しておったが、捨て王子とはいえ、折角連れ帰ったものを、何も賤《いや》しい孤児連中と一緒にすることはあるまいに」

「わたしなりの考えあってのことです。あの子には、自分が何者か明かしてはならぬと、きつく云い含めてあります」

「奢侈華美《しゃしかび》な百済の王宮で、乳母日傘《おんばひがさ》で育てられたひ弱な幼子《おさなご》だぞ、死んでしまうのではないか」

「豈図《あに》らんや、生きております。いろいろ辛《つら》い目に遭ってはいますがね」

「辛い目？」

「いじめられているのです。是非もないことながら」

「会っておるのか」

「いいえ、まだ一度も」

「いったい……まあいい。あの子はおまえの好きなようにせよと申した。二言《にごん》はない」

「それはそうと、智萬《ちまん》老人はどうしてくれてます」

「わしの貴重な情報源となってくれておる。前王の忠臣、亡命者としては大物の部類だからな。百済宮廷の細かな内情、動向、義慈王の思考、人となり、癖、その取り巻きどものあれやこれやを、たっぷりと話してくれよる。彼《か》の国の現情を知るにはまたとない男よ。よくぞ連れ帰ってくれた。改めて礼を云うぞ」ここで蝦夷は笑みを洩らした。「璋《しょう》王の遺臣、沙宅《さたく》智萬とは知られた名ゆえ、身分を隠すため別の名を名乗らせた。翹岐《ぎょうき》だ」

「おやじどのにしては戯《たわむ》れを」

「おまえが百済の廃王子翹岐を連れ帰ったという噂《うわさ》が広がって、智萬老こそ、その百済王子だと勘違いする者が続出しておる」

「ずいぶんと薹《とう》の立った王子さまもあるものだ」入鹿は笑い声を合わせ、すぐに口許《くちもと》を引き締めた。「で、鬼室福信は何のために派遣されてきたのです」

「出兵だ。百済王は援軍を乞《こ》うてきた」

「援軍を？　では、鳴り物入りで始めた新羅攻略が思わしくない？」

「おまえも知るように、緒戦は大戦果を収めた。何しろ洛東江《らくとうこう》を指呼《しこ》の間《かん》に望む難攻不落の大耶《だいや》城を陥落《かんらく》させたのだからな。尻に火のついた新羅では、王族の金《きん》春秋《じゅんしゅう》が慌《あわ》てて高句麗に飛んでいったほどだ」

「泣きついたものの、成果はなかったそうじゃありませんか、何一つ」

「泉蓋蘇文《せんがいそぶん》に拒絶され、手ぶらで帰国したと聞く。みじめなものよ。が、義慈王のほうでも、それから先が思いのほか上手くゆかぬようでな。新羅の軍兵《ぐんぴょう》の死に物狂いの抵抗を受け、大耶城ほかの諸城を死守するので手いっぱいという。今ここで倭国の援軍を得られれば、一気に新羅を攻め滅ぼすことができる、そう持ちかけてきよった」

「額田部女帝の御世《みよ》、我が国は半島に二度と兵を送らぬと決めました。その国是《こくぜ》は、先方も承知しているはずですが」

「だからこそ蘇我を頼ってきたのだ」

「見返りは何です」

「任那《みまな》の復興」

入鹿は笑い声をあげた。「あの国らしい。どうせ二枚舌ですよ、お得意の。もう騙《だま》されるものですか」

「それがな、今度ばかりは本気らしい」

「おやじどの」

「まあ聞け。滅《ほろ》ぼした新羅の本来の地、つまり辰韓《しんかん》の旧域は百済領とするが、任那の故地は残らず倭国に割譲《かつじょう》するという条件だ。考えてもみよ、百済はそれから先、今度は高句麗と対峙《たいじ》せねばならぬ。高句麗こそが百済にとって本来の宿敵《しゅくてき》なのだ、建国以来のな。となれば、我が国とは引き続き協力関係を維持したいところであろう。まず両舌《りょうぜつ》はあるまい」

入鹿は反論の言葉を引っ込め、考えを巡らせた。「福信に会ってみましょう」

「もう帰した。難波津《なにわづ》から船出しておる頃だろうて」

「帰した？」

「すぐに返答できることではないからな。その点は福信も心得ていた。まずは義慈王の内意を伝えるのが今回の使行《しこう》の目的だ、と」

「確かに」

入鹿は椅子から立ち上がり、思考を深めようとその場を歩き回った。出兵、絶えて久しい海外派兵――一笑に付《ふ》すつもりが、急速に心が傾き始めた。

任那の復興という果実はさておき、内政に利用できそうだ。兵を半島に送れば国内に軍事力の空白が生じ、皇位を簒奪しやすいのではないか。あるいは即位後の騒《そう》擾《じょう》を収拾する方便として使えるかも。そこまでゆかずとも、諸臣に広く提議して朝議を二分させ、無用の混乱を引き起こし、現帝に圧力をかけることができよう。かつて任那に海外領や権益を有し、その古《いにしえ》の栄耀栄華《えいようえいが》の夢を燠火《おきび》のように胸に溜めている豪族《ごうぞく》は少なくないはずだ。

柱の傍らで入鹿は足を止めた。視線を柵の辺りに投げかける。彼の従者、護衛たちが中臣鎌子を取り囲んでいた。彼らは斉しく興味の色を顔に刷《は》かせ、鎌子の話に聞き入っている。時折り、どっと笑い声が湧き起こる。鎌子が彼らの心をとらえているのは一目瞭然《いちもくりょうぜん》だった。

四

難波津の埠頭《ふとう》を離れた船は、追い風に乗って滑《すべ》るように内海《うちうみ》を帆走《はんそう》し始めた。筑《つく》紫《し》と河内《かわち》を定期に往復する蘇我《そが》の中型船である。鬼室福信《きしつふくしん》は船尾《せんび》に佇立《ちょりつ》し、遠ざかってゆく緑の陸地を眺めていた。福信は往路もこの船を利用した。本国から乗ってきた百済船は、筑紫の娜大津《なのおおつ》に停泊して彼の帰りを待っている。

しばらくすると右手斜め前方の、百舌鳥野《もずの》と呼ばれている辺りの海岸線に、巨大な丘陵が幾つか見えてきた。古の倭国に君臨した大王たちの陵という。往路で初めて目にした時は、その信じられない大きさに度肝《どぎも》を抜かれ、目を疑ったものだった。こうして今、帰路に再見しても、変わらず驚嘆《きょうたん》の念が湧き上がるばかり。百済王家の陵など、あれに較べれば芥子粒《けしつぶ》に等しい。

見つめるうちに身震《みぶる》いが出た。さまでの巨大王陵を営々として築造し続けてきた強大な国力に、驚嘆を通り越して戦慄《せんりつ》せずにいられなくなった。

なるほど、その余力、余勢を駆って、かつて倭国は百済の救援要請に応じることができたというわけだ。高句麗の大攻勢で亡国の危機に瀕《ひん》した百済を救うべく、倭王の大軍団は陸続と海を渡り、半島を北上し、広開土王《こうかいどおう》の親征《しんせい》する高句麗軍と激突を繰り返した。

その後も倭国は、軍事的に百済の力強い後《うし》ろ盾《だて》であり続けた。倭国の庇護《ひご》下で百済という小国はかろうじて存在し得たのだ。

が、仏教その他の漢土の先進文明、高度の技術を南朝から直接受容して百済の国力が上向き、そのうえ任那の領有を巡って両国の関係が険悪なものになると、倭国は潔く過去の行きがかりを捨てて、半島から撤収《てっしゅう》していった。

その倭国を、より正確にいうならば倭国の軍事力を、再び半島に呼び戻そうというのが義慈王の描く構想だ。今度の対手《あいて》は高句麗ではなく新羅《しんら》である。

福信を密使に擢《ぬ》いたのは、蘇我入鹿《いるか》との間の奇縁——福信にとっては不名誉このうえない——が王の着目するところとなったからだろう。入鹿に虚仮《こけ》にされた福信その人を派遣することで、蝦夷《えみし》の弱みにつけこもうというわけだ。もっとも蝦夷が息子の不行跡《ふぎょうせき》を恥じ、負い目と思っていればこその話だが。

王のその目論見《もくろみ》がどれほど効果をあげたかはわからない。入鹿は同席せず、蝦夷は木彫りの仮面のような顔で応じて本心を見せなかった。表面的には彼は素っ気《そっけ》なく追い返されたと見えるだろう。すなわち今度の使行は失敗だった、と。

しかし、福信は確実な手応《てごた》えを感じた。倭国の最高実力者である蘇我大臣は、安請《やすう》け合いをしなかっただけだ。即答できることではないのである。彼の語るところに蝦夷の心が動いたことは間違いない。表情からは読み取れなかったが、細かい点まで幾度も執拗《しつよう》に問い質《ただ》した反応が雄弁にそれを物語っている。任那復興という餌《えさ》を差し出された時、一瞬にせよ、欲望の炎が目に灯《とも》ったのも福信は見逃さなかった。

条件次第で蝦夷は落ちる――その旨、彼は王に奏上するつもりだ。ただし出兵が倭国の国家意志として最終的に決断されるまでには、多少の時間がかかるだろうが。

今回、入鹿と会わなかったことで福信は実は、ほっとしていた。あの傲岸不遜《ごうがんふそん》な顔を見れば、せっかく薄らぎつつある憎しみがぶり返しかねぬ。王の内意を秘《ひそ》かに伝える重要な任務に抜擢《ばってき》されたのも、沸流島での奇妙な出会いに因縁《いんねん》すると思えば、いつまでも恨みを持ち続けるのは愚《おろ》かだ。同様に、豊璋《ほうしょう》への思いも疾《と》うに放念していた。あの一件は、一時的に彼の鬱屈《うっくつ》を霽《は》らし、生来《せいらい》の嗜虐癖《しぎゃくへき》を満足させてもくれたが、所詮は官位目当てで引き受けた汚れ仕事に過ぎなかった。

福信は陸地から空に目を転じた。真っ白な入道雲を背景に群れ飛ぶ鷗《かもめ》たちの姿を愛《め》でるうち、心地《ここち》よい疲労を覚えた。

大役を果たした充実感によるものだろうが、それだけではない。倭国の平和な雰囲気《ふんいき》が思いのほか彼の気を緩《ゆる》ませていた。半島の三国が数百年間にもわたって延々と三つ巴《みつどもえ》の戦争を繰り広げているというのに、海に守られたこの島国は早々と国内統一を成し遂《と》げ、後はひたすら平和を、平和による繁栄を謳歌《おうか》してきたのだ。

不意に、福信は妬《ねた》ましさを感じた。

倭国が出兵を応諾《おうだく》し、軍団を新羅との戦線に投入すれば、百済にはこのうえもない助けとなる。しかし福信は、自国の利害得失とは別に、倭国を半島の戦乱に引きずり込み、一人でも多くの倭兵が血を流して斃《たお》れるのを願ってやまなかった。

五

手指のあかぎれ、足指のしもやけは不思議なくらいあっさり治った。

過酷《かこく》な冬を生き延びたことが、雀《すずめ》は自分でも信じられない。明日は死んでしまうだろう、明日は……毎日そう怯《おび》えているうち、ある日突然、爛漫《らんまん》と春が来た、そんな感じなのだ。思えば、長らく幽閉《ゆうへい》されていた王宮の地下牢《ちかろう》でも、自分は死ななかったではないか。固く乾いた地面に名もない草が芽吹《めぶ》くように、わずかな自信のようなものが彼の胸に生じた。小さいけれど、この自信を大切にしてゆこう。雀は幼い心で自分にそう云い聞かせた。

あかぎれ、しもやけは消えても、擦り傷や打ち身の痕《あと》は依然として絶えなかった。暴力を伴ういじめはずっと続いている。孤立無援の小鳥であることには変わりがなかった。

とはいえ初めての倭国《わこく》の春を、雀は堪能《たんのう》した。寒さに怯え、縮こまっていた冬には見えなかったものが目に入ってくる。

野山に一斉《いっせい》に咲き誇る色とりどりの花の、何という美しさだろう。樹々の緑にも濃い淡いがあり、どれだけ眺めても見飽きない。山が緑であるということ自体、彼には目新しかった。百済《ひゃくさい》の山々は——幼い彼の知る王都泗沘《しひ》の限られた範囲内でだが——温突《オンドル》にくべるため毎冬、途方もない量の薪《たきぎ》が濫伐《らんばつ》され、どこもかしこも赤土の禿山《はげやま》だらけだ。

兵士の姿を見ないことにも驚かされた。

物心ついた時から彼の国は新羅と交戦状態にあり、王宮には常に将兵が出入りしていた。甲冑《かっちゅう》を戦塵《せんじん》にまみれさせた兵士が、昼夜を問わず血相《けっそう》を変えて戦況を報告し、亡き父王が臨席しての作戦会議が夜を徹《てっ》して開かれることもたびたびだった。たまに王宮の外へ出れば、練兵場では予備軍が訓練を欠かさず、酒に酔った兵士が我が物顔で通りを歩いている。それが王都の光景というものだったが、倭国はおよそ違う。

もちろん巣箱のあるこの葛城《かつらぎ》の地が、王都の飛鳥《あすか》から少しく離れているということは、その頃までには彼にも理解されていた。そうではあれ、四方から吹いてくる風が軍事の臭《にお》いを運んできたことは一度もない。

雀は直感した。倭国には戦争がないのだ、と。何ということだろうか。海を渡れば、こんなに平和な別天地が存在していたなんて。

倭語は、少しずつだがわかるようになってきた。そうなると、より身を入れて講義に取り組んだ。最も熱を込めたのは肉体の鍛錬《たんれん》である。思いきり汗を流して野外を駆けまわり、日一日と自分が逞しくなってゆくのを実感するのは楽しかった。そうだ、生き延びるためには強くならなくては。

そんな春も、いつしか終わり、嵐のような蟬《せみ》の声とともに夏がやって来た。水練が課目に加わった。習熟の段階に応じて班が編成され、それぞれに指導役の大人がつく。

雀は、針麻呂《はりまろ》というその名の通り針のように痩《や》せこけた男が指導する、最も初級の班に編入された。全部で七人、彼を含め、いずれも昨年の秋以降に巣箱にやってきた孤児たちで、泳ぎの経験者は皆無《かいむ》だ。上級班は大きな溜池で練習し、彼の班は田んぼ一枚分ほどの小さな池が教練場となった。

七人は下帯一つになって堤《つつみ》の上に整列した。池面には蜻蛉《とんぼ》の群れが飛び交い、真っ青な夏空と、白亜《はくあ》の城塞《じょうさい》のような入道雲が映し出されている。

まずは浅瀬で首まで水に浸《つ》かることから始まった。ゆっくり歩きながら手で水を掻き、水の抵抗を体感して、身体を慣れさせてゆく。次に水底から足を放し、浮かぼうとしてみる。頭で考えるようには、なかなか上手くいかない。それどころか恐怖で身体が固くなってしまう。こっそり仲間たちを窺《うかが》うと、皆、怯えた表情を露《あら》わにしていた。ことあるごとに彼をいじめたり、からかったりする顔もあったが、今はそれどころではないようだった。

しばらくすると針麻呂が云った。

「そろそろどうだ、足の届かないところで浮いてみようという者はいないか」

誰もがためらった。弾《はじ》けるように、雀の胸に負けん気が頭を擡《もた》げた。自分でも驚いたことに彼は手を挙げて応じていた。六人の仲間たちがびっくりして彼を見た。

そして嘲り笑いを浴びせてきた。ばーか、百済人なんか溺《おぼ》れてしまえ、死んじまえばいいんだ。

針麻呂は窘《たしな》めない。

囃《はや》し立てられながら、雀は針麻呂に手を取られ、池の中央に引かれていった。足が水底を離れる。縋《すが》りつくように握った針麻呂の手だけが頼り。背の高い針麻呂が徐々に沈んでゆく。顎の辺りまでが水に浸かった。

何の前触れもなく、いきなり雀は突き放された。手足は本能的に水を掻く。あたふた、じたばたと、何の連動もなく。身体を浮かすどころか、却《かえ》って彼を水中に沈ませる動きだった。恐怖で目の前が真っ暗になる。慌てて息を吸おうとしたのが、なおいけなかった。生臭《なまぐさ》い水が口の中にどっと押し寄せ、さらには鼻からも流れ込んできた。

痛い、苦しい、息ができないよ。沈んでゆく、どこまでも、どこまでも――。

意識が真っ暗になり、ぎゅっと縮んで、次の瞬間、粉々《こなごな》に砕け散った。一転して何もかもが真っ白の世界に――まぶしい、と雀は思った。このまぶしさには覚えがある、とも。

刹那《せつな》、彼の意識は、難波津《なにわづ》を目前にした船の上へと飛んだ。陽光を強烈《きょうれつ》に照り返す海面を、うつろな心で眺めやっている一年前の自分に戻っていた。六歳の余豊《よほう》璋《しょう》に。

『こっちに来てごらん』

入鹿《いるか》に呼ばれ、豊璋は甲板《かんぱん》を横切り、反対側の舷側《げんそく》に移動した。

『あれが見えるかい』

入鹿がすっと腕を伸ばして指差す先を、目で追う。船のすぐ近く。何やら三角の形をした黒いものが、きらめく波間を切り裂くように動いている。進行方向は同じ。船に並走して遊泳しているようだ。

不意に、それは海中に没《ぼっ》した。豊璋は船端《ふなばた》から身を乗り出した。突然、信じられないほど巨大な鎌のようなものが海上に飛び出してきた。体色はやや灰色がかった黒だが、濡《ぬ》れた全身は燦然とした黄金の輝きを誇らしげにまとっている。三角形と見えたものは、背びれだった。彼の目の高さで優雅《ゆうが》な抛物線《ほうぶつせん》を描いて悠々《ゆうゆう》と飛翔《ひしょう》し、すぐ海に戻っていった。

『ははは、びっくりしたかな』

入鹿の笑い声は、潮風と戯《たわむ》れて明るくほがらかに聞こえた。その声に誘い出されるように、豊璋は素直に驚きを口にした。

『あんな大きな魚がいるなんて！』

『魚じゃない。イルカだよ』

『イルカ？』

二人は百済語で話している。聞いたことのない言葉だった。意味がわからず、傍らの入鹿を仰ぎ見る。

『今の王子と同じ齢《とし》だったかな』入鹿は幼鳥《ようちょう》を育《はぐく》む親鳥のような目で彼を見やり、すぐにまた視線を海に戻した。『父に連れられて胆駒《いこま》を越え、河内湖《かわちこ》を渡って、この難波津に船を浮かべたのは。初めて見る海は、六歳のわたしをたいそう興奮させた。広く、果てしない水のつらなり。午後の海はまぶしく光っていた。こんな具合にね。光の国だ、そう思った。この先には何があるのだろう。行ってみたくてたまらなくなった。その時、あいつが現われたんだ、目の前に』

豊璋は再び海に目をやった。いつのまにかイルカは頭を出して泳いでいた。玻璃《ガラス》玉《だま》のような目が可愛《かわい》く、こちらを見つめているような気がした。

『わたしは着ているものを脱ぎ、海に飛び込んでいた。性分《しょうぶん》というやつだな。やってみたいと思う前に身体が動いてしまう。気がついたら海の中だった』

『泳げたの？　だって、海は初めてだったんでしょう』

『川ではさんざん泳いでいたからね。イルカのやつ、わたしを誘っていたようなんだ。一緒に泳いでくれたし、溺れそうになると背に乗せて助けてもくれた』

『ほんと？』

『嘘《うそ》なものか。その証拠が、ほら、わたしのこの名前だ。さんざん泳ぎ疲れて船に戻ったら、父が呆《あき》れたように云うんだ。鞍作《くらつくり》よ、おまえは絶対にイルカの生まれ変わりに違いないってね。以来、わたしは入鹿と呼ばれるようになった——おや、少しも納得してない顔ですな、豊璋王子』

『だって、馬ならわかるけど、あんなのに乗るなんて』

『乗るのではない。乗せてもらうのです、馬にもイルカにも』

入鹿は着衣を手早く脱ぎ捨て、下帯一つの姿になった。身軽に舷側に飛び乗り、全身を撓《たわ》めたかと思うや、次の瞬間には放たれた矢のように、一直線に空中に飛び出していた。

豊璋は息を呑《の》んだ。鍛《きた》えられ、引き締まった肉体、海の色を映した大人の男の裸《ら》身《しん》が、幼い瞳《ひとみ》に鮮烈《せんれつ》に焼きついた。

入鹿はすぐに海に没した。豊璋が息苦しさを覚えた頃、ようやく海面に頭が浮き上がってきた。その間、自分がずっと息を詰め通しだったことに豊璋はやっと気づいた。

入鹿が海の中から伸びをするように、彼に向かって手を振る。その背後にイルカの黒い巨体《きょたい》が一直線に迫ってゆく。人間と動物が水飛沫《みずしぶき》をあげてもつれ合う。豊璋は悲鳴をあげかけた。イルカの体長は入鹿の倍近くもあって、入鹿が襲《おそ》われたように見えた。両者の戯れ合いであるということは、すぐにわかった。入鹿とイルカは仲《よ》好く並んで泳ぎ始めた。

『おい、見てみろ。入鹿さまの癖《くせ》がまた出た』

『ご機嫌《きげん》そうだな』

『そりゃそうさ。古女房《ふるにょうぼう》さまのお出迎えを受けたわけだから』

いつのまにか護衛の男たちが舷側に集まってきていた。慌てるどころか、陽気なにやにや笑いを浮かべ、船端を叩き、やんやと囃し立てる風情《ふぜい》だ。

実際、入鹿の泳ぎは見事なもので、素晴らしい膂力《りょりょく》で水をかき、思うがままに進み、時に潜水と浮上を余裕たっぷりに繰り返してみせる。水面下で不可思議にゆらめきつつも自由自在に躍動する肉体は、力強さの象徴のようだ。豊璋は目を瞠《みは》り、痺《しび》れるような思いで見つめるばかりだった。

入鹿が両腕を伸ばし、並走するイルカに飛びついた。その手は背びれを摑《つか》んでいる。イルカは、硬質の、瞭《あきら》かに歓喜だとわかる鳴声《なきごえ》を上げ、みるみる速度を増した。頭を突き立てて海中に躍《おど》り込んだ。引きずり込まれるようにして入鹿の姿も消える。

輝く水面、穏やかな波、新鮮な潮風――のんびりとした、まぶしい午後の海が戻ってきた。船は次第に難波津へと近づいてゆく。停泊準備のため船員たちの動きが慌ただしくなる。豊璋はじっと海面に目を凝らし続けた。無限の時間が経過した気がした。

『あれをやるつもりなんだろう』

『お得意のやつを。にしても長い』

『これは大技になりそうだ』

護衛たちの声が耳に入る。

その時、イルカが躍り出た。ほとんど垂直といっていい角度で高々と空中に飛び出してきた。その背に入鹿が跨《またが》っているのを、豊璋は信じられないものを見る思いで目にした——陶然《とうぜん》と。

時の流れが止まる。護衛たちの歓声が沸く。入鹿を騎《の》せたイルカは、白い腹部を見せて彼らの頭上を軽々と飛び越し、反対側の舷側の海に着水した。

船に戻ってきた入鹿は全身から水を滴《したた》らせながら、手を振ってイルカとの別れを本気で惜しむかのようだった。

『さて、王子』濡れた髪を掻きあげ、豊璋に向き直る。『わたしの後に続いてくださるものとばかり思っていたのですがね』

豊璋は狼狽《ろうばい》した。憧《あこが》れでいっぱいに膨《ふく》れ上がっていた心がみるみる萎《しぼ》み、冷えてゆくのを感じた。期待に添えなかった、入鹿を失望させてしまった、この先、異国で自分の庇護者となってくれる男を。

『……だって……泳いだことないんだもの』

『目の前で王子を溺れるままにさせておく、そんな蘇我入鹿とお思いになりましたか』

　返す言葉は見つからなかった。もやもやとしたものが胸を圧迫《あっぱく》し、息をするのがやっとだ。

『だったら……どうするつもりなの』

　絀るような声が出た。

『さあ、そこです。流離《りゅうり》の貴種《きしゅ》――わたしの手元でお育ていたそう、かとも思っておりましたが』

　入鹿が先を云い淀《よど》んだので、彼は思いきってその顔を見つめた。注がれる視線は相変わらずやさしく、恐れていたほどには失望の色など見出せなかった。寧《むし》ろ豊璋の処遇を、責任感を以て、心から思い悩んでいるように見えた。豊璋はほっとした。

『よし、決めた』入鹿は爽快《そうかい》な笑顔を向けて云った。『王子さまには、我が葛城の巣箱に入っていただくといたしましょう』

そうじゃないんだ、入鹿！
雀はむなしく絶叫《ぜっきょう》した。あの時、口にできなかった思いが、こんな瀬戸際《せとぎわ》で、ようやく言葉になった。

海が怖《こわ》かったんじゃない！

見惚《みと》れてたから、あなたに！

だから身体が動かなかったんだ！

あんなふうに自在に泳げたら、どんなにいいだろう。力強く水を切り、波を蹴《け》ってどんどん進み、潜り、浮上して――。

突然、息が楽になった、肺に空気が通ったみたい――空気？　豊璋はまぶたを撥《は》ね上げた。真っ青な夏空、光を凝集《ぎょうしゅう》したような白い入道雲が飛び込んできた。ぽっかりと、自分が池の真ん中で仰向《あおむ》けになって浮いているのがわかった。

最初に意識にのぼったのは、なぜ沈まないんだろう、という莫迦《ばか》みたいな思いだった。しばらく彼は呆然《ぼうぜん》と、ただ浮かんでいた。

それにしても、この浮揚感《ふようかん》、身体の軽さといったら、ただごとではない。彼を縛りつけ、抑えつけていた一切のものから解き放たれた気分で、束の間《つかのま》その心地を楽しみ、声を上げて笑った。そして思う、今なら入鹿みたいに泳げるかも、と。入鹿がどんなふうに泳いでいたか、克明《こくめい》に記憶している。

やってみよう。身体を半回転させ、うつ伏せにして――わあっ、まだ浮いている。そうさ、沈みっこないんだ。顔が水に浸かる。何が怖いものか。右腕を抜き上げた時に、顔を横に上げて、息を吸えばいいんだから。入鹿はそうしていたもの。そうやって手で水を掻き、足で水を叩く。そう、その調子。彼は夢中になって手足を動かし続けた。

手が泥《どろ》に触れ、顔を上げると、池の対岸に泳ぎ着いていた。池面を風が渡り、目の前の雑草を撫《な》で、彼は太陽の光のあたたかさを頬《ほお》に感じた。草の中に緑色の蛙《かえる》がいた。目が合った、と思った。蛙は頬をふくらませてケロロと鳴き、大きく跳躍《ちょうやく》して、可愛く水音をたてた。

豊璋は岸を蹴って再び泳ぎ始めた。唖然《あぜん》とした表情の針麻呂の脇を通過し、岸辺に戻り着く。

水の上に並んだ六つの顔が、口をあんぐり開けて彼を見つめた。豊璋は黙って彼らを見返し、それぞれが怒りや妬み、悔《くや》しさといった感情を顔に刷《は》いてゆくのを見守った。

「次」

池の中央にいる針麻呂が、大声を上げて促《うなが》した。

六人の顔に物怖《ものお》じの色が上塗《うわぬ》りされる。気まずげに互いを眺めやるものの、誰も応じない。

「次だ、早く」

針麻呂の声が厳しさを増す。

六人のうちの一人が動いた。針麻呂に向かってではなかった。浅い池底を危なっかしげに踏んで豊璋の前にやってくると、真正面から向き合った。

「おい、おまえ」

嚙《か》みつくように云ったが、それっきりだった。ぐっと歯を食いしばり、ぎらぎらする目で彼を睨《にら》みつける。この班の中ではいちばんの年長の少年で、豊璋を率先《そっせん》していじめる一人だ。

やがて大きく息を吸うと、ものすごい勢いで頭を下げた。

「お願いだから、おれに泳ぎを教えてくれ」

豊璋はうなずいていた。

「うん」

水の中から右腕が突き出されてきた。腕の先は、いつもなら握られている。彼の頰に拳《こぶし》を浴びせるために。その、今はおずおずと開かれ、恥ずかしさに震えている掌《てのひら》を、豊璋は自分も右手を差し出してぎゅっと握った。

「ぼくは雀」

「田来津《たくつ》だ」

六

金多遂《きんたすい》の来訪を家宰《かさい》が告げた時、金春秋《しゅんじゅう》は居室の牖《まど》を開け放ち、小糠雨《こぬかあめ》にしっとり濡《ぬ》れた庭園を前に、次なる一手を練《ね》っていた。

この国を救うにはどう動けばよい。空は雨雲が垂《た》れこめ、庭は色彩を失って殺伐《さつばつ》とした印象に沈んでいる。徐那伐《じょなばつ》の聖なる山である南山《なんざん》も、灰色の空の下で力なくうなだれているかのようだった。十日近くこのような天候が続いている。

「そこに坐ってくれ」多遂が入室すると、春秋は牖辺から戻り、きびきびとした挙止で椅子を指し示し、自らも向かい合って腰を下ろした。「急な呼び立てで、講義の邪魔《じゃま》をしてしまっただろうか」

「ちょうど終了したところです」

多遂は一礼して答えた。頭を幅広の白い麻布で裹《つつ》んでいる。その巻き方はいかにも不格好《ぶかっこう》で、落ち着いて知的な風貌とはちぐはぐだった。

五か月前、王命で慈蔵大師《じぞうだいし》が長安《ちょうあん》から帰国した。百済王の呪術《じゅじゅつ》に脅《おび》える徳曼女《とくまん》王を安心させるべく、春秋が進言したものだ。大師は龍翔寺《りゅうしょうじ》の首座に就任し、目下《もっか》のところ呪術返しの勤行《ごんぎょう》に専念して寧日《ねいじつ》がない。

大師に随《したが》って帰国した留学僧の中に、慧詢《けいじゅん》という、やや年嵩《としかさ》の弟子がいた。大師が自慢するほど優秀な頭脳の学問僧だったが、春秋は彼と言葉を交わし、その誠実さと度量の広さ、外交能力の高さを直《ただ》ちに見抜き、それ以上に彼の出自の重要性に鑑《かんが》み、後継候補の筆頭だからと渋る大師を説き伏せ、慧詢を還俗《げんぞく》させたのだ。本来の姓名である多遂《おおのとげる》に金姓を重ね、金多遂と名乗らせた。

「伸びているかな」

「いいえ、まだ」多遂は右手を上げ、麻布の頭巾《ずきん》を撫でた。「指でつまめるかどうかというところでして――」

「いや、息子たちの実力だよ」

「これは失礼を」勘違いに気づいて多遂は苦笑を浮かべ、次いでしかつめらしい表情を装って答えた。「漢語に関しましては、仁問《じんもん》さまが図抜けておられます。ことに抑揚の付け方など見事なもの。この調子でゆけば、わたしが髷《まげ》を結えるよりも早く、漢人と流暢《りゅうちょう》に対話できるようおなりあそばしましょう」

「法敏《ほうびん》はだめか」

「兄君さまは」多遂の口許に好意的な笑みがそよいだ。「倭語のほうに一日《いちじつ》の長《ちょう》がございます。剣術に打ち込むほどの熱心さでお励《はげ》みになれば、上達は早いと思うのですが」

「よく云って聞かせよう」

平壌《へいじょう》での体験から春秋は、異国語を修めることの重要性を悟《さと》った。通辞《つうじ》を介せず、要人同士が直接腹を打ち割って語り合うことこそ大切である、と。よって漢語と倭語の修得を自らに課し、息子たちにも学習を命じた。新羅《しんら》による半島制覇という遠大な志を継がせねばならぬ、法敏と仁問とに。

高句麗《こうくり》語と百済語は念頭におかなかった。高句麗はいずれ唐《とう》に滅ぼされる——それが彼の見立てであり、百済は彼自身がとどめを刺すべき対象そのものである。この世から消滅する言語を習うのは、無駄というものだ。たしかに彼は泉蓋蘇文《せんがいそぶん》との会談では終始圧倒されたが、泉蓋蘇文も人間だ。寿命がある。いずれ死ぬ。高句麗は泉蓋蘇文あっての国だ。泉蓋蘇文が死ねば、そのときは唐に滅ぼされるのは自明の理。

還俗させた多遂を己の右腕に育てたいというのが、春秋の目論見である。目下のところは俗世に馴《な》れさせる必要があり、金家の語学教師の役はうってつけだった。留学僧として在唐期間の長い多遂は、生粋《きっすい》の漢人であるかのように漢語を操《あやつ》ることができ、そして倭語は彼の母国語である。

ふと、多遂が鼻をかすかにひくつかせた。

「どうした」

「いえ……何やら、戦塵の臭いを嗅《か》いだような気がいたしましたので」

「ほう、ついこのあいだまで僧だったそなたに、戦塵の臭いがわかるとは」

「長安の臭いです」

「長安？」

「あの巨大な都は、見た目の華やかさとは裏腹に、戦場から帰ってくる兵士たちの臭いが満ち満ちております。その実、軍都――というのが長安の裏の顔なのです」

「鼻が利くんだな」春秋は感心した。「さっきまでその椅子には、庾信《ゆしん》から派遣されてきた者が坐っていたのだ」

使者は金庾信が子飼いにしている若い副官で、これまでにも幾度か戦地と春秋の許《もと》を往復していた。

大耶《だいや》城の陥落から丸一年。怒濤《どとう》の攻勢を仕掛けてきた百済軍をくい止めるべく庾信は出撃し、爾来《じらい》一度も戻らず、最前線で指揮を執り続けている。

状況報告のため定期的に送られてくる若者の顔は、回数を重ねるごとに疲労の色を深め、華麗《かれい》だった甲冑は傷つき、汚れ、くたびれ果てて、全身から発散される何とも形容し難い体臭――多遂の云う戦塵の臭い――も濃さを増していった。

それがこの日、ついに耐え難いものとなったので、春秋は若者が報告を終えて最前線に戻ってゆくや、雨が降っているにもかかわらず牖を全開にしたのだった。

「戦局に動きが？」多遂の顔がさっと緊張した。「それがわたしをお呼びになった理由でしょうか？」

「そうではない。いつもの報告だった。我が軍は今なお百済軍を足止めしている。全力を挙げて――まさに奇蹟《きせき》だ。もっとも、この奇蹟がいつまでも続くはずはない。どちらかが先に国力の限界に達し、均衡《きんこう》が崩れる。そなたを呼んだのは、別件だ。長安に行ってもらいたい」

「長安？」思いもかけず、という色が多遂の顔に浮かぶ。「しかし春秋さま、わたしが命じられたのは、漢語と倭語の教授で――」

「緊急度が違う」

語気の強さに、多遂は背筋を伸ばした。「承ります」

「今日、王宮で和白《わはく》が開かれ――和白というのは」

「以前に伺《うかが》いました。貴族会議の中でも、国家の最重要事を議決する際のものが、特別にそう呼ばれる、と」

「ならば話が早い。本日の和白で、唐に使者を特派することが決まった。周知のごとく我が新羅は、そなたの国と違って、大唐帝国皇帝陛下《へいか》の冊封《さくほう》を受けている。毎年正月には朝貢使《ちょうこうし》を派遣するのが慣例になっていて、平たく云えば、皇帝に対するご機嫌伺いだな。今年もそうした」

　多遂がうなずく。知っていて当然、彼の師である慈蔵大師に対し帰国せよとの王命を伝えたのが、まさに今年正月の朝貢使であった。

「今回の使者はそうではない。特使だ。唐に援軍を要請《ようせい》するための」

「援軍？　ですが春秋さまの持論は――」

「唐より先に、倭国にこそ接触すべし、わたしは常々そう唱えている。唐に援軍を要請すべしと主張したのは金毗曇《ひどん》と朴廉宗《ぼくれんしゅう》だ。毗曇と廉宗というのは」

「慈蔵大師から聞いております」

「ほう？」

「大師の説くところでは、こうです。春秋さまの高句麗行きは、結果だけ見れば明白な失敗に終わった。毗曇卿《きょう》と廉宗卿は、それを以て政敵の春秋さまを追い落とせる絶好の機会が到来したと喜んだ。高句麗の援軍を得るという所期の目的を果たせなかったばかりか、国王を弑逆《しいぎゃく》した大逆人にいいようにあしらわれ、新羅の国《こく》威《い》を地に塗《まみ》れさせた、その罪は軽からず――そう糾弾《きゅうだん》しようと、二人は爪を砥《と》いだのです。しかるに意《おも》わざりき、糠《ぬか》喜びに終わろうとは。それというのも帰国後、春秋さまの人望は寧ろ高まったからです。大耶城陥落という国家存亡の危機に際し、武人を除けば、自ら動いた王族貴族は金春秋ただ一人だった。危険を顧みず、己の命をものともせず、宿敵の高句麗に乗り込んでいった。その大胆さには、さしもの泉蓋蘇文も感歎《かんたん》し、虜《とりこ》にしてもいいはずなのに、実の息子に護衛までさせ、鄭《てい》重《ちょう》にも国境へ送り届けた――上も下も大多数の者はそのように受け止めたのです。すなわち春秋さまこそ、危殆《きたい》に瀕しての我らが期待する理想の指導者である、と。当てが外《はず》れた毗曇卿と廉宗卿は、春秋さまを妬み、形勢を挽回《ばんかい》するためにいずれ何らかの手を打ってくるだろうと見ておりましたが、なるほど、その手というのが、和白での特使派遣の提議だったのですね？」

「慈蔵大師がそう仰せになったのか」

春秋は訝《いぶか》しんだ。「政局の推移に対する洞察《どうさつ》としては見事なくらい正鵠《せいこく》を射ているが、そこまで大師が口にするとも思えぬ」

「大師のお話を土台に」多遂は極《き》まり悪げに云い淀んだ。「わたしの聞いて回った話も加味して――多少は分析も混じってはおりますが」

「まさにその通りだよ」

多遂を還俗させた己の眼力に誤りがなかったことを改めて実感しつつ、春秋は彼の問いにうなずいた。「わたしへの当てつけ、それが特使派遣を主張した毗曇と廉宗の動機のすべてだろう。唐から好意的な返答が得られれば、高句麗で失敗したわたしを見返し、より優位に立つことができるというわけだ」

「ですが春秋さま、大唐皇帝の李世民《りせいみん》は、新羅、高句麗、百済の半島三国を斉しく冊封しております。一国にのみ肩入れし、これを優遇するなど、およそ考えられぬこと。それどころか、こちらの足元を見透かされ、言質《げんち》を取られて、どんな無理難題を背負わされないとも限りません。漢土の王朝は単に軍事力だけではなく、そのような狡猾《こうかつ》な手段をも以てして、久しく周辺諸民族の国々を軛《くびき》にかけてきたのですから」

「わたしも席上そのように異議を立てた。が、たちまち毗曇にやりこめられた。高句麗に行くのがよくて、なぜ大唐はだめなのだ、と。成果を上げ得なかったわたしの反論に、どれだけの説得力がある。毗曇は巧《たく》みな演説で、貴族たちの間に唐への期待を高めていった。高句麗がだめなら大唐があるさ、と。実に大した煽動家《せんどうか》ぶりだったよ。あいつの舌を切り取ってやりたかった。が、多勢に無勢、たちまち衆議は一決となった」

「国王殿下《でんか》は？」

「和白の決定は、王と雖《いえど》も従わねばならぬ慣習なのだ。半島の三国は同じ慣習を有してきたが、ついに百済で義慈《ぎじ》王が反対派の貴族たちを追放し、王権を確乎《かっこ》なものとした。引き続いて高句麗でも泉蓋蘇文が、その百倍も残虐《ざんぎゃく》なやり口で」実際に自分がその場に居合わせただけに、春秋の眉は翳《かげ》りを刷いた。「実権を掌握《しょうあく》するのに成功した。我が国だけが旧態依然、後《おく》れたままでいる」

「古《いにしえ》からの不文律を覆《くつがえ》すのは、容易なことではないと申します」

多遂は溜め息とともに云った。「もっとも、その点は唐の冊封下にないわたしの国とて同じですが」

「そなたの国は戦乱と無縁だから」春秋は自分の声に羨望《せんぼう》の響きを虚しく聴き取った。「海に守られ、平和に治まって久しい。強力な王権など必要ではないのだ」

「それで果たしていつまでやっていけましょう。半島三国の三つ巴の争いは、今や最終局面を迎えた――というのが、春秋さまのお見立てではありませんか。かつてない動乱の大波が海を越え、平和の惰眠《だみん》を貪《むさぼ》り続けるあの島国を洗うのは、そう先のことではないように思われます」

「その時は是非にも」春秋は期待を込めて云った。「新羅の側に附《つ》いてほしいものだな」

「さて、どうなりますことやら。額田部女帝以来、半島不介入の政策は継続中ですが、百済に親昵《しんじつ》する貴族たちが隠然《いんぜん》とした勢力を有していることも否定できません。その筆頭が蘇我です。わたしの国で毗曇卿に相当する人物を挙げよと云われたら、大臣の蘇我蝦夷《えみし》卿を措《お》いて他にはおりませぬ」

ものの。

「倭国の毗曇か」春秋は苦い薬汁《やくじゅう》を大量に服した顔になった。「そなたの国の動きからは決して目を放さぬつもりだ。新羅に味方してくれるか、叶《かな》わぬまでも半島不介入の方針が堅持されることを願うばかり」

「いずれはその工作のためにと、春秋さまはわたしを還俗させたのでございましょう。なるほど、仏法は百済の聖王《せい》から我が国に伝えられました。そのようにしてわたしも御仏《みほとけ》の教えに触れ得た一人です。求法《ぐほう》の思い止《や》み難く、より高度な仏法を学ばんと遣唐使船で大唐に渡りましたが、かの地で奇しくも我が師となったのは新羅の高僧慈蔵大師でした。すべては仏縁《ぶつえん》。わたしは御仏のお導きにより、百済ではなく新羅と——春秋さまの国と、縁を結ぶことになった。さすれば何のためらいがありましょうや。倭国と新羅がより良き縁で結ばれるよう、わたしは不惜身命《ふしゃくしんみょう》、持てる力を存分に竭《つ》くすつもりでおります。この金多遂めを、どうぞお好きなようにお使いくださいませ」

「心強い」

その短い一語に、春秋は渾身《こんしん》の謝意を込めた。多遂がここまでの意気を秘めていようとは思いも寄らぬことだった。仏縁とはまさに然《しか》り、得難い人物を手に入れたもの。

「倭国と交渉すべき機会は、近い将来、必ず来る。その時には、そなたに存分に働いてもらうつもりだ。しかし、目下のところ喫緊《きつきん》の課題は唐にあり」

多遂はうなずいた。「長安にゆけ、との仰せでした」

話が本題に戻った。

「毗曇が自ら正使となって出発する。十日後だ。使節団の編成は二百人規模となる」

「それはまた大がかりな」

「新羅の国威を発揚《はつよう》して、大唐皇帝に拝謁《はいえつ》を果たす。そうすることで、高句麗にこっそり潜行した金春秋との差別化を図ろうというわけさ。それだけの編成となれば、王族貴族たちのほうでも人を出さねばならない。わたしはそなたを推挙する」

「長安で何をすればよいのです」

「一つには、毗曇の訴えに李世民がどう応じたか、正確なところを摑んでくれ。よもや援軍要請が受け容《い》れられるとは思えぬが、唐側が何らかの条件を提示してくることは考えられる。帰国後の貴族会議で毗曇がそれを披露《ひろう》する前に知っておきたい。さすれば、しかるべき対応がとれるというものだ」

「かしこまりました」

「今一つには、新羅が特使を派遣したことに対する唐の反応、雰囲気といったものを広く調べてほしいのだ。半年前まで長安にいたそなたなら、できぬことではあるまい」

「いくらか伝手《つて》がございます」

「それともう一つ、唐が高句麗にどう臨むつもりかも探ってもらいたい」

「開戦の徴候《ちょうこう》を?」

「泉蓋蘇文が弑逆した建武《けんぶ》王は、唐により高句麗王に冊封されていた。すなわち大唐皇帝は、臣下である高句麗王を陪臣《ばいしん》に殺されたのだ。戦端を開く口実としては懲罰《ちょうばつ》ほど恰好《かっこう》なものはない。もっとも、これはできれば、でかまわぬが」

「承りました。ご期待に添うよう竭尽《けつじん》いたします」

用件が終わったのを察し、多遂は椅子から立ち上がった。「されば、さっそく準備にとりかかります」

「さっそく? 出発まで十日あると云ったはずだが」

「わたしが不在となる間、法敏さまと仁問さまに、たっぷり宿題をお出ししておかなくては」多遂は一礼して戸口まで歩み、振り返ると付け加えた。「春秋さま、あなたにも」

七

その朝、蘇我入鹿《そがのいるか》はきっちりと朝服《ちょうふく》に身を包み、十三人の護衛を従えて、桃原《ももはら》の館を出発した。新たな皇宮まで至近の距離だが、愛馬に跨った。子供の頃から何かに乗っているのが好きだった。それが馬であれ、船であれ、通名の由来になったイルカであれ。

左手に、朝陽《あさひ》を反射させた飛鳥《あすか》川の輝きが目に入る。光きらめく水面。昨夜、針《はり》麻呂《まろ》から受けた報告が思い出され、自《おの》ずと微笑が浮かぶ。ついに豊璋《ほうしょう》は味方を得たという。孤立無援の状況から自力で友人を作った、と。

やるものだ。それでこそ巣箱に入れた甲斐があるというもの。豊璋をひ弱な王子さまのままにしておくつもりは毫《ごう》もなかった。それなりに強く、逞しく成長してもらわねば。もちろん彼の支配の下で、だが。

いずれ豊璋を百済《くだら》の王に即位させたい、というのが入鹿の目論見《もくろみ》だ。まずは入鹿自身が天皇となる。次いで、皇位の絶大な力を行使して豊璋を百済王に封じる。倭《わ》国《こく》の天皇によって百済王に冊封《さくほう》される王子――これは何も特別なことではない。両国の長く深い因縁の歴史を振り返れば、再三あった。

遡《さかのぼ》って二百五十年ほど昔のことだが、百済で王の薨去《こうきょ》にともなう政変が起きた。簒奪者《さんだつしゃ》が新たに王を僭称《せんしょう》したと聞くや、誉田大王《ほむたのおおきみ》は直ちに介入を決意し、半島に出兵した。そして、倭国に人質《ひとじち》として送られていた百済王子の映《えい》を即位させた。腆支《てんし》王である。

その腆支王の曾孫《ひまご》、蓋鹵《がいろ》王（慶司《けいし》）の代に、百済は高句麗の総攻撃を受け滅亡する。倭国王の若建大王《わかたけるのおおきみ》は、半島の南部に領有していた久麻那利《くまなり》の地を百済王子に与え、復興を支援した。かくして百済は息を吹き返し、王子は文周《ぶんしゅう》王として即位するを得た。

しかし再興はしたものの、権力基盤は定まらず、内紛が頻発《ひんぱつ》。哀れむべし、文周王は重臣の手にかかって弑逆される悲劇の運命をたどった。

若建大王は、倭国に難を避けていた人質王子に筑紫《つくし》の兵団を授け、母国に送り出して百済王とした。東城《とうじょう》王という。その東城王の後を継いだ武寧《ぶねい》王もまた、人質王子の子として倭国で出生《しゅっしょう》し、海を渡って即位した百済王だった。

かくのごとき前例に倣おうというのだ、このおれも――と入鹿は胸中《きょうちゅう》、自分に対し大見得を切る。天皇位をうかがうだけでも不遜《ふそん》の極みというべきだが、さらには海の向こうの国に対しても権力を振るってみたい。なぜ、なぜゆえにと自問すれば、それがこのおれという男だから、蘇我入鹿の入鹿たるゆえんだからと自答するよりない。

渡リテ海北ヲ平《タイラ》グルコト九十五国、王道融泰《オウドウユウタイ》ニシテ、土《クニ》ヲ廓《ヒラ》キ畿《サカイ》ヲ遐《ハルカ》ニス……道百済ヲ遙《ヘ》テ、船舫《センボウ》ヲ装治《ソウチ》ス――時の宋《そう》朝に対し、半島進出を高らかに宣揚《せんよう》した「使《し》持節都督倭新羅任那加羅秦韓慕韓六国諸軍事《じせつととくわしんらにんなからしんかんぼかんろつこくしよぐんじ》」にして「安東大将軍《あんとうだいしようぐん》」の倭王武《ぶ》こと若建大王こそ、彼が天皇となった暁《あかつき》に範《はん》とすべき理想の大王、そう決めている。

　その大いなる夢を実現する道具として、豊璋を連れ帰った。いや、豊璋を救ったことでその夢を見るようになった、というべきか。どちらが先かはどうでもいい。問題は、手塩にかけて育てあげた豊璋を百済王に即位させ得る、その現実味である。

　誉田大王にせよ若建大王にせよ、擅《ほしいまま》に百済王の首を挿《す》げ替えることができたわけではない。そこまでの力はなかった。百済国内の政変があって、その騒乱に乗ずるという形で初めて力を振るい得た。

　今の百済はどうか。つまり、政変の起きる可能性は？　義慈王が一昨年、反対派の重臣たちを一掃《いっそう》したことで、王権は絶対的になったと専《もっぱ》らの評判だ。

　百済の実情を己が目で見てきた入鹿に云わせれば、寧ろ弱まったと思う——王権も国力も、だ。

　義慈王の強権、剛腕《ごうわん》は、いっぽうで過度の軋轢《あつれき》をもたらし、国内をばらばらにしてしまった。王権は相対的に強化されたに過ぎず、義慈はそれを錯覚したまま新羅《しらぎ》への全面戦争に突入した。緒戦こそ目覚ましい勝利を挙げたが、開戦から一年で戦局は停滞し、膠着《こうちゃく》状態に陥っている。いずれ必ず義慈の足元は揺らぐだろう。

その時こそは——。

豊璋王を通じ、半島にも影響力を行使する未来の己に思いを致《いた》し、入鹿は馬の背に揺られながら血の熱く滾《たぎ》るのを覚えた。

もちろん、自分が天皇位に即くほうが先決問題ではある。それについても彼は彼なりの見取り図を描いていた。

父の蝦夷は現帝をあの手この手で圧迫し、入鹿への直接譲位を強いる肚《はら》だが、まずは無理というものだ。父は老い、焦り気味らしい。迂遠《うえん》でも間に一人、中継ぎを置く必要がある——というのが彼の現実思考であった。

後継者と目《もく》されるのは葛城《かつらぎ》、古人《ふるひと》、山背《やましろ》の三人の大兄皇子《おおえのみこ》。現帝には愛息、義息、再従姉弟《またいとこ》という続柄である。このうち入鹿は古人皇子に譲位させるつもりだ。古人は先帝の嫡男《ちゃくなん》で、母は蝦夷の妹。したがって、共に馬子《うまこ》を祖父とする古人と入鹿は従兄弟同士という間柄である。この蘇我系の皇子を即位させれば、思うがままに操ることができる。入鹿への譲位強行さえも。

現帝としては、かりそめにも譲位に応じるなら当然、我が子の葛城皇子をと望むであろう。が、所詮は見込み薄というものだ。葛城はまだ年若く、長幼の序列を持ち出せば先帝の次男、つまり古人の弟である。何よりも蘇我が総力をあげて葛城への譲位を妨害《ぼうがい》する。

残るは山背王《おおきみ》だが、これは少々厄介だ。

隋《ずい》との間に国交を開き、半島不介入政策を国是として決定し、前代未聞の冠位制を導入。これまた空前の憲法発布を行なって、国政の根本的な改革に乗り出した厩戸皇子《うまやどのみこ》、かの聖徳太子《しょうとくたいし》の正統な後継者なのだ。改革はまだ途半《みちなか》ばにあるとはいえ、この国は太子の描いた改革の航路の通りに、今なお進み続けている。

親の威光《いこう》を藉《か》る山背は、不肖《ふしょう》の息子で狭量《きょうりょう》な人物だが、それでもなお上宮王家《じょうぐうおうけ》の長《ちょう》として、斑鳩《いかるが》の地を中心に隠然たる勢力を有している。太子を慕《した》い、絶対視する人々からの人気も高い。

古人にとっては強敵で、現帝の譲位を政治課題の日程に乗せる前に、是非にも潰《つぶ》しておきたかった。

これという良策はまだ思いつかない。

鎌子《かまこ》は我攻《がぜ》めを提言している。名目は二の次、すぐにも討滅《とうめつ》してしまうに如《し》かず、と。遅れればそれだけ山背の力は伸張する。一般に我攻めは下《げ》の下の下策と云われているが、状況によっては上策に転じることもあり、それが兵法の妙味というものである、という。

入鹿としても、現帝が山背と秘かに手を結び、蘇我に対抗してくるという最悪の展開だけは回避したい。

ふうむ、我攻めか。

そのような諸懸案に頭をめぐらすうち、あっというまに新宮に到着していた。

馬を従者に預けると、入鹿は飛鳥板蓋宮《いたぶきのみや》の正殿《せいでん》に対峙した。建物の貧弱さに、改めて涙が出そうだ。すべての屋根を檜皮《ひわだ》で葺《ふ》いたこの新宮が板蓋の名を以て呼ばれるのは、過去の皇宮がいずれも茅葺《かやぶ》きだったからだが、苟《いやしく》も〝皇《こう》〟を自称する一国の君主の宮殿が檜皮葺きとは笑わせる。何という情けなさ。唐《とう》の冊封体制下に参入し、〝王〟の分際《ぶんざい》に甘んじている百済、高句麗でさえ、王宮は瓦《かわら》葺きの壮麗なものだというに。

女官に導かれ、正殿の廊下を進む。帝への奏上は奥間で行なわれる。父に随《したが》って入ったことは幾度かあるが、一人で玉座《ぎょくざ》に臨むのは今回が初めてだ。午前中の早い時間であるにもかかわらず、広い奥間は静謐《せいひつ》を極め、空気は夜を思わせて冷たく、四隅《よすみ》に目をやれば闇《やみ》がたなびくかのように薄暗い。暗色の帳《とばり》を二重、三重に垂らしているようだ。さながら異空間のごとき演出。つまり天皇は現《あき》つ神《かみ》であり、神が出現するのはかかる幽明《ゆうめい》の境であってこそ、という趣向なのだろう。

入鹿は待った。やがて玉座の後ろの扉が開き、左右に女官を従えて現帝が現われた。静寂《せいじゃく》の中、衣擦《きぬず》れの音が高く響く。装いは極めて簡素だ。白絹の長衣《ながぎぬ》に、藤色の倭文布《しずり》を締めている。装身具は紅色の頸珠《くびたま》と、水晶勾玉《すいしょうまがたま》の手珠《てだま》だけ。着座し

った現帝の着衣の僅かな乱れを整えると、二人の女官は一対の影のように退出していった。

「蘇我鞍作《くらつくり》、病み臥《ふ》した父に成り代わり、不時の大臣として参内《さんだい》いたしました」

溟々《めいめい》とした空間の中で、入鹿はその政治的に生臭過ぎる言葉を、あくまでさわやかに発声した。腰を折って一礼し、頭を振り起こすと、挑《いど》むように階《きざはし》の上を見上げる。

現帝は玉座の中で凍《こお》りついたように固まっていた。入鹿は手応えを感じた。望むべき反応、まさしく期待通りの。

今年で齢《よわい》五十を数える現帝は、急速に老いの色を深めていた。顔のあちらこちらに醜《みにく》い皺が寄り、皮膚《ひふ》は黒ずみ、頭髪は白が黒を圧倒しつつある。もはや老女だ、と入鹿は思う。一人の老女が玉座に坐っているに過ぎないのだ、と。若い頃の圧倒的な美貌が印象的であっただけに、かえってそう感じるのかもしれないが。

現帝は眦《まなじり》を裂《さ》かんばかりにして両目を大きく見開いている。その視線は、入鹿の被《かぶ》る紫の冠に注がれている。老女の目に浮かぶのは、怒りと、怯えの色。相反する二つの感情は、抑えきれぬ勢いで噴出し、烈《はげ》しく鬩《せめ》ぎ合い、綯《な》い交《ま》ぜになって、結局のところは――諦念《ていねん》の色に落ち着いた。

「父より授かりました」

だめ押しのように口にする。

怒りの感情が優《まさ》っていたら現帝はこう応えるはずだ。お去がりなさい、痴《し》れ者、と。いや、それが天皇として当然の振舞いというものだ。なんとなれば、この紫冠《しかん》はあくまで天皇から大臣に、すなわち蘇我蝦夷という個人に授けられたものであるからだ。入鹿が被るなら、新たな手続きを経《へ》て現帝に与え直してもらわねばならない。

それを蝦夷は勝手に息子に譲った。入鹿も平然と受けた。蘇我父子のかかる甚《はなは》だしい越権を、現帝は咎《とが》めることができなかった。つまりは屈服した。皇威《こうい》の失墜《しっつい》でなくて何であろう。

「……大臣の、具合は如何《いかが》です」

老女が力なく云った。入鹿の耳には敗北宣言に聞こえる。玉座の主《ぬし》は、がっくりと肩を落とし、無惨《むざん》なことに一気に五歳は老《ふ》け込んだようにも見えた。

なおも入鹿は、必要以上に首を振って頭上の紫冠を誇示《こじ》してみせた。大臣？　大臣ならばこれここに、あなたの目の前にいるではないか、と。

「足腰がひどく弱って、参内には堪《た》えられぬのでございます。微熱もあるようで。ほかはさして深刻というほどではないのですが」

「大臣からの奉書に、そなたを臣《しん》蝦夷に擬《なぞら》えて可なり、とありましたが」

「若輩者《じゃくはいもの》ゆえ、陛下《へいか》がご案じあそばすのは当然ではございますが、どうか父の言《げん》をお信じになりますよう」

「……そうですか……それならば……」

もはや放心といっていい声で、現帝はかろうじて云った。

「父と同様、臣鞍作にも何なりとお命じになってくださいませ。この」入鹿は右手を上げて紫冠の縁《ふち》に軽く手を触れた。「徳冠に誓って全力を竭《つ》くします」

現帝はうつろな目を宙にさまよわせていたが、やがて疲れを濃く滲《にじ》ませた顔を大儀《たいぎ》そうに縦に振った。「頼りにしています」

入鹿は一礼を返した。かくして彼は父に代わって倭国の大臣であることを、今この瞬間に現帝に認めさせたのだ。ここに入鹿の勝利は正式に確定した。

現帝が立ち上がる気配を見せた。屈辱的な場には一刻もいたくはないと、逃げ出すような風情《ふぜい》だった。

「暫《しばら》く」

入鹿の涼しい声を浴び、現帝は壁に叩き潰された老蛾《ろうが》のように動きを止める。

「本日は、あくまでも父から大臣職を引き継いだご挨拶《あいさつ》に参上した次第ですが、事の序《ついで》にお耳にお入れしておきたき儀が一件」

「申しなさい」もはや入鹿の云いなりと諦めきったものか、現帝は弱々しくうなずく。

入鹿は半島の戦局を縷々《るる》説明した。

現帝の表情はさらに強張《こわば》りを増し、引きつったようにすらなった。

「半島には関わるまじ」入鹿を遮《さえぎ》り、現帝は声を励まして云った。「とは、我が国の国是です。額田部女帝《ぬかたべのおおきみ》、聖徳太子、そしてそなたの祖父である馬子大臣の三者合意によって策定された基本方針ではありませんか。まさか、それを忘れたわけではありますまいね」

ようやく一矢《いっし》報いる機会を得たというように、口調は力をやや取り戻した。

「時代は動いております」

入鹿は諄々《じゅんじゅん》と先を続ける。「百済と新羅は、どちらかが滅ぶまで矛《ほこ》を収めぬでしょう。よってこの際、百済に肩入れしておけば、任那《みまな》復興も夢ではございませぬ。額田部女帝の父君、広庭天皇《ひろにわのすめらみこと》の遺勅《いちょく》に適《かな》うというものです。傍観《ぼうかん》していては、得《う》べきものも得られなくなる。援軍を送らないで百済が滅んだとしたら、それこそ悪夢です。任那を奪った新羅が、半島南部の覇権《はけん》国となるのですから。あるいは、それでも滅ぶのは新羅のほうだといたしましょうか。その時には、援軍の要請を拒否した我が国は、百済に千載《せんざい》の恨《うら》みを買うことになります。こう考えますと陛下、どちらが滅んでも我が国に不利益としかならない半島不介入の国是なるものは、現状においてはまことに下策《げさく》と申さざるを得ませぬ。派兵するに如かず、と愚考《ぐこう》する次第です」

「戦役《せんえき》」現帝は厭《いと》わしそうに云って、身を震わせた。

そろそろ引き時だ、と入鹿は思った。もとより今日のこの席で、現帝に強引《ごういん》に承認を迫るつもりはない。敢《あ》えて軍事に言及《げんきゅう》することで威圧し、不安感を与えるのが目的だった。

「もちろん、すぐにも派兵しようというのではありませぬ。実際、まだ正式な援軍要請も来てはいないのですから。しかし、要請があり次第ただちに応じられるよう、今からそれなりの準備をしておく必要がある。兵法《へいほう》によれば、戦いには戦機というものがあり、それに遅れると、どのような大軍を以てしても勝利は難しいと申します」

「諸卿《しょけい》は何と」

「彼らに諮《はか》る前に、まずは陛下に具申《ぐしん》しておくべき案件かと存じ、私見の披瀝《ひれき》に及びましてございます」

現帝の顔にほっとした色が浮かんだ。

「佳《よ》きに計らいなさい」

そして、小さく溜《た》め息《いき》をついて語を継いだ。「兵事のことは、よくわかりませぬ……朕《われ》としては、民が軍役に駆り出され苦しむことのないようにと、それだけを願うばかりです。どうか諸卿と充分に議論を竭《つ》くすように」

「陛下《へいか》の大御心《おおみこころ》、畏《かしこ》まり承ってございます」

「でも――」

その先は、続けたものかどうか迷うように現帝は声を途切れさせた。入鹿は促さずに待つ。ややあって、再び口は開かれた。「諸卿はどうあれ、山背王、彼の者だけは断じて認めますまい、半島へ軍を送るなどということは。不介入の国是を発案した父、聖徳太子の名にかけて」

やはり山背が障碍《しょうがい》になるか。その思いを入鹿は新たにする。古人皇子への譲位に対する障碍、そして百済への援軍派遣の障碍――二重の意味での。

現帝の顔には、不安げな色が見え隠れしている。山背を楯《たて》にしようというのでもないようだ。なるほど、現帝としては、出兵には反対であっても山背を頼るというわけにいかない。山背を増長させれば、愛息《あいそく》への譲位をいっそう困難にするだけだからだ。してみれば、入鹿と山背が対立することになるのを不安に感じているのか。何にせよ、出兵問題は入鹿と山背の対立に発展した挙句《あげく》、最終的には入鹿か山背かの選択を現帝に突きつけるというわけだ。

我攻め。

入鹿は瞬時に決断した。さなり、鎌子策の採用。山背の運命は谷《きわ》まった。

「ご案じなきよう」あくまでも平静に入鹿は答えた。とっておきの微笑も忘れずに。「山背王さまには、とくと臣の考えを説明いたす所存です」

「さこそ」現帝は声に安堵《あんど》を響かせた。「何事も和を以て貴《とうと》しとし、忤《さから》うなきを宗《むね》とせよです。頼みましたよ、鞍作」


入鹿が退室すると、闇が動いた。暗色の帳をかき分けて葛城皇子が現われる。

「お見事でした、母上」

「痴《し》れ者めが！」

感情の厳しい自己抑制《よくせい》からようやく解き放たれた女帝の口から、蘇我父子に対する凄まじいまでの罵詈《ばり》と呪詛《じゅそ》の言葉が嵐のように噴《ふ》き出した。

「——蝦夷入鹿を焼き滅ぼさむ天《あめ》の火もがも」吐《は》き出すものを吐き出しきってしまうと、現帝は冷静さを取り戻し、やや不安げな面持《おももち》になって訊《たず》ねた。「信じたであろうかの、鞍作めは」

「間違いなく」皇子は請《う》け合った。「このわたしでさえ、あまりの情けなさに思わず落涙《らくるい》しかけたほどですから。母上、ああ何と腑甲斐《ふがい》ない、と。況《いわん》や鞍作に於《お》てをや、です。話を山背王に持っていった運びも、実に自然でした。斑鳩《いかるが》を討つべく入鹿は腹を括《くく》ったことでしょう」

「ならばよいのだが」

「いずれ鎌子が伝えて参ります」

「それにしても蘇我を増長させるだけ増長させておけ、とはな」

「微明《びめい》ノ策」

「何？」

「発案者はそう名づけています」

現帝は首を傾《かし》げていたが、すぐに思い当たって手を叩いた。

「之《これ》を歙《ちぢ》めんと将欲《ほっ》すれば、必ず固《しば》らく之を張れ、之を廃せんと将欲すれば、必ず固らく之を興《おこ》せ。是《こ》れを微明と謂《い》う——なるほど、微明ノ策とは云い得て妙じゃ。なれど」怪訝《けげん》の色を浮かべた。「彼の者が読み込んでいるのは、確か六韜三略《りくとうさんりゃく》ではなかったか」

「それも彼一流のめくらまし、兵法家の兵法家たるゆえんです。李耳《りじ》こそは、呂《りょ》尚《しょう》、黄石公《こうせきこう》を遙《はる》かに凌ぐ最高の兵法家なのだとか」

八

金毗曇《きんひどん》を正使とする遣唐使節団が徐那伐《じょなばつ》に帰還したのは、十月半ばのことだった。二百人からなる一行は、塵埃《じんあい》に汚れた旅装を改めることなく王宮で徳曼《とくまん》女王に拝謁《はいえつ》し、親しく犒《ねぎら》いの言葉を賜った。その後の解団式では帰朝《きちょう》の宴《えん》が盛大に催されるのが恒例《こうれい》だが、今回の派遣の目的は国家の存亡にかかわる重大事であり、奢侈《しゃし》を避け、わずかな酒肴《しゅこう》が振る舞われたのみであった。

引き続き王宮では重臣会議が開かれた。唐側との交渉結果が、この場で初めて披瀝されるのである。女王臨席の下《もと》、金春秋《しゅんじゅう》ら主だった王族、大貴族たちが顔を揃《そろ》えた。前線で病《やまい》を得て目下《もっか》、自邸で療養中の大将軍金閼川《あっせん》の姿もあった。場所は常の庁堂で、奥の高い位置にある女王の玉座は御簾《みす》で仕切られ、その他の者たちは大きな円卓を囲んだ。

「さて毗曇どの、大唐皇帝陛下のご返事は如何《いか》なものであったか」

議事進行役を務める朴廉宗《ぼくれんしゅう》の言葉に、毗曇が長旅の疲れを微塵《みじん》も感じさせない凜《りん》とした動作で立ち上がり、淀みのない口調で報告を始める。

もちろん廉宗には、既《すで》に交渉の詳細が毗曇から告げられているに違いなかった。二人は肝胆相照《かんたんあいて》らす仲だ。どちらも古くから徐那伐を地盤とする大豪族の出身で、女が王位にあることを内心では快く思っていない貴族たちの領袖《りょうしゅう》的存在であり、舅《しゅうと》と娘婿《むすめむこ》という姻族《いんぞく》の間柄でもある。

廉宗が六十代半ば、毗曇は春秋と同じく四十一歳。父子ほども離れているが、若い毗曇が先頭に立って積極果敢《かかん》に行動し、老練な廉宗がその庇護者然《ひごしゃぜん》と後押しするという役割分担だ。

「遺憾《いかん》ながら、皇帝陛下に直接お目通りすることは叶わなかったものの」常のごとく毗曇の美声は、その内容の如何《いかん》にかかわらず聞く者の耳に心地よく響き、心を酔わせ、痺れさせる魔力を秘めている。「最側近の趙国公《ちょうこくこう》、すなわち長孫無忌《ちょうそんむき》どのを通じ、我が国の窮状《きゅうじょう》を余すところなく訴え、その結果として、陛下自《みずか》らがお示し下された三つの秘策を得ることができた」

毗曇は手応えを探るように、一旦《いったん》そこで言葉を切った。

長孫無忌といえば皇后《こうごう》の実兄であり、李世民が政権を簒奪した玄武門《げんぶもん》の変《へん》の元勲《げんくん》でもある。その手づるを得たばかりか、三か条の秘策を下賜《かし》されたというのだから、驚きと賞賛の声が上がって然るべきだった。しかしながら、毗曇が期待した反応を示したのは数が限られていた。それも、揃って毗曇と廉宗に近い立場の者ばかりである。それ以外の者たちは、冷ややかなほど無反応だった。毗曇は廉宗の顔を見やった。

廉宗も、解《げ》しかねると云いたげな顔つきを返した。

「おお、一つならず、三つの策とは。我が国に対する皇帝陛下の厚情《こうじょう》が推《お》し量《はか》れるというものではないか」

　と驚嘆の声を張り上げてはみたものの、座を盛り上げようとするかのようで、わざとらしい印象は拭《ぬぐ》えなかった。廉宗は咳払《せきばら》いをし、先を促す。「で、その三つの秘策とは」

　毗曇は内容の説明に入った。

　皇帝が勅命《ちょくめい》を下《くだ》し契丹《きったん》族と靺鞨《まつかつ》族に百済《ひゃくさい》を攻撃させる、これが第一策。唐軍の甲冑、旗幟《きし》を新羅《しんら》軍に下賜する、これが第二策である、と。

「話にならんな」

　野放図《のほうず》な声が響いた。金閼川に一同の視線が集まった。病み上がりの老将は、蒼《あお》白《じろ》い顔に憤怒《ふんぬ》の色を露わにしていた。「契丹に靺鞨だと？　国を持たぬ微力な蛮族《ばんぞく》の傭兵《ようへい》どもが如何ほど頼りになろう。なるほど、義慈《ぎじ》王は一年ほど防御に追われるはずだ。だが、唐軍の後続がないと見定めるや、すぐにまた我が国境に兵を進めてくるに決まっておる。第二の策に至っては愚《ぐ》の愚、愚の骨頂《こっちょう》だ。唐兵に扮装《ふんそう》して百済軍を騙せ、だと？　お笑い草にもほどというものがある。毗曇どの、そなた唐軍の派兵を乞いに行ったのではなかったか」

　五年前、高句麗《こうくり》の猛攻から七重《しちじゅう》城を守り抜いた名将の反論は、言葉は乱暴ながら説得力に富んでいた。

「わたしも」毗曇は顔色一つ変えず、むしろ閼川の怒りを当然と受け容れるように鷹揚《おうよう》な笑みを返した。「その場で大将軍と同じことを長孫無忌どのに申し上げた。さような策ならば押し戴《いただ》くわけには参らぬと。もちろん、礼を失しない程度にだが。すると、三番目の策が提示されたのだ。思うに第一、第二の策はあくまでこちらの切実さを試したまでで、皇帝の眼目《がんもく》はこの第三の秘策にこそあり」

「して、それは」

「唐軍が百済を直襲《ちょくしゅう》する」

反応は、またしても限定的だった。

廉宗が念を押すように訊く。「唐の軍団が百済を攻撃してくれる、と？」

「百数十隻《せき》の船に武装兵を載せ」毗曇は閼川を見据えながら云った。「海を渡り、百済本土に奇襲をかける。これならば百済はひとたまりもない」

なおも閼川の表情は動かない。毗曇の太い眉が、訝しさを隠しきれずに跳《は》ね上がる。怪訝、延《ひ》いては疑念。大将軍のこの冷静さ、そして今の間髪《かんはつ》を容れずに放たれた非難の砲火は、秘策の内容を予《あらかじ》め知っており、反撃の心積もりができていたればこそではないだろうか、と。

次いで毗曇は春秋の様子をうかがう。彼の政敵も、目立った反応をまるで見せてはいなかった。御簾の内側から声がかけられたのは、この時である。

「唐軍が百済を討ってくれるというなら、これに勝る歓《よろこ》びはありません。ただ、大唐皇帝とて、単に厚意だけで我が国のため派兵してくれるのではありますまい。見返りは何です」

「確かに条件を提示されました」毗曇は御簾に向かって一礼した。「これは少しく微妙な問題を孕《はら》んでおりますので、趙国公の口から発せられた言葉、つまりは皇帝陛下ご自身のお言葉をお伝えいたします。一字一句、書き留《と》めておきました」

折り畳んだ帛布《はくふ》を懐《ふところ》から取り出すと、大切なものを扱うようにゆっくりと広げた。

「爾国以婦人為主、為鄰国軽侮、失主延寇、靡歳休寧」

毗曇はそれを正確な抑揚の漢語で読み、右に坐った重臣に渡して回覧に供《きょう》した。

「我が国の言葉に訳せば、こうなりましょうか。爾《なんじ》の国は女が王なので隣国に軽侮《けいぶ》されているのだ。このままではいずれ王を失い、敵に攻撃されて、安心して暮らせる年はやってこぬであろう」

御簾が乱れ躍った。吊《つ》り下げていた紐《ひも》が強い力で引き千切《ちぎ》られる。ばさりと激しい音をたてて御簾は床に転がった。階上の玉座で徳曼女王が瞋恚《しんい》に両眼を燃やし、憤怒の形相《ぎょうそう》を露わにしていた。腰は半《なか》ば浮き、両手は肘《ひじ》かけを砕《くだ》かんばかりに握り締めている。

「わたしに」女王は叫んだ。「退位せよと申すか、毗曇！」

「臣ではありませぬ。大唐皇帝陛下がお示しくださった秘策にございます、殿下」

さすがに座は騒然となった。確かに新羅は唐の冊封を受けている国だ。しかし宗主国が冊封国の王権にかくも露骨に介入してくるなど、あり得ぬことであった。あくまでも冊封国で決定された首長を王として追認するのが、冊封体制という国際秩序の本来的なあり方なのである。

「いったい何ということを仕出かしてくれたのだ」

たちまち意見、異論が噴出する中、他を圧《お》してひときわ高く響き渡るのは閼川の声だった。「皇帝に云われるがまま国王の首を挿《す》げ替えるなど、新羅を唐の羈縻《きび》州《しゅう》に堕《だ》すも同然であるぞ」

「大将軍、云われるがままとは言葉が過ぎよう」

廉宗が援護に回る。「毗曇どのは秘策を承ってきたまで。見返りの条件を受け容れるか否《いな》かは、我らがこれから意を竭くして決めることだ」

「わしはな、かかる屈辱的な条件、なぜその場で拒絶しなかったと云っているのだ。こちらにおわす春秋公は、泉蓋蘇文《せんがいそぶん》から同盟の見返りとして新州十郡の返還を突きつけられ、これを即座に斥《しりぞ》けたというに」

実際には、蓋蘇文は条件さえ示すことなく春秋の提案を袖にしたのだが、どうしたものか平壌《へいじょう》会談の顚末《てんまつ》は話が巡り巡って変容し、今ではそう信じられるに至っていた。だから高句麗との同盟は結実しなかったのだ、と。

「高句麗の逆臣と、大唐皇帝陛下の条件とでは重みがまるで違う」

政敵と比較されての非難を、毗曇は平然と受け流した。「それに、わたしの役割は使者だ。大唐に乞師《きっし》するのが目的の。その結果として提示された条件を、その場で一蹴《いっしゅう》することなどできようか。そうであろう、大将軍」

「ならば、この使節そのものが失敗だったと申すよりない。そのような見返りを突きつけられたこと自体が国辱《こくじょく》ものだ」

「口を慎《つつし》め、閼川どの」

廉宗の声に怒気《どき》が籠もった。「見返りの条件ばかりを問題にするが、毗曇どのはまがりなりにも大唐の全面的な支援という言質を引き出してきたのだぞ。大きな成果ではないか。高句麗で春秋公の果たせなかったことを、毗曇どのが唐で成し遂げたと云っても過言ではない。国辱と云うが、百済の侵略を受け、国家存亡の瀬戸際にある我が国が、国辱を気にしてなどいられようか。唐が百済を討ってくれたら新羅は救われる。肝心《かんじん》なのはそこだ。それをこそ考えるべきであろう」

「そのために、わたしに王座から降りよと申すのか？」

女王が再び云った。

「いいえ」毗曇は玉座に向かって恭《うやうや》しく一礼した。「そのようなこと、臣下として口が裂けても進言できることではございませぬ。されど殿下、我が国は目下、非常に厳しい状況に置かれております。そんな中で虚心坦懐《きょしんたんかい》、私心なく、大局的な判断を、と願うばかりにございます」

　噛んで含めるように云う毗曇の言葉が終わるや、一転、空を圧する黒雲のように重い沈黙が室内に垂れこめた。もはや女王も、閼川も口を閉ざした。

「春秋公のお考えを伺おう」

　毗曇は余裕を見せて春秋を顧みた。「やっ、何をお書きか」

　喧々囂々《けんけんごうごう》たる議論をよそに、春秋は卓上に用意されてあった筆と墨壺《すみつぼ》を引き寄せ、己の許に回覧されてきた帛布の上に文字を書き記していた。

「殿下」筆を置いて立ち上がると、女王に頭を下げて云った。「大唐皇帝から出された条件には、実は続きがあるのです」

「続き、とな?」

「はい。殿下に退位を強いたうえで、これこのように――」

　――我遣一宗支、与為爾国主、而自不可独王、当遣兵営護、待爾国安、任爾自守、此為三策、爾宜思之、将従何事。

　毗曇の乾いた文字に続け、墨痕淋漓《ぼっこんりんり》と自ら記した漢語。春秋はそれをかざして女王に、次いで一同にも示すと、金多遂《きんたすい》の指導宜《よろ》しきを得た正確な漢音で読み上げてみせた。

毗曇の顔が強張り、みるみる血の気《け》が引いてゆく。

「我が国の言葉に訳せば、こうなりましょうか」

毗曇の言葉をそっくり真似て春秋は云った。「朕《ちん》が皇族を遣わしてやるゆえ、新羅王にせよ。その者には唐兵の警固をつける。そして新羅が平和になるのを待ち、そのうえで後は自衛に任せるようにしてやろう。以上が第三策である。そちは――そちというのは、殿下、貴女《あなた》のことですが――そちはよくよく考え、三つの策のいずれかに従うのだ」

「言語道断なり！」

閼川の声が雷霆《らいてい》のように轟《とどろ》き渡った。「これはしたり。畏《おそ》れ多くも殿下を玉座より引きずり下ろすのみか、こともあろうに唐人を新羅王に迎え入れんとは。新羅の王は新羅人でなければならぬ道理だ。異国人の王に支配された高句麗、百済と、そこが我が国との違いであり、古来誇りとする所以《ゆえん》である。唐人を王に据えては天下の笑いものとなり、何よりも社稷《しゃしょく》を護持し来《きた》った祖先にどう顔向けできようか。しかも警固の名目で唐軍の進駐をも許すとは。毗曇どの、これはもはや国を売る所業であるぞ」

その烈しい弾劾《だんがい》の言葉も耳に入らぬように、かっと見開かれた毗曇の目は、憎しみの光を帯びて、春秋を睨みつけるばかりだった。廉宗もまた、驚愕《きようがく》と狼狽の表情を一同に晒《さら》していた。

「毗曇よ」女王が不愉快さを隠さぬ声で云った。「春秋の申したことは本当ですか」

毗曇は我に返ったようだった。

「春秋公のご発言は」目をしばたたいて憎悪《ぞうお》の眼光を即座に拭い去り、取り繕《つくろ》ったようには見えぬ自然な微笑を浮かべた。「誤解でございます。さよう、単純な誤解に基づくものに過ぎませぬ」

「何、誤解とな？」

「会談は、趙国公の私邸に呼ばれ、一対一で秘かに行なわれました。その内容がどうして春秋公の知るところになったのか、今それは問いますまい。ですが、会談の一方の当事者として、天地神明《てんちしんめい》、始祖朴赫居世王《しそぼくかくきよせい》にも誓って申し上げます、甚だしい誤解である、と」

「どう誤解なのだね、毗曇どの」こちらも気を取り直した廉宗が促す。「具体的には」

「では説明いたそう」

毗曇は円卓を回り、対座《たいざ》する春秋の許に歩み寄った。「お返し願えるかな」一揖《いちゆう》して帛布を取り返し、女王に、次いで一同にもかざし示すと、見事な漢音で読み上げた――つまり春秋の所作《しょさ》をそっくり寸分違《たが》わず繰り返してみせた。

「確かに長孫無忌どのはこう仰せられた。一言一句この通りに。だが諸卿よ、『我遺一宗支』から『任爾自守』までの部分、これは第三策の続きに非《あら》ず。つまり後半部分ではないのだ。新羅が女を王座に戴いているのは、異国人である唐の皇族を新羅王に据えることと同じくらい道理に外れたものだという、あくまで譬《たと》え話として持ち出された言辞《げんじ》であった。じかにそれを聞いたこの金毗曇が断言しよう。春秋公が、一体どのような手段でこれを知ったか、詮索《せんさく》は差し控えるとするが、仄聞《そくぶん》、伝聞につきものの弊《へい》として、文の脈絡《みゃくらく》が入れ違いになってしまったものと思われる。よくあることだ。春秋公を責めるつもりは毫《ごう》もない。誤解とお認め下されば、それでよいかと。いかがかな、春秋公」

「確かにわたしはその場に同席していなかった」春秋は応じた。「よって、これ以上は不毛な押し問答となろう」

「なぜ黙っていたのです」女王が訊いた。

「徒《いたずら》に曲解されるのを恐れ」毗曇は微塵も疚《やま》しさを感じさせない口調で答える。「敢えて披瀝するまでもないと判断したからです。殿下のお耳汚しともなりますし。当然、臣はその場で趙国公に強く抗議いたしました。不適切にもほどがある。

譬え話にせよ、唐の皇族を新羅王に迎えるなど、その暴挙たる、女王を戴くに比すべからざるなり、と」

毗曇は得意げな面持で玉座を見上げ、我こそは忠臣の筆頭であると云わんばかりに傲然と胸を張った。

「されど殿下、新羅が女王国であることを唐はそのような目で見ています。未開の種族の蛮風《ばんぷう》と見下しております。遺憾千万《せんばん》ではありますが、これが現実なのです。そして何よりもそのことが、唐が我らの救援要請に応じ百済征伐《せいばつ》に踏み切ることへの最大の妨《さまた》げとなっているのです。新羅、そは援兵に値する国なりや、と。それをどうか今一度お考えあそばされますよう、臣毗曇、伏してお願い申し上げる次第にございます」

「口舌《こうぜつ》の徒め」

沸々《ふつふつ》と悔しさの滲む声だった。「唐の皇族を新羅の王にする――そんな話は出なかったと頭から否定しなかったのが、実にしたたかで狡猾《こうかい》なところだ。出た、出ないの水掛け論では、どちらかが嘘つきということになる。それではやつに分《ぶ》が悪い。そこでいったんは全面的に肯定《こうてい》しておき、言葉巧みにわたしの誤解だという方向に話の流れを誘導した。伝聞ゆえに生じた文脈の錯綜《さくそう》だと。そうなってはもう打つ手がない。毗曇め、わたしが秘密交渉の内容に通じていたことを知って、頗《すこぶ》る動揺したはずだが、よくあの場ですぐに立ち直って逆襲してきたものだ。敵ながら天晴《あっぱ》れというべきか。しかし――」

金春秋は口調をさっぱりとしたものに改めた。「この勝負、客観的に見て引き分けというところだな。毗曇、廉宗としては、首尾《しゅび》よく唐の全面支援を取りつけることに成功したと神託《しんたく》よろしく大々的に発表し、皆の歓喜と興奮を掻き立てることで、そのまま一気呵成《いっきかせい》に女王廃立にまで突き進む肚《はら》だったろう。そうなる恐れは極めて高かった。回避できたのは、そなたの手腕《しゅわん》だ。改めて礼を云う」

対座する金多遂に春秋は頭を下げる。

多遂は長安《ちょうあん》からの帰路、使節団を秘かに脱け出し、一日早く徐那伐に戻っていた。昨日早朝のことである。報告を聴取《ちょうしゅ》した春秋は、時を移さず自派の貴族たちに内容を伝え、さらには中立派の首魁《しゅかい》である閼川の許にも自ら出向いて説得に当たり、協力の確約を得た。先ほどの重臣会議で、老将軍はまさに春秋の描いた筋書き通りの役割を演じてくれたが、その怒りは掛け値なしに本物であった。

――毗曇はおそらく、新羅王に唐の皇族を据えるという条件には一切口を拭って、殿下を退位に追い込もうとするに違いない。

毗曇の先手を読んで口説《くど》く春秋に、閼川は憤怒の色も露わに答えたのだ。

――危《あや》ういところであったわ。それを知らねば、わしはおそらく毗曇に与《くみ》しておったろう。唐が乗り出し、我が国の窮地を救ってくれるのならば、女王も男王もない、と。

最後には王宮にも赴き、徳曼女王に伝えて方策を打ち合わせたことは云うまでもなく、已《すで》に重臣会議前に反撃態勢は整っていた。得べくんば毗曇と廉宗の追い落としを図りたかったが、思いのほか狡猾な云い逃れを許してしまった。よって悔しさ半ば、安堵半ばというのが春秋の今の心持ちであった。

「いいえ――」

多遂は首を横に振った。長旅の疲れ、そして長安での秘密工作で重ねた気苦労が口辺の深い皺《たつけん》となって表われている。「わたしを長安にお遣わしになったのは、春秋さまの卓見でございました」

毗曇は長孫無忌と差しで交渉し、使節団の誰にも内容を明かさなかった。得意の漢語で渡り合ったので、通訳から聞き出すことも叶わなかった。

そこで多遂は、蛇《じゃ》の道は蛇《へび》、仏縁を頼ったのである。出発前に慈蔵大師《じぞうだいし》より授かった書状が大きくものをいった。これを持参した者には最大限の便宜《べんぎ》を図ってくれるようにとの懇切《こんせつ》な要請が、大師の直筆《じきひつ》で記された書状である。長孫無忌の妹、すなわち文徳《ぶんとく》皇后は已にこの世の人ではなかったが、彼女の残した長楽公主《ちょうらくこうしゅ》が秘かな、そして熱心な仏門の徒であった。

かくして多遂は留学僧時代の知己《ちき》を辿《たど》り、交渉の一方の当事者である唐高官の線から皇帝の三策を入手することができたのだった。

「それよりも春秋さま。これからは、今まで以上にご身辺《しんぺん》にお気をつけになってくださいませ」

多遂は身を乗り出し、眉根の辺りに緊張の色を表わして云う。「今回のことで毗曇卿と廉宗卿は、春秋さまを明確な敵と見定めたことでありましょう」

「心得ている。わたしがやったのは、あからさまな敵対行為だからな。毗曇がここぞとばかり宰行《さいこう》した遣唐の使節団に、こともあろうに間諜《かんちょう》を紛《まぎ》れこませ、交渉内容を盗み取りした。やつは面目《めんぼく》を失ったばかりか、女王を退位させる目論見も失敗に帰した。心中を忖度《そんたく》するに、わたしを八つ裂きにしてもおさまらぬ思いだろう」

「春秋さまからお始めになった闘いだということを、くれぐれもお忘れなきよう」

「後に引く気はない。始めた以上は、最後まで闘い抜く覚悟だ」

「そのご決意を伺って安心いたしました」

言葉とは裏腹に、多遂は一片の安心の色も見出せない憂《うれ》い顔で続ける。「条件がどうあれ、毗曇卿は、唐が我が国のため百済を討ってもよいという言質を引き出しました。廉宗卿が評した通り、これはやはり成果です。ゆめ、このことを軽くお考えになってはなりませぬ。国家存亡の危機に瀕している今、従来の反女王派はもとより、この口約束に縋ろうとする貴族たちは少なくないものと思われます」

「心しよう。しかし多遂、わたしは一抹《いちまつ》の疑いを禁じ得ぬのだ。果たして唐は本気で我が国を助ける気があるのだろうか。こちらの要請を体《てい》よく断らんがため、到底《とうてい》呑めぬ条件を突きつけた、とは考えられないだろうか」

「朝貢国《ちょうこう》同士の争いに、ほとほと手を焼く宗主国という構図ですか。なるほど、確かにそう見えぬこともありません。新羅が援兵要請の特使を鳴り物入りで派遣したことは、唐の宮廷周辺で何の関心事にもならなかったのですし。されど春秋さま、唐の皇族を新羅王に――この条件、むしろ唐側の本音が端《はし》なくも表われた、と解釈すべきでありましょう」

「本音の、表われ？」

「唐のほうこそ、新羅を味方につけたいのです。しかし宗主国の体面上、その本音を自分からは云い出せない。大国の沽券《こけん》にかかわりますから。そこで、かかる高飛《たかび》車《しゃ》な条件を敢えて持ち出した。今のうちに新羅を安値で買い叩いておこう、そんな思惑《おもわく》も働いているはずです」

「新羅を味方につけたいとは、つまりそれは高句麗征伐を念頭においてのことだな」

「ご明察」

「では、李世民はついに心を決めたのか」

　開戦の徴候を探るように、とも多遂に依頼していたのだったが、昨日今日と毗曇対策にばかり追われ、そのことをすっかり失念していた。

「だとすると、おかしいな」春秋は首をひねる。「まだ高蔵《こうぞう》が冊封されて四か月だ。弑逆の臣に擁立《ようりつ》された傀儡《かいらい》の王を、李世民は高句麗王として正式に承認したわけだが」

「まさにその弑逆の臣を油断させるための方策です。蓋蘇文、自ラ罪ノ大《ダイ》ナルヲ知リ、大国ノ討《トウ》ヲ畏レテ、厳ニ守備ヲ設ク。陛下、姑《シバラ》ク之ガ為《タメ》ニ隠忍《インニン》セラレヨ。彼、以テ自ラ安ンズルヲ得、必ズ更《サラ》ニ驕惰《キョウダ》トナリテ、愈々《イヨイヨ》其ノ悪《ア》シキヲ肆《ホシイママ》ニセン。然ル後《ノチ》ニ之ヲ討ツモ、未《イマ》ダ晩《オソ》カラザラン――年内の高句麗征討を諮問《しもん》する皇帝に対してなされた答申《とうしん》です。李世民はこれを受け、高蔵を冊封することにしたのです」

「唐は蓋蘇文の所業を許したように見せかけた、と。多ク不義ヲ行ナワバ、必ズ自ラ斃《タオ》レン。子《シ》、姑ク之ヲ待テ――か」

「それは？」

「弟の共叔段《きょうしゅくだん》を油断させた鄭伯荘公《ていはくそうこう》の言葉だよ。千三百年以上の時を閲《けみ》して、我々は今なお春秋の世界に生きているようだな」

　春秋は感慨《かんがい》深げに云った後、またも疑念を口にした。「方策は方策でも、逸《はや》る李世民を宥《なだ》めおくためなのでは？」

「答申を出したのは趙国公その人です」

「なるほど、長孫無忌の周辺からの情報であれば、そなたの云う通りに違いない。で、その時期は？」

「早ければ二年後」

「二年後か」春秋は自らに言い聞かせるように、その言葉を繰り返した。「隋《ずい》が高句麗を攻めた時、百済は我が国への攻撃を手控えた。今回もそうあってほしいものだ。あと二年もちこたえることができれば――」

「ですから前途は決して暗くありませぬ」

「そうだな。ともかくも、そなたの云わんとするところは理解した。李世民としては、隋の楊広《ようこう》が高句麗攻めに失敗して国を滅ぼした故事に鑑み、その二の足を踏まぬために、半島に同盟国を確保しておきたい、ということだな。さすれば挟み討ちにできる」

「それが本音」多遂はうなずいた。「と見て間違いありますまい。しかし、初めは唐一国のみで高句麗を攻めるはずです。大国の面子《めんつ》にかけても」

「では、我が国としても唐の提案に急いで飛びつく必要は、さらさらないということだ。このわたしとて、いずれ唐の力に頼らざるを得なくなるであろうことは心得ている。最近ようやくその運命を自分に肯《がえ》んじたのだ。半島国家の、それが地政的運命なのだ、と。しかし、安値でなど買い叩かせるものか。同盟の締結が先に延びるほど、こちらの売値は吊り上がる。となれば、畢竟《ひっきょう》、身売りは避け得ぬ運命、うんと高値で贖《あがな》わせてやろう」

第三章　開戦十八年前

一

野山が目に沁《し》みる紅葉《こうよう》に色づく頃まで、水泳の教習は続けられた。ようやくそれが終わると、寒い冬が駆け足でやってきた。豊璋《ほうしょう》の心は温かかった。もう一人ぼっちではなかった。孤立無援ではなくなっていた。

田来津《たくつ》がまず友達になってくれた。彼の突然の転向に奇異と反発の目を向けていた他の五人も、いつしか一人また一人と言葉を交わし始めた。豊璋を手本にして最後には誰もが泳げるようになった。一人の脱落者も出すことなく全員でやり遂《と》げた。最下位の班だと莫迦《ばか》にされていた自分たちが――。その誇《ほこ》らしさが七人の一体感をいっそう高めた。

豊璋に暴力が振るわれることも目に見えて減っていった。田来津が手を出さなくなり、それどころか守ってさえくれた。他の五人もそうだった。彼らは協同して、いじめの楯《たて》になってくれた。その変化は最初、巣箱という小さくも大きな世界で驚きを以《もっ》て迎えられ、少なからぬ波紋《はもん》を巻き起こした。七人を揃《そろ》って排斥《はいせき》しようとする動きもなくはなかった。だが彼らは辛抱《しんぼう》強く自分たちの味方を増やしていった。

そこでものをいったのが豊璋の母国語だった。巣箱の必修科目には漢《かん》語と並んで百済《くだら》語がある。蘇我《そが》が百済とは親密であることから、とりわけ百済語の習得が奨《しょう》励《れい》されていた。田来津たちは泳ぎに引き続き、豊璋の指導宜《よろ》しきを得てたちまち上達した。それを目の当《ま》たりにして心惹《ひ》かれない者のいないはずがない。彼を取り囲む仲間の数は、日を追って多くなっていった。

十一月に入ってまもなくのこと。とある報《しら》せが舞い込んできた。それを聞いた子供たちは挙《こぞ》って興奮に沸き立った。まさしく巣箱をつついたような騒ぎぶりだった。豊璋一人がよく呑《の》み込めずにいた。

「ねえ、山背王《やましろのおおきみ》って、誰なの」

田来津が答えてくれた。

「皇族だ。天皇家の皇子で、それだけでも偉いんだけど、次の皇位に即《つ》くかもしれない人なんだ」すぐに訂正した。「いや、即くかもしれない人だった」

豊璋はびっくりした。

「そんな人を、どうして入鹿《いるか》さまは？」

伝えられるところでは、入鹿は腹心《ふくしん》の豪族に軍兵《ぐんぴょう》を率《ひき》いさせ、斑鳩宮《いかるがのみや》に山背王を囲んだという。激しい攻防戦が繰り広げられた末、斑鳩宮は炎に包まれ、灰の中から王の遺骸《いがい》が見つかった――。

「入鹿さまは次の天皇に古人皇子《ふるひとのみこ》さまを推《お》してるんだ。何といっても古人皇子さまは、入鹿さまの従兄弟《いとこ》に当たられるお方だからな。山背王もそうだけどさ、でも存在が邪魔《じゃま》だったに違いないのさ。いいかい、雀《すずめ》。これはおれだけの考えじゃない。みんなそう思ってる。それで、ああして喜んでるんだ」

自身も弾《はず》んだ声で田来津は云《い》った。

「どうして、どうして喜んでいるの？」

「だって考えてもみろよ。古人皇子さまが次の天皇になれば、入鹿さまの時代がやってくる。ここをお作りになった入鹿さまの。そしたら、親なし児《ご》のおれたちにも出世の道がより開かれるってもんだろ」

「………………」

臣下が王族に手をかけた。何にせよ、つまりは弑逆《しいぎゃく》じゃないか。豊璋はそう思った。自分を殺そうとした男の顔が、にわかに記憶の淵《ふち》から躍《おど》り出た。この巣箱にいる間だけは思い出すことを自らに禁じていた顔。同時に母の辛《つら》い記憶も呼び覚ましてしまうから。その憎い仇敵《きゆうてき》の顔に、自分の命を助けてくれた男の顔が思いがけずも重なり、豊璋は驚き、激しく動揺《どうよう》した。

「どうしたんだ、雀。顔色が真っ青だぞ」

「ううん、大丈夫」

田来津が本気で心配していることが伝わった。その嬉《うれ》しさが、憎々しい鬼室福信《きしつふくしん》の顔を何とか心の中から払いのけてくれた。ともかく、倭国《わこく》も見かけほど平和ではないようだ。あるいは権力争いとは、どの国でも共通して血腥《ちなまぐさ》いということなのだろうか。

山背王討滅《とうめつ》の報が巣箱にもたらした興奮と歓喜《かんき》は、しばらく続いた。その間、事変は意外な展開をたどった。焼け落ちた斑鳩宮から発見された王の遺骸は、何と馬の骨であることが判明したのである。包囲網をかいくぐって逃れた王は、上宮王家《じようぐうおうけ》と通称される一族郎党を引き連れ胆駒《いこま》の山中に潜伏《せんぷく》していた。

驚愕《きようがく》した入鹿は、今度は自ら手勢を率いて胆駒に赴《おもむ》かんとしたという。後《うし》ろ盾《だて》である入鹿の身に何か起きてはと心配する古人皇子が自ら出向いて懇切《こんせつ》に引き止め、やむなく入鹿は再び腹心の将軍を派遣することにした。

このすったもんだの間隙《かんげき》を縫《ぬ》って山背王とその一族は、本拠地である斑鳩に秘《ひそ》かに戻り、焼け落ちた宮殿に隣接しながら火の手から免《まぬが》れていた父聖徳太子《しょうとくたいし》創建の寺に籠《こ》もった。そして胆駒から引き返してきた軍兵が寺を二重三重に囲む中、一族二十三人は抵抗することなく従容《しょうよう》と縊死《いし》して果てた、ということだった。

ここに山背王の死は確実なものとなったが、巣箱の高揚《こうよう》した気分は、どうしたものか隙間風《すきまかぜ》が吹き込んできたかのように萎《しぼ》んでしまった。この一件で入鹿が父の蝦夷《えみし》に叱責《しっせき》されたという噂《うわさ》が伝わり、萎んだ気分をなお冷え込ませた。

そのようなうちにも暦《こよみ》は進んで、新たな年を迎えた。後になって豊璋は自らの来《こ》し方を振り返り、奇妙なほど静かな年だったと、しばしば感慨《かんがい》にとらわれたものだ。彼の運命を激変させる翌《あく》る年の〝地殻変動《ちかくへんどう》〟の予兆を感じさせるものは何一つなく、あれこそ俗《ぞく》にいう嵐の前の静けさだったのだ、と。

巣箱での生活は楽しく、友だちは増え、もう彼をいじめる者は誰もいなかった。その中で自分が成長し、少しずつだが大人になってゆくのが喜びを伴って実感できた。悲劇の百済王子としてではなく、雀という孤児《こじ》として逞《たくま》しく生きることを彼は心から楽しんだ。勉学に明け暮れ、身体《からだ》を鍛《きた》え、そして夏には水泳に夢中になった。

倭国の政情も概《おおむ》ね平穏に推移した。山背王襲撃のような大事件は起こらなかった。東国《あずまのくに》で、常世《とこよ》の神を信仰するという奇怪な虫祭りが大流行し、葛野《かどの》の豪族

秦 造《はたのみやつこ》河勝《かわかつ》が命じられてこの邪教《じやきよう》を取り締まったことが、唯一の社会現象だといえた。

尤《もつと》も、入鹿の専横《せんおう》が勢いをひそめたわけでなく、板蓋宮《いたぶきのみや》を眼下に望む甘檮岡《あまかしのおか》に、皇宮《こうぐう》を凌《しの》ぐ壮麗《そうれい》な蘇我の館が建った。人々はそれを宮門《みかど》と呼んでいるが実は要《よう》塞《さい》であるらしい、というまことしやかな噂が巣箱にも伝わり、来《きた》るべき何かを予感して我が事のように緊張する子供が少なくなかった。

国外のことは豊璋には知る由《よし》もなかったが、こちらもさほど目立たぬ動きであった。新羅《しらぎ》と百済の攻防戦は膠着《こうちやく》化がいっそう進み、城を取られては取り返すの一進一退が繰り返されるばかりで、どれも大局に影響を及ぼすほどのものではなかった。

唐《とう》は高句麗《こうくり》を征討《せいとう》する方針を固め、遠征《えんせい》軍の編制に着手した。十一月、李世民《りせいみん》は自ら軍を率いるべく長安《ちようあん》を出て洛陽《らくよう》に移り、開戦の詔書《しようしよ》を天下に公布した。ただし、まだこの時点では、高句麗が恐れ慄《おのの》いて降伏する可能性にも期待する段階に留《とど》まっていた。対する泉蓋蘇文《せんがいそぶん》の肚《はら》は已《すで》に固まっており、威嚇《いかく》に屈《くつ》するどころか、最前線となる遼東《りようとう》地方の諸城を修築し、防備をさらに厚くした。

二

年が改まり、豊璋《ほうしょう》は九歳となった。新たな年は、唐の大軍がついに遼河《りょうが》を越えて高句麗領内に攻め入った、という驚きの一報で幕を開けた。とはいえ、両者の間で本格的に戦火が交《まじ》えられたのは、四月に入ってからだったが。

海を隔《へだ》てて、なお遙《はる》か先の遼東平原で繰り広げられる両大国の戦争は、すなわち世界大戦に他ならず、その詳報は時を移さず続々と飛鳥《あすか》に齎《もたら》された。

倭国の支援を期待する泉蓋蘇文《せんがいそぶん》が高句麗軍の健闘を喧伝《けんでん》しようとして、五日にあげず使者を派遣してきたし、唐に滞在中の留学生、留学僧たちも彼らなりの経路を使って戦況《せんきょう》を頻繁《ひんぱん》に書き送って寄越《よこ》した。倭国の宰相《さいしょう》を自負する入鹿は、戦局を正確に摑《つか》むべく、自らも独自の使節団を高句麗に送り込んだ。使者たちは平壌《へいじょう》に留まって情報収集にあたるばかりでなく、最前線にまで出向き観戦してくるよう厳命されていた。さらには、蘇我と百済との間に築かれた私的な外交経路を通じても情報は入ってきた。

入鹿はこれらを総合して、巣箱の子供たちにも惜《お》しみなく伝えた。いずれ自分の手足となる彼らに、最新の国際情勢を授けてやろうというのだった。

講堂の壁に、遼東地方を描いた大きな地図がかけられた。山、河、谷、海岸線の大まかな地形に加え、建安城《けんあんじょう》、遼東城、白巌城《はくがんじょう》などと城の位置が書き込まれ、その見慣れぬ異郷の地図を前に、飛鳥の学堂からやってきた教授が戦況の推移を講義する。

数十万規模と推定される唐軍は北、中、南の三路に分かれて進撃し、まずは蓋牟城《がいむじょう》を陥落《かんらく》させたという。これにより北路の要《かなめ》である新城《しんじょう》を牽制《けんせい》し、いっぽうでは水軍が遼東半島南端の卑沙城《ひさじょう》を降《くだ》したので、南路の建安城に対してもにらみを利かせられるようになった。こうして南北に備えたうえで、中路に立ちはだかる遼東城に攻撃を集中させた、というのが五月初めの情勢であった。

「この城こそは遼東地方の」どこか軍師的な面持《おもも》ちの講師が、一同を見渡して云う。「中核的な存在であるのだな。かつて隋《ずい》の煬広《ようこう》は、この遼東城をどうしても抜く能《あた》わず、世紀の大敗を喫《きっ》したというわけだ。さあ、果たして唐の李世民《りせいみん》や如何《いかん》」

唐軍は、雲梯《うんてい》と呼ばれる攻城兵器で城壁を乗り越えようとし、あるいは大石を飛ばす抛車《ほうしゃ》を繰り出して城壁そのものを破壊する。城側が楼閣《ろうかく》を築いて城壁を補修すれば、撞車《とうしゃ》を用いてこれを突《つ》き崩《くず》した。

講義のたびに戦況は変わり、講師は自分の目で戦場を見てきたかのように生き生きと語って聞かせる。子供たちは目を輝かせて聞き入った。豊璋もその一人だった。だが、高句麗と陸続きである母国に戦火が燃え移らないようにと祈る気持ちも、秘かに抱《いだ》いていた。

遼東城は五月十七日に陥落。その先、安市城《あんし》を巡る攻防戦が始まると、途端《とたん》に目ぼしい進展が見られなくなり、いきおい講義は内容に乏《とぼ》しく、無味かつ単調に陥《おちい》った。さなきだに移り気な子供たちが興味を失ったのも宜《むべ》なる哉《かな》で、時あたかも盛夏を迎え、水泳実習の季節が始まっていた。豊璋の関心も俄然《がぜん》、そちらに引き寄せられた。

夏、倭国で迎える三度目の。すでに昨年、彼は上級の班に編入されていた。田来津《たく つ》をはじめ博麻《はかま》、刀良《とら》、五百足《いおたり》、薬《くすり》、諸石《もろし》の仲間たちも一緒だった。そして今年、彼ら七人は最上級の班への昇格を果たした。特典は、海での泳ぎである。

仲夏《ちゅうか》六月に入ってまもなく、最上級班に属する子供たち三十人余りは、残留組の子供たちの羨望《せんぼう》の目に見送られ、夜明けとともに河内《かわち》に向かった。針麻呂《はりまろ》ら数人が引率した。胆駒山《いこま》から望む河内湖の巨大な全容は、豊璋たちを驚かせるに充分だった。昔はもっと大きかったが、今では干拓《かんたく》が急速に進んでいるのだという。大地に大きな鏡を嵌《は》めこんだように燦然《さんぜん》と光る湖には、大小数十本の河が平野をくねりながら流れ込み、それらが描く紋様《もんよう》は複雑で、遠目には銀蛇《ぎんじゃ》、あるいは光龍《こうりゅう》が群れをなして自在にうねくっているかと映じた。

胆駒を越えると、空気が変わったことが肌で感じられた。大和《やまと》は盆地で湿気《しつけ》が籠もっているが、海のある河内はからりと乾燥し、四方を風が渡って、暑さをも吹き払うかのようだった。

夕刻、一行は住吉津《すみのえのつ》に到着した。海面は夕陽《ゆうひ》の色に染められつつあった。渚《なぎさ》で波に支脚を洗わせている住吉《すみよし》大神の社の大鳥居が、逆光によって黒々とした影となって映《は》えている。住吉津は北の難波津《なにわづ》と並ぶ大港で、長く延びた浜辺に桟橋《さんばし》が幾《いく》つも設営され、停泊する無数の船が穏《おだ》やかな波の周期に身を任せて、帆柱《ほばしら》を気だるげに上下させていた。久しぶりに目にする海は、豊璋の胸をときめかさずにおかなかった。

「お、おれ、生まれて初めてだよ、海を見るのは」

博麻が興奮を抑えかねる声で云うと、おれもだ、おれも、と次々に頭が振られてゆく。

「船だあ」刀良が叫ぶ。「海の船って、やっぱり大きいんだな」

刀良は今にも乗り込みたそうだった。

「明朝、おまえたちは、あれに乗って沖に漕《こ》ぎ出す」

針麻呂が指差す桟橋には、十人ほどが乗員と思われる小型の舟が麦の穂先のようにぎっしり繋留《けいりゅう》されていた。七人一班となり、五艘《そう》にはそれぞれ指導官が乗り込むのだと針麻呂は説明し、さらに続けた。「遠泳は技術だけでなく、体力も消費する過酷《かこく》なものだ。今夜はぐっすりと眠っておくように」

「明日まで待てないよお」

刀良が小声で云い、これまた幾つもの頭が同調した。豊璋も思わずうなずいていた。

港の周囲には旅館が軒《のき》を連ねていたが、港町の常で妓楼《ぎろう》を兼ねたものが多く、巣箱の子供たちの宿舎には、蘇我の商館の一角が充《あ》てられた。商館は、豪族たちが競って建て並べた交易のための屋舎群の中でも抜きん出た規模を誇り、寺までが併設されている。蘇我氏の権勢を、これでもかと見せつけていた。

講堂のような建物で彼らは夕食を摂《と》り、それが終わると、すぐに就寝《しゅうしん》を命ぜられた。莫蓙《ござ》を重ねた上での雑魚寝《ざこね》だった。夏の盛りのことで昼の熱気がなかなか引かず、豊璋は蒸し暑さに寝つかれずにいた。入口と裏口は開け放してあるものの、風が通る気配はない。

肩を揺《ゆ》すぶられた。

「しぃ」

薄暗がりの中、唇《くちびる》に人差し指で緘《かん》をした田来津の顔が、目の前にあった。

「刀良が、舟で寝ようって云ってる」耳元で囁《ささや》かれる。息がかかって、ちょっとくすぐったい。そして、誘い。「来るか？」

田来津は？

豊璋は目で聞いた。心得たように田来津が片目をつぶってみせた。

七人は跫音《あしおと》を忍ばせて建物を出た。外は多少とも涼しく、それだけでも出てきた甲斐《かい》があるというものだった。彼らは同じ思いで笑顔を交わした。規律を破って、ちょっとした冒険に乗り出す仲間たち。豊璋は空を見上げた。地上にはそよとも風がないのに、月がまぶしく輝く夜空では無数の雲片《うんぺん》がものすごい勢いで吹き流されてゆく。月光で周囲は明るい。仔犬《こいぬ》たちの影が入り混じって躍《おど》るように、彼らは港へ向かって駆け出した。

桟橋まで来ると、みな命じられたように足を止めた。海が光っている。思ってもみないことだった。蒼《あお》みがかり、神秘的な黄金《こがね》色に発光する海面は、ゆったりとした波のうねりのままにやさしく揺れ、彼らから言葉を奪い去った。

「きれいだな」

「うん、きれいだ」

五百足が云い、薬が応じたが、その凡庸《ぼんよう》な言葉を悔《く》いるように二人とも口を噤《つぐ》んだ。

「夜光虫《やこうちゅう》だよ、きっと」

ややあって諸石が解説した。しかし、すぐに消え入りそうな声で「ごめん」と云い、沈黙に戻った。

七人は、自分たちだけの大切な宝物を見つけたような幸福感に包まれ、けれども誰もそれとは意識しないままに、うっとりと見つめ続けた。

どれだけの時が経《た》ったのか、

「あの舟で寝よう」

はっと夢から覚めたような声で刀良が云った。明朝に漕ぎ出すと云われた小舟のうちの一艘を指差す。それは岸壁のすぐ近くに、太い綱でしっかり桟橋に繋留されていた。

乗り込んでみると、思いのほか広いことがわかった。七人はのびのびと手足を展《の》ばすことができた。舟底は板材が剝《む》き出しだが、気にすることなく身を横たえる。

「早く夜が明けないかな」

「その前によく寝とかなきゃ。実を云うとさ、おれ、遠泳なんて自信がないんだ」

「おれもだよ」

「おれだってこわい」

「だいじょうぶ。おれたちなら、ちゃんとやれるって」

「うん。塩水って、川で泳ぐより身体が浮くらしい。それに――」

そんなことを思い思いに囁き交わすうちに、彼らの声は次第に眠たげなものになっていった。夜の入江の緩慢《かんまん》な波のうねりに抱かれた舟体が天然の揺り籠《かご》となって、眠気がとろとろと誘い出されてくるのである。

「ともかくさ、泳げるのがこんなに楽しいって、前なら絶対思わなかったのは確かだよ」

「その通り」

「これはもう雀《すずめ》に感謝しなくっちゃな」

「ありがとうよ、雀」

「雀、ありがとな」

「ありがとう」

「ありがと」

さざなみのような囁きの連鎖が、夢うつつのうちに聞こえてくる。彼は半ば眠りに落ちていた。何か云わなきゃ、何かを。そう思ったが、ここで目を開けるには眠りの誘惑は甘美《かんび》に過ぎた。

「みんな」声を出すのが豊璋には、せいいっぱいだった。「――おやすみ」

三

田来津《たくつ》の大声で豊璋《ほうしょう》は目を覚ました。

「おい、みんな、起きろ、起きろってば」

田来津は近くに寝ていた刀良、薬を両手で乱暴に揺さぶっている。

豊璋は上体を起こし、周囲を見回して呆然《ぼうぜん》となった。何が大変なのか、聞くまでもなかった。辺りの景色が一変している。舟を繋《つな》いだ桟橋など影も形もなくなって、四囲は見渡す限りの海、海、海だ。しかも他に船は一隻《せき》たりと見えず、遠くに視線を遣《や》れば、ところどころ陸影らしいものが目につくものの、野放図《のほうず》にたなびく雲か霞《かすみ》らしいものにまぎれて判然としない。天空には厚い雲が幾重《いくえ》にも敷きつめられ、陽光は遮《さえぎ》られて、世界は沈鬱《ちんうつ》な灰色に塗《ぬ》り込められていた。風が強く、波が高い。

「大変だ」

みな次々に起きてきた。

「わわ、何てことだ」

「どこだよ、ここ」

「ひ、引き返さなきゃ」

しかし、舟を操ろうにも一本の櫂《かい》も櫓《ろ》もないのだった。あったところで方角がまるでわからない。力自慢の五百足が、手で海水を掻《か》こうとして舷側《げんそく》から身を乗り出したが、激しい揺れが断続し、危《あや》ういところで博麻と刀良が腰を掴まなかったら、そのまま海に落ちていたことだろう。ますます風が強まり、舟は高くうねる大波のなすがままにされている。

「ええい、どうすりゃいいんだ、いったい」

「なんでこんなことに」

「纜《ともづな》が解《ほど》けたんだ」

「解けるものか。しっかり結んであったのを、ちゃんと見たんだから」

「じゃ、誰かが解いたんだ」

「誰かって、誰だよ」

彼らははっと口を噤み、お互いの顔を眺めやった。疑心が暗鬼《あんき》を生む手前で、咄《とっ》嗟《さ》に田来津が応急の答えをひねり出したのは、臨機応変の賢明さだった。

「おれたちが出ていくのを、見てたやつがいるんだ。そいつが追いかけてきて、いたずら半分こっそり纜を解いたに違いない」

「ちくしょう、誰だろう。もしかして――」

「そんなこと云ってる場合か。ともかく何とかしなきゃ」

ともかくも何とかもなかった。彼らは風と波とによって灰色の世界を運ばれてゆくだけだった。行先は知れず、なすすべもなく。波浪《はろう》は容赦《ようしゃ》なく舟を翻弄《ほんろう》した。高々と持ち上げられた時には、もしや宙に浮いているかと錯覚し、それが一気に降下したかと思うと、今度は海の底に真っ逆さまに突き落とされた気分を味わわされた。両手で必死に舷側にしがみつき、足を舟底にしっかりと踏ん張っていなければ、今にも振り落とされてしまいそうだった。

そうこうするうちに、いつのまにか周囲が薄暗くなっていることに豊璋は気づいた。おそるおそる舷側から目を上げると、不気味なくらいに真っ黒い雲が、早瀬《はやせ》に墨《すみ》を流したかのような凄《すご》い勢いで迫っていた。

「嵐が来る」

誰かがそう叫ぶのが聞こえた。すぐに雨が降り出した。雨粒は大きく、舟底に穴でも穿《うが》たんばかりの激しい音をたてた。それにもまして、今や風が獣《けもの》の吠《ほ》えるにも似た唸《うな》り声をあげて吹き荒れていた。空の大半を覆《おお》った黒雲の中に、蒼い光線が一閃《いっせん》した。稲妻《いなずま》。豊璋は面《おもて》を伏せた。伏せたが最後、もう二度と顔を上げる気にはなれなかった。渾身《こんしん》の力で舷側を握って、舟板に身体を密着させ、振り飛ばされないことだけをひたすら祈った。

どれくらいそうしていただろうか。気がつくと腰まで水に浸《つ》かっていた。大変だ、このままだと舟が沈んじゃう。次の瞬間、彼は途方《とほう》もない飛翔《ひしょう》感を覚えた。飛んでいる？　そう、今度という今度は確実に宙を飛んでいるに違いなかった。しかしそれは一瞬のことに過ぎず、今度は舟体がばらばらになりそうなほど激しい衝撃がやってきた。身構える余裕もなかった。手が滑《すべ》って舷側から離れそうになる。力をこめて握り直そうとした時、肩をぎゅっと摑まれた。

「降りるんだ、雀」

わけもわからず豊璋は、ただ田来津に云われるがままに従った。田来津は他の子たちにも声をかけていた。

まるで奇蹟《きせき》だった。波頭に勢いよく投げ出された舟は、岩礁《がんしょう》の上に前半分を乗り上げていた。田来津が刀良を引きずって降りてくると、大きな波が打ち寄せ、あっというまに舟を海へと引き戻した。舟は渦巻く波に木の葉か何かのように弄《もてあそ》ばれていたが、大波を左右からかぶったのを最後に、一瞬にして海面から姿を消した。この世の終わりのような光景だった。豊璋は岩の上で立ちすくんだ。

「もっと上へ」田来津がみなを促す。「ここじゃ足場が悪い」

波はまるで滝も同然で、次々と岩場にぶつかって大きく宙に駆け上がり、逆落《さかお》としに降り注《そそ》いでくる。足をすくわれるどころか、全身を攫《さら》われてしまいそうだ。そうなったら自分たちもあの舟と同じ運命をたどる――。

豊璋は四《よ》つん這《ば》いになって岩をよじのぼった。さして大きくもない岩礁の、その僅《わず》かな余地しかない頂に七人は身を寄せ合った。ずぶぬれの小鳥のように、いや、藤壺《ふじつぼ》のようにぴったり貼りついて。そして、この岩場を得た幸運を喜び、泣きそうになるのをこらえて互いに励《はげ》まし合った。

どれほどの時間が経ったか。さしもの風雨も弱まり、嵐が駆け去っていった時、一片の雲もない夜空には月と星が輝いていた。この世のものとは思えないくらい美しく神聖な光だった。それまで頑張りぬいてきた彼らは弱々しく歓声を上げ、たちまち深い眠りに落ちた。

目覚めると、太陽は高く昇り、青い海は静かなきらめきを見せて横たわってい た。昨日の嵐が嘘《うそ》のような穏やかさだ。岩礁に打ち寄せる波が小さなしぶきを上げている。七人は互いを眺めやった。自分たちの健闘をたたえる目で。あれほどひどい事態に遭《あ》ったというのに、ぐっすりと眠ったせいなのか誰の顔にも疲れは見られず、過酷な状況を乗り切ったと云わんばかりの得意げな色を斉《ひと》しく漂わせている。

「いてて」刀良が頭に手をやって叫んだ。「でっかいこぶができてら」

「舟の中で頭を打ったんだよ」田来津が云った。

「そうか、そうだった」刀良は思い出したようにうなずいた。「でも不思議だ。今の今まで、ちっとも痛みを感じなかったのに」

「それどころじゃなかったからな。助かったってことだよ」

田来津のお腹が大きな音をたてて鳴った。みんな一斉《いっせい》に笑ったが、それにつられたか自分たちのお腹も次々と空腹を訴え始めた。

「ここ、どこなんだろ」

豊璋は立ち上がって周囲を見回した。海面から申し訳程度に突き出した、小山の先端のような不格好《ぶかっこう》な岩礁の上に彼らはいた。

「やった、陸地が見えるよ」

思わず百済《くだら》語が口を衝《つ》いて出た。太陽の位置からして北の方角だ。

「遠いな」すぐにがっかりした口調で薬が云った。とても泳いで渡れる距離ではない。見えるといっても、形はぼんやりとして色も定かではなく、彼我《ひが》の間には深い青みをたたえた大海原が銀河のように横たわって、ひたすら彼らを圧倒し、威嚇《いかく》した。

「だいじょうぶ」楽天家の諸石が、のんびりとした声を出して請《う》け合った。「もう少ししたら釣り船が出てきてさ、きっとこっちに気づいてくれるって」

漁師が朝早く船出することを、海のない大和《やまと》で生まれ育った彼らは知らなかった。泗沘《しひ》の王宮で傅育《ふいく》の侍臣《じしん》たちにかしずかれて過ごした豊璋も同様だった。七人は希望を抱いて待った。首を伸ばして一心に陸地を見つめ続けた。待てど暮らせど一片の帆影《ほかげ》も現われてはくれなかった。

最初のうち、彼らはよく喋《しゃべ》った。先を争うように口を開いた。漁師に助けられるのだから新鮮な魚料理にありつけるはずだとか、針麻呂先生にこっぴどく叱《しか》られるだろうとか、そうだとしても、奇蹟の生還者として巣箱のみんなから一目《いちもく》置かれる存在になるに違いないとか、纜を解いたやつを必ず見つけ出して痛めつけてやるとか……そんな他愛もないことを。

やがて話は途切れがちになり、出竭《でつ》くし、沈黙がやってきた。恐怖と闇《やみ》とを引き連れて。夕刻、美しい茜《あかね》色の光彩が頭上に描き出されたが、彼らがそれを目にする余裕もないまま、周囲は次第に暗色に閉ざされていった。陸影は見えなくなり、星が瞬《またた》き、月が昇り、聞こえるのは波の音ばかり。

ある意味、凄《すさ》まじい嵐の晩よりも恐ろしい夜だった。豊璋は、自分が眠っているのか目覚めているのかわからずに一夜を過ごした。東の空が白み始める頃、誰いうともなく身を起こし、目をこすり、黙って北の方角を見つめた。口を開いたが最後、出るのは弱音だけと誰もが承知していた。

東の海から太陽が黄金の火の粉を撒《ま》き散らしながら空に駆け上がり、周囲が明るくなって、昨日と同じく陸影が望まれた。そして、海原に一隻の漁船も乗り出してこないのも、昨日と何ら変わらなかった。彼らにできるのは、ただ待つことだけであるという現実も。

「おい、何とかしないと。このままじゃ、おれたち餓《う》え死にしちゃうぞ」

瘦《や》せ我慢が限界に達したのは、太陽が中天に差しかかった時だった。鬱積《うっせき》したものをぶちまける勢いで五百足がそう叫んだ。咽喉《のど》の渇《かわ》きは岩場の窪《くぼ》みに溜《た》まった雨水でしのぐことができたが、飢餓《きが》感だけは耐え難《がた》い。そのうえ真夏の太陽に頭上からじりじりと照りつけられて、彼らは全身に白い塩を吹き、日干しにされてもいるのだった。

「何ができる」博麻が力のないかすれた声で応じた。「あそこまで泳いで行けってか。冗談じゃない。途中で沈んじまう」

恐怖が支配した。このまま救いの手が差し伸べられず、誰にも知られず、餓死してゆくしかない――。

「ぼく、やってみるよ」

六人の目が豊璋に集中した。

四

「やってみるって、何を」信じられないと云わんばかりに田来津《たくつ》が訊《き》いた。

「泳いでみる。助けを呼んでくるよ」

彼らは一斉に反対した。

「ばか、溺《おぼ》れちゃうぞ」

「そうだよ。いくらおまえが泳ぎ達者だからって、あんなに遠くちゃ無理だ」

「やめろよ、雀《すずめ》」

「死んじまうぞ」

「だけど、このままじゃ――」

豊璋《ほうしょう》はその先を続けようとしたが、云い合っている場合じゃないと思い直した。そんなことで徒《いたずら》に時を過ごしていたら、遠泳のための体力が刻々と失われてゆく。むしろ彼らに引き留《と》めてもらえたことで心が決まった。そう、こんなふうに胸がきゅうっとなったのは、心が決まったということだ。

「待っててね。絶対に渡ってみせるから」

豊璋は岩場を駆け下った。そのままの勢いで頭から海に向かって飛び込む。

浮上すると、彼らが必死で引き留めている声が聞こえた。

おーい、雀、戻って来いよー、おおーい。

豊璋は振り返らなかった。抜き手を使い、一心に陸地を目指した。巣箱を出発する前に針麻呂《はりまろ》が教えてくれた、遠泳の心得を頭の中に思い出す。

焦らない、力まない、歩くように泳ぐ、自分は魚だと思う、手は胸びれ足は尾びれ、疲れた時には身体をただ浮かせて、休息をとるのをためらわない……それらの教えを呪文のように一つ一つ反復《はんぷく》、復唱しながら泳いだ。泳いで、泳いで、泳ぎ続けた。

ふと顔を上げ、前方に目をやる。力が抜けそうになった。もうずいぶん時間が経ったはずなのに、陸地は少しも近づいたようには見えなかった。確か針麻呂はこうも云っていたんだっけ。方角を確かめる以外は、あまり目的地を意識し過ぎないように、と。もうそれは無理というものだった。豊璋はひどくうちひしがれた。だめなのか、ぼくは、やっぱりだめなんだろうか。絶望が徐々に頭を擡《もた》げていった。絶対に心の中に立ち入らせまいとしていた無力感が、毒蛇のように忍び込み始めた。

結局、途中で溺れて死んじゃうんだ。莫迦《ばか》みたい。何のため命を長らえたのか。こんなことになるんなら、いっそあの島で鬼室福信《きしつふくしん》に殺されてやればよかったんだ。そしたら大好きな母の後をすぐ追っていけたのに。亡き母の優しい顔が脳裡《のうり》いっぱいに描かれた。そうだ、今からだって遅くはない。母のいるところへ行ける。母のみもとへ――胸が甘く切ない思いに満たされた。

彼は自分でも知らないうちに、手足の動きを止めていた。身体が傾き、浮力が失われた。爪先《つまさき》から垂直に沈んでいった。海水が鼻孔《びこう》からどっと流れ込んでくる。それでも死への恐れはなかった。さまでに死の誘惑は甘美だった。だが身体は如実《にょじつ》に苦痛を感じていた。訴えかけてきた。痛いじゃないか、苦しいじゃないか。そう叱《しっ》咤《た》し、連呼を浴びせてきた。痛い、苦しい、息ができないよ。沈んでゆく、どこまでも――と。

痛み。あの時と同じ。それが彼に二年前の夏の出来事を思い出させた。沼の中央で溺れかけていたあの時を。母の顔が胸からすっと消え去った。代わって田来津が現われた。そして博麻《はかま》、五百足《いおたり》、薬《くすり》、刀良《とら》、諸石《もろし》。今もきっと岩礁で身を寄せ合い、腹を空かせて、彼が助けを呼んでくるのを待っている仲間たち。田来津が差し出してきた手を握った時のように、右手を伸ばしてみた。すると現実に彼の右腕は動き、水を掻き、頭が水中から浮上した。

豊璋は大きく息を吸った。何度も繰り返して呼吸を整えてゆく。四肢《しし》は無為《むい》自然、海亀のようにゆるやかに動いていたが、それを彼はもう意識もしなかった。

「方角を確かめる以外は、あまり目的地を意識し過ぎないこと」

声に出して自分にしっかりと言い聞かせると、再び泳ぎ始めた。

時間の経過のことは考えなかった。気がつくと太陽が西に傾き、空は暮れ始めていた。

「おーい」

最初は空耳だと思った。何度も聞こえるので振り返ってみた。波間に、白い飛沫《しぶき》が上がっている。飛沫の中に腕が見え、波から顔が上がった。口が「おーい」と叫ぶ形になったが、豊璋が見ていることに気づいて、田来津はにやりと笑った。ちょっと大人びた笑いだった。

「おまえを連れ戻さなきゃって、みんなうるさいんだ」

近づいてくると、田来津は白い歯を見せて云った。「だったら、おれが行かなくて他の誰が行くっていうのさ。なのに、おまえときたら。ちくしょうめ、ちっとも追いつけやしない。何だよ、こんな遠くまで泳いで来ちまいやがって。こうなったらもう、引き返すよりか先に進むに如《し》かずだぞ。ほら、雀。何ぼんやりしてんだ。先行くからな」

一方的にそう喋ると、豊璋の脇を抜けて前へ出てゆこうとした。

「待って、田来津」

「何だよ」

　豊璋は手を伸ばした。今度は彼のほうからだった。田来津は照れたような笑いを向けようとしたが、ほんの一瞬、真剣な表情になると彼の手を固く握り返した。そして、すぐに手を離し、照れ笑いに戻った顔を波に洗わせるがままにして、こう云った。

「海ってさ、身体が浮くのはいいけど、塩水が目に沁みるのは困ったもんだよな。な、おまえもそう思わないか、雀」

　夕焼けの色を映す海を、二人は並んで泳いでいった。

　美しい茜色の時間は短く、みるみるうちに周囲は暗くなった。夜の海。闇の中を一人で泳いでいたら、どんなに心細かっただろうと豊璋は思う。今は田来津が一緒だ。不安を一人で抱《かか》え込む必要もない。

「ねえ、陸地が見えなくなっちゃったよ」豊璋は危惧《きぐ》を訴える。「どうしよう。間違ったほうに泳いじゃったら」

「だいじょうぶ。空を見てみろよ」田来津が自信たっぷりに云った。夜空には銀の砂を撒き散らしたように星々が瞬いている。「北極星は恒《つね》に真北にあって、絶対に動かないって教わったろ」

「そっか。でも、どれが北極星？」

「ひしゃく星の先だよ」

「あの明るい星がそう？」

「柄《え》のほうじゃなくて、お椀《わん》の先。二つの星の間を五倍に伸ばすんだ。あんまり明るくないけどな。陸地は北の方角だったろ。だから北極星に向かって泳いでいけばいいってこと」

　田来津の云った通りだった。他の星々は時間の経過とともに移動してゆくのに、北極星だけは一寸たりとも動かない。星々を撫《な》でて風が穏やかに吹き、水は温かく、海面のうねりは限りなく優しい。豊璋は安心して泳ぎ続けることができた。

「先に行っててくれ」田来津が声をかけてきたのは、ひしゃく星が形はそのままに位置をずいぶんと変えた頃だった。声は後方から聞こえてきた。「おれ、ちょっと休んでいく。すぐに追いつくから」

「だったらぼくも休む」

「いいから。かまわず行けよ」

　かまわないわけにはいかなかった。豊璋は向きを変え、田来津に泳ぎ戻った。どうも様子がおかしい。田来津の頭は波間に浮き沈みしている。水をかぶっている時間のほうが長そうに見えた。

「どうしたの」

　豊璋は腕を伸ばし、田来津の身体に触れてみた。手足はほとんど動いていなかった。

「田来津！」

「ちょっと攣《つ》っただけだ。すぐ治る」

「このままじゃ沈んじゃう」

「だいじょうぶさ」

「だいじょうぶじゃあないよ。さあ、つかまって」

田来津は応じない。拒《こば》んだというより、そうする力が失われているのだった。田来津の身体は大きく傾き、水中で垂直になろうとしていた。

豊璋は田来津の背後に回った。両腕を左右の腋《わき》の下に差し入れ、支え上げようと力を込めた。溺れた者を救助する方法は針麻呂から教わっている。だが勝手が違った。年上の田来津の身体はあまりに重く、何よりも自力で水を掻くことのできない状態に陥っていた。両手を塞《ふさ》がれた豊璋は懸命《けんめい》に水を蹴《け》った。しかし、それだけでは二人分の浮力を得ることはできなかった。次第に彼自身も、田来津の重みによって水の中に引きずり込まれてゆく。

「て、手を離せ、雀」口に溢《あふ》れ込んでくる海水を吐《は》き出しながら、田来津が叫んだ。「離せったら。おまえまで溺れちまう」

豊璋は手を離さなかった。離すものか。いっそう力を込めた。

「いいから、手を……」

　田来津の叫びが途中で消えた。頭が完全に沈んだのだ。すぐに豊璋も海中に引き込まれた。もはや田来津を引き揚《あ》げられる見込みはなかった。それでも豊璋は手を離しはしなかった。沈んでゆく、二人一緒にゆっくりと沈んでゆく。必死に足で水を蹴り続けているので、肺の中の空気はすぐに費《つい》やされた。

　意識が混濁《こんだく》に陥ろうとした、まさにその時だった。不意に沈降が止まった——と思う間もなく、急激で、しかも圧倒的な上昇感を全身で感覚した。何と、昇ってゆく、水圧を押し上げ、ぐんぐんと。両手は今なお田来津を抱え上げている。とてつもなく力強いものが彼ら二人の身体を支え、海面へと押し戻しているのだった。

　豊璋は新鮮な空気を吸った。田来津が水を吐き出し、ぜいぜいと息を上げている。二人の身体は、滑《なめ》らかで自然な丸みを帯びたものの上にあった。月光が、その皮膚《ひふ》を美しく照らし出している。

　豊璋は驚きに目を瞠《みは》った。

　すると、それは嬉しそうに鳴いた。硬質の、しかし瞭《あきら》かに歓喜だとわかる鳴声《なきごえ》で。

五

後になって知ったことだが、豊璋《ほうしょう》たちが流れ着いたのは、紀伊国《きいのくに》日高評《ひだかごおり》は日ノ《ひの》御埼《みさき》の沖に浮かぶ小岩礁だった。島としての利用価値には乏《とぼ》しいことから、地元漁民たちは棄児《すてご》岩の名で呼んでいる。つまり彼ら七人は、何と住吉津《すみのえのつ》から茅渟海《ちぬのうみ》、紀淡《きたん》海峡、さらに阿波《あわ》の水門《みと》（鳴門《なると》海峡）を経《へ》て、果ては遠く紀伊水道の南にまで漂流したのだった。

波に打ち上げられるも同然に風早《かざはや》の浜に泳ぎ着いた二人の少年の話を、漁民たちは初めのうち信じようとしなかった。棄児岩まで四里《り》（約一六キロ）以上ある。幼い子供の体力で泳ぎ渡れる距離ではないのだ。

しかし田来津《たくつ》が蘇我入鹿《そがのいるか》の名前を出すや、話はあれよあれよという間に上に通じた。入鹿の赫奕《かくえき》たる威名《いめい》に加え、紀伊は古来、豪族紀《き》氏の本拠地である。紀氏は武《たけ》内宿禰《うちのすくね》の子紀角宿禰《きのつののすくね》を祖とする蘇我の同族であった。

直ちに救助の船が仕立てられ、その頃までには体力を恢復《かいふく》していた豊璋と田来津も乗り込み、棄児岩を目指した。大人しく浜で待っている気にはなれなかった。豊璋が海に飛び込んでから已に一昼夜が経過していた。

船が岩礁に近づくと、身を寄せ合って横たわる刀良たち五人が望見できた。その姿は遠目には死んでいるかに見え、豊璋と田来津の胸を凍《こお》りつかせた。だが幸いなことに衰弱《すいじゃく》しているだけとわかった。

漁村に戻って一夜が明けると、夕刻になって針麻呂が船で駆けつけた。日高評を支配する紀氏の支族の長《おさ》が、事の次第を急ぎ入鹿の許《もと》に注進に及んでいたのだった。豊璋と田来津が揃って驚いたことには、彼らの無事な姿を目にすると、いつも厳しい表情を崩したことのない針麻呂の目から、涙が流れ落ちた。そして七人の無事を歓《よろこ》び、豊璋と田来津の勇気を誉《ほ》めたたえた。叱責を覚悟していた二人がその旨《むね》を口にすると、針麻呂は首を横に振った。

「わしとて、こっぴどく叱りつけてやりたいのは山々なのだぞ。この悪戯《いたずら》小僧《こぞう》どめ、心配させおって、と。だが入鹿さまは、叱ってはならぬと仰《おお》せであった」

その声はどこか嬉しそうだった。

刀良たちの衰弱ぶりは思いのほかひどく、しばらくの間、漁村に留まって養生することになった。海原を泳ぎ渡った豊璋と田来津のほうが、さほど疲労していないというのは、彼ら自身にしても不思議でならなかった。それどころか、今までに経験したことのない充足感と達成感が、豊璋の心身に行き渡っていた。残留を余儀《よぎ》なくされた五人に思いを残しつつ、二人は針麻呂に連れられ、一足先に葛城山麓《かつらぎさんろく》の巣箱に帰った。

まるで凱旋《がいせん》のような出迎えだった。巣箱の仲間たちにしてみれば、二人は困難な冒険を成し遂げた英雄なのであり、勇者の栄光の帰還というわけである。が、まかり間違えば死ぬ運命であったことを身を以て実感する豊璋と田来津は、我が身の幸運に感謝しこそすれ、仲間たちの賞賛や熱狂に同調して浮かれる気にはなれなかった。騒がれれば騒がれるほど、二人は冷静になっていった。残してきた五人の恢復のほうが気がかりだった。

「刀良たちが元気に戻ってきたら、おれたちだけで何かお祝いしよう」

田来津の言葉に豊璋は強くうなずいた。

翌日は六月十一日だった。まもなく夕刻という頃、厩舎《きゅうしゃ》の掃除《そうじ》をしていた豊璋と田来津の前に、針麻呂が現われた。

「出かける」

短く云って、馬を牽《ひ》いた。

田来津が、許されて仔馬《こうま》に乗る。

「ほら、雀」

馬上の田来津が差し出した手を握《にぎ》り、こわごわと豊璋はその後ろに跨《また》がった。

それを見ていた針麻呂が云った。「そろそろ馬を覚えてよい頃だろう」

「うわあ、よかったな」

　自分のことのように田来津は喜んだ。乗馬の習得は大人の証《あかし》だ。巣箱では十歳になって稽古《けいこ》が始まる。豊璋は来年まで待たねばならなかった。

「うん」

　豊璋は胸が高鳴るのを覚えた。とはいえ馬が歩き出すと、たちまち振り落とされそうになり、慌《あわ》てて田来津の背にしがみついた。

「もっと前に腕を回していいぞ」田来津はやさしく云った。「あの時、おまえがおれを助けてくれたんだから」

　云われるがまま、豊璋は田来津に抱きつくように両腕を巻き付け、彼の背にぴたりと片頬《かたほお》を寄せた。何とも安心で、いい気持だった。田来津が胸を張った。

　二騎と三人は巣箱を後にすると、夏草を踏み分け丘陵《きゆうりよう》への道をたどっていった。西陽《にしび》は葛城の山並みに向かって降下を始めている。

　ほどなくして豊璋は目を見開いた。逞しい生命力を見せて生い茂る緑の草むらの中に、十数人の兵士たちが居流れている。二列に分かれ、道をつくるかのような配置だ。

　針麻呂が降り立ち、仔馬の手綱《たづな》も握った。

「さあ、あとはおまえたちだけで」

馬の背から降りた二人は、指導教官を見上げたが、針麻呂は心得顔を返すばかりだ。左右の兵士たちがそれぞれ一歩後退し、二人のため通路を広げた。

豊璋と田来津は目でうなずき合い、もはや言葉を交わすことなく歩き始めた。並んで丘陵の頂へと登ってゆく。

前方に聳《そび》える屏風《びょうぶ》のごとき葛城の連山に対峙《たいじ》して、その背に外套《がいとう》を翻《ひるがえ》した長身の男が立っていた。夕風は真夏の黄昏時《たそがれどき》ならではの熱気を孕《はら》んでいるが、外套を染めた、澄《す》みきって深みのある蒼色《あおいろ》といい、その勇壮なはためき具合といい、遙か大海原を望んで潮風に吹かれているかに見えた。

男が振り返った。

「入鹿さま――」

田来津がその場に片膝《かたひざ》をつく。一瞬後れで豊璋も後に続いた。

「大きくなったな、二人とも」

蘇我入鹿は白い歯を見せ、心からの笑いを向けた。大股《おおまた》で歩み寄ってくる。無造作に片膝をつき、まるで対等であることを示すかのように向かい合った。田来津が大慌てで両手を支《つか》えようとする。

「そう構えずともよい」入鹿は首を横に振って田来津を制した。「こうして二人を呼んだのは、おまえたちの幸運に、わたしもあやかろうと思ってのことなのだよ」

　豊璋は痺《しび》れる思いで、二年半ぶりに再会する入鹿を見つめた。その英姿は、まったくといっていいほど変わっていなかった。沸流《ふつりゅう》島で彼の前に初めて登場した時の印象そのままに、ふてぶてしさと高貴さが格調高く同居していて、時間がその時にまで遡行《そこう》したかと一瞬錯覚された。

　死地を間一髪《かんいっぱつ》のところで救ってくれた入鹿。だのに彼を孤児《こじ》たちの巣箱などに抛《ほう》り込んだ入鹿。今では、その意図がわかる気がする。話したいことはいくらでもあり、しかし咄嗟《とっさ》には何も言葉が出てこないようにも思った。ただただ豊璋は入鹿を見つめ続けた。

「人間は強運でなければならない」

　入鹿は二人に等分に目を呉《く》れながら言葉を継《つ》いだ。

「何事かを成し遂げる人間には努力、才覚が必要であるのはもちろんだが、最終的には運がものを云う。それがなければ、淘汰《とうた》されてしまうんだ、虚《むな》しいことにね。おまえたち二人は稀《まれ》に見る強運の持ち主だ。嵐の海で死ななかったことが一つ。二つ目には、四里の海を泳ぎきった――」

「田来津が来てくれたから」大急ぎで豊璋は云った。「だから、できたんです」

「それは違います、入鹿さま」田来津も口を開いた。「おれなんて、逆に足手まといになってしまって」

二人はさらに云い募《つの》ろうとして互いに顔を見やったが、すぐに揃って照れくさい色を浮かべ、声を合わせるかのように云った。

「イルカが助けてくれたんです」

入鹿がにっこりと笑った。

「三重の運に恵まれているのだな。わたしはおまえたちの無事を喜び、死境《しきょう》からの帰還を言祝《ことほ》ぎ、その強運にあやかりたい。それというのも、この入鹿には何としてでも成し遂げたいことがあるからだ。夢と云っていい。その夢とは――いや、それにしても、思いも寄らないことだったぞ、おまえたち二人がこのような仲になろうとは。巣箱の子供たちは氏素性《うじすじょう》の知れぬ、文字通りの素寒貧《すかんぴん》の孤児揃いだが、おまえたちは実はどちらもそうではない。そして、そのことを誰にも明かしてはならぬと、わたしは云い含めておいた。そうだったね？」

「はい」

田来津が豊璋を気にしつつうなずき、豊璋も田来津を意識しながら首を縦に振った。

「この田来津は」入鹿は豊璋に顔を向けて云った。「朴市秦《えちのはた》一族の御曹司《おんぞうし》なのだよ。朴市秦田来津というのが本来の名だ」

豊璋は田来津を見やった。田来津が決まり悪げに見返した。黙っていてごめんな。目がそう告げている。

「朴市秦氏とは、近江国愛智評《おうみのくにえちのこおり》を本拠にする豪族で、田来津はそのれっきとした跡取り息子なんだが、一族に内紛が起き、今では傍系《ぼうけい》の年長者が朴市秦造《みやつこ》田来津を名乗って、まんまと氏上《うじのかみ》におさまってしまった。幼い田来津は危うく殺されるところだったのを、わたしが手を差し伸べ、巣箱に放ってやったのだ」

豊璋は改めて驚きの目で田来津を見る。何と、自分と同じではないか。

彼のその顔色を読んだか、田来津のほうもびっくりした顔になった。おまえも？　おまえもなのか、雀？　目顔で訊いてくる。豊璋はうなずく。そうなんだ、ぼくは――。

「この雀は」入鹿は、今度は田来津に顔を振り向けた。「先の百済《くだら》王の末王子、余《よ》豊璋殿下《でんか》であらせられる。本来ならば、この蘇我入鹿とて、このような口をきいてよいわけがない高貴なお方だ。唐《とう》からの帰りに立ち寄った島で、お救い申し上げたのだよ。いや、わたしが、というより殿下の運、強運が殿下自らを救ったというべきか。先代の璋《しょう》王の死後、百済王家に起きた血で血を洗う内紛のことは耳にしているだろう、田来津」

田来津は口をあんぐりと開け、およそ信じ難いという顔で豊璋を見つめていたが、名を呼ばれ、泡をくったように顔を再び入鹿に戻した。「――は、はい。ですが、百済の廃《はい》王子は高齢だという噂をどこかで……」

「ははは、それは傅役《もりやく》の老人のことだよ」入鹿は声をあげて面白そうに笑った。

「我が父の、日頃の謹厳《きんげん》さに似合わぬ戯《たわむ》れによるものだが、結果的には世間の耳目《じもく》を本物の豊璋殿下から逸《そ》らしてくれたようだな。ま、ともかくそのようなわけで、流離《りゅうり》の貴種《きしゅ》が二つ、互いにそれと知らず絆《きずな》を結んだことに、わたしとしては不思議な感動を覚えているのだ。この出会い、これからどのような物語を紡《つむ》いでゆくのだろうかと」

「貴種だなんて」顔を真っ赤に染めた田来津が、今にも消え入りたそうな声で云った。「おれは——いえ、わたしは、ただの田舎《いなか》豪族の種でしか……」

豊璋は咄嗟に右手を差し出した。田来津の手をぎゅうっと握って、その先を云わせなかった。

「立ち上がろうじゃないか」

入鹿が、遊び仲間を促す快活さで云い、自らさっと腰をあげ、帆柱を立てるように背筋を伸ばした。肩にかけた蒼空《そうくう》色の外套が、再び風を孕んで、帆のように大きく膨《ふく》らんだと思うや、すぐに波打つような激しさで翻り始めた。

豊璋と田来津は身を起こした。二人の手は繋がれたままだった。田来津のほうは何とか振りほどこうとしたのだが、豊璋が絶対にそうはさせなかった。田来津は諦め、力を抜き——そして、握り返してきた。最初はおずおずと、やがて力強く。

「息が詰まりそうだ」周囲を見回して入鹿が云った。

「そうじゃないかね？　なぜって海が見えないからさ。不思議なことだとは思わないか。倭国《わこく》の民《たみ》は古来、海人《うみびと》だった。山が多く、国土の大半は鬱蒼《うっそう》たる森に覆《おお》われ、湖沼《こしょう》や湿原《しつげん》の類《たぐ》いも陸《おか》の上の交通を阻害《そがい》した。船で行き来するほうが、よほど便利で安全だったんだ。海辺に生まれ、海とともに生きてきた海の申し子——それが倭の民だった。天皇家にしてからが、遠く日向《ひむか》から波濤《はとう》を越えてやってきたのではなかったか。だのに、どうしたことか初代磐余彦《いわれひこ》が都を置いたのは、海のない大和《やまと》だった。といって海と無縁になってしまったのでもない。逆だ。渡リテ海北ヲ平《タイラ》グルコト九十五国……百済ヲ遙《へ》テ、船舫《センボウ》ヲ装治《ソウチ》ス——磐余彦から数えて二十一代目の若建大王《わかたけるのおおきみ》が宋《そう》朝にそう書き送ったように、倭国の勢力は海を越え、半島にまで及んだ。任那《みまな》を支配し百済、新羅《しらぎ》と交流することもできた。ところが今は亡き厩戸皇子《うまやどのみこ》の定めた掟《おきて》が、国法という名の足枷《あしかせ》となって、倭国は半島から手を引いてしまった。倭国が半島に進出し、力を振るうことができたのは、畢竟《ひっきょう》、漢土が統一されていない間の余禄《よろく》に過ぎない、というのが皇子の考えだった。隋《ずい》との間に使者を交わしはしたが、結局のところは狭い島の中に退《しりぞ》き、島国国家として逼塞《ひっそく》しようというのさ、いじましくも、愚《おろ》かにもね。わたしは違う。海の民の末裔《まつえい》、そう自負《じふ》する。入鹿という名の通り、海に生き、海へと帰る。海あってのわたしであり、海あっての倭国だ。わたしの夢は若建大王の御世《みよ》の再現なのだ。あの時代のように、海の国である倭国の船団が白波を蹴立《けた》てて大海原を渡り、列島と半島とを自由に行き来する。そのような世界を再び作り出したいんだよ、この手でね」

入鹿は拳を握り、前に突き出した。高く立ち塞がる葛城の峰々を、その一撃の下《もと》に打ち砕《くだ》こうとするかのように。西陽の下、葛城山は黒く塗り潰《つぶ》したごとく翳《かげ》り、巨人が積み上げた堅固《けんご》な城壁のようにも見える。それが崩れ去れば、その先の河内《かわち》の果てには、光る海が広がるのだ。

豊璋は、入鹿の言葉に生々しいほど海を感じていた。いや、海を見ていた。入鹿の外套を烈々《れつれつ》と躍《おど》らせる夏の夕風は潮風そのものであり、落陽を浴びて黄金色に染まった草原、丘陵の連続は輝く海面であった。沸流島で一命を救われたあの時、入鹿に抱え上げられ、爽快《そうかい》な上昇感とともに目に映じた、光る海――。

「明日、わたしは板蓋宮《いたぶきのみや》に参内《さんだい》する。百済、高句麗《こうくり》、新羅の三国の使者が揃って調《みつき》を進《たてまつ》る儀式が行なわれるのだよ。その後、現帝《おおきみ》から直々《じきじき》に話があるという――いや、これはここだけの、わたしたち三人だけの秘密だ。まだ誰にも話すんじゃないよ。いいね」

入鹿は片目をつぶってみせた。豊璋と田来津は、誘いこまれるように強くうなずいた。入鹿の昂《たかぶ》りは声だけではなく、顔色にも表われていた。本来なら自分の胸に秘めておくべき事柄であるはずなのに、その昂りゆえ、相手が年端《としは》もゆかぬ子供だということも手伝って口を滑らせてしまった――そのように豊璋には直感された。

入鹿は自分でもそれに気がついたか、すぐに表情を引き緊《し》め、唇を閉ざした。

「ともかく――」

しばらくしてから再び口を開き、幾分《いくぶん》かは慎重《しんちょう》に、しかし期待と興奮はやはり抑えきれぬ声音《こわね》で続けた。「明日は、倭国の歴史において重要な節目となるだろう。わたしの夢はまた一歩前に進む。そして――」

夕陽の反射で目をきらきらと輝かせながら、二人を見やって云った。

「おまえたちを飛鳥《あすか》に呼び寄せるのも、さほど先の話ではあるまい」

六

その夜、豊璋《ほうしょう》は夢を見た。

海。見渡す限りの海。視界いっぱいに広がる大海原を、数知れぬ大型軍船が埋め尽くし、帆に強風を孕んで、北を目指し、押し進んでゆく。甲板《かんぱん》には重武装の兵士たちがぎっしりと。船倉《せんそう》からは軍馬の勇ましい嘶《いなな》きがしきりに聞こえる。

豊璋は舳先《へさき》に立って前方を見据《みす》え、傍《かたわ》らには甲冑《かっちゅう》を身にまとった田来津《たくつ》が、力強く足を踏みしめている。どちらも羽織《はお》った外套を潮風に大きくはためかせ、腰には豪華な金銀象嵌《ぞうがん》を施《ほどこ》した大剣を佩《は》いている。けれども姿形は二人揃って子供のままだが――なあに、かまうものか、夢の中だもの。

今や倭国の支配者となった入鹿の支援で、豊璋は百済征伐《せいばつ》に向かうところなのだ。義慈《ぎじ》王の苛政甚《かせいはなは》だしく、百済の民は怨嗟《えんさ》の声を上げている。逆らう者はおろか、逃げ出そうとする者まで片端《かたはし》から皆殺しにされているという。

今こそ母国へと還《かえ》る秋《とき》、暴虐《ぼうぎゃく》な悪王を正義の剣で倒し、民を苦しみから救うのは豊璋王子、そなたを措《お》いて誰あらん――入鹿はそう云い、大軍団を授けてくれたのだった。率いるのは大将軍の田来津だ。田来津は一足先に、やはり入鹿の援助で一族の内紛を制し、正式に朴市秦氏の氏上の地位に返り咲いた。そして軍略の才を入鹿に認められ、百済征伐軍の総大将に擢《ぬ》かれたのだ。

倭国の軍船団は半島西岸を北上し、白村江《はくそんこう》に入ると、遡航《そこう》して一気に王宮の泗沘《しひ》城に迫った。義慈王は抵抗したが、勇猛《ゆうもう》な倭国の兵には敵《かな》わず、しかも日頃からその暴政を憎んでいた麾下《きか》の兵士たちが次々と離反する。百済の民は倭国軍を解放軍として大歓呼で迎えた。

かくして義慈は降伏し、代わって豊璋が新たな百済王として即位する。王冠《おうかん》を被《かぶ》った彼の前に引きずり出されてきたのは、縄を打たれた鬼室福信《きしつふくしん》で――。

夢は、残念ながらそこまでだった。明るい朝の陽射《ひざ》しの中で、豊璋は目覚めた。夢の生々しさは相当なもので、朝食が終わる頃まで、彼はぼうっとして過ごした。

その日は、久しぶりに高句麗と唐の戦いについての講義があった。高句麗軍が安市城《あんし》に立て籠もり、唐帝李世民《りせいみん》親《みずか》らが率いる唐軍がこれを囲む――という攻防戦の状況は相変わらずだったが、若干《じやつかん》の新たな動きが加わったという。

高句麗の高延寿《こうえんじゆ》将軍らが率いる救援軍十五万が、唐軍に敗れて降伏したのだ。その戦いにおいて李世民が採用した戦略戦術を、『孫氏《そんし》』や『呉氏《ごし》』などの兵法書《へいほうしよ》に照らし合わせて検討、吟味《ぎんみ》するというのが講議の内容で、昨夜の夢が夢だっただけに、今まで以上に豊璋は身を入れて聴講した。

講義は午前中いっぱい続き、それまで青空が広がっていたのが嘘《うそ》のように、途中から雨が激しく降り始めた。午後に予定されていた蘇我川での遊泳は中止となった。昼食後、豊璋と田来津は厩舎に向かった。二日続けての掃除当番だ。熱く湿《しめ》った空気の中に、馬糞《ばふん》の臭《にお》いが強烈《きようれつ》に臭う。思わず顔をしかめた豊璋を見て、田来津が笑った。

「この臭いが気にならなくなったら、一人前の馬騎《の》りになった証なんだって」

「田来津は？」

「おれ？　まだまださ」わざとらしく鼻を指で摘《つま》み、田来津はおどけてみせる。

「さ、早いところ片づけちまおうぜ、雀《すずめ》」

　昨日、入鹿の許から帰る途中、二人は取り決めたのだ。これからも今まで通りの仲でいよう、と。しばらくの間、他愛《たわい》もないことを語らいながら、掃除に専念した。五人のうち誰がいちばん先に恢復するだろうか、とか、彼らが帰ってきたらどんな祝い事をしようか、とか。

「どんどんひどくなってくな、雨」

　馬糞を掬《すく》い盛る鋤《すき》の手をふと止め、田来津が牖《まど》の外を見やって口にした。「これじゃあ、板蓋宮《いたぶきのみや》の儀式もさんざんだったろう」

「もう終わってるよ。今頃きっと、現帝《おおきみ》とお話ししてるんじゃないかな」

「直々の話って、何だと思う？」田来津は声音を低くした。

　豊璋は首を横に振る。見当もつかない。入鹿は倭国宰相の地位にある。思い描いた夢を実現できる権力を、今だって充分に持っているのだ。

「おれの考えじゃ」田来津はますます声をひそめた。

「何？」雨の音が大きく、豊璋は彼に近づいて顔を寄せた。

「現帝は譲位されるんじゃないかと思う」

「譲位！」

「しっ、声が高い」

「ごめん。でも、倭国では生前の譲位が認められていないって」

「前例がないだけさ。だからこそ、入鹿さまはそれを予感して、あんなに浮かれ調子だったんじゃないかな」

「じゃあ、次の位には――」

「もちろん古人皇子《ふるひとのみこ》さまさ。入鹿さまの従兄弟《いとこ》の古人さまが天皇になれば、この国は今以上に入鹿さまの思い通りになる」

――わたしの夢はまた一歩前に進む。

入鹿の躍動する声が、豊璋の脳裡に鮮やかに甦《よみがえ》った。

――倭国の船団が白波を蹴立てて大海原を渡り、列島と半島とを自由に行き来する。そのような世界を再び作り出したいんだよ。

豊璋の胸はざわざわと騒ぎ出す。昨夜見た夢、あれが――でも、そんなことってあるだろうか。自分は今、孤児の家の馬小屋で、馬糞をかき集めている身だというのに。

「おい、笑うなよ」田来津が耳元に口を寄せた。興奮で息が弾んでいる。「云おうか、云うまいか迷ったけど、もう我慢できないや。実は、ゆうべ夢を見たんだ。おまえとおれが船の舳先に立って、大海原を渡ってる夢だ。一隻だけじゃない。何

十、いや何百って数を従えて。それもさ、ただの船じゃないんだ。軍船《いくさぶね》だよ、軍船。このおれ、大将軍の朴市秦造田来津さまが率いてるんだ。どこを目指していると思う?」

豊璋は咄嗟には返事ができない。びっくりして田来津を見やるだけだ。

「当ててみな……何だよ、ぽかんとした顔しちゃってさ。そんなにおかしいかよ。ああ、夢さ、夢。夢だよ。でも、おれ、嬉しかったんだぜ、しあわせだったんだ。なぜって――」

「違うんだ」豊璋はさえぎった。「ぼくも」

それだけで田来津には通じた。彼もまたびっくりして豊璋を見やり、ぽかんとした顔をした。

「――おれたち」

「――ぼくたち」

二つの口は同時に動いた。

その時、厩舎の入口で大きな音がして、二人は首を振り向けた。ずぶ濡れになって駆け込んできたのは、巣箱の教官たちだった。その中には、午前中に安市城攻防戦を講義してくれた講師の顔もあった。彼らは斉しく血相《けっそう》を変えていた。わらわらと馬に駆け寄り、背に鞍《くら》を置き、手綱を付け、準備のできた者から飛び乗ると、我れ先に降り頻《しき》る雨の中を駆け出していった。

　やや後れて第二陣が来た。今度も五、六人の教官たちで、同じく顔面は蒼白《そうはく》、眦《まなじり》を吊《つ》り上げ、逆上しきっている。二人には目も呉《く》れないのも同様だった。馬で一斉に入口に殺到し、押し合い圧《へ》し合いして、口汚い罵声《ばせい》が飛び交った。

　最後に針麻呂が現われた。震《ふる》える手で鞍を載せ、前後が逆だと気づくと、自分を激しく呪う声を上げた。豊璋も田来津も初めて目にする慌てぶりだった。馬の背に跨り、一鞭《ひとむち》くれようとしたところで、呆気《あっけ》にとられて見つめている二人に目を留めた。

「――おまえたちか」

「先生」田来津が訊いた。「何があったんですか」

「それを確かめに参るのじゃ。二人とも大人しく待っておれよ。よいな」

　歪《ゆが》んだ顔でそう云うと、さっと馬首をめぐらせ、雨幕《うまく》の中に消え去った。

七

「屍《しかばね》を運び出しては如何《いかが》であろうか。回廊《かいろう》の屋根の下辺りにでも」

「無用です」

「せめて筵《むしろ》でもかけてやるとか」

「要《い》らざること」

「しかし、幾らなんでも、あのままにしておいては」

「如かず」なおも云い募ろうとする佐伯連子麻呂《さえきのむらじこまろ》に、中臣連鎌子《なかとみのむらじかまこ》は断乎《だんこ》と首を横に振った。「放っておくに」

「とは申しても――」

「いずれはそう処置しましょう。けれども、今はその時ではない。臣下の分際《ぶんざい》で皇位を蔑《ないがし》ろにし、己《おのれ》を帝に擬《なぞら》えた権臣が、当然の報いを受けたのです。もの云わぬ屍となって冷たい雨に打たれ、地面に転がっているのです。誰にも顧《かえり》みられることなく、野垂《のた》れ死にした犬ころの死骸《しがい》のように。その愚かな死にざまを諸皇子《しょおうじ》、諸王、諸卿大夫《しょけいたいふ》、臣《おみ》、連、伴造《とものみやつこ》、国造《くにのみやつこ》たちの目に焼きつけたいのですよ」

事変を知って目下、皇族、豪族が陸続《りくぞく》と板蓋宮に駆けつけている。だが、中には首鼠両端《しゅそりょうたん》を持《じ》している者もいるであろう。状況次第では蘇我《そが》に附《つ》きもせん、と。そんな不埒《ふらち》な思惑《おもわく》を秘めた輩《やから》に、入鹿《いるか》の惨《みじ》めな死にぶりを見せつけてやるのが、鎌子の狙いだった。

――蘇我入鹿はもういない。この通り、蘇我など恐るるに足らず。

半刻ばかり前、入鹿は死んだ。三韓奏上《さんかんそうじょう》の儀式が雨の宮庭《きゅうてい》で進行中、真っ先に一太刀《ひとたち》浴びせたのが葛城皇子《かつらぎのみこ》だった。手順とは違っていた。計画では子麻呂と、稚犬養《わかいぬかいのむらじ》連網田《あみた》が仕掛けるはずだった。が、入鹿の威に二人の剣客《けんかく》が怖気《おじけ》づいているのを見て、敢然《かんぜん》と皇子が飛び出していったのだ。まさに剛毅《ごうき》果断《かだん》を絵に描いたような行動だった。

儀式に参列していたのは古人皇子らわずかで、斬殺《ざんさつ》の決定的な瞬間を目撃した者の数は限られていた。だからこそ入鹿の死体という、謂《い》わば〝動かぬ証拠〟を衆《しゅう》目《もく》に晒《さら》しつづけねばならぬ道理であった。

子麻呂の視線が、鎌子の背後に向いた。奥殿《おくでん》を隔《へだ》てる扉が左右に開いて、葛城皇子が内殿《ないでん》に戻ってきた。

「皇子さま」

子麻呂は訴《うった》えるように云った。

「話は聞こえた」葛城はきびきびとした手ぶりで子麻呂を制した。「鎌子の云う通りにせよ」

「はっ」子麻呂は手を支え、恭《うやうや》しく頭を下げた。立ち上がって引き返しかけ、さっと振り返って告げた。「石川麻呂《いしかわのまろ》さまが、早くお戻りになっていただきたいと」

「すぐ行くと伝えよ」

子麻呂は一礼し、甲冑特有の革小札《かわこざね》が擦《す》れ合う音を立てながら内殿を辞去した。

「して、如何でございましたか、陛下《へいか》は」

鎌子は訊いた。葛城は軍装だ。赤漆《あかうるし》を厚く塗った革綴短甲《かわとじたんこう》を着用し、膝丈《ひざたけ》の革《かわ》長靴《ちょうか》を履き、腰には反《そ》りを打たせた太刀。山鳥の長い尾を華麗《かれい》にあしらった眉庇《まびさし》附きの鉄兜《てつかぶと》を、左の小脇に抱えている。対する鎌子は神官の白装束《しろしょうぞく》。武器は身に帯びていない。軍師というより、審神者《さにわ》めいた神秘性を帯びていた。

葛城は一瞬、逡巡《しゅんじゅん》した。

「血気、盛んだ」

「ほ、それは」

「蘇我という重しが取れたからなのか、ともかく我が母ながら天晴《あっぱ》れとしか云いようがない。男装して、朕親《われみずか》ら蘇我蝦夷《えみし》討伐の先頭に立とうぞ、そう仰せであった。今はわれの説得を容《い》れて、神殿に勝運をお祈りくださっているが、諫《いさ》めるのに手こずったぞ。弟神を迎え撃《う》たんとした天照大御神《あまてらすおおみかみ》か、三韓征伐に臨《のぞ》む気長足姫《おきながたらしひめ》にご自分を擬えておいでだったのだ」

「まさしく女傑《じょけつ》。さまでの御覇気《ごはき》におわしますとは、重畳至極《ちょうじょうしごく》に存じます」

鎌子は讃嘆《さんたん》を声に滲《にじ》ませた。本懐《ほんかい》を遂げるには、何といっても現帝の力が大きかった。最近の入鹿は増長していただけではなく、それに比例して身辺《しんぺん》の警固にも異常なほど気を配っていた。現帝が譲位を仄《ほの》めかして誘い出さなかったなら、今日の儀式にも姿を見せることはなかっただろう。

「そのぶんですと、詔勅《しょうちょく》の件は――」

「うむ。いつでも出してやろうと仰せくださった。これで一安心だ」

「心強うございます」

鎌子はほっと安堵《あんど》の息を洩《も》らした。女帝の決意を疑うものではなかったが、凄惨《せいさん》な暗殺劇を目《ま》の当たりにして気弱になる、ということも考えられた。当面は皇子の上意で通すが、事態がこちらに不利に推移すれば、やはり現帝の詔勅にものを云わせねばならない。

「諸卿大夫の動向は？」

葛城が訊いた。その若々しい顔に、入鹿を親《みずか》らの手で葬《ほうむ》り去ったという昂りも誇らしさも、何一つ表われてはいない。その反動としての虚脱《きょだつ》の色も。葛城は、平素の通りあくまでも水のように冷静だった。若い情熱の赴くがまま、狩りや武術に熱中する青年皇族――とはもちろん蝦夷入鹿父子を欺《あざむ》く擬態《ぎたい》であり、実をいえば、鎌子にしてからが、葛城の底知れぬ深さに時折り慄然《りつぜん》とすることがある。

「続々と馳《は》せ参じております。阿倍《あべ》、巨勢《こせ》、大伴《おおとも》、土師《はじ》――」

鎌子は淀《よど》みなく名を挙げてゆく。当代の重臣であり、阿倍臣倉梯麻呂《あべのおみのくらはしまろ》を除くと、二年前に入鹿に駆り出されて山背王《やましろのおおきみ》を襲撃した実力者たちでもあった。

「甘檮岡《あまかしのおか》の様子は？」

「東 漢氏《やまとのあや》の一党が騒ぐのみにて」

「古人はどうか？」

葛城は異母兄を呼び捨てにした。

「すぐに私宅にお戻りになり、門を固く閉ざしておられます。甘檮岡に逃げ込むのは自殺行為だということには、頭が回ったのでしょう」

「惜しいな。蝦夷もろとも攻め滅《ほろ》ぼしてやれたものを」

「古人さまの処理は、考えております。年が明けぬうちに、と」

「法興寺《ほうこうじ》は？」

「勝麻呂《かつまろ》と網田より、接収に成功したとの報せが入りました」

「でかした」

葛城はようやく感情を露《あら》わにした。声を弾ませただけでなく、手を打ち、床を踏み鳴らした。

法興寺は、馬子《うまこ》が蘇我の威信《いしん》を懸《か》けて創建した氏寺だ。広い敷地に相当数の兵力を集結させることができ、四囲《しい》を巡る回廊が城壁の役割を果たしてもくれる。蘇我の牙城《がじょう》たる甘檮岡に近く、攻略拠点としてこれ以上のものはない。

入鹿を誅殺《ちゅうさつ》したら、ただちに海犬養 連《あまのいぬかいのむらじ》勝麻呂と稚犬養連網田が手勢《てぜい》を率いて法興寺を占領、布陣《ふじん》する手はずになっていた。それほどの〝要塞〟をみすみす敵の敵に呉《く》れてやったと知った蝦夷は、今ごろ臍《ほぞ》を噛《か》んで悔《くや》しがっているに違いない。

「もはや甘檮岡は亥下《がいか》となりました」

鎌子は託宣《たくせん》を下す神官のような厳《おごそ》かな口調で云い、葛城を促した。

「それでは、法興寺に乗り込むといたしましょう、皇太子《ひつぎのみこ》さま」

第四章　開戦十六年前

一

　その当時のことは、あまり鮮明でない。ぼんやりとしているだけでなく、変に斑《まだら》めいた状態で、記憶がまったく欠落した部分も少なからずある。

　ともかく入鹿《いるか》の非業《ひごう》の死が伝えられ、巣箱はそれこそ蜂の巣をつついたような大騒ぎになった。へなへなと坐《すわ》り込んでしまう者、大声を張りあげて泣き出す者、恐怖に打ち震《ふる》える者、悲憤慷慨《ひふんこうがい》の声を絞《しぼ》り出す者、入鹿さまの仇討《かたきう》ちに馳《は》せ参じようと声高《こわだか》に叫ぶ者——各人各様だったのを覚えている。けれど、自分がどうであったかと振り返ってみても、豊璋《ほうしょう》ははっきりと思い出せない。それだけ衝撃が大きかった、ということなのだろうか。

何にせよ、大和《やまと》盆地の西はずれに位置する巣箱で孤児たちが徒《いたずら》に震撼《しんかん》するうちにも、爆心地の飛鳥《あすか》では事態が急速に推移していた。蘇我《そが》の郎党にして武力部門を担当する東漢《やまとのあや》氏が徹底抗戦の構えを見せ、蘇我の本城たる甘檮岡《あまかしのおか》に続々と集結、籠城《ろうじょう》した。事と次第によっては、天皇家と蘇我本宗家《ほんそうけ》との間で全面戦争に突入しかねない情勢だった。

ところが、早々に離脱を宣言する者が現われた。

「――我らは入鹿さまに忠義立てし、戮《たお》されることになろう。蝦夷《えみし》さまも今日明日のうちに誅《ちゅう》されるは必定《ひつじょう》なれば、結局のところ誰のために虚《むな》しく戦って皆処刑されるのか。おのおのがた、それをとっくと考えられよ」

高向臣国押《たかむこのおみくにおし》。まるで扇動《せんどう》するかのように一席ぶつと、これ見よがしに剣を解き、弓を投げ捨てて去った。高向氏は蘇我の同族で、国押は入鹿の有力な与党の一人として知られていたが、葛城皇子《かつらぎのみこ》と中臣鎌子《なかとみのかまこ》の調略《ちょうりゃく》の手がすでに伸びていたのだった。

名望者の慮外《りょがい》の裏切りは、籠城側を昏乱《こんらん》させずにはおかなかった。浮足《うきあし》立った者たちは次々と甘檮岡から逃げ去っていった。翌日、己《おのれ》の運命を悟《さと》った蘇我蝦夷は、屋敷に火を放って自殺した。

二日！　上演わずか二日間の政変劇だった。天皇を上にも置かぬ権勢を誇《ほこ》った蘇我本宗家が、かくも須臾《しゅゆ》の間《ま》に、呆気《あっけ》なく滅《ほろ》び去ってしまおうとは！　彼我《ひが》どちらの側にも信じられぬ思いだったに違いない。

皇子による権臣排除、権力奪取のクーデターは成功した。現帝《おおきみ》は位を辞し、実弟の軽皇子《かるのみこ》が皇位を継《つ》いだが、実権を握るのが葛城皇子であることは衆目《しゅうもく》の認めるところであった。左大臣に阿倍臣倉梯麻呂《あべのおみのくらはしまろ》、右大臣に蘇我倉山田石川麻呂《くらやまだのいしかわのまろ》が就任し、中臣鎌子は二人に次ぐ第三位の内臣《うちつおみ》に席を得た。

巣箱は見棄《みす》てられた。顧《かえり》みられることなく棄て置かれた。まず教師たちが戻ってこなかった。あの日、様子を窺《うかが》うべく飛鳥へと向かい、甘檮岡で蝦夷と最期《さいご》を共にしたのだと伝えられた。針麻呂《はりまろ》も帰らなかった。

さなきだに入鹿が、良く云《い》えば将来の布石として、悪く云えば個人的道楽で運営してきた、あくまで私的な施設なのである。蘇我本宗家が消失したという混乱の中、不遇の孤児たちに目を向ける者は誰もいなかった。

備蓄してあった食糧が尽き、孤児たちが餓《う》え始めた頃になって、やっと改善の動きが見られた。新たな蘇我宗家の主《あるじ》となった石川麻呂の許《もと》から、管理官が派遣されてきたのだ。食糧が運び込まれ、ひとまず孤児たちは餓えの危機から解放された。

だが入鹿亡き今、巣箱がこれまで通り存続できないのは瞭《あきら》かだ。石川麻呂にその気はてんでなく、ないどころか賊臣《ぞくしん》入鹿の手になる〝忌《い》み物〟として、近いうちに解体処分するつもりという。そうした意向が何とはなしに伝わって、巣箱は動揺《どうよう》した。元より引き取り手のあろうはずもない孤児たちだ。諸豪族に奴《ぬ》として売り飛ばされるのではないかという流言《りゅうげん》が駆け巡り、彼らを戦々《せんせん》兢々《きょうきょう》とさせた。

そうした動きの中に豊璋もいた。いたはずなのに、その時点の記憶もやはり曖昧《あいまい》で、模糊《もこ》としたものだ。自分がどう反応したのかさえ明確に思い出せない。記憶がややはっきりとし始めるのは、久しぶりに見る顔が目の前に現われた時からである。

「じい！」

母国の言葉が思わず口を衝《つ》いて出た。彼の前に手を支《つか》えていたのは、傅役《もりやく》の沙宅《さたく》智萬《ちまん》老人だった。今の今まで忘れていた。自分に身寄りといえる者のいたことを。さまで彼は流離《りゅうり》の王子たる身の上を忘却して、巣箱の孤児の中に溶け込んでいたということだった。

「お迎えにあがりました、殿下《でんか》」

声に万斛《ばんこく》の思いを込めて、忠義の老臣は頭を下げた。

だが、ここから先も記憶が鮮明になったとは云い難《がた》い。田来津《たくつ》との別れがあったはずだが、覚えていない。いや、こればかりは思い出すのを拒《こば》んでいるのかもしれなかった。あまりに辛《つら》い、辛すぎる記憶だから。

豊璋は巣箱の混乱の中から連れ出された。身を智萬老人の私宅に落ち着けた。飛鳥の中心部をやや北東に離れた雷丘《いかずちのおか》の近くにあり、一年前に蘇我蝦夷から賜《たまわ》ったものという。

さして広くもない構えだが、老人はそこで百済《ひゃくさい》出身の奴婢《ぬひ》数人を抱《かか》えて暮らしていた。彼らは泗沘《しひ》王宮の頃に智萬に仕えていて、義慈《ぎじ》王による粛清《しゅくせい》が猛威《もうい》を振るった時に散り散りになり、紆余曲折《うよきょくせつ》を経《へ》て倭国《わこく》に渡ってきた者たちとのことだった。

「それにいたしましても殿下、大きゅうおなりあそばしました」

智萬は上座に豊璋を坐らせ、感に堪《た》えたように云った。年相応に老《お》いているものの、百済にいた時より遙《はる》かに元気そうに見えた。顔の色艶《いろつや》もよく、肥えてもいる。よほど蝦夷から優遇されていたのだろうと、豊璋はぼんやりとした頭で思った。

「ご成長のご様子、せめて遠くからなりと一目――そう願っておりましたが、入鹿どのより固く禁じられたのでございます。殿下は自力で生きるすべをお学びであらせられる、それが将来役に立つのだから、と。その入鹿どのが、思いがけずも今回のようなことに相成り、まさに青天《せいてん》の霹靂《へきれき》とはこのこと、げにも権力を巡る闘いとは恐ろしきものかな、時代と国とを問わぬものなりと、改めて痛感いたしした次第にございます。よもや入鹿どのが――殿下のご心中、お察したてまつりまする。されど、どうかご安心を。この智萬めも、百済であのような目に遭《あ》い、権力の恐ろしさを身に沁《し》みて実感いたし、多少なりとも学ぶところがございました。つまり――権勢を極《きわ》めた蝦夷どの入鹿どの父子《おやこ》も、高転びに転ぶ日が来るのではあるまいか、そう考え、秘《ひそ》かに手を打っておいたという意味にございます。いえいえ、蘇我父子を裏切ったのではありませぬ。分家の蘇我倉山田石川麻呂どのと、好誼《こうぎ》を結んでおいたことを申し上げようというのです。ご存じとは思いますが、葛城皇子さまのお企《くわだ》て、石川麻呂どののお力添えがなくては叶《かな》わぬものでした。皇子さまが石川麻呂どのの姫君を娶《めと》られたのも、それがための深謀遠慮《しんぼうえんりょ》と聞いております」

「じゃあ、じいは入鹿が討たれることを知っていたというの?」

豊璋は尖《とが》った声を出した。

巣箱ではさまざまな風評が錯綜《さくそう》していた。内幕の暴露《ばくろ》もあれば憶測《おくそく》に過ぎないものもあったが、この政変が、蘇我一族の内紛という側面を持つことは、否定し得ない事実である。

「滅相《めっそう》もないことにございます」智萬は言下《げんか》に否定した。「そのような大事、石川麻呂どのがそれがしにお洩《も》らしになるものですか。あくまで糸のように細く好《よしみ》を通じていたというに過ぎませぬ。されど首尾《しゅび》は上々、石川麻呂どのは、それがしが殿下を引き取るのをお認めくださいました。のみか、葛城皇子さまへの目通りをも、斡旋《あっせん》してくださったのです」

「葛城」

豊璋の全身をわななきが走った。

「殿下におかれましては、蘇我入鹿に代わる新たな後ろ盾《だて》が必要です」

「でも、あいつは――」

入鹿を倒した首魁《しゅかい》というだけではない。伝え聞くところによれば、葛城は入鹿に自ら一太刀《ひとたち》浴びせたという。その名を耳にするだけで忌まわしく、口にするのも汚《けが》らわしかった。

「なりませぬ、殿下」

同情心溢《あふ》れる忠義の慈顔から、一転して智萬は厳しい表情を向けた。「かくもおいたわしき身の上におなりあそばされました以上は、後ろ盾なしに生きてゆかれぬ道理。まごまごしていると義慈王が刺客を送り込んでこぬとも限りませぬ。それが殿下の置かれたお立場であり、是非《ぜひ》にもお認めいただきあそばさねばならぬ冷厳な事実にございます。よくお考えくださいませ。葛城皇子さまの庇護《ひご》を得れば、これに勝るものがありましょうや。亡き入鹿どの、いや成敗《せいばい》された逆賊《ぎゃくぞく》の佞臣《ねいしん》に代わり、葛城皇子さまが倭国の新たな支配者におなりになったのですから」

諄々《じゅんじゅん》と説く智萬を前に、豊璋はうなだれていた。巣箱に抛《ほう》り込まれたばかりの時のように、いや、その時以上に、己の無力さを痛感し、言葉を発することができなかった。

二

「お時間にございます、皇太子《ひつぎのみこ》さま」

束《つか》の間《ま》、脇息《きょうそく》に凭《もた》れて休んでいた葛城皇子は物憂《ものう》げに目を上げた。中臣鎌子が控《ひか》えの間の入口に片手を支えていた。

「時間？　何の時間だ。今のおれに必要なのは、休息の時間なんだがな」

夜の睡眠は極力切り詰めるようにしている。昼間、公務の間を縫《ぬ》っての息抜きを自分に許していた。それを削られては、たまったものではない。

想像していた以上の激務だった。今にして思えば、入鹿の暗殺など手始めに過ぎなかった。

国政を刷新《さっしん》すべく、その統率者として葛城はそれこそ粉骨砕身《ふんこつさいしん》、獅子奮迅《ししふんじん》の勢いで連日、陣頭指揮に臨《のぞ》んでいた。会議につぐ会議、討議、密議、諮問《しもん》、召見《しょうけん》、親見《しんけん》、各種の訴えに辛抱《しんぼう》強く耳を傾け、思慮し、斟酌《しんしゃく》し、決断し、裁可し、そして自ら足を運んで現場を視察し……。

中央の人事が一段落すると、東国《あずまのくに》に国司《くにのみこともち》を任命、派遣するという遙かに頭の痛い問題が待っていた。蝦夷、入鹿を倒して権力を天皇家に取り戻した真の目的は、倭国を隋唐《ずいとう》に倣《なら》って律令《りつりょう》国家にすることにある。

それこそが、隋との間に国交を開いた厩戸皇子《うまやどのみこ》の望んだことであり、しかし厩戸はその志《こころざし》を果たせずして世を去った。蘇我馬子《うまこ》は、厩戸が死ぬと協力者の立場を豹変《ひょうへん》させ、蘇我一族の繁栄にのみ心を砕いた。その歪《ゆが》んだ政治的潮流が蝦夷、入鹿と続いた。律令国家の夢は遠のいてゆくばかりとなった。

不世出《ふせいしゅつ》の天才政治家たる厩戸皇子でさえ、志半ばで終わった〝倭国律令国家化〟の大いなる企図《きと》。すなわち大化《たいか》。その志を、葛城は継ごうというのだった。大化――倭国始まって以来、初めての年号を定めたのは、その第一歩である。

律令国家とは、刑法である律と、行政法である令とが、全国の隅々にまで行き渡る中央集権国家のことであり、そのためには国家が地方を直接的に完全把握《はあく》しなければならない。

旧体制――地方豪族を通じた間接支配体制の粉砕は必須である。戸籍《こせき》を作製し、校田《こうでん》を行ない、武器を収公する必要がある。そうした地方政治の改革こそが、倭国を根本から造り変える要《かなめ》なのだ。

当然、豪族たちは抵抗するであろう。それをいかに削《そ》いでゆくかを見極めるべく、東国に国司を派遣する。豪族に籠絡《ろうらく》されない強い意志力の持ち主でなければならず、頭も切れ、できれば律令国家の果実を、彼らに納得させられる弁舌力を備えていることが望ましい。だが、そのような人材は限られており――。

それだけではない。一般人の訴えを聞くために、鍾匱制《かねひつのせい》なるものを新設すべく準備を進めていた。仏教を国家の管理下に置いて僧侶《そうりょ》を統制する必要にも迫られている。唐と高句麗《こうくり》との戦争の行方《ゆくえ》も注視せねばならない。古人皇子《ふるひとのみこ》の処遇問題もある。古人は恭順《きょうじゅん》めかして吉野《よしの》に隠退《いんたい》したが、容赦《ようしゃ》はせず、早急に討伐《とうばつ》するつもりだった。難波《なにわ》への遷都《せんと》も、叶うことならば年内に実現させたい。

それやこれやで、さすがの葛城もこのところ疲れ気味だった。

「ま、息抜きの延長とお考えくださいませ」

鎌子は葛城の非難めいた響《ひび》きの声を、さらりと受け流した。「対手《あいて》は子供ですから」

「子供だって？」

「以前お話しいたしました、例の亡命王子です」

「亡命王子？」

葛城は頭をはっきりさせようと、首を二、三度振った。「ああ、百済《くだら》の？」

「さようにございます」

「入鹿が助け出したとかいう、いわくつきの百済王子だな。名は、確か――」

「豊璋《ほうしょう》です」

「そうだ、豊璋、余《よ》豊璋だ。思い出してきたぞ。庇護者の入鹿を失ったので、泣きついてきたとか。石川麻呂の口利《くちき》きだったな。恩人を殺したこの葛城を頼る、か。いかにも百済人らしい節操のない話だ」

鎌子は忍び笑いを洩《も》らした。「さすがのわたしも、そこまで身も蓋《ふた》もない云い方はしなかったはずですが」

「そうだったかな？　ともかく謁見《えつけん》を許したのは憶《おぼ》えているが、政務以外の用件は夜に会うようにしているはずだが」

「相手は子供です。夜更《よふ》かしさせるわけにはまいりません」

葛城は鎌子の真面目《まじめ》な顔を見つめ、ぷっと吹き出した。「そなた、変なところで優しさを見せる男だな」

「子供は寝て育つと申します」

冗談を云っている顔ではないようだ。

「わかった。会おう」葛城は脇息を傍《そば》に転がし、怠惰《たいだ》に寝そべっていたと思えないほど身軽に立ち上がった。

「で、何を話すことになっていたんだっけ？　なあ鎌子よ、おれの頭の中は公務、公務、公務でいっぱいなんだ。こんなつまらんことで貴重な時間を取られたくはない」

「慈悲《じひ》と寛大さ——それを見せておやりになればよいのです。倭国の真の統治者としての雅量《がりょう》、風格を」

「よしよし、安心するがよい、王子よ。おまえの安全はこの葛城が守る、と？」

「はい、それで結構です。そのうえで、何ぞ望みの儀あらば申してみるがよい、と付け加えれば充分かと」

「やれやれ、七面倒くさい。いっそ百済に送り返してやったらどうだ。亡命王子を庇《かば》う義理はないし、どうせ入鹿によって救われた命なんだ、入鹿が滅んだ今、運命を共にするのが自然の成り行きというものだろう」

「運命に抗《あらが》おうとしている者は、かけがえのないほど美しいものです。慈《いつく》しんでやらねばなりませぬ」

葛城は口を閉ざした。鎌子の言葉には、妙に彼の胸を衝《つ》く何かがあった。それでも肩をすくめて、こう云った。「おれはね、百済と絶縁したい気分なんだ。いずれ必ずそうするつもりだが、そんなわけで百済王子なんて抱えていたくはないんだよ」

「駒として」鎌子は一瞬、謀略家の表情を仄見《ほのみ》せた。「お手元にお持ちしていて損はありますまい。この先きっと、何かの機会に利用できるはずですから」

三

——葛城皇子《かつらぎのみこ》が現われたら、即座に頭を下げること。

ずっと自分にそう云い聞かせてきた。智萬《ちまん》老からもそのように云い含められていた。

でも、できなかった。豊璋《ほうしょう》は目の前の葛城を凝視《ぎょうし》し続けた。憎んでも余りある相手。命の恩人である入鹿《いるか》をその手で斬り殺した大悪人。そして何よりも彼の夢、百済王たるべき輝ける将来を打ち砕いた張本人——。

しかし、案じていたような、憎しみに血が音をたてて逆流する、というようなことにはならなかった。所詮《しょせん》、この男の力に縋《すが》って生きてゆくよりないのだという諦《あきら》め、無力さ、敗北感が、豊璋の感情を麻痺《まひ》させ、緩慢《かんまん》な死に追いやろうとしていた。

にもかかわらず葛城から目を離せなくなったのは、その漲《みなぎ》る若さに驚きを覚えたからだった。若い。入鹿よりも遙かに若い。王者の装いではなく、麻の素服《そふく》をひっかけるように身につけている無造作さも、若さの奔放《ほんぽう》さをひときわ印象づけている。

そして――顔も背丈《せたけ》も全然違うのに、なぜだか入鹿に似ていると思った。そんなことを思ってしまった自分に衝撃を受けた。

慌《あわ》てて、似ていない点を探そうとした。すぐに見つかった。目だ。目の色。入鹿の目に溢れていた温かみが微塵《みじん》もない。冷たく、何を考えているのかを読み取らせない険《けわ》しい目だった。

葛城のほうでも豊璋を見つめていた、その峻厳《しゅんげん》な目で。

「殿下、殿下、どうか――」

後方で智萬が促《うなが》すように小声で云った。

豊璋は我に返った思いで、ようやく頭を下げた。

「さあ、おかけください」

葛城の傍《かたわ》らに侍《はべ》っている男が云った。

豊璋はその言葉に従いかけたが、己に課された責務を思い出し、立ったままで口を開いた。

何度も何度も練習を繰り返した台詞《せりふ》は、すらすらと淀《よど》みなく流れ出た。自分の声ではなく、他人が話しているのを聞くようだった。ある意味それは当然で、智萬の書いた文面を彼は諳誦《あんしょう》しているのだ。

――蘇我本宗家《そがほんそうけ》を見事に討滅した葛城皇子の鴻業《こうぎょう》を言祝《ことほ》ぎ、その力の下《もと》での庇護を期待する……。

卑屈《ひくつ》のぎりぎり手前で踏みとどまり、百済王子としての矜持《きょうじ》を損なわない程度の威厳は残してございます。起草者の智萬は、そう自画自賛した。

豊璋にはどうでもいいことだった。義務に過ぎない。そう、亡命王子として果たすべき義務。葛城のほうでも――彼も立ったままだった――どうでもいいという顔をしてそれを聞いていた。なぜだか豊璋はほっとするものを覚えた。

最後の字句を諳《そら》んじ終えた。務めは果たされた。豊璋は機械的に頭を下げる。

「安心せよ、王子」

葛城が初めて口をきいた。声も口調も素っ気《そけ》なかった。「倭国《わこく》でのそなたの身の安全は、この葛城が請《う》け合おう」

「ありがとう存じまする」

智萬老が大声を張り上げた。言質《げんち》を取ったといわんばかりに。

「鎌子《かまこ》」

葛城が傍らの従者を促した。

「お聞きのごとく」従者は心得顔《こころえ》に云う。「豊璋王子は倭国皇太子の翼下《よくか》に入ります。このことは、国内のみならず、使者を通じ百済国にも正式に通知いたすことになっておりますゆえ、彼《か》の国からの干渉《かんしょう》のご懸念《けねん》は無用とお心得ください。待遇に何か問題とすべき点があれば、わたくしを通しておっしゃっていただきたい。可能な限りの善処《ぜんしょ》をお約束しましょう」

「これを見られよ、王子」

葛城が腰に佩《お》びていた剣を握り、わずかに鞘走《さやばし》らせた。巣穴から姿を現わす銀蛇《ぎんじゃ》のように、刀身《とうしん》が露《あら》わになった。中庭に面した謁見の間には、晩夏の真昼の強烈《きょうれつ》な陽《ひ》が射し込んでいる。よく砥《と》がれた刃《は》は、陽光を反射し、恐るべき無色の――無の輝きを現出させた。

「この太刀で、入鹿めを斬った」

葛城はすぐに刀身を鞘に斂《おさ》めた。鍔《つば》鳴《な》りの音が涼しく響き渡った。

泥のようにぐにゃぐにゃになっていた自分の脊梁《せきりょう》に、この時、鋼鉄の芯《しん》が貫き通るのを豊璋は感じた。彼は口を開いた。

「お願い事が、一つあります」

智萬が顔色を変えた。

葛城皇子の庇護を取りつけたというのに、豊璋は、事前の打ち合わせになかった挙に出たのだ。しかも胸を張り、大人びた声音《こわね》で。

葛城が片眉《かたまゆ》をわずかに吊《つ》り上げる。思いもかけず豊璋に先んじられてしまった。

何ぞ望みの儀あらば、そう云おうとした矢先だった。

「——申してみるがよい」

豊璋は一歩、前に進んだ。

「助けていただきたい友だちがいるんです」


「駒、としては使えるようだ」

葛城は云った。「どうせ、あの老人が教え込んだのであろう歯の浮くような祝辞を棒読みするので、こいつ箸《はし》にも棒にもかからぬ愚物《ぐぶつ》と思ったが。しかし、駒は所詮、駒だ。それ以上でもなければ、それ以下でもないといったところか」

「同意いたします」鎌子は慎《つつし》み深い調子で応《こた》えた。「それでよろしいかと。肝要《かんよう》なのは、駒以上に育たぬように目配りをすることですが、それはこの鎌子めにお任せください。皇太子におかれましては、彼を駒として利用する時が来るまで放念して可なり、です」


「心臓が止まるところでしたぞ、殿下」

智萬は咎《とが》め立てするように云った。「葛城皇子さまが寛大なお心で聞き入れてくださったからよかったものを、そうでなければ——」

「じい」

豊璋は遮《さえぎ》った。

「あの人は、ぼくに関心を持っていない」

これっぽっちもね。だけど——と心の中で彼はその先を続けた。

——ぼくは生き延びてみせるから。

四

葛城は、鎌子および志を共にする者たちと、全力をあげて国制の改革に邁進《まいしん》していった。それは国家の大改造、いや、新たな国づくりと云うべき壮大なものだった。

懸案《けんあん》だった東国への国司はともかくも発遣《はっけん》され、鍾匱制《かねひつのせい》を公布、男女之法《をのこめのこのほう》が制定された。叔父である現帝に詔《みことのり》を出させ、僧尼《そうに》の統制にも手をつけた。謀叛《むほん》の濡《ぬ》れ衣《ぎぬ》を着せることで古人皇子を吉野に攻め殺し、後難を断った。

十二月、胆駒《いこま》山と葛城山の天険を越え、都を難波《なにわ》に遷《うつ》した。大和から河内《かわち》に遷都するのは大鷦鷯大王《おおさざきのおおきみ》以来のことで、高津宮《たかつのみや》の旧址《きゅうし》に宮殿を定め難波長柄豊碕宮《ながらのとよさきのみや》と名づけたが、実は王宮さえまだ建設中の段階での遷都強行だった。人心《じんしん》を一新するのが、何よりも急務なのである。

年が明けた。

大化二年正月　朔《ついたち》――。

「改新《かいしん》之《の》詔《みことのり》」は、西に海、東に湖を望む岬の先端の水都で宣命《せんみょう》された。

・私有地・私民の廃止
・地方制度・軍事・駅制の改革
・戸籍・計帳・班田《はんでん》収授《しゅうじゅ》之《の》法《ほう》の施行
・租・調・庸などによる統一税制の実施

以上の四ヶ条からなり、進むべき道筋、あるべき国の形が条文に鮮明に記されていた。

この詔にのっとり、葛城は抵抗勢力と闘いながら、ある時は果断に、ある時は忍耐強く改革を推《お》し進めた。旧俗の廃止を矢継ぎ早に打ち出し、葬儀を簡素なものに改めさせ、品部《しなべ》すなわち私民の廃止を豪族たちに命じ、すべて公民――国家の民とすべきとした。

こうして改革が怒濤《どとう》の勢いで進む最中、国博士《くにのはかせ》の高向玄理《たかむこのげんり》が極秘裏に半島へと派遣された。九月のことである。

玄理は黒麻呂《くろまろ》ともいい、三十八年前、額田部女帝《ぬかたべのおおきみ》の御世《みよ》に、隋に留学を命じられた四人の学生《がくしょう》のうちの一人だった。

　隋が滅び、唐に代わっても、都長安《ちょうあん》で学び続けること三十余年間。中華の精華たる律令を、つまり文明の何たるかを完全に理解し、身に付けて帰国したのが六年前のことだ。爾来《じらい》、後進の育成に力を注《そそ》ぎ、今、葛城の許で吏僚《りりょう》として手腕《しゅわん》を振るう者たちの多くが、玄理によって育てられた学生である。葛城にしてからが玄理に学んだ一人だ。

　昨年六月、現帝が即位したその日に、沙門《しゃもん》の旻《みん》法師とともに国博士に任じられていた。国博士とは、謂《い》わば国政の最高顧問格であり、改新の絵図面は、ほとんどこの二人の頭脳から生み出されているといっても過言ではない。

　それほどの重要人物が、改革がいよいよ本格化するというこの切所《せっしょ》の時期に倭国を離れ、半島に――高句麗《こうくり》でも百済《くだら》でもなく、新羅《しらぎ》に渡ったのである。

――親愛なる皇太子殿下
小徳《しょうとく》高向博士玄理、伏して申し上げます。
まず半島三国の情勢でございますが、一か月前と変わりはございませぬ。前回報告いたしました内容に、付け加えるものは何もないということにございます。
念のため繰り返して申し上げますと、唐軍は今年初め、安市《あんし》城攻略に失敗して敗退したものの、高句麗では近く再度の襲来があるは必至《ひっし》と見て警戒を怠《おこた》ってはおらぬ由《よし》。百済と新羅の戦線は、昨年五月、百済軍が新羅の七城を奪取してから膠着《こうちゃく》状態に陥《おちい》り、以後さしたる動きは見られぬ、といったところにございます。

新羅の国内情勢につきましては、金毗曇《きんひどん》が昨年末に宰相《さいしょう》に任じられしこと、これも既報《きほう》いたしました通りではございますが、この一か月、毗曇派の貴族たちの勢いが増したように感じられます。都を覆《おお》う空気が日々緊迫の度を加えてゆくのが、それがしのごとき来訪者にさえ肌で感じられるほどです。

金春秋《しゅんじゅう》からはまだ格別の動きがございませぬ。両国の来《こ》し方を思えば無理からぬこと、今はまだそれがしの派遣された意図を慎重《しんちょう》に検討しているに違いなく、いずれは接触してくるものと思われます。

吉左右《きっそう》をお待ちくださいませ。

大化二年十月二十五日　徐那伐《じょなばつ》にて記す

——親愛なる皇太子殿下

小徳高向博士玄理、伏して申し上げます。

本日、金春秋宅に招かれました。初めて実見するを得ましたが、噂《うわさ》に違《たが》わぬ器量人という印象を受けた次第にございます。あれほどの大人物が未《いま》だ国政の舵《かじ》を取るを得ざる、さこそ新羅の不幸とまで思われました。不遜《ふそん》な譬《たと》えであることは承知の上、敢《あ》えて申し上げますれば、今の金春秋は昨年六月十四日以前の殿下に重なりましょうか。

宴《うたげ》の後、別室に席を移して、二人だけの談義となりました。いよいよ、とは感じておりましたが、金春秋はおよそ単刀直入に切り出して参りました。倭国の皇子はどのようにして成し遂げられたのか、と。まったく殿下のご明察の通りにございました。金春秋は「喰い付いて」きたのでございます。

そこで、ご下命《かめい》の範囲内で詳細に仕掛けを明かしました。鎌子内臣《うちつおみ》が入鹿を欺《あざむ》き、油断させた、事の成否はこれに竭《つ》きる——との殿下のお言葉を伝えたところ、金春秋は深く胸にとどめおく様子にございました。

——自らの手を汚さなければ、結局、何もできぬということか。

最後には、自身に言い聞かせるようにそう呟《つぶや》いておりました。

それがしを見送りがてら、なお新羅に滞留《たいりゅう》すべしと要請がありましたので、こちらも諾《だく》とうなずき、見届けに参ったのですから、と答えを返しました。

言質を取ったわけではございませぬが、殿下の御心《みこころ》は悉《ふつく》に金春秋に伝わったと自負する次第にございます。

会談の詳細は追って書き送ります。今は取り急ぎ。

吉左右をお待ちくださいませ。

大化二年十一月二日　徐那伐にて記す

――親愛なる皇太子殿下

小徳高向博士玄理、伏して申し上げます。

先に会談の詳細を書き送りましたが、お目をお通しになっていただけましたでしょうか。金春秋が殿下の思《おぼ》し召し通り動くは必定。さようご理解いただけたことと拝察いたしまする。この玄理といたしましても、謀叛の教唆《きようさ》役、指南役として新羅に派遣された甲斐《かい》があると申すものです。

とはいえ、そうそう事が性急に進むわけではなく、これといった変化はまだ生じてはおりませぬ。大事とは、ある日突然起こり、一気呵成《いっきかせい》に成し遂げられてこそでありましょう。そうです、昨年の六月十四日のように。

そのようなわけでして、臣《しん》玄理は今やただ待つのみの無聊《ぶりよう》を託《かこ》つ身となりました。この定期便にも特別書き記すべき事柄はございませんが、折角ではありますので、新羅という国を初見した所感などを書き綴《つづ》ってみたく存じます。

ここ徐那伐の第一印象は、海がないということでしょうか。大和と同じではないか、とお思いになるやもしれませぬが、決定的な違いがございます。

我が国は、大和から山並みを一つ越えれば湖と海の河内となり、現に殿下は海外の情勢に的確に対処する意味もあって、河内に遷都を断行なさいました。徐那伐も近くの山を越えれば海が開けますが、その海とは我が倭国と相対する海で、文明の中心地である唐に向かう海ではありません。かかる不利な条件にもかかわらず、新羅の王族貴族たちは……（中略）……さような次第でして、新羅人の生命力、国土への執着心《しゅうちゃく》の強さを、ゆめ、一瞬たりとも、お侮《あなど》りになってはなりませぬ。いや、これは言葉が過ぎました。それがしごときが、今さら申し上げることではございませぬ。だからこそ殿下は、高句麗、百済ではなく、新羅を択《えら》ばれたのでありましょうから。

吉左右をお待ちくださいませ。

大化二年十二月朔　徐那伐にて記す

――親愛なる皇太子殿下

小徳高向博士玄理、至急報告いたします。

お喜びくださいませ。金春秋は見事に大願を成就《じょうじゅ》しました。政敵の金毗曇、朴《ぼく》廉宗《れんしゅう》を討伐した由にございます。

亡くなった徳曼《とくまん》女王の後を、金春秋が継ぐや否《いな》やはまだ不明なれども、新羅の国柄が金春秋ただ一人の手に帰《き》したこと、これだけは間違いございませぬ。

事変の詳細と今後の展望は、追って書き送る所存にございます。今は情報収集に努めております。

大化三年一月十八日　徐那伐にて記す

二月朔、高向玄理は一室に籠《こ》もり、一心不乱に筆を走らせていた。皇太子の葛城に宛てた、事変についての第二報である。

金毗曇らが誅殺《ちゅうさつ》されて半月近くが経過し、詳しい模様が次々と明らかになってきた。玄理の見るところ、金春秋の動きは剛毅果断《ごうきかだん》、それに竭きた。謀略に対して尻込みしない胆力《たんりょく》も備わっていた。

事の発端は一月八日、女王の徳曼が食中《しょくあた》りで崩じたことにあった。

偶然にも奏上《そうじょう》のため参内《さんだい》中で、その場に居合わせた金春秋は、この慮外の死を利用しようと頭をめぐらせた。女王の死を秘して金毗曇を宮中《きゅうちゅう》に呼び、濡れ衣を着せて、討ち取ってしまおうとした。王殺しの濡れ衣を、である。

しかしながら宮中には金毗曇の息のかかった者がいて、女王の死はすみやかに彼の政敵の知るところとなった。そこで金春秋は作戦を変更し、金毗曇が女王を殺害したと国中に布告し、乱臣賊子《らんしんぞくし》の討伐を呼びかける檄《げき》を飛ばす一方、ただちに自らの手兵を動かした。金毗曇はそれを察知し得ず、喪《も》の準備をしようとして貴重な時間を空費した。当初のこの動きの差が、二人の明暗を分けたのである。

金春秋の義兄かつ娘婿である金庾信《ゆしん》が、病気療養と称して徐那伐に滞在していたことも大きかった。信望の厚い歴戦の勇将は当然義弟の陣営に馳せ参じ、彼の号令一下、徐那伐の兵の九割近くが金春秋に従った。この時点で大勢はほぼ決してしまったと云っていい。出遅れた形の金毗曇、朴廉宗らは明活《めいかつ》城に籠もって劣勢《れっせい》の挽回《ばんかい》に努めたが、その抵抗も十日間で終わった。

金毗曇は、警備兵の一人に一太刀浴びせられて最期を遂げた。この警備兵というのが、金春秋の側近である温君解《おんくんかい》とのことだった。君解は主君の怒りを買ったと偽《いつわ》り、金毗曇の許に身を寄せていたのだという。古来、ありふれた手ではある。統率者を失って投降する者が続出し、明活城は落ちた。務めを果たした君解は、わずかな手傷を負ったのみで無事に帰還した。

以上が、玄理の摑《つか》んだ〝毗曇の乱〟の真相である。

かくて金春秋は新羅《しんら》の最高権力者となった。この点、二年前に蘇我本宗家を滅ぼした葛城皇子の新羅版であると云えよう。葛城と春秋、両者の共通点はまだある。葛城が自らは践祚《せんそ》せず叔父の軽皇子《かるのみこ》を皇位に即《つ》けたように、金春秋もまた徳曼の従妹《いとこ》である勝曼《しょうまん》を王座に据えたのだ。

金春秋はどこまでも葛城を見習おうとしているに違いない。玄理はそう睨《にら》んでいる。自らの意のままになる権威者を擁立《ようりつ》し、その威光を背にして自由闊達《かったつ》に権力を振るう。それは玄理と鎌子が揃《そろ》って献策し、葛城が肯《がえ》んじて受容した戦略だった。

——事変後の情勢、かくのごとし。殿下のお見立ての通り、金春秋はまず間違いなく倭国との連携を求めてくることでありましょう。

と、そこまで筆を進めた時、扉の向こうから声がかかった。

「高向の、失礼するぞ」

倭国の言葉である。入ってきたのは金多遂《たすい》だった。新羅風に髷《まげ》を結った頭に冠帽《かんぼう》をかぶり、伝来の質朴《しつぼく》な官服がすっかり板についている。長安で慧詢《えじゅん》と名乗っていた頃の僧形《そうぎょう》とは別人のようだ。倭国では互いに見知っているという程度の仲だったが、何かと苦労の多い長安での留学中に親交が深まった二人であった。

「金春秋さまが、お目にかかりたいと仰《おお》せである」

金多遂は告げた。「ご案内つかまつろう」

いよいよその時が来たか。玄理はそう直感し、胸弾《はず》むのを覚えた。会見の目的が何であるか、金多遂の口許にそよぐ微笑を見れば、いよいよ瞭かだ。ためらわずに筆を擱《お》いて立ち上がった。

先導する金多遂に随《したが》って長い回廊を進む。玄理は昨年九月に徐那伐入りして以来、王宮である月城《げつ》の賓館《ひんかん》に滞留していた。金春秋もまた王宮に泊まり込んで毗曇討伐を自ら指揮し、勝曼女王を擁立した後もなお国内の動揺を鎮《しず》めるため、陰の国王として引き続き王宮に居《きょ》を据えている。

玄理が連れてゆかれたのは、奥殿の一室だった。ここに来るまで回廊の要所要所に警固の兵が立ち並んでいたが、扉の前にも二人の屈強な兵士が槍《やり》を構えていた。

室内には金春秋ただ一人で、しかも戸口に出向いて玄理を迎えた。玄理は軽い驚きを覚えた。金春秋の表情も物腰も駘蕩《たいとう》としている。政変を手ほどきすべく面会した三か月前と、何も変わったところはないように見えた。あの時は権臣に圧倒された非力な王族で、それが今は一転、新羅の事実上の国主となったというのに。

金春秋は親しく玄理の手を取り、室内に招き入れると、朗らかな口調で云った。

「博士には長らくお待たせいたしたようだ」

「とんでもないことでございます」

同じく新羅語で玄理は応答する。長安に留学中、交わりを結んだ新羅僧に教えを受けたものだ。「よもやこれほどの短期でお成し遂げあそばすとは、ただただ感歎《かんたん》の至りに存じます。言祝《ことほ》ぎの詞《ことば》を述べさせていただきたく――」

金春秋はにこやかに手を振って玄理を遮った。「時はきた。わたしは――」

玄理が、延《ひ》いては葛城が待ち望んでいた言葉が、今ついに金春秋の口から発せられた。

「倭国に赴《おもむ》こうと思う」

五

　連日の船旅に、彼は飽《あ》きるということを知らなかった。若い心は、渺々《びょうびょう》たる大海原に魅了《みりょう》され、その虜《とりこ》となった。出港地の大甑《だいそう》で倭国《わこく》の大型外洋船を目にした時には、足がすくんで萎《な》えるかと思い、血の逆流する音を聴く気がしたものだ。怯《おび》えていることを周囲に気取《けど》らせまいと、せいいっぱいだった。父にはすぐに見抜かれてしまったが。

「倭船の堅牢《けんろう》さには定評がある」父から小声で諭《さと》された。「彼らは造船技術だけでなく、操船にも長《た》けている。彼ら――海島の倭人は海の民《たみ》、船の民だ。韓《かん》の民が、狭《せま》い半島に犇《ひし》めき逼塞《ひっそく》している間にも、海の民である倭人は沿岸航行で培《つちか》った腕をさらに磨《みが》き、頑丈《がんじょう》な大型船を建造して海を渡り、半島にまで乗り出してきた。我が新羅が建国されるより遥か以前の話だよ、法敏《ほうびん》。彼らは外洋航海に長い歴史を有し、伝統と誇りさえ抱《いだ》いている。ゆえに案ずることは何もないのだ」

　それでも金法敏はこわごわ乗船した。彼を精神的に支えていたのは、ついに父から随行《ずいこう》を命じられたという、一種の晴れがましい感情だった。高句麗《こうくり》行きの時は、連れていってほしいと強く願い出たものの、相手にされず終わっていた。

今回、彼を同道させた理由については、多く語られなかった。

「おまえも倭国を見ておくように」

そう云われただけだ。なぜ同行を許されたのか、自分なりに推測するよりなかった。

まず考えるに、倭国は高句麗に較《くら》べ格段に安全なのだ。金多遂がそれとなく示唆《しさ》してくれたところでは、倭国側から秘かな招聘《しょうへい》があったらしい。高向玄理という倭使が来訪していたのは、なるほど、それが目的であったか。

第二には、父が彼を適齢《てきれい》と判断したことだろう。倭国に使行する目的は、ひとえに対百済《ひゃくさい》戦の支援要請にある。この点、五年前の高句麗行きと何ら変わっていなかった。今、法敏は二十歳《はたち》を過ぎた。父は、王族としての救国の志、使命感を、息子にも分かち与えるべき時が来たと判断したに違いない。

晴れがましさと、それに伴う身の引き締まるような責任感——自分を鼓舞《こぶ》しながら恐るおそる乗船した。纜《ともづな》が解かれ、大型船が倭国に向かって走り出して一夜が明けると、彼は自分の心から、海への恐怖があとかたもなく消え失《う》せていることに気づいたのだ。それを不思議に思うよりも、無限の解放感が彼の心を鷲摑《わしづか》みにした。

来る日も来る日も飽かず舳先《へさき》に立ち、刻々と変化する海の色を楽しんだ。胸を高鳴らせ、行く手を凝視しつづけた。

出船前に彼を諭した父のほうが船酔《ふなよ》いで倒れてしまったのは、皮肉なことだった。父には十三人のしもべが従っていたが、護衛役の温君解と補佐役の金多遂を除いた十一人が、相次いで船酔いにかかり、船倉《せんそう》で枕を並べた。

ともあれ日は過ぎ、船旅も今日で終わろうとしている。太陽は中天で輝き、法敏は今や彼の特等席となった舳先に座を占《し》め、潮風に身を心地《ここち》よく委《ゆだ》ねていた。

背後に跫音《あしおと》を聞いて振り返った。

「父上」

何事もなかったかのような顔をして、金春秋が立っていた。正装だった。翡翠《ひすい》を飾った金冠《きんかん》が、陽光に燦然《さんぜん》とした輝きを放っている。法敏の話し相手を務めていた温君解が一礼して退《しりぞ》き、父子から離れていった。

「もうよろしいのですか」

「この通りだ」春秋はうなずいた。血色は元に戻り、船酔いの容子《ようす》は微塵もない。王宮で執務《しつむ》する時と変わらぬ、新羅王族の威厳《いげん》と貫禄《かんろく》に溢れている。

「あれを見よ」

法敏は目を凝《こ》らした。

まだ距離があるとはいえ、目指す広大な船着き場が前方に見えつつある。港の後方は、陸地が馬の背のようにぐっと隆起し、断崖《だんがい》めいた地肌《じはだ》を見せて高い岬《みさき》を形成している。春秋の指先は、岬の上を指し示していた。

「きらきら光るものが見えます。何かな」

「瓦屋根《かわら》だろう。倭国の王宮があそこに聳《そび》えているという」

「海に面して都が？」

法敏は驚いた。都は、敵軍に攻め込まれないよう、内陸の奥深くに築くものとばかり思っていた。

「面白い国ではないか、倭国とは。見える限りのものを見ておけ。よいな、法敏」

「はい、父上」

「さあ、いよいよ下船となる。そなたも衣装を改めよ。――いや、待て」

駆け出そうとしたところを、止められた。

「何か」

春秋はなおも逡巡《しゅんじゅん》する気配だったが、やがて思いきったように口を開いた。

「我ら韓の民は、実はこの倭地より渡っていった移民の末裔《まつえい》なり――そんな伝承がある」

法敏は耳を疑った。「そんなこと！　初めて聞きますが……」

「古い古い時代のことだ。ともかく、そのように云い伝えられてきた。わたしも父の龍春《りゅうしゅん》からさよう教えられた。しかのみならず、我ら金一族も倭地より渡来したのだという。金王家の太祖《たいそ》である第四代王の脱解《だっかい》は、倭国から渡ったのである、と。いずれはおまえにも伝えねばと思っていたが、倭地上陸を目前にした今この時こそ、その機会に相応《ふさわ》しい――そう思って告げることにしたのだ」

「…………」

突然のことで法敏は頭が混乱し、返す言葉が見つからなかった。

「もとより伝承だ。確たる証拠があるわけではない。だが――わたしが対馬《つしま》で下船したのを覚えていよう」

「船酔いがひどくて……」

「それもある。しかし、対馬を我が目で見ておきたかったのだ。倭地と韓地のちょうど中間に位置するあの島には、確かに多くの倭人が棲《す》み、他ならぬ倭語が交わされていた。人が倭地から韓地へ流れていった何よりの証《あかし》だ。逆に韓地から倭地へと人が渡っていったのだとしたら、当然対馬は今頃、韓人の棲む島となっているはずではないか」

「……父上……父上は、何がおっしゃりたいのですか」

「もちろん、同祖だからどうだというのではない。我らの父祖《ふそ》は倭地より海を渡り、韓地に営々として地盤を築き、時を経て韓人になった。新羅人になった。あくまで我らは半島の民である。倭の民とは国を異《こと》にする。しかし、その近親性において倭国は高句麗、百済の比ではない。北方から半島を侵略し、居座り続けている扶《ふ》餘《よ》族の国とは違うのだ。その倭国の実質的な長《おさ》、葛城皇子《かつらぎのみこ》がわたしに会いたがっているという。新羅の実質的な長たるわたしもまた、いずれ倭国に行きたい、行かねばならぬと思っていた。してみれば今回の使行は」金春秋はいったん口を閉じ、ためらいをはねのけるように云った。「必然とは云えまいか」

「――必然？」

「さよう、歴史的な必然と云っていい。遙か古《いにしえ》に分かたれた半身《はんしん》が、互いを呼び合っている――そこに父は、一片の勝機、勝算を見出しているのだよ」

春秋は敬虔《けいけん》な祈りを捧《ささ》げるような口調で云った。その目は法敏にではなく、岬の上のきらめきに向けられていた。

六

金春秋《きんしゅんじゅう》が葛城皇子と正式の会談を持ったのは、難波《なにわ》に到着してから一か月余りを経た日のことだった。

彼はまず、難波長柄豊碕宮《なからのとよさきのみや》の一角に建て替えられた鴻臚館《こうろかん》に旅装を解いた。それからは、来る日も来る日も歓迎の宴が続いた。現帝、葛城皇子、大海人皇子《おおあまのみこ》らの皇族たち主催の酒宴《しゆえん》はもちろんのこと、阿倍《あべ》、蘇我《そが》、中臣《なかとみ》ら権力者たちも競って春秋を招いた。伊予《いよ》の温泉に滞在中だったという前帝までもが、予定を変更して難波に舞い戻り、きらびやかな宴を張るほどだった。

高句麗に潜行《せんこう》した時とは勝手が違い過ぎ、最初、春秋は途惑《とまど》った。彼の国は戦時下にある。戦線は膠着《こうちやく》中といえ、長く国を空けているわけにはいかない。だが、ある時点から彼は心を決め、腰を据えることにした。これは外交戦なのだ、と。

倭国の豪族たちは歴史的経緯《けいい》から伝統的に百済贔屓《ひやくさいびいき》が少なくない。ならば、ここは自ら進んで好誼を深め、彼らの心を摑んで、新羅《しんら》贔屓に転じさせてやるに如《し》かずだ。招かれるばかりが能ではない。彼自身も主となって、倍返しの返礼の宴を催《もよお》した。

船に満載してきた新羅の特産物、さらには仏像、経典《きようてん》、金銀宝玉、孔雀《くじやく》や鸚鵡《おうむ》などの珍鳥を惜しみなく贈った。難波のみならず旧都の飛鳥《あすか》にも足を運び、能《あた》う限り多くの豪族たちと交わりを持つことを心がけた。

春秋の評判は、すでに難波から飛鳥に伝わっていた。彼はどこでも歓迎された。

そのようにして一か月も過ぎると、知己《ちき》も増え、春秋は名士となっていた。

自分自身、一年以上も倭国に滞在しているかのような錯覚《さっかく》に陥るほどだった。そして思い当たった。この〝交際期間〟は葛城皇子が意図して与えてくれた――好意に違いない、と。

会談は広大な河内湖《かわちこ》の水上で行なわれた。

よく晴れた日で、湖水は蒼空《そうくう》を映して穏《おだ》やかなきらめきに満ちていた。あちこちで水鳥の群れが、湖面に芸術的な航跡《こうせき》を描いている。

細長い川舟の上に、春秋は葛城皇子と二人きりだった。周囲は十数隻《せき》の軍船《いくさぶね》によって隙間なく取り巻かれている。警備はこのうえもなく厳重だ。彼の護衛である温君解《おんくんかい》の姿が手近な一隻の上に見えるのも、心強い限りだった。

さまでの警備は、百済が差し向けてくるかもしれない刺客《しかく》に備えてのものである。春秋が倭国に渡ったことは、百済に当然伝わっているはずだ。策謀家《さくぼうか》の義慈《ぎじ》ならば、そのくらいのことはやりかねなかった。

干戈《かんか》を交えている当の対手国よりは、第三国のほうが刺客を潜入させやすい。よって春秋の身は常時、葛城が派遣した剣士団によって手厚い警固下に置かれつづけているのだった。

王宮奥ではなく屋外に場所を選んだのは、会談の内容を何人《なんぴと》にも聴かれまいとする措置である。

「こうして舟に揺られていると、平壌《へいじょう》に渡った時のことを思い出します」

「泉蓋蘇文《せんがいそぶん》にお会いになったとか。傑物《けつぶつ》と耳にしているが、春秋公ご自身による月旦評《げったんひょう》をぜひお聞かせ願いたいものだ」

二人はそのように会話を始めた。ともに操《あやつ》る言葉は漢語《かん》である。春秋は金多遂《たすい》から習得した。葛城の師は高向玄理《たかむこのげんり》とのことだ。どちらも生粋《きっすい》の長安《ちょうあん》言葉であり、意思の疎通《そつう》はすこぶる円滑だった。

年齢はこちらが四十五歳、葛城は二十二歳という。金春秋からすれば息子の法敏とほぼ同い年だが、彼のほうが謙譲《けんじょう》した。それを少しも不自然に感じさせない威厳と品位、そして気迫《きはく》が、葛城という倭国皇子には備わっていた。それでなくとも、春秋は頼みごとをしにやって来たという立場なのである。

春秋は高句麗での顚末《てんまつ》を駆け足で語り終えた。「……かかる次第で、泉蓋蘇文にはにべもなく断られてしまったわけですが」

「そこで今度は我が国に——北がだめなら南があるさ、と」

「最初から倭国へ行け、という声もあったのですよ」

春秋は懐中《かいちゅう》に手を入れた。

この会談に臨むに当たって彼は正装しておらず、平生《へいぜい》の寛衣《かんい》をまとっていた。それは相手も同じで、葛城は麻を粗《あら》く編んだ黒衣《こくい》を肩へ引っかけるように、無造作さに着こなしている。

布の包みを開き、葛城に指し示した。「これをご覧ください」

「蔓《つる》、の切れ端のようだが？」

ここぞと金春秋は物語った。

高句麗に向かう途上の怪異《かいい》、真興王《しんこうおう》の巡狩碑《じゅんしゅひ》が聳《そび》え立つ北漢山頂《ほくかんさんちょう》で一夜を明かした際に見た、あの不思議な夢の内容を。

「葛《かずら》――では、これはわたしか」

葛城は指を伸ばし、蔓の断片を摑み上げた。

その時、不思議なことが起きた。干乾《ひから》びていた葛が、生き生きとした緑に変じたのだ。たった今、切り取られたばかりのように。葛城の指はみずみずしい弾力さえ感じ取った。次の瞬間、葛は黄金《こがね》色の砂となって儚《はかな》くこぼれ落ち、水面をわたる湖風にさらさらと吹き飛ばされていった。

二人はしばらくの間、無言で互いの顔を見つめ合った。

「――我が返答も」おもむろに葛城が口を開いた。「泉蓋蘇文と同じだ。倭国の兵を新羅に出すつもりはない。寸毫《すんごう》も」

春秋は慎重にうなずいた。「ご意志の固さは、高向玄理どのより承《うけたまわ》っています。しかし、なぜなのです。かつては半島に大規模な軍団を送り込み、我が物顔で軍事力を行使したほどの貴国が？　それを、殿下より直接うかがいたく——」

「国是《こくぜ》なのだ。半島にはかかわるな、助けるな、という。廐戸皇子《うまやどのみこ》がそう決めた。公の仰せのごとく、我が国は任那《みまな》の地に軍事拠点を置き、多くの軍兵《ぐんぴょう》を駐屯《ちゅうとん》させ、半島の情勢に深入りした挙句《あげく》、結果として徒《いたずら》に国力を消耗《しょうもう》した。廐戸皇子はその反省に立って、向後《こうご》の半島不介入《ふかいにゅう》を国是に掲《かか》げた」

「廐戸皇子——聖徳太子《しょうとくたいし》とも呼ばれるとか。実は、かねてより訊《き》きたかったことがあります。今を去る四十七年前、貴国は隋《ずい》に初めて使節団を送った。その中に、従者に身を窶《やつ》した聖徳太子が加わっていたという、まことしやかな噂が我が国には流布《るふ》しているのですが、それは本当のことなのでしょうか」

「…………」

「つまり聖徳太子は、己自身で隋を目《ま》の当たりにした。よって揺《ゆ》るぎのない対外政策を立てることができた、というのですが」

葛城は曖昧模糊《もこ》とした微笑を口辺《こうへん》にけぶらせるのみで、答えようとはしなかった。春秋は諦め、問いを変えた。

「殿下は、太子とどのような間柄で？」

「廐戸は、我が祖父と従兄弟《いとこ》の関係になる。わたしはその歿後《ぼつご》四年に生まれた。廐戸皇子は不世出《ふせいしゅつ》の天才、偉人だ。貴国の傑物に譬《たと》えれば、あの蔓を公に贈った真興王に相当しようか。真興王が今の新羅隆盛の基礎固めをしたように、我が国は厩戸皇子の描いた絵図面に基づいて、新生倭国への国造りに邁進している」

「律令国家へと」

「その通り。よって半島に兵を送る余裕はない」葛城は肩をすくめて素《そ》っ気《け》なく云い、口調をしっかりとしたものに改めて「その気もないが」と付け加え、さらに云い添えた。「国是でもあることゆえ」

「半島不介入——では、百済に肩入れするおつもりもない。そう信じてよろしいか」

「百済になど」葛城は鼻を鳴らした。「厩戸皇子の本心をいえば、皇子は百済の国柄を嫌い抜いておられたと思う。日羅《にちら》の一件もあることだしな。むしろ新羅との提携を考えておられたろう。倭羅《わら》同盟を。しかし、そうだとしても、あくまで軍事力抜きでの提携だ」

「半島のことは半島で解決せよ、と」

「いかにも。繰り返すが、この葛城は厩戸皇子の路線を忠実に受け継ぐ者だ。そのために生を享《う》けた、それがため皇子として生まれてきた、そうとまで思っている」

「されば皇位に即《つ》こうとなさらぬのも、聖徳太子の跡を踏まんとして？　厩戸皇子も天皇であったならば、そう身軽には隋に渡れなかったはず」

「それは……公の想像にお任せしよう。ともかく厩戸皇子は、故《ふる》きを温《たず》ね、新しきを知ったのだ」

「温故知新《おんこちしん》？　――とは？」

「三皇五帝《さんこうごてい》に始まり、殷周《いんしゅう》、秦漢《しんかん》を経て魏呉蜀《ぎごしょく》の三国時代から六朝《りくちょう》時代へと続く流れ、孔子《こうし》、孟子《もうし》、老子《ろうし》、荘子《そうし》、韓非子《かんぴし》ら諸子百家《しょしひゃっか》を生み、始皇帝《しこうてい》、項羽《こうう》に劉邦《りゅうほう》、曹操《そうそう》、孫権《そんけん》、劉備《りゅうび》ら綺羅星《きらほし》のごとき武将を輩出《はいしゅつ》した古き中華の流れは、五十八年前に絶えた。陳《ちん》が隋に滅ぼされ、新しい流れに置き換わった。隋、そして今の唐《とう》は、北から来た異民族による新たな流れ」

　春秋はうなずいた。「鮮卑《せんぴ》の流れ」

「鮮卑拓跋《たくばつ》氏。漢族から鮮卑族へ、中華から蛮夷《ばんい》への劇的な交代――華夷変態《かいへんたい》の激動の時代を厩戸皇子は生きた。北方の異民族は好戦的で、征服欲《せいふくよく》に満ちた蛮人どもだ。文明の漢地は蛮人のものになった。このままだと、いずれ鮮卑族の王朝は倭国征服を目指すのではあるまいか――厩戸はそのように温故知新したに違いない」

「それは云われるまでもないことです。我が韓地は、北方の扶餘《ふよ》族に侵略されて久しい。すなわち高句麗、百済。そして今や、征服欲に満ちた蛮人たちは互いに戦争を始めた。鮮卑族の唐が、扶餘族の高句麗を呑《の》み込まんとして」

「三十五年前からそうだった。鮮卑族の隋が、扶餘族の高句麗を呑み込まんとして戦争を始めた。それを知って、厩戸皇子は考えを推《お》し進めた。であるならば、いっそ韓地は韓種の新羅のみぞ主たるべき」

「韓地の主人が新羅一国となれば、結果的に我が国は貴国にとり、対鮮卑族の防波堤の役割を果たす」

　春秋は声をあげて笑った。「何とも虫のいい話ですな。新羅に、いわば藩屏《はんぺい》となることを望みながら、それでいて一兵も援軍を送らぬ、とは。我が国は今、滅亡《めつぼう》の瀬戸際《せとぎわ》にあるというのに」

　その口説《くど》きに対して返ってきたのは、感情の読み取れない、硬質で、超然とした眼光だけだった。

「まあ、よしとしましょう」笑いを収めて春秋は肯んじた。「貴国は我が国を援助してくれぬが、百済にも援軍を送ることはない、と」

「誓《ちか》って」葛城はうなずいた。「では、これを以《もっ》て同盟の締結としよう。倭羅同盟だ」

「実に奇妙な同盟ですが」春秋は強くうなずき返した。「しかし、それを結べただけでも海を渡って来た甲斐があるというもの。承りました。このうえもなくありがたい」

春秋は心の底から云った。倭軍の支援を引き出すという目的は実現できなかった。しかし、実をいえば、それはあまり期待していなかった。葛城にその気が皆無《かいむ》であることを、高向玄理からくどいほど聞かされていた。

それでも彼が敢えて渡海をしたのは、倭国が長年の友好国ともいうべき百済を、なぜ今は支援しようとしないのか、果たして今後もそうなのか否《いな》か――その点について葛城の真意、本気度を探ることにあったのだ。向後、倭国は百済を見放すという確約を、倭国の最高権力者である葛城から得ることができたのは、およそ大成果と誇ってよかった。

「この同盟は、二つの特徴を有する」

かぶせるように葛城が云った。

「二つ？」春秋は首を傾《かし》げた。「一つはわかります。秘密同盟である、ということは」

双方が素知らぬ顔をして、その実、水面下では秘かに手を握り合う――これが羅倭同盟の要諦《ようてい》である。春秋の倭国行きは失敗と喧伝《けんでん》されようが、それこそが百済を騙《だま》し討ちにすることに繫《つな》がるのだ。

葛城が首を縦に振った。「そして、もう一つは、片務《へんむ》同盟だということ」

「倭国は新羅に対し、百済に出兵しないという義務を負う。そして我が国は――」

春秋はあらゆる角度から同盟を検討してみた。しかし、新羅が倭国に対して負う義務は見出せなかった。

「これはしたり、前言撤回《ぜんげんてっかい》ですな。虫のいい話とは、我が国にとってでした。この同盟の受益者は一方的に新羅だ――いや、お待ちあれ。最終的に新羅は、倭国の藩屏となる。それが倭国にとっての受益なのでは？」

「最終的に新羅は韓地の主となる――その受益を以て相殺《そうさい》されよう」

「なるほど、確かに。ということは、つまりこの秘密同盟の締結により、新羅は倭国に借りをつくったわけだ」

「さすが春秋公、お察しがいい。さよう、倭国は貴国に貸しをつくった」

「この借り、どのようにお返しすれば？」

「いずれ」

「葛城皇子」春秋は声に力を込めた。「諾《うべな》えるものと、さにあらざるものとがありますぞ。たとえば、任那に倭府の復興などをお考えになり、半島に領土を要求なされても、方寸《ほうすん》といえど受け容《い》れかねます」

「任那倭府の復興？」

葛城は声をあげて笑った。「そんな気は毫《ごう》もないよ。あくまでも貴国が諾える範囲のもの、とお含みいただこう。強欲から申しているのではないのだ」

目からは解放される。


「心得ておきましょう」

春秋はうなずいた。ともかくも、考慮の余地が与えられたのだ。片務同盟の引け目からは解放される。

「今はそれでよい」葛城は点頭《てんとう》し、「秘密同盟とはいえ——いや、秘密同盟だからこそ」と話を進めた。「両国の緊密な関係を維持してゆく必要があろうというもの。海に隔《へだ》てられた我ら双方の意志が、曲解されることなく、円滑に、しかも能《あた》う限り迅速《じんそく》に交換されることが望ましい」

「大いに同意します。是非そういう体制が構築されねばなりませぬ。ならば、使節を定期的に往来させては如何《いかが》でしょうか。しかも頻繁《ひんぱん》に」

「そうしよう。加えて、相互に使節団を常駐《じょうちゅう》させるというのはどうだ。さすれば、一朝事が起きた時、それぞれの本国に即座に連絡できる」

春秋は驚きを覚えた。使者の相互常駐とは前代未聞《ぜんだいみもん》、画期的《かっきてき》な提案というしかない。

「国情を具《つぶさ》に観察する機会を、相手に与えることとなりますが」

「それでこそ同盟国ではないか」

さらりと葛城は口にした。

承諾の返事をするより前に、春秋の脳裡《のうり》に一つの顔が浮かんだ。金多遂。そうだ、多遂ならばこの役にうってつけだ。倭国の生まれながら、仏法の加護を得て新羅に忠誠を誓う彼こそは。常駐使節の難役を、見事こなしてくれるに違いない。

七

金多遂《きんたすい》にとって久しぶりの母国だった。彼が倭国《わこく》を出奔《しゅつぽん》した往時に較べ、甍《いらか》の建築物が爆発的に増えたというのが強烈な第一印象である。

喜ばしいことには寺の数も多く、仏法の普及は急速度で進んでいるようだった。蘇我氏が権力を独占していた時代に淀んでいた空気が一掃《いっそう》され、清新な風が吹いているかにも感じられる。

何より驚いたのは、皇宮が磐余彦《いわれひこ》創業以来の地である大和《やまと》を引き払い、河内《かわち》に遷《うつ》ったことだ。理由は複合的にいろいろと考えられるにせよ、畢竟《ひっきょう》すれば、新たな時代を切り開かんとする葛城皇子《かつらぎのみこ》の意気ごみが表われたものといえた。

豪族たちが続々と難波に屋敷《やしき》を設《もう》ける中にあって、旧都の留守居役《るすいやく》を仰せつけられた多《おお》一族は、大和から動いていないとのことだった。

さもありなん、と多遂は思う。多氏は、磐余彦の息子神八井耳命《かんやいみみのみこと》を始祖《しそ》と仰《あお》ぐ由緒《ゆいしょ》正しき家柄を誇る。――磐余彦の歿後、庶子《しょし》の当芸志美美命《たぎしみみのみこと》が王位の簒奪《さんだつ》を謀《はか》り、正嫡《せいちゃく》である弟たちを殺そうとした。つまり創業者が死ぬや早くも跡目《あとめ》争いが勃発《ぼっぱつ》したわけだが、正嫡のうち、兄の神八井耳命は怖気《おじけ》づいて立ち向かうことができず、代わって弟の神沼河耳命《かんぬなかわみみのみこと》が果敢《かかん》に交戦して当芸志美美命を倒した。

神八井耳命は己の不甲斐《ふがい》なさを恥《は》じ、

——吾《あ》は仇《あだ》を殺すこと能《あた》はず。汝命《いましみこと》既《すで》に仇を得殺したまひき。故《かれ》、吾は兄なれども上《かみ》となるべからず。ここをもちて汝命上となりて、天《あめ》の下治《し》らしめせ。僕《あ》は汝命を扶《たす》けて、忌人《いわいびと》となりて仕《つか》へ奉《たてまつ》らむ。

と云って、本来は兄の彼が継ぐべきであった王位を弟に譲ったという。

今の皇統は、二代目となった神沼河耳命の流れであり、神八井耳命の流れを汲《く》む多氏は爾来連綿《れんめん》として、祭祀《さいし》を生業《なりわい》に朝廷に奉仕してきた。そもそも始祖からして生臭《なまぐさ》い権力闘争とは無縁だった家柄は、いかにも旧都の留守居役を命ぜられるにお誂《あつら》え向きというものだった。

多遂は主君金春秋《しゅんじゅう》の飛鳥入りに同行して大和に入り、里帰りを許された。

多一族の本拠地は、飛鳥から北北西に一里半余り離れた飫富郷《おふのごう》にある。

「伯父上《おじうえ》、お久しぶりにございます」

予《あらかじ》め連絡を入れておいたので、当主である多臣蔣敷《おおのおみこもしき》が一族郎党を引き連れ、屋敷前に彼を出迎えた。家柄の古さだけが取り柄の貧乏豪族にしては、盛大な歓迎ぶりというべきだった。

「蔣敷か。立派になったな」

多遂は思わず歎声を口にした。彼の瞼《まぶた》に残像していた蔣敷の姿は、まだ青洟《あおばな》を垂《た》らす泣き虫のひ弱な少年だったが、それが今や壮健な体軀《たいく》に、祭祀人らしい謹厳《きんげん》な容貌《ようぼう》を備えた大人に成長しているのである。多氏宗本家の当主に相応しい、悠揚《ゆうよう》とした存在感が放たれていた。

「伯父上こそ。わたしには、幼い頃よく遊んでいただいた優しい遂《とげる》伯父さまとして記憶されております。子供だったわたしは、厳しかった父によく叱《しか》られて泣き、そのたびに遂伯父さまに慰《なぐさ》めてもらったものです。仏法修行のため漢土に渡られたと聞いて、もう会えないのかと、どれほど泣きつづけたことか。こうして再びお目にかかれようとは、何とも夢のようです」

蔣敷は目を潤《うる》ませて云った。居並ぶ者たちが、我も我もと袖《そで》で涙を拭《ぬぐ》った。

「わたしとて同じ思いだ。かたじけなくも惟神《かんながら》の家に生まれながら、何の因果《いんが》か、仏道を極めずんばおかじの思い黙《もく》し難く、本来は自分が継ぐべき多家当主を、弟の萃《あつむ》に――そなたの今は亡き父に押しつけるも同然にして、親兄弟、家も国も、多という姓、遂という名も、何もかも一切合切を捨て去って倭国を出奔したこのわたしだ。当然、漢土で客死するつもりだった。その肚《はら》はできていた。それが御仏《みほとけ》のお導きにより、図らずも新羅《しらぎ》王族の金春秋さまにお仕えする身となり、今こうして帰省が叶おうとは」

「積もる話は後で。さあ、まずは中へお入りくださいませ」

蔣敷は、多遂が生まれ育った屋敷へと誘った。

代替わりした家は、懐かしくも新鮮に映じた。家士や郎党たちは見知った者がまだ残っていたが、親族は若い世代が育っている。蔣敷にしてからが父になっていた。嫡男《ちゃくなん》は六歳で、青洟を垂らしていた。その姿は、昔の蔣敷を彷彿《ほうふつ》させた。

「ご挨拶《あいさつ》しなさい、と蔣敷に厳しく命じられ、今にも泣き出しそうな声で云った。

「品治《ほんじ》です」

多遂は微苦笑を禁じ得なかった。幼児《おさなご》に接する蔣敷の様子は、父である萃にそっくりだったからだ。

金春秋からは、時間を忘れて過ごしてくるようにと云われていた。が、当の主君は祖国の命運を背負って、西に東に外交戦を繰り広げている最中である。その言葉に甘えることはできなかった。多遂は短い滞在期間を慌ただしく過ごした。

多一族が代々守り伝えてきた弥志理都比古《みしりつひこ》神社に詣《まい》り、遠出して父祖の墓域にぬかずいた。神社に祀《まつ》られた弥志理都比古とは、多一族の太祖神八井耳命のことだ。弟に位を譲り「身を退いた」ことから、ミシリツヒコの名があると云い伝えられている。

　神前でも墓前でも読経《どきょう》するわけにいかず、神妙《しんみょう》な顔をして祝詞《のりと》を唱和したが、後になって考えてみるとどうということはなく、なんとなれば彼は今、還俗《げんぞく》した身なのだった。

　出立《しゅったつ》の前夜、蔣敷は盛大な送別の宴を催してくれた。

　蔣敷には齢《とし》の離れた妹がいた。名を祚栄《そえ》といい、齢は十四。娘と云っていい齢の開きである。これがちょっとお目にかかれないような美麗《びれい》さで、多遂は自分が伯父であることも一瞬忘れ、東西の美姫がひしめく唐の後宮に入っても遜色《そんしょく》あるまい、などと変な想像をめぐらしたほどだった。

　この美しい姪《めい》とは到着した日に引き合わされたきりで、その後は姿を見なくなっていた。その宝玉のような輝く顔が、離別の宴席の中にあった。明日がお別れとあって呼び出されたものらしい。

「さあ、伯父さま。お呑みあそばせ」

　兄の蔣敷に命じられ、祚栄は多遂に通り一遍《いっぺん》の挙措《きょそ》で酌《しゃく》をすると、それで義務はもう果たしたとばかり素っ気なく離れていった。

「申し訳ありませぬ。愛想《あいそ》のない妹で」

　蔣敷は苦笑して詫びた。

多遂は目で祚栄を追った。彼女は自席に戻らず、まっすぐ末席に行くと、同い年か、やや年下に見える少年の横に坐り、話しかけたり、料理を勧めたりし始めた。少年に見せる祚栄の笑みは心からのもので、愛想がないどころか、いきいきと楽しげな表情だった。それだけに生来《せいらい》の美しさが大輪の花の咲き誇るように匂い立った。

対する少年は、面《おもて》を伏せがちで、顔色は暗く、口数も少なく、祚栄の積極さに比して反応が鈍かった。鈍重《どんじゅう》なのではなく、心を閉ざしているという印象だ。しかし多遂がすぐにはっとしたことには、よくよく見れば、少年の顔は高貴に整い、血筋のよさがうかがわれるのだった。

「あの男の子は？」

蔣敷は意味ありげな表情になり、多遂の耳に口を寄せた。

「亡命王子です、百済《くだら》の」

多遂は驚きの声を抑えた。先代百済王の遺児が異母兄に疎《うと》まれ、殺されかけたところを蘇我入鹿《そがのいるか》に救われ、倭国に渡った——という情報は新羅にも伝わっていた。しかし、その豊璋《ほうしょう》王子が、なぜこの多の屋敷に？

「入鹿がああいうことになりましたので」蔣敷が声をひそめて説明する。「亡命王子は傅役の老人の下《もと》で暮らし始めました。ところが、二か月前のこと、その家が火事になり、王子一人が助かったのです。確証はありませんが、義慈王の意を受けた百済人が放火したのではないかとの説が、根強く囁《ささや》かれております。そのようなわけで当家は、王子の身を案じた中臣鎌子《なかとみのかまこ》さまの命により、お預かりすることになった次第です。遠縁の子という触れ込みになっていますから、百済の亡命王子と知る者は限られております。祚栄はその限られた一人でして、王子の身の上に同情したものか、何くれとなく面倒を見ているようです。齢の離れた末妹ですから、弟でもできたようで、可愛《かわい》くてならないのでしょうな」

「しかし蔣敷」多遂は囁き返した。「わたしはもう新羅の人間だぞ。かかる大事を明かしてよいのか」

「実をいえば、わたしもそう考え、これまで伯父上のお目に触れぬよう努めて参ったのです。その旨《むね》は、難波の鎌子さまにもお伝えしました。黙っていると、あらぬ疑いを招きかねませんから。ところが今朝、鎌子さまから使いがあって、それなる配慮に及ばぬ。金多遂どのに豊璋王子を引き合わすも可なり、というではありませんか。それで今宵《こよい》――」

「中臣鎌子が？」

多遂は首を傾げた。

八

帆《ほ》は折りからの追い風を孕《はら》み、期待以上の船足だった。

金法敏《きんほうびん》は艫《とも》に立って、遠ざかってゆく難波津《なにわづ》に名残《なごり》惜しげな視線を向けながら、長くもあり短くも過ぎた滞在中のことどもを思い返していた。

初めて目にした倭国の景色、風俗、習慣、農事、武芸や娯楽《ごらく》といったものの数々。葛城皇子や、その弟大海人皇子《おおあまのみこ》と情宜《じょうぎ》を結んだことも心に残る。年齢的には父よりも自分のほうが彼らとは近いのだから。国は違えど、若い世代どうし気心が合うという連帯感があった。

——それにしても父は所期の、成果を得たのだろうか。

法敏の思いは、おのずとそこへ還元されてゆく。

葛城皇子との会談の内容は、新羅《しんら》に戻ってから明かすという。百済《ひゃくさい》の密偵《みってい》に聞かれるのを警戒《けいかい》してのことだ。帰国するまで油断できなかった。この倭船の水夫《すいふ》の中にも、百済に通じた者がいないとは限らない。

法敏が推測するに、父は倭国の軍事支援を取りつけるまでに至らなかったと思う。そうであれば、素振《そぶ》りのどこかに歓喜が垣間見《かいまみ》えて然《しか》るべきだ。かといって、落胆《らくたん》や失望の色も見出せないのである。そこが何とも不思議だった。

跫音《あしおと》に、法敏は振り返った。

「てっきり舳先《へさき》にいらっしゃるものと思っておりましたが」

温君解《おんくんかい》が近づいてきた。

「父上は、また船酔いか？」

「いいえ。もうすっかりお慣れになったようです。考えごとをするから、一人にしろと申しつけられまして」

「考えごと？」

「倭国で得られたものを基《もと》に、これからの首尾をお考えあそばすのでしょう」

声を落とし気味にして温君解は答えた。

「そうか」

自分がその謀事《ぼうじ》に加えられないことに、法敏は歯がゆさを禁じ得ない。

「君解はどうだった、その、倭国の印象は」

「正直申し上げまして、あれほど歓迎されるとは思ってもおりませんでした。高句《こうく》麗《り》での応対とは、天と地ほどの開きがあります。法敏さまこそ如何でございましたか」

「わたしか。わたしは――」

倭国に対する好印象をそのまま口にしてしまうのは、幼い振舞《ふるま》いのように思われた。「海が好きになった。船旅がこれで終わってしまうのが残念でならない」

すると温君解は目配せでもするような表情になり、こう囁いた。

「これが終わりではございますまい」

第五章　開戦三年前

一

銀河の滔々《とうとう》と貫く仲秋《ちゅうしゅう》八月二日の夜空に、無数の星々が輝き渡っていた。対するに地上では、それにもまして夥《おびただ》しい数の篝火《かがりび》が焚《た》かれて、奔波《ほんぱ》のようにざわめき揺《ゆ》れ、漆黒《しっこく》の闇《やみ》を紅々《あかあか》と焼き焦《こ》がしている。

城中のあちこちに各陣営の兵士たちが輪をつくり、酒樽《さかだる》を次々と空にしてゆく。誰もが酔《よ》い痴《し》れ、興《きょう》に任せて声高く歌い、剣を抜いて舞い、思いの限りを尽くしている。篝火の光届かぬ闇の中から聞こえてくるのは女の悲鳴、あるいは哀《かな》しいすすり泣き。

終わりではなかった、確かに――。

酒盃《しゅはい》を口に運びながら、酔いが回った金法敏《きんほうびん》の思いは、いつしか十三年の星霜《せいそう》を遡《さかのぼ》る。

船旅はこれで終わったのではない、と温君解《おんくんかい》が云《い》った通りになったのだ。倭国《わこく》から帰国して休む間もなく、父の春秋《しゅんじゅう》はもうその年のうちに再び船で、今度は唐《とう》へと渡った。法敏は同行を望んだが許されず、代わりに父が伴ったのは法敏の異腹弟、文王《ぶんおう》だった。

春秋は帝都 長安《ちょうあん》で皇帝李世民《りせいみん》に謁見《えつけん》し、覚えめでたきを得べく奮闘した。新羅《しんら》旧来の服制を改め、中華の制度に従いたいとまで申し出た。新羅が生き残るためには是非《ぜひ》なきことだった。さらには帰国に際し、息子の文王を李世民の小姓《こしょう》として長安に残した。正嫡《せいちゃく》の法敏を同行させなかった理由が、これであった。佳《よ》きかな、汝《なんじ》、忠実なる臣僕《しんぼく》よ、と李世民はさぞ気をよくしたことだろう。

春秋が唐に乗り込み、皇帝と直《じか》に会見したとの報は百済《ひゃくさい》、高句麗《こうくり》に衝撃を与えた。春秋は事実上の新羅王といってよい。百済と高句麗はいつのまにか秘密同盟を結んで新羅を圧迫し続けているが、高句麗は唐の侵攻を受け、百済だけでは新羅を攻めあぐねている——というのが当時の半島情勢だった。高句麗は、唐と戦うため百済か新羅のどちらかと同盟を結ぶ必要があった。百済も新羅も高句麗と国境を接しており、どちらかと結んで後ろを固めたほうが得策だからである。

では、どちらを選ぶか？　高句麗が同盟相手に新羅を選ばなかった理由は簡単で、かつて新羅は高句麗の属国であったから、高句麗は新羅を対等な同盟相手とは見なさない伝統があったということにつきる。

唐が春秋の要請を容《い》れて新羅に加勢すれば、三か国をめぐる情勢は劇的に変わる。それだけは何としてでも阻止《そし》しなければならぬ。

泉蓋蘇文《せんがいそぶん》と義慈《ぎじ》王は、ありったけの数の哨戒艇《しょうかいてい》を西海《せいかい》に浮かべ、春秋の帰帆《きはん》に網《あみ》を張った。

「――そして、我が忠臣にして生涯《しょうがい》の友だった温君解のために」

父春秋の声――現実の声を耳にして、法敏は回想から半《なか》ば覚めた。傍《かたわ》らで、父が義慈王に酒を注《つ》がせていた。法敏の盃《さかずき》にも、両膝《りょうひざ》をついた百済王太子の隆《りゅう》が酌《しゃく》をする。

「温君解のために！」

その声に和して酒を呑《の》み干し、剣の師でもあった温君解を追悼《ついとう》するうち、すぐにまた回想へと引き戻された。

――唐から帰国する途中、春秋の船は高句麗の軍船《いくさぶね》に発見された。温君解は船足の速い小舟で春秋を逃がし、自らは春秋に扮《ふん》して高句麗兵の目を引きつけ、壮烈《そうれつ》な討死《うちじに》を遂《と》げたのだった。

春秋に口説《くど》かれて百済討伐《とうばつ》を約した李世民は、それが口約束ではないことを証《しょう》す間もなく、幽明境《ゆうめいさかい》を異《こと》にした。一説によると、高句麗に親征《しんせい》した際に受けた手傷を拗《こじ》らせての崩御《ほうぎょ》であったという。後を襲《おそ》った李治《りち》は、百済征伐《せいばつ》を発動しようとしなかった。我が子を異国に人質《ひとじち》も同然に置き残し、帰途には友を失うという犠牲《ぎせい》まで払った春秋の唐往還は、何ら成果を上げ得ず終わった——そう見えた、傍目《はため》には。高句麗、倭国に続く、これが三度目の失敗だと。

春秋はくじけなかった。唐帝崩御の翌年には、国内の激しい反対を押しきって服制の改革に着手し、李世民に誓《ちか》った通り唐に準じた衣冠《いかん》を採用した。そちらはどうあれ、こちらは約束したことはきっちり守ります、というわけである。さらには法《ほう》興《こう》王以来の伝統だった新羅固有の元号を捨て去り、唐の年号を採用した。ここに、新羅の、怒濤《どとう》のごとき唐化の幕が上がった。元号、衣冠、官職にとどまらなかった。人々は先を争い、名前までも唐風に改めていった。

その年——永徽《えいき》元年六月、法敏は念願かなって晴れて船上の人となった。父春秋の命を受け、海を渡って唐の地を踏んだ。唐の隆盛を寿《ことほ》ぐ詩文「五言大平頌《ごごんたいへいしょう》」を織り込んだ錦《にしき》を、手ずから献上するためだった。

——大唐《ダイトウ》ハ洪業《コウギョウ》ヲ開キ、巍巍《ギギ》トシテ皇猷《コウユウ》昌《サカ》リナリ（大唐帝国は建国の偉業を成し遂げ、皇帝の偉大なるはかりごとはいよいよ盛んである）

そう始まる美辞麗句《びじれいく》の頌辞《しょうじ》を、法敏は新皇帝李治に奉《たてまつ》った。彼の寵《ちょう》を得ることこそ、法敏に課せられた真の使命であった。前年、二十二歳で即位して間もない李治は、年齢が近いこともあってか法敏を気に入ってくれた。法敏は大府卿《だいふきょう》に任じられて帰国した。

翌年には、法敏の実弟である仁問《じんもん》が唐に渡り、文王に代わって李治の小姓役を引き継《つ》いだ。唐語に堪能《たんのう》で、学問に通じ、技芸にも習熟した仁問には打ってつけの役といえた。李治は彼を寵愛《ちょうあい》し、左領軍衛《さりょうぐんえい》将軍を特別に授けた。仁問を通じ、新羅は唐の動静をいっそう深く知ることが可能となった。

このようにして春秋は焦ることなく、だが着実に、唐との間の距離を少しずつ縮めていったのだった。

そんな折り、女王の勝曼《しょうまん》が病没。春秋は満を持して王座に昇った。法敏が王太子として冊立《さくりつ》されたのは翌年、つまり今から五年前のことだが、この永徽六年こそ、事態が再び大きく動きだした年として画期になった。李世民の死で中断されていた高句麗征伐が、再開されたのである。ようやく李治は、父の雪辱《せつじょく》を果たす気になったものか。

しかしながら今回も、戦局は唐軍にとって芳《かんば》しからざるものだった。高句麗の抵抗は第一次遠征《えんせい》にも増して熾烈《しれつ》で、唐軍は来る年も来る年も苦戦を強《し》いられた。

春秋は仁問を通じて奏上《そうじょう》した。

――及ばずながら新羅は貴国に与力せんと欲《ほっ》しておりますが、百済が邪魔して意に任せません。思うに高句麗が頑強《がんきょう》なのは、百済の同盟をあてにしているからです。そこで皇帝陛下におかれましては鉾先《ほこさき》をお変えになり、まずは百済を討ち平らげておしまいあそばされてはいかがでしょうか。急ぐ鼠《ねずみ》は雨に遭《あ》うといいます。百済が滅《ほろ》びれば、新羅は何の心おきもなく出兵いたすことができます。すなわち、南北から高句麗を挟撃《きょうげき》することが可能となるのです。

以前なら歯牙《しが》にもかけなかったであろうこの案は、連敗に苦悩の色を深める李治の心をとらえた。

かくて今年三月、高句麗遠征軍の一部が百済遠征軍に編制替えされた。総兵力十三万を誇《ほこ》る唐軍は山東《さんとう》半島の軍港を出帆《しゅっぱん》し、大船団を組んで海を押し渡った。

李治からの出撃命令は、新羅王金春秋にも下された。春秋は金庾《ゆしん》信ら歴戦の名将、猛将《もうしょう》を率《ひき》いて王都徐那伐《じょなばつ》を発した。五月二十六日のことである。

法敏は父の命により兵船百隻《せき》を従え、唐軍主将の蘇定方《そていほう》を徳物島《とくぶつとう》に出迎えた。そこでは久しぶりの兄弟対面となった。仁問は百済遠征軍の副将に任じられて従軍していたのだった。もちろん仁問に手持ちの兵はなく、その位《くらい》は名目《めいもく》上のものに過ぎないが、この百済攻略が唐と新羅の対等な共同作戦であると内外に喧伝《けんでん》するためには、有効な措置《そち》であった。法敏は蘇定方と軍議を重ね、百済の王都に着陣する日にちを取り決めた。

『唐軍の士気は旺盛《おうせい》でした、父上』

法敏の報告に、春秋は喜色を隠さなかった。

七月九日、西進した新羅軍五万は、黄山《こうざん》の曠野《こうや》に布陣する百済軍と死闘を演じた末、これを撃破した。勇将堦伯《かいはく》が構築した防御陣地は、百済の最終防衛線だった。この崩壊を以《もっ》て、王都泗沘《しひ》城への道はついに開かれた。

三日後、唐と新羅の連合軍による包囲攻撃が始まる。

しかし幕切れは、拍子《ひょうし》抜けするくらい張り合いのないものだった。初日から王族、貴族の投降者が相次ぎ、翌十三日、義慈王は夜陰《やいん》に乗じ、近臣だけを率いて北の熊津《ゆうしん》城に逃れた。王によって置き捨てにされたも同然の守備兵は戦意を喪失《そうしつ》して開城、ここに王都は陥落《かんらく》した。そして五日後の十八日、まだ泗沘城の接収作業に忙《いそが》しく、熊津城攻めの準備になど着手してもいなかった連合軍の前に、義慈王とその一行が降伏してきた。古式に則《のっと》り自ら面縛《めんばく》して。

そして――。

その結果が、これである。

戦勝を祝賀する今宵《こよい》の酒宴だ。

春秋は、この時のため新羅から輜重《しちょう》を連ねて運んできた数千の酒樽を、惜《お》しげもなく振る舞った。唐・新羅連合軍の将兵十八万は、さながら酒樽に群がる蟻《あり》となった。一夜限りの無礼講が許され、略奪には目がつぶられ、乱痴気《らんちき》は公認された。風に乗って闇夜に火の粉を巻き上げる篝火が、彼らの戦勝気分をさらに盛り上げた。滅びの都は狼藉《ろうぜき》の巷《ちまた》に堕《だ》した。

春秋は蘇定方および両軍の諸将とともに王宮の広間に陣取り、酒宴を催《もよお》した。そこへ一糸《いっし》まとわぬ裸に剝《む》かれ、首うなだれた男たちがぞろぞろと連行されてくる。義慈王と王太子の隆をはじめとする百済の王族たちだ。裸にしたのは辱《はずかし》めを与えるためでもあり、衣服の下に凶器など隠し持てぬようにするためでもある。

「――そしてこれは」再び父の声が法敏の回想の中に、雷霆《らいてい》のように割り込んできた。「無慈悲《むじひ》にも虐殺《ぎゃくさつ》され、その屍《しかばね》を獄中《ごくちゅう》に埋められた我が最愛の娘、古陁炤《こだしょうじょう》娘のためだ」

今度こそは、本当に法敏は回想の淀《よど》みから目覚めた。

横に視線を向けた。蒼白《そうはく》の顔色を晒《さら》した義慈王が、春秋の盃に新たな酒を注いでいる。老《お》いた肌、長年の放恣《ほうし》と荒淫《こういん》にぶよぶよと弛《たる》んだ肉づき。その姿には、百済王の威厳や貫禄《かんろく》は微塵《みじん》も見られない。

「聞いたか」法敏は視線を向け戻し、目の前に正座した隆に云った。「古陁炤娘とは、おれの姉だ」

隆は鈍重《どんじゅう》そうに眼を上げ、のろのろとうなずいた。屈辱《くつじょく》のあまりか、心のどこかが壊死《えし》して、反応が鈍っているらしい。それはそうだろう。将来は百済王位を約束されていた王太子さまが、こともあろうに敵国の王子相手の〝酌婦《しゃくふ》〟にまで身を堕《お》としたのだ。裸の酌婦に。

「大耶《だいや》城が陥落して、姉は殺された。あいつの無惨《むざん》な死は、この十八年間、弟であるおれの心を苛《さいな》み続けてきた。今や、おまえの命はおれの手中にある。注げ」

隆が再び両膝立ちになり、酒壺《さかつぼ》を捧《ささ》げて法敏の盃に注いだ。陰毛《いんもう》の中に萎縮した性器がますます縮まって震《ふる》えた。それは百済という国を象徴しているかのように、法敏には思えた。

「我が最愛の姉、古陁炤娘のために！」

法敏は盃を高々と掲《かか》げた。

突然、隆がわっと泣き出した。

その哀《あわ》れな泣き声を耳に入れながら、法敏は美酒をじっくりと味わう。すべての艱難辛苦《かんなんしんく》は報われた。勝利の味、歓喜の味、復讐《ふくしゅう》の味――祝宴は今が酣《たけなわ》だった。

二

同じ頃、遠く海を隔《へだ》てた倭国《わこく》では、飛鳥《あすか》の正宮で葛城皇子《かつらぎのみこ》が百済滅亡《くだらめつぼう》の報に接していた。義慈《ぎじ》王が降伏して、まだ半月と経《た》ってもいない時点である。今は新羅《しらぎ》王となった盟友・金春秋《きんしゅんじゅう》からの急報であった。

事の発端《ほったん》をいえば、春秋の密使が飛鳥に到着した五月初旬にまで時間を遡る。

唐は高句麗遠征を一時棚上げにした、金春秋の提案を受け容れ百済の平定に方針を転換した、と密使は告げた。さらに続けて、新羅は近く唐軍と協力して、百済討伐の軍を興《おこ》す運びになるだろうとの見通しも述べた。

葛城はこの情報を重く見た。いよいよ半島の情勢は動く――そう展望した。

この時、葛城は鬱屈《うつくつ》していた。重い閉塞《へいそく》感に心は怏々《おうおう》として晴れなかった。律令《りつりょう》国家への足取りが、己《おのれ》の思い描いた絵図面の通り進行していないからだった。

蘇我本宗家《そがほんそうけ》を討ち滅ぼし、都を飛鳥から難波《なにわ》に遷《うつ》した、そこまではよかった。人心は一新され、改革は雪解けの河水の流れのように、淀みなく進行するかに見えた。だが、そうはならなかった。あちこちで遅延、齟齬《そご》が生じた。不和、悶着《もんちゃく》、抵抗、軋轢《あつれき》、紛争が引きも切らなかった。

その原因を一言で云うなら、律令国家の実務に習熟した者、謂《い》うところの官僚の数が絶対的に不足している――これに竭《つ》きる。

高向玄理《たかむこのげんり》、南淵請安《みなぶちしょうあん》、旻《みん》法師ら唐帰りの留学生たちから教えを受けた者たちが国　司《くにのみこともち》として各地に派遣され、彼らは新制度を普及させようと骨身を削った。しかして旧来のしきたりに馴れた者たちは、それを頑《かたく》なに拒絶する。慣習に馴染《なじ》んだ者たちにとって、法に従うということなどおよそ理解の埒外《らちがい》にあった。

かくて葛城の理想は、空回りするばかりとなった。解決策の一つが、唐への留学生の数を増やすことだった。遣唐使を、この十五年の間に第二次、第三次、第四次と時を置かず三度も派遣した理由がそれである。が、これとて直《ただ》ちに目に見えて成果を出せるというものではなかった。留学生たちが唐で学び、必要なものを身につけて帰国するまで、少なくとも十数年を待たねばならない。

間の悪いことには、改革推進の矢面《やおもて》に立たされていた叔父《おじ》の軽　帝《かるのおおきみ》が、心労のためか急死した。これが六年前のことで、奇《く》しくも同じ年、新羅では勝曼女王が歿《ぼっ》し、金春秋は王位に即《つ》いた。片や葛城は践祚《せんそ》しなかった。

春秋の場合は満を持しての即位であるが、葛城としては自分がまだ表舞台に立たないほうが改革を進めやすい。そこで、一度は退位した母を担《かつ》ぎ出して、再び皇位に即けた。都も飛鳥に戻した。しかし、改革はいよいよ以て停滞するばかりだった。

「おれがしたことといったら」葛城は鎌子《かまこ》を相手に、自嘲《じちよう》気味に云った。「謀叛《むほん》の濡《ぬ》れ衣《ぎぬ》を着せて、蘇我倉山田石川麻呂《くらやまだのいしかわのまろ》と有間皇子《ありまのみこ》を亡き者にしたぐらいだ」

「お焦りになってはいけません、殿下《でんか》」

智慧者《ちえしや》の鎌子とて打つ手はなく、そう慰《なぐさ》めるよりなかった。

「焦ることはないのですよ、我が皇子」

母帝もそう云ったが、これは鎌子の発言と似て非なるものだった。

再登極《さいとうきよく》した母帝は若やぎ、思いがけずも再び手中に帰《き》した天皇位を楽しみ始めた。権力の気ままな行使、すなわち土木工事である。

正宮、別宮を相次いで造営し、さらに七万人の人夫を動員して宮殿に石垣を築いた。石垣に石上山《いそのかみやま》で採掘した巨石を用いんとして、それを運ぶ船を浮かべるべく、三万人の人夫を使って天香久山《あまのかぐやま》まで長い運河を掘った。これらはさすがに世人の批判を浴びずにはおかず、運河は「狂心《たぶれこころ》の渠《みぞ》」という誹《そし》りを受けた。

要するに息子の心、母知らずで、母帝は葛城の苦悩をよそに、老いらくの道楽に熱を上げていた。

このような状況であったから、唐と新羅が連合して対百済戦に乗り出すとの一報は、葛城の塞《ふさ》ぎがちの心に、あたかも烈風《れつぷう》の暗雲を一気に吹き払うがごとく作用した。

むろん、事は倭国とは何の関係もない。風雲急を告げているのは、遠い海の向こうである。しかし、これを国内情勢に何とか連動させ、停滞中の改革を再推進させることに利用できないだろうか、と考えた。そのためには、半島の情勢を詳しく知る必要がある。

葛城は金多遂《たすい》を呼んだ。葛城と春秋が会談した二年後、春秋の命を受けた金多遂は三十七人から成る使節団を率いて再来日し、難波京の一角に新羅の使館を開設した。彼自身はそこに常駐し、倭国と新羅との連絡を密にする司令塔となるのが役目であった。

葛城は金多遂に命じた。汝、これより新羅に帰り、春秋の幕下にあって百済の戦役に従軍せよ、と。来《きた》るべき大動乱を実見し、その詳細を報告させるためである。その報告を通じて、国内改革に益するものが得られるかもしれない。

そして三か月後――。

舞い戻ってきた金多遂の口から今、百済滅亡の様子が生々しく語られた。

「――そうか。ここまであっけないと、いっそ小気味がいいくらいだな」

葛城の声音《こわね》に一分の驚き、一片の感慨《かんがい》、一掬《いっきく》の同情だになかった。

「だが、めでたい。新羅とは秘密同盟の間柄ゆえ表立って祝意は表明できぬが、わたしが心から言祝《ことほ》いでいたと伝えてほしい」

金多遂は点頭した。「殿下はお喜びになりましょう。明日にでも、さっそく使者を泗沘に送ります」

「泗沘に？」葛城は一瞬、小首を傾《かし》げ、すぐに合点してうなずいた。「なるほど、ただちに除那伐へ凱旋《がいせん》というわけには参らぬか」

「各地に残存勢力が犇《ひし》めいておりますゆえ」

「二百年ほど前の蓋鹵《がいろ》王の時も、王都は陥落し、王も殺されたが、それでも百済は滅びなかった。再興された。なるほど、今度はそうでないと誰が云いきれよう」

「掃蕩《そうとう》には相応の時間が必要、と王は見ておいでです」

「して、義慈王の運命は如何《いか》に？」

鎌子が訊《き》いた。

「長安へ連行される由《よし》です」

金多遂は瞑目《めいもく》するように答える。

「長安へ？」

「確かに、そのように聞きました。唐将蘇定方の意向だとか。それも王だけでなく、王子も王女も――王族は根こそぎです。扶餘《ふよ》姓の者を残らず連れてゆく。この先、二度と百済を再興させぬために。蓋鹵王亡き後に百済が復活したのは、王子が逃れたからでした」

「いや、そうではない」葛城が云った。「さすがは外交巧者《こうしゃ》の唐だ。考えてもみよ。再興させたくなければ、根絶やしにしてしまえばよいだけのこと。生かしておく意味とは、新羅がこの先、反唐的な行為に出れば、いつでも百済王家を再興させるぞ、という含みだ。常に先を読み、打つ手を手元に残しておくというわけだ。まあ、当面そうなることはないだろうが」

半島の情勢はこれからどう動いてゆくのか。それに対し倭国はどのように対処してゆくべきなのか——葛城の脳裡《のうり》を占めているのはその思考だけであった。

「王子といえば」思い出したように鎌子が云った。「我が国に一人おりましたな」

三

巣箱の蓋《ふた》を開けて豊璋《ほうしょう》は肩を落とした。まただ。また姿を消している。それも一匹残らず。このところ数が少しずつ減り気味だったとはいえ、昨日はそれでも十数匹が元気に飛び交っていたのだが。

隣の巣箱に手をかける。こちらも羽音は聞こえてこない。やはり空か。豊璋は次々に蓋を開けて中を検《あらた》めてゆく。どれも同じ。十二の巣箱はすべて空っぽだ。

「ふう」

蓋を取り落とし、溜め息をつく。

視線を宙にさまよわせると、白い鰯雲《いわしぐも》を鱗《うろこ》のように整然と並べた仲秋《ちゅうしゅう》の秋空に、三輪山《みわやま》がなだらかな稜線《りょうせん》を描いて迫っていた。彼の苦労など知らぬげに、泰然《たいぜん》と、穏《おだ》やかに。

あの山の奥に帰っていってしまったのだろうか。こんな巣箱など嫌って、やはり自然の中に巣を作るのがいちばんだ、と。

――戻ってこい、ばか。

呼んで呼び戻せるものなら、どんなにいいだろう。

これが初めてではなかった。二度目でもない。三度目でもなく、四度目でもなく、五度目なのだ。

『構えて焦ってはなりませぬぞ、王子』

孫一暁《そんいちぎょう》の言葉が思い出された。『とにかく気まぐれなやつらなのです。養蜂《ようほう》と書いて忍耐《にんたい》と読む、それが肝腎《かんじん》です』

何が肝腎だ、忍耐だ。そう毒づいた。忍耐なんか、もう限界だ。

豊璋は二十四歳になっていた。蘇我入鹿《そがのいるか》が非業《ひごう》の最期《さいご》を遂げてから十五年目。唯一の身寄りといえる沙宅智萬《さたくちまん》老人を十三年前の不慮《ふりょ》の火事で亡くし、天涯孤独《てんがいこどく》の身の上も同然になった彼は、中臣《なかとみの》鎌子の手配で多臣蔣敷《おおのおみこもしき》の屋敷に預けられた。爾《じ》来《らい》、居候《いそうろう》の身が続いている。

彼は心を閉ざした。内省的になり、自分一人の世界に籠《こ》もった。倭国《わこく》には、何らかの事情で帰化した百済《くだら》人が少なくなく、倭国社会に溶け込みつつ彼らなりの共同体を形作っていた。そんな帰化百済人たちにとって、王子たる豊璋は偶像的な存在に映じたのだろう。輪の中心に引き出し、結束の象徴に担ぎ上げようと、さまざまな手段で接触してきた。

豊璋はことごとく拒絶した。そんな煩《わずら》わしいことには耐えられなかった。

彼が魅《み》せられたのは、養蜂だった。正確にいえば蜂蜜《はちみつ》である。孫一暁という帰化百済人が、お近づきの印にと献上《けんじょう》した。一口すくうや彼は忘れていたこの味を思い出した。義慈《ぎじ》王が実権を握るまでは、王宮でよく供されていた。母に手ずから匙《さじ》で食べさせてもらった。彼の舌は蜂蜜の甘さに痺《しび》れ、幼い頃の幸福だった記憶が呼び覚まされ、涙があふれた。

『懐かしいな。どうして忘れていたんだろう。倭国に来てからは一度も口にしたことがない』

孫一暁は答えた。

『わたくしはこれでも泗沘《しひ》に孫一暁ありと、少しは名の知られた養蜂士にございました。ならば、こうして身を避けて参った倭国でもと一念発起し、いろいろと試みてはいるのですが……風土の違いか、そもそも蜂の種類からして異なるのか、それは不明ながら、百済にいた時のようには上手《うま》く参りませぬ。差し上げましたのは、何とか採取いたしましたものにございます』

『わたしもやってみたいな』豊璋は思わず叫んでいた。『蜂蜜を、この手で作り出してみたいのだ』

二年前のことだ。豊璋は鎌子に頼み込み、養蜂場となる土地を世話してもらった。それがここ、三輪山の麓《ふもと》である。養蜂小屋、管理小屋が建てられ、孫一暁の指導を得て豊璋は一途に養蜂に取り組んだ。孫一暁としては豊璋に恩を売ることで、帰化百済人の共同体に彼を引っ張り出そうという思惑《おもわく》があったのだろうが、半年前、疫痢《えきり》を発病してあっけなく泉下《せんか》に旅立った。以来、豊璋は孤軍奮闘を続けているのである。

背後に跫音《あしおと》を聞いて、振り返った。

衣冠束帯《そくたい》に隙《すき》なく全身を整えた中臣鎌子が近づいてきた。左右に護衛を従えていたが、彼らは足を止めて片膝をつき、鎌子一人が前に進んで豊璋に向かい合った。

「鎌子どのか。珍しい」

「祚栄《そえ》姫から、こちらと伺《うかが》って参りました。このところ、お帰りにならぬのだとか」

「泊まりがけになることが多くてな。世話の焼けるやつらなんだ」

「蜂に豊璋さまを取られてしまったと、姫はお嘆きのご様子にございました」

「では、帰るとしよう。もう、ここにいても仕方がない」

「とは？」

「見ての通り」豊璋は空になった巣箱を指し示した。「蜂のやつら、どこかへ行ってしまった。わたしは見捨てられたんだ」

「それがしの記憶違いでなければ、前にも確かそのようなことが」

「たびたびね」

「では、今度も必ず戻って参りましょう」

「気楽に云ってくれる」

「いいえ、けっしてそのようなつもりでは」

「いいんだ。ともかく、これがわたしだ。この虚《うつ》ろな空箱が。何の役にも立たない」

「豊璋さま」

「わたしは何をやっても上手くいかない男だよ。自分ながら、いい加減いやになる。こんな巣箱、いっそのこと壊してしまおうか、とも思う。だが、それもできない。ここまでやったのだから、あと少し待ってみようと」

「立派なお心がけです。大事を成す者はそうでなくてはなりません」

「ただ決断できないだけさ。大事を成すだって？　今のわたしにとって蜂蜜造りこそが大事だ……いや、これは失礼した」豊璋は決まり悪そうな表情になって、横を向いた。「何用あって参られた、鎌子どの」

「吉左右《きつそう》ならばよかったのですが。心してお聞きくださいませ」

「今のわたしに、蜂が消えた以上の悪い報《しら》せなどあるものか」

「百済が滅びました」

　一瞬、豊璋は動きを止めた。だが、顔色は変わらなかった。腰をかがめ、散らばった蓋を一枚一枚ゆっくりと拾い上げてゆく。

　その間、鎌子は説明した。唐《とう》と新羅《しらぎ》の連合軍によって王都が陥落したこと。義慈王、王太子の隆《りゆう》らは唐に連行されるらしいことを。

「ご心中、お察し申し上げます。豊璋さまにとって義慈王は仇敵《きゆうてき》であれ、お生まれの国が――」

「それ、拾ってくれないか」

「は？」

「いや、いい」豊璋は鎌子に歩み寄り、その足元に落ちていた蓋を拾い上げた。

「わたしの仕事だものな。人の手を借りるなかれ、だ」

「豊璋さま……」

「鎌子どの。何やら、春秋戦国時代の史書に出てくる話を聞かされているような気がしてならない。時間も、場所も、遠く遠く隔たった世界の話を。百済という国のことは知らない。それが滅ぼうがどうなろうが、わたしには何の関係もない。わたしは倭国に生きている。今こうして蜂の世話を――養蜂に精を出している。そなたとも倭国の言葉で話している。これがわたしだ。ただそれだけだ。蜂が戻って来ないで気落ちしている、そんな男だよ。ご用はそれだけか。ならばお帰りください。わたし？　そうだなあ、祚栄のところへ戻るつもりだったが、もう少しここで蜂を待ってみることにしよう」

四

「何、道琛《どうちん》が来ただと？　通せ」

鬼室福信《きしつふくしん》は命じると、身を横たえていた岩棚から降り、手近の床几《しょうぎ》を引き寄せ、腰を下ろした。洞窟《どうくつ》の中は、左右の岩壁に炬火《たいまつ》の炎がじりじり音をたてて燃えるだけで、いたって薄暗かった。福信は目をこすり、眠気を追い払おうとした。

全身が強ばり、疲労が溜まっているのが自覚された。

「将軍、しばらくじゃったの」

数人の僧兵を従えた道琛が現われた。頭は僧侶らしく綺麗《きれい》に剃《そ》り上げているが、戦陣に身を置いているためか鍾馗《しょうき》のようにいかつい髭《ひげ》を生やしている。僧服の上に重ね着した甲冑《かっちゅう》もよく似合い、十二神将の一人という見てくれである。

「こちらこそ」福信は道琛が目の前に来るまで待ち、おもむろに立ち上がった。「よく来てくれた。早急にお目にかかりたいと思っていた」

「ほう、ここが貴殿の本営か」

道琛は頭をめぐらして、嘲笑《ちょうしょう》するように云った。「さしもの鬼室福信将軍が、蝙《こう》蝠《もり》のように洞窟に潜《ひそ》んでいるとは。いや、弁解は無用じゃ。聞いておるぞ、百済復興のため早々と立ち上がったはいいが、新羅《しんら》の掃蕩軍に一勝も挙げ得ず、山から山へ、谷から谷へと追い立てられ、惨《みじ》めに逃れ続けていると」

「はて？」福信はわざとらしく首を傾げてみせる。「山から山へ、谷から谷へ――それは道琛和尚《おしょう》のことだと耳にしたが」

道琛は、いかつい髭を揺すり立てて呵《か》々大笑《かたいしょう》した。磊落《らいらく》な笑い声が洞窟の空気を揺るがした。「さすがは福信将軍じゃ。ちょっとやそっとのことでは、へこまんと見える」

「和尚も相変わらず口が悪い」

「互いの窮状《きゅうじょう》を悟《さと》ったところで、この先について話し合おうではないか」

「こちらとしても望むところだ」

福信は床几を進め、向かい合って腰を下ろした。

「福信どの、そなたがいち早く百済復興の狼煙《のろし》を上げ、拙僧《せっそう》もまた僧兵を組織して立ち上がった。わしらだけではないぞ。遅受信《ちじゅしん》どの、黒歯常之《こくしじょうし》どの、沙吒相如《さたしょうじょ》どのらも挙兵したと聞く」

「黒歯どのもか！　これは心強い」

「されど、いずこも同じ、負け続きとのことじゃ。その理由は一つ。我らの兵力は区々分散しておる。それゆえ、あえなく各個撃破されるばかりなのじゃ」

「同感だ、和尚。我らは一つにまとまらねばならぬ。百済復興軍として、一個の統一体をなす必要がある」

「そのためには旗頭が必要じゃ。百済復興軍が担ぎ上げるものが」

「それについては、おれに腹案がある」福信は床几を前ににじり寄せた。「近く剛《ごう》の者を選《え》りすぐって泗沘城下に侵入させ、義慈王を奪還するつもりだ。王がだめなら王太子の隆さまでもよい。いや、人心刷新《じんしんさっしん》の意味でも、王よりか、いっそ隆王太子のほうがよいと個人的には思う。王が政治に倦《う》んだことで、百済はこの体《てい》たらくとなったのだからな。それはともかく、和尚の手にもこれはという武僧がいたら、貸してはくれぬか」

「何と」道琛は眉《まゆ》をひそめた。「聞いてはおらぬのか」

「何を」

「さんぬる九月三日、唐将蘇定方《そていほう》が泗沘から出港し、唐に帰った。義慈王、王太子の隆さま以下、王族、重臣九十三人、百済人捕虜《ほりよ》一万二千人を引き連れて」

福信の顔が衝撃に歪《ゆが》んだ。「まさか、こんなに早くにとは！」

「長安に連れていかれては万事休すじゃ。さりとて旗頭を立てねば、復興軍の体裁が繕《つくろ》えぬ」

「まったく以て」

「したが、そなたやわしではどうにもならぬぞ。遅受信、黒歯常之、沙吒相如、あの三重臣にしても然《しか》り。旗頭は王族でなくてはならぬ」

「おれも王族の端くれだが」その可能性に気づき、福信はにわかに勢いづいたようにいった。「この際、姓を扶餘《ふよ》に戻して――」

「そなたではだめじゃ」道琛はぴしゃりと遮《さえぎ》った。「王族とはいえ、血が薄い。血は濃ければ濃いほどよい」

「だが王族は、一人残らず唐軍の手に落ちたというではないか。隆王太子、泰《たい》王子、孝《こう》王子、王太子のお子で、嫡孫《ちゃくそん》の文思《ぶんし》さままでも……いや、待てよ、確か……」

「そうじゃ」道琛は重々しくうなずいた。「まだ一人、残っておられる。倭国《わこく》に」

五

身辺《しんぺん》が、次第に慌《あわ》ただしくなってゆくのを豊璋《ほうしょう》は肌で感じていた。祖国敗滅の悲報が伝わり、倭国に居住する百済《くだら》人が甚《いた》く動揺《どうよう》していると耳にした時は、聞き流して心に留《と》めもしなかった。己の胸中は、中臣鎌子《なかとみのかまこ》に対して告げた通りだ。あれは虚勢《きょせい》でも韜晦《とうかい》でもない。雑《まじ》りけのない真情の素直な吐露《とろ》だった。ところが、関係がないと捨て置いてばかりもいられなくなった。大和《やまと》在住の百済人たちが徒党を組んで養蜂場に押しかけてくる。彼らは口々に豊璋の存念を聞かせろと要求した。

「存念？　存念って何だ」

仕方なく、蜜蜂《みつばち》の箱を洗う手を止めて豊璋は応じる。

「ですから、王子さまのお気持ちです、お気持ち。滅びた祖国に対する」

「特別な感慨などないよ。わたしは倭国に暮らしている年月のほうが長いんだ。百済にいた頃のことはあまり覚えていないし」

「さようなことが聞きたいのではありませぬ」

　彼らは彼らで一歩も引こうとはしない。

「では、何が聞きたいんだ。はっきり云ってくれ」

「祖国への哀惜《あいせき》の念がおありのはず」

「だから云ったろう、特別の感慨などないって」

「そんなはずはございますまい」

「遠回しな云い方はよしてくれないかな」

「では、新羅への憎しみをお聞かせくださいませ」

　誰か一人が代表して話すのではない。詰問《きつもん》調の声は、あちこちから飛んだ。

「憎しみか。それを聞いたから、どうだというんだ」

「我らが百済は、新羅によって滅ぼされたのですぞ」

　別の者が叫《さけ》ぶように云う。

「憎しみを云うなら、我が母は百済王によって亡き者にされ、わたしも危《あや》うく殺されるところだった」

「これはしたり！　では、新羅が王子さまの仇討《かたきう》ちをした、そう仰《おお》せになりたいので？」

と、嘆いたのは、また別の男だ。

「そんなことは云っていないし、思ってもいない」

「王子さまが仇討ちすべき対手《あいて》は、新羅でございましょう」

豊璋は右端に顔を向けた。

「笑わせるな。仇のために仇討ちをするやつがどこにいる」

「ああ、何と嘆かわしいことを。豊璋さまは百済の王子にあらせられるというのに」

今度は左端に視線をやる。

「王子、王子、王子……やめてくれ。わたしは、ほら、こうして養蜂業を営んでいる一人の亡命者に過ぎないんだよ」

「ほかの王子さま方は、一人残らず長安《ちょうあん》に連れ去られたと聞き及びます。あとは豊璋さまを残すのみ」

「いい加減、もう立ち去ってくれ。あなたたちがそうして、いつまでもここで喚《わめ》き立てていると、帰ってくるものも帰ってこられない」

うんざりして、相手の顔をいちいち見るのを止めた。

「帰ってくるもの？」

「わたしの可愛《かわい》い蜂たちが」

「これはお戯《たわむ》れを。蜂とは、ははは」

「戯れてなどいない。わたしは養蜂業者。仕事の話をしてるんだ」

「我らが望みは豊璋さまだけなのです」

「望み？　何の望みだ」

「申すまでもなく、百済の再興」

「ほう？」

「新羅を討つは、王族の義務にございましょう」

「新羅を討つ？　蜂飼いのわたしが？　はははははは、どうやって？」

蜂を笑った男の声を真似《まね》て、彼も笑い返してやる。

「それは臣下のほうから申し上げる筋合いではございませぬ。王子さまがご自身でお考えになり、ご決断あそばされる大事にございますれば。そのうえは我ら一党、喜んで王子さまの下知《げち》に従います」

「身命《しんめい》を差し出す覚悟はできておりまする」

取り囲んだ男たちはさらに詰め寄り、悲壮《ひそう》の色を滲《にじ》ませて次々に叫んだ。全員が叫んだのではないだろうか。

「王子さま、どうかご決断を！」

「王子さま！」

「王子さま！」

　そのような押し問答が、判で捺《お》したように毎日繰り返された。これでは仕事に支障をきたす。きたすどころか、終《しま》いには身の危険すら感じた。

　血相《けっそう》を変えて迫る彼らは、豊璋を力ずくで拉致《らち》しかねなかった。自分たちの意を受け容れるまでは解放しないという実力行使だ。最悪なのは、そのまま半島に連れ戻され、百済再興軍の象徴に祭り上げられてしまうという展開である。

　豊璋は養蜂場に通うのを止めた。多臣蔣敷《おおのおみこもしき》の邸宅に引き籠もった。それと知って百済人たちは飫富《おふ》に押しかけてくるようになった。当主の蔣敷は心得たもので、百済王子に会わせろという彼らの強談判《こわだんぱん》を巧《たく》みにあしらい、豊璋を守り通してくれている。

　とはいえ、彼らの激昂《げっこう》した声は屋敷の奥まで聞こえてくるほどで、そのやりとりは、話し合いというより争闘に近い。

「ひょっとして、押し入ってくるつもりじゃないだろうな」

「まさか」

　豊璋の不安を一笑に付したのは、蔣敷の嫡男《ちゃくなん》の品治《ほんじ》だった。豊璋が多家に身を寄せた十三年前、まだ青洟《あおばな》を垂らしていた品治は、十九歳の匂うがごとき青年に成長していた。

顔にまだ少年の面影《おもかげ》を残しているものの、疾《と》うに妻帯していて、新妻《にいづま》の毬依《まりい》は臨月を迎えている。上背《うわぜい》があって、筋骨たくましく、武芸と騎馬とを好む。由緒《ゆいしょ》ある祭祀人《さいしにん》の家系からどうして、と周囲が、いや、父である蔣敷まで首を傾げる根っからの武人体質の品治が、このところよく豊璋の居室に顔を見せる。身辺に気を配るようにと、もしものことを慮《おもんぱか》った蔣敷より命じられているに違いなかった。

「我が多家は権力とは無縁ですが、宮廷祭祀を司《つかさど》る惟神《かんながら》の家柄です。それは百済人たちも承知しています。そこに押し入るのは、宮中《きゅうちゅう》に闖入《ちんにゅう》するも同然。命はありません。そんなことにはなりませんとも、絶対にね」

品治は二の腕を撫《ぶ》しながらいった。万が一事態が深刻になっても自分がいる、と言外に伝えているのだ。

「確かに」

豊璋はうなずき、そこが倭国の不思議さでもあると思った。

百済の王宮は高い城壁で厳重に囲まれていたと、そう記憶している。牢獄《ろうごく》めく陰《いん》惨《さん》な重々しさが感じられた。倭国の宮殿は、造りも簡素なら、敵襲に対する備えにもまったく意が払われていない。敷地の周囲を板壁が申し訳程度に取り囲んでいるだけなのだ。神聖さ、宗教的な権威のようなものが、高い城壁の代わりを充分に果たしているのだろうか。

「温厚な父も、さすがに閉口したようです。さきほど彼らに、こう申し渡しているのを耳にしました。このうえ明日も押しかけてくるようなら、事の次第を朝廷に奏上して、善処をお願いするつもりだ、と。だから、騒ぎにはなりっこありませんよ。それでなくとも、彼らは祖国を失くして肩身の狭《せま》い思いをしてるんです。敵を作りたくはないはずだ。おっと、今の言葉、豊璋兄上のことをいったわけではありませんからね。お気に障ったのなら、急いで謝ります」

「気に障るものか」

豊璋は苦笑して、顔の前で手を振った。五歳差の品治とは兄弟のようにして育ったのだった。内向的な豊璋を、品治のほうから一方的に慕ってきたといってよく、今もその関係は変わらない。「百済は遠い記憶の彼方《かなた》のことだ。いつもそういってるじゃないか」

「ええ、そうでした」

「ただ――」

「ただ?」

「辟易《へきえき》するが、彼らの云い分はわからないでもない。百済王位の唯一の継承者は、このわたしだけであるからには。養蜂場でこう罵《のの》しられたよ。腰抜け、腑《ふ》抜《ぬ》け、意気《い》地《く》無《じ》し、それでも男か、百済男児なら恥を知れ、とね。おまえならどうする、品治。男たるもの、王子たるもの、百済再興軍を率いて戦場に赴《おもむ》くべきだろうか」

「したくないことは、しないのがいちばんです」品治は即答を返した。「これがおれの、信条というか、行動指針なんです」

「したくないことは、しない――か」

「ええ。兄上もきっとお察しのことと思いますが、おれって人間は、ちっとも祭祀人に向いてないいんだな。武人になりたい。剣を把《と》って名を、武名を挙げたいんです。人間には、向き不向き、できることできないこと、やりたいことやりたくないことがあって、自分に向いたこと、できること、やりたいことだけを、豪快にやり遂《と》げる――それがいちばんだと思うんです。でもね兄上、神官の多家に、なんでおれみたいな武人志向の者が生まれたんだと思います？」

「さあて？」

「多一族の太祖《たいそ》・神八井耳命《かんやいみみのみこと》は、不甲斐《ふがい》なかった。庶兄《しょけい》を相手に尻込みしてしまった。その体たらくを心のどこかで忸怩《じくじ》たるものに感じていて、死んでも死にきれず、武人としての多家の名を高める子孫が生まれるよう、あの世でいろいろ働きかけていたんですよ、きっと」

「で、恰好《かっこう》なのが誕生してきた、と」

「おれがね」

では結局、何が云いたいのだ、と豊璋は心の中でつぶやいた。やりたいことをやれというのか、先祖の血に従えというのか――。

彼の思いをよそに品治は続ける。「おれが当主になって、武人として名を挙げたら、多家は祀と武を兼ね備えることになる。太祖も喜んでくれるはず。そうなった暁《あかつき》には、面目《めんぼく》一新、家の名前を変えるつもりです」

もとより生き生きとした目が、さらなる輝きを帯びてゆくのは、夢を語っているからだろう。羨《うらや》ましさに豊璋の胸は疼《うず》いた。

「家名を変える？　何て？」

「読みはそのままで、字だけ変えるんです。太祖にちなんで、多の字を太に。多臣品治改め太臣品治というわけです。いい字面でしょう」

そして祚栄《そえ》は……豊璋は愛する女人のことを考えた。なるほど佳字《けいじ》だ、太祚栄。

「すみません」品治は頭をかいた。「自分のことばかり喋《しゃべ》ってしまって。ともかく兄上、心配は無用ですよ。兄上が百済は記憶の彼方だっていうから遠慮《えんりょ》なく申し上げますが、葛城皇子《かつらぎのみこ》さまは百済を見限って、新羅との友好を深めて久しい。都は難波《なにわ》を引き払って飛鳥《あすか》に戻ってきましたが、新羅の使館は置かれ続けて、本国と頻繁《ひんぱん》に行き来しているではありませんか」

豊璋はうなずいた。大所帯の新羅使節団を率いて難波に常駐する金多遂《きんたすい》は、多一族の出自で、品治には祖父萃《あつむ》の兄、すなわち大伯父《おおおじ》に当たるという。蔣敷の話では、外交使というより葛城皇子の参謀役を務めていると評判で、飛鳥に通ってくる姿がたびたび目撃されてもいるらしい。

「きっと、今度のことだって、葛城皇子さまは遂《とげる》大伯父を通して事前にある程度は耳にしていたに違いありません。唐が動き、新羅と共同で百済を攻めるということをね。それでも葛城皇子さまは百済に何もしてやりませんでした。百済滅亡のため新羅に手を貸したも同然です。それが云い過ぎなら、百済を見殺しにしたんです」

その瞬間、初めて葛城皇子に会った時のことを豊璋は思い出した。温かみのない、険《けわ》しい目を。素《そ》っ気《け》ない声を。豊璋に対する無関心さを隠そうともしない挙措《きょそ》を。

「兄上は、もしや葛城皇子さまが百済の再興に手をお貸しになるのでは、その旗頭として兄上を立たせるのではないかって、それを恐れているのではありませんか？　実際、倭国居住の百済人有力者がそのような働きかけをしていると、おれのような者の耳にまで聞こえていますしね」

「働きかけ？　朝廷に？」

「ご存じではありませんでしたか。彼らは兄上のところに押しかけてくるだけではないのです。朝廷ばかりか、阿倍《あべ》、蘇我《そが》、大伴《おおとも》、春日《かすが》、中臣《なかとみ》という有力氏族の本家、分家に対してもなりふりかまわず運動を起こしています。倭国は、伝統的に百済との結びつきが強かったですからね。在倭百済人としては、その絆《きずな》を温め直して利用しようという魂胆《こんたん》です」

「で、反応は？」

「表立ったものは何も。察するに、豪族たちとしては葛城皇子さまがどう出るか、その様子見というところでしょう。皇子さまの百済嫌い、新羅贔屓《びいき》はよく知られたところですから——」

「積極的に百済再興を支援する声は、上がっていないということなんだな」

「ほとんどありません」品治はきっぱりと云った。「だって、任那《みまな》を喪失《そうしつ》して再来年で百年になるんですよ。半島に軍隊を派遣して権益確保なんて時代じゃありません。況《ま》して、今や遣唐使船をどんどん派遣して、中華文明の取り入れ口としての百済の利用価値はなくなってしまった。ということは、百済の存在そのものがなくなったって一向に差し支えないわけですよ。葛城皇子さまが百済の再興を支援するなんて、だから天地がひっくり返ったって起こるものですか。兄上、どうぞご安心を。こんな莫迦《ばか》げた騒ぎはすぐにもおさまって、養蜂を再開できますって。おれ、いつ蜂蜜ってものが口にできるか、心待ちにしてるんですから」

品治が部屋を辞去すると、豊璋は顳顬《こめかみ》に指を当てて考え込んだ。品治は理を尽くして説いてくれた。不安は取り除かれた、安心していいはずだ。

なのに何だろう、この胸の痞《つか》えは……。

六

金春秋《きんしゅんじゅう》はゆっくりと云った。法敏《ほうびん》の顔には驚きの色が走った。すぐに消えたが、惜《お》しくも隠し損ねた心のあや。それを多遂は素早く見て取った。肝腎の春秋のほうは表情を韜晦《とうかい》して、何も読み取らせせない。

「なるほどな」春秋は繰り返した。「そういう次第だったか。百済《ひやくさい》滅亡を報ずべく倭国に送り出したばかりのそなたが、早くも取って返してきたのは」

「早くもと仰せになりましても」多遂は云った。「わたしが飛鳥で葛城皇子に報告した八月二日から、もう二か月が経っております」

「その日は泗沘《しひ》城で戦勝の祝宴《しゆくえん》を開いていた。そうだったな、法敏」

「はい、父上」傍らの法敏がうなずく。

十月二日の夜空には月がなかった。雲がゆるく斑《まだら》に吹き流れ、星の輝きも微弱だ。暦の上では冬になっていた。夜気は刻々と冷えてゆく。時折り篝火の崩れる音がし、巡邏歩哨《じゅんらほしょう》の跫音《あしおと》が遠ざかり、また近づいてくるほかは森閑《しんかん》と静まり返っていた。兵士たちは疲れ切って熟睡している。円座を組んだ三人の周囲に衛兵を除いて誰もいないのは、多遂が人払いを願ったからである。

「ならば、早くも二か月というべきか。徐那伐《じょなばつ》に凱旋《がいせん》しているはずが、こうして足止めを食らおうとは。まったく考えが甘かった」

春秋は目を上げて、北西の方角を振り仰《あお》いだ。日没直前に新羅《しんら》軍の軍営に辿《たど》りついた多遂は、河を挟んだ小丘陵《しょうきゅうりょう》が要塞《ようさい》化されているのを見た。尒礼《じれい》城だという。今は闇に沈んでいるが、山頂に焚かれた篝火が夜空の彩《いろど》りとなっている。その夥しい数は、百済再興に向けて立ち上がった敗残軍の旺盛《おうせい》な士気を誇示《こじ》するかのようだった。

着到して多遂は、自分が不在中の推移をまずは聞かされた。――唐《とう》将の蘇定方《そていほう》が長安に凱旋すべく泗沘城を出発したのは、九月三日のことだった。国王の義慈《ぎじ》、王太子の隆《りゅう》および諸王子、王族、重臣、さらに百済人捕虜《ほりょ》の総計一万二千人を連行しての帰還である。

春秋の次男で、法敏には弟であり、名目のみとはいえ唐軍の副将である金仁問《じんもん》も当然、行をともにした。蘇定方に代わって唐将の劉仁願《りゅうじんがん》が派遣され、一万の兵力で暫定的《ざんていてき》に泗沘城を預かることとなった。春秋は仁問の弟の仁泰《じんたい》に兵七千を割《さ》き与えて劉仁願の副将とし、自身は嫡男の法敏とともに百済の残党を掃蕩《そうとう》すべく泗沘城を出撃した。

時間の経過とともに百済軍は態勢を立て直し、各地に再興の狼煙を上げていた。これを平定せぬ限りは徐那伐に戻るわけにいかないのだった。春秋は当面の敵を尓礼城に拠《よ》る賊軍《ぞくぐん》に定め、昨日この地に本陣を遷したところだった。

「して、ご返事いかが相成りましょうや」

多遂は訊いた。ある時から、彼は気づいていた。決断を下すに際し、春秋が必ず法敏の意見を先に云わせることに。それは、己の考えに資するためでなく、法敏の判断力を試すことが目的のようであった。

この時も、果たして春秋は法敏に訊いた。

「どう考えるか」

「乗って、よろしいかと思います」

心得顔で法敏は云う。多遂が顔色で看取《かんしゅ》した通りの答えを。

「うむ。父も同じく」春秋は破顔した。「さすがは葛城皇子、奇天烈《きてれつ》といおうか、途方もないことを思いつかれる」

多遂に顔を向け、力強い声音で云った。「ご提案、謹《つつし》んで承《うけたまわ》ると伝えてくれ」

「かしこまりました」

多遂は心中、春秋が首肯《しゅこう》することを願っていた。場合によっては葛城の代理を務める覚悟で春秋を説得、敷衍《ふえん》するつもりだった。

この破天荒《はてんこう》な申し出は、倭国よりも寧《むし》ろ、新羅にとってこそ願ったり叶《かな》ったりというべきものだ。幸い春秋も、後継者たる法敏も、その核心的利益を即座に理解してくれた。

「実を申しますと」多遂は安堵《あんど》が顔色に出るのを自分に許しながら云った。「こう葛城皇子から云い含められていたのです。もし賢明な新羅王にして受諾《じゅだく》を渋るようならば、汝《なんじ》、このように伝えよ。あの時の借りを返すのは、今に如《し》かず、と」

「では、こう返答してくれ」春秋は爽《さわ》やかに笑った。「これで貸し借りを相殺《そうさい》してくださるとは、殿下も太っ腹なお方だ、と」

「されば、ただちに倭国に戻ります」

多遂は一礼した。十三年前に続き、今また新たな秘密同盟が結ばれた。使人たる彼の責務は重みが増し、ますます忙しくなることだろう。細心の注意を以て両国の間の意思疎通《そつう》を図り、不審の種となり得る一寸の誤解をも生じせしめてはならない。

敵国となるのだから、新羅と倭国は――。

七

朝廷から豊璋《ほうしょう》に正式の呼び出しがかかったのは、十月も下旬のことだった。それを伝えたのは蔣敷《こもしき》で、併《あわ》せて自分の考えも述べた。

「察するところ、百済使《くだらのつかい》の来倭《わ》に絡《から》んでのことでしょうな」

「百済からの使いなら」豊璋は訝《いぶか》しさを禁じ得なかった。「もう何人も来ていると聞きましたが」

重臣、自称重臣、武人、自称武人、辺境の豪族、自称辺境の豪族……その他あらゆる階層の人々が、救援を訴える公式の使者と称し続々と倭国に逃げてきている。国が滅びたというのに、公式も使者もないものだ。

「今度の人物は違うようなのです。それが証拠に、唐兵の俘虜《ふりょ》百余人を連行してきたとか。王を失ったとはいえど国家はまだ存続しているとの意思表示でしょう。使臣の身元もはっきりしています。熊城貴智《ゆうじょうきち》という内法佐平《ないほうさへい》と聞きました。内法佐平といえば、百済五宰相《さいしょう》の一人です。使者を自称する今までの輩《やから》とは、一線を画して遇せねばなりません。そのような事情で、朝廷としては、豊璋さまに会わせろという申し出を受け容れたのでしょう。あくまで外交上の儀礼ですから、ご心配はご無用です」

訴えを聞くふりをしてやれば、それでお役目御免になりましょう、とまで蒋敷は心添えした。

翌日、豊璋は飛鳥《あすか》に赴いた。品治《ほんじ》が護衛役となって同行した。先月末、妻の毬依《まりい》が無事に元気な赤子を生み、品治は父親になっていた。初孫を得た蒋敷が男の子を安万侶《やすまろ》と命名した。

「悪いな」豊璋はいった。「赤子が可愛くてならないだろうに」

「なあに、まだ猿みたいですからね。可愛いというより、どうも気味が悪くって。一日一回見れば充分ですよ」

言葉とは裏腹に品治は目尻を下げた。そして、すぐに云い返した。「おれのことなんかより、次は兄上の番ですからね」

「それは神のみぞ知る、さ」

豊璋は言葉を濁《にご》した。祚栄《そえ》と事実上の夫婦になって、数年になる。兄の蒋敷が祝福し、二人の関係は多《おお》家公認のものとなっていたが、子供が生まれないことには周囲がやきもきしていた。

飛鳥正宮が見えてきた。もとは板蓋宮《いたぶきのみや》と呼ばれていたが、都が難波《なにわ》に遷《うつ》っている間に全焼し、再遷都に当たって焼け跡に再建されたものだった。屋根は同じく板で蓋《ふ》かれていても、新たに後岡本宮《ごおかもとのみや》の名で呼ばれている。

奥殿《おくどの》に通されると、そこには三人の人物がいた。葛城皇子とは年に一、二度、公式行事で顔を合わせている。多家に逼塞《ひっそく》した身ではあれ、百済王子という身分上、正月の賀正礼などの儀式への参加は免《まぬか》れることはできなかった。皇子は風貌《ふうぼう》に厳しさが増したと感じられる他は、初めて会った時の印象を今もほぼそのまま留《とど》めつづけている。若さも、奔放《ほんぽう》さも。

いや、そうではない。違う点がもう一つある。豊璋はすぐそれに気づいた。

この十三年間、自分を見る皇子の目は冷たい無関心一色だった。ところが今は、不穏な光がある。高みから獲物を狙う鷹《たか》の目。策士の葛城皇子ともあろう者が、それを隠そうとして隠しきれていない。ということは、さまでに――。

「お足を煩《わずら》わせました、王子さま」

中臣鎌子《なかとみのかまこ》が慇懃《いんぎん》な口ぶりで云い、もう一人の人物に引き合わせた。「こちら、百済より参られた熊城貴智どの。義慈王の下《もと》で内法佐平の要職をお務めでした」

熊城貴智は小柄で、痩《や》せた、白髪《はくはつ》の老人だった。高位者の朝服《ちょうふく》に袖《そで》を通し、官帽をかぶっている。皺《しわ》の寄った顔には老鶴のごとき気品があった。ふと豊璋は沙宅《さたく》智萬《ちまん》を思い出し、懐かしさを覚えて狼狽《ろうばい》した。

「おお」

熊城貴智は絶句したきり、その場に立ちつくした。両目から涙が溢《あふ》れ、頰《ほお》を濡らし、皺の深い溝を伝い顎先《あごさき》から滴《したた》り落ちた。老臣は涙を拭《ぬぐ》おうともせず、視力の衰《おとろ》えた者がようやく探し当てた光に視線を向けて逸《そ》らさぬように、凝《じ》っと豊璋を見つめつづけた。

「何とご立派にご成長あそばされましたことか。心ある者は、ずっと王子さまの御《おん》身《み》を案じつづけておりました。これまでお重ねあそばされましたご苦労の数々、愚《ぐ》臣《しん》らの拝察に及ぶにあらざるは承知の上、まことと慶賀に過ぎたるかなと、臣《しん》貴智、ご尊顔を拝し奉《たてまつ》り、喜ばしゅうてなりませぬ」

訥々《とつとつ》と祝辞を述べる老臣に、豊璋は無表情な顔を向けた。応じる言葉の何があろう。空々《そらぞら》しい。百済が滅ぼされなかったら、この老人は自分のことなど気にもかけなかった、思い出しもしなかったはずだ。それでも――どうしたことだろうか、心のどこか一部分に貴智の言葉は甘美《かんび》に響《ひび》いた。

「王子さまにとりまして、義慈王が仇であることは申すまでもござりませぬ。その王は長安に連れ去られました。おそらく二度と百済の土を踏むことはありますまい。それもこれも自らの放蕩で国を滅ぼした報いだと、皆が皆そう申しております。かくて王を失った今――」

「待て」

豊璋は思わず口を開いていた。久しぶりに百済語が飛び出した。「王が国を滅ぼしただと？　百済は、唐と新羅によって滅ぼされたのではなかったか」

「表面上は確かにその通りにございます。なれど、攻められてひとたまりもなく滅ぶ弱い国に百済を堕《お》としたのは、ひとえに義慈王に責めがあるのです」

貴智は亡国までの経緯を縷々《るる》語り始めた。

義慈王が意気盛んだったのも、治世の初めのうちだけだった。新羅を攻め滅ぼせないことに失望を深めた義慈は、酒色に耽《ふけ》り、快楽に溺《おぼ》れるようになった。政治に倦み疲れ、一部の寵臣《ちょうしん》を抜擢《ばってき》して要職に就《つ》けた。

こうして百済宮廷は、私腹を肥やすことしか考えぬ亡国《ぼうこく》の徒《と》の巣窟《そうくつ》と化した。心ある重臣たちは国を憂《うれ》えて諫言《かんげん》したが、片端から投獄《とうごく》され、獄死する者が相次ぐ始末。人心《じんしん》は離反し、軍隊は弱体化して――。

「そのような手詰まりの状況に陥《おちい》っておりました時に、新羅は唐を唆《そそのか》し、攻めて参ったのです。しかし不幸中の幸いと申すべきは、あまりにあっけなく王都が陥落したため、辺境の軍隊が動員されず、無傷のまま温存されている――これが第一にございます」

老人らしからぬ烈々《れつれつ》たる声音で貴智は説いてゆく。

「第二の幸いとは、それこそが豊璋王子、あなたさまにございます。唐は百済を再興させぬため王族を残らず長安に連行したのでしょうが、何たる天の配剤か、倭国に百済王子が残っていようとは！　王子さまは、わたくしたちの希望の星にございます。すでに地方軍は行動を起こしております。すべての力を結集すれば、占領軍を破り、侵略者どもを蹴散《けち》らして、百済の再興を遂《と》げられぬはずがございませぬ。それだけの底力を我らは持っております。願わくは王子さま、どうか百済にお戻りになってくださいませ。百済王として再興軍の先頭にお立ちあそばされ、我々を鼓舞《こぶ》してくださいませ。今こそ百済は王子さまを、いいえ、王を必要としているのです」

貴智は熱い期待をたたえた目で、豊璋を凝視《ぎようし》する。

「わたしは……」出た声はかすれていた。何と、迷っている？　莫迦な？　内心の混乱を悟《さと》られないよう、豊璋は心の中に祚栄の顔を強く念じた。愛する祚栄と添い遂げる。祚栄の夫。それでいい、それでいいんだ。

「百済に戻るつもりはない」

豊璋はきっぱりと云った。「倭国に骨を埋める覚悟だ」

「無理もございますまい」

貴智は慌てふためいた素振りを見せなかった。豊璋の反応を予期していたかのように冷静だった。「百済は豊璋さまを見捨てて顧《かえり》みませんでした。非情に過ぎます。無慈悲な祖国です。顔を背《そむ》けられて当然。しかし愚臣といたしましては、ただただ憐《あわ》れみを乞《こ》うのみにござります」

「何と云われても」

「されば、今日はこれにて下がりまする。王子さまのご返事がいただけるまで、愚臣は百済に帰りますまい」

　貴智は一礼し、葛城、鎌子にもお辞儀をすると、後ずさって退出した。

「見送ろう」葛城は後を追い、戸口で振り返って鎌子に声をかけた。「後は頼んだ」

鎌子はうなずき、豊璋にいった。「今しばらくのお待ちを」

「このうえ何か？」

「皇子よりお話がございます。それまで、どうぞかけてお待ちください」

豊璋は開きかけた口を閉ざした。すぐにわかることだ。勧められるがまま椅子《いす》に腰を下ろした。

　鎌子は下座の椅子を引いて腰かけると、抑揚《よくよう》のない口調で話し始めた。

「国が滅ぶとは、どのような気分でしょうか。内法佐平どのの心中を察すると、同じ立場の者として居ても立ってもいられません」

「さぞ冷淡《れいたん》だと思ったろうな。でも、わたしは――」

「いいえ、お見事でした」

「え？」

「すぐに飛びついては足元を見られます。最初は難色を示して相手を焦《じ》らす、そうやって少しずつこちらの条件を吊《つ》り上げてゆく、これが交渉を有利に進める要諦《ようてい》です」

「鎌子どの……あなたは、何か誤解しているようだ」

「為政者《いせいしゃ》が本心を明かすのは、最後の最後になってです。豊璋さま、あなたはそれを生まれながらに会得《えとく》しておられる。さすがは百済王家のお生まれです」

「勘違いしないでいただきたい。百済に戻る気など、これっぽっちもないのだから」

「それそれ、その調子です。わたしごときを相手に本心を洩《も》らすなど、もってのほか」

「鎌子どの」

「豊璋さま」鎌子の口調が変わった。「王家の血からは、逃れられませぬ」

「王家の血だって？」

「あなたは武《ぶ》王の子であらせられる。法《ほう》王の孫にして、恵《けい》王の曾孫《そうそん》であり、我が倭国に仏法を伝えた聖《せい》王の玄孫《げんそん》であらせられる。その先を遡っても然り。ことほどさように、あなたの身体《からだ》には先祖代々の百済王の血が流れ込んでいるのです。あなたが王となって少しもおかしくはない。王とは何か。国を体現するもの。王すなわち百済なのです。今、百済という国は王を失った。次なる王を欲《ほっ》しています。如何《いかが》です、感じませんか、豊璋さま」

「感じる？　感じるって、何をだ」

「百済に呼ばれているのを」

「そんなこと」声が、またかすれた。

「百済に呼ばれ、王たれと求められた熱い血のざわめき、それをお感じになっているはず」

「…………」

　血が、頭に昇って豊璋は返す言葉を見つけられなかった。血、王家の血、王の血筋、血のざわめき――。

「ひょっとすると」鎌子は続けた。「最初から、こうなる運命だったのやもしれません。義慈王は運命の手に操《あやつ》られて、豊璋さまを殺すつもりが、実は生かしておくために一役買わされたのです。そうではありませんか。もし豊璋さまが放逐《ほうちく》されることなく、そのまま泗沘《しひ》城に安住していたら、今頃は大勢の王子の一人として長安に送られているはずですから」

「もっともらしいことを云う」

　豊璋は思わず笑った。声をあげて笑うと、血とやらの桎梏《しっこく》から解き放たれた気分が急に込み上げた。「鎌子どのは弁舌が巧みだ。運命論か。では、わたしも同じ論法で切り返そう。わたしが沸流島《ふつりゆう》で蘇我入鹿《そがのいるか》どのに命を救われたのは」入鹿の名前をことさらに強調した。「倭国に養蜂を齎《もたら》す運命だからだ、と」

「なるほど、蜂蜜ですか」

物慣れた調子で鎌子は相槌《あいづち》を打つ。「一度だけ舌先に載せたことがございます。先の帝の即位の折りに義慈王が献上してきたものですが、ありがたくもお裾《すそ》分《わ》けにあずかったのです。さながら舌の溶ける思い、この世のものならざる甘さでした。さぞやお望みのことでしょうな、祚栄姫も」

豊璋はぎくりとして、鎌子の顔を凝視した。なぜ祚栄のことを？　話の流れの単なる偶然か。それとも、見抜かれているのか、この男には。祚栄のため、愛する祚栄のためだけに……祚栄の驚き、喜ぶ顔が見たい……ただそれだけのために、養蜂を始めたことを。

鎌子は素知らぬ顔でさらりと続けた。「豊璋さまが百済王に即位される、となれば祚栄姫は王妃《おうひ》におなりあそばします。百済王妃に」

豊璋は椅子から立ち上がっていた。そのまま棒立ちになった。ついぞ考えたことがなかった。自分の立場ばかり考えていた。

祚栄が、王妃……王妃……祚栄を王妃にしてやれる……百済王と百済王妃……。

「葛城皇子さまは、百済再興に倭国が力添えすると、ご決断なさいました」

「何だって」豊璋は耳を疑った。「今、何て云ったんだ」

「ありていに申せば、軍を出すということです。敵は唐・新羅の連合軍。対するに、こちらも倭国・百済の連合軍というわけです」

「そんな……だって、倭国は百済を見限ったと……」

「百済を見限ったのではない。義慈王めを見限ったまでだ」

豊璋は振り向いた。葛城皇子が戻ってきていた。

「義慈王を？」豊璋は衝撃が冷めやらぬまま鸚鵡《おうむ》返しに訊いた。

「そうだ。一方的に新羅を侵略し、大言壮語《たいげんそうご》を弄《ろう》し、それで勝てぬとなると一転して酒色に溺れ、政《まつりごと》を顧みぬ。そのような愚王《ぐおう》を戴《いただ》く国と親交を結べるはずがないではないか。こたびのことは、なるほど百済という国が滅んだかに見える。だが、さにあらず。聖人の事を制するや、禍《わざわい》を転じて福と為《な》し、敗に因《よ》りて功を成す、だ。王の首を挿《す》げ替えよ、との天命であろう。新たな王を担ぐ新たな百済、正しき王の率いる正しき百済、そういう国ならば喜んで旧交を復することができる。そのために、我は助力を惜しまぬつもりだ。惜しまぬどころではない。新羅はともかく、大唐帝国を向こうに回すからには、倭国の総力を傾けて一戦を挑《いど》む覚悟でいる」

「…………」

「もちろん、きれいごとだけで助力するのではない。それなりの見返りあってのことだ。かの内法佐平どのの申し出は、我を満足させてくれた。この葛城は計算高い男だ。仁だの大義だのと、甘い理想だけでは動かぬ」

「…………」

「倭国・百済の連合軍とはいえ、主体は百済軍だ。祖国を再興する戦いなのだ。そして再興軍は百済王が率いねばならぬ。そうであろう、豊璋王子」

「しかし」葛城から名前で呼ばれたのは今が初めてだということにも気づかず、豊璋はぼうっとなった頭を振りながら云った。「わたしは軍を率いたことがない。兵事、軍事のことは、とても……」

「戦《いくさ》とは、将軍の仕事なのだ」

葛城は、兄が弟を勇気づけるような親しささえ口調ににじませて云った。「王たるもの、有能な将軍を抜擢し、信頼して、兵馬の全権を授け、あとは後方で泰然《たいぜん》と見守っていればよい。王子の帰国を鶴首《かくしゅ》して待っている百済の将軍たちにも、有能な者は少なくないだろう」

「わたしは……その、百済を離れて長い。知らぬ者たちばかり……信頼など、どうして……」

「もっともだ。だから、倭国から送り出す支援軍にも、とりわけ優秀な将軍を選《え》りすぐる。彼を右腕と頼まれるがよい」

「彼？」

「入って参れ」

葛城が呼びかけると、戸口に頭がつかえるほど長身の男が現われた。黒漆《くろうるし》で染めた革札《かわざね》の鎧《よろい》に身を包み、雉《きじ》の長い尾を飾った兜《かぶと》を右手でかいこんでいる。

一目見るや、豊璋は叫んだ。

「田来津《たくつ》！」

八

難波津は光に満ち溢れている。海面が黄金色《こがね》にきらめき、飛び交う鷗《かもめ》や海猫の翼もまぶしいくらいに白く輝き渡る。数を数えるのがいやになるほど多くの船が停泊し、ゆったりとした波のうねりに合わせて帆柱《ほばしら》をのどかに上下させていた。

船舶ひしめく光る海を、優雅に漕《こ》ぎ進んでゆく小舟がある。艫《とも》で櫂《かい》を操っているのは、坐《すわ》っていても長身とわかる青年で、軽装、足元に長剣を置き、日焼けした面《おもて》には武人らしい精悍《せいかん》さが漲《みなぎ》っている。

舳先《へさき》には、同じ年頃と見える若い女が腰を下ろしている。藤色の衣《い》と裙《も》をまとい、それよりかは色の濃い藤紫の領巾《ひれ》をかけていた。行き交う船の水夫たちが決まって目を瞠《みは》るのは、男に漕がせているとはいえ、高貴な女が舟遊びするなど珍しかったからだが、そうでなくとも人目を引かずにはおかない彼女の美貌《びぼう》ではあった。

「ご気分は如何です」

青年の問いかけに、若い女は挿《さ》していた竹櫛《たけぐし》を抜き、ほどけた長い黒髪を潮風に存分に躍《おど》らせた。それが答えだった。

「なんてつれない人なのかしら」

女は髪をかきあげながら、朗らかに云った。「あの人ったら、海がこんなに気持ちのいいところだなんて、全然教えてくださらなかった」

「反面、海は怖いところでもある。わたしたちが漂流した話はお聞きでしょう？」

「何度も。あの人にとって、それはもう大切な思い出なのです。とても幸福そうに話してくださるわ。わたしからもせがみます、あのお話を聞かせてって。だから、わたしの頭の中では、あなたはずっと十歳ぐらいの少年だったのですよ、秦田来《はたの》津さま」

引き合わされた時の途惑《とまど》いを思い出し、多祚栄《おおのそえ》はくすくす笑った。目の前の見上げるほど背の高い青年武人と、豊璋の話に出てくる腕白《わんぱく》で度量の大きな少年とが、すぐには結び付かなかったのだ。

「わたしのほうこそ大切な思い出ですよ。彼に命を救われたのですからね」

「あら、それは聞いていません。だって二人で助けを求めに泳いでいったとか」

「あいつらしいな。では、ご夫君《ふくん》の秘密をば暴露《ばくろ》するといたしましょう」

田来津は白い歯を見せて笑い、きびきびと語っていた。最初は豊璋一人が助けを呼びにゆき、自分は後を追ったこと。途中で足が動かなくなったが、豊璋は決して見捨てなかったこと――などを簡潔に、いきいきと。

祚栄はうっとり聞き入った。初めて聞く事柄への驚きより、そして聞き慣れた話が違う視点から語られる面白さより、二人がどれほどの絆《きずな》で結ばれているかを改めて知って、自分のことのように胸が熱くなった。しかしそれは顔色には出さず、さらりと口にした。

「いいお話ね」

「もう一度、わたしは豊璋に助けられているのです。これもご存じではない？」

「ええ」

「……入鹿さまのことがあって」

田来津の口調が急に淡々《たんたん》としたものになった。「巣箱が解体され、わたしは行き場を失いました。近江《おうみ》に戻るというわけにはいかない。もう少し年が上だったなら、本家を乗っ取って秦造《みやつこ》田来津を名乗った仇に一矢《いっし》報いてやれたかもしれないが、十歳そこそこの少年にそんな力などありませんからね。仲間たちは一人、また一人と去っていった。所詮《しょせん》は親も身寄りもない孤児ですから、奴《ぬ》として引き取られてゆくのです。博麻《はかま》は筑後《ちくご》の豪族に、刀良《とら》は……わたしもそうなるはずでした。ところが忘れもしない、入鹿さまがお亡くなりになってちょうど三か月目の九月十二日のことでしたが、葛城皇子《かつらぎのみこ》さまからの呼び出しがあって、宮中に参内《さんだい》しました。そして直接に告げられたのです。これよりは、朴市秦《えちのはたの》一族の氏上《うじのかみ》にして秦造田来津として復帰せよ、と。それというのも、本家を乗っ取り、わたしを殺そうとした男は、吉野《よしの》の古人皇子《ふるひとのみこ》さまの謀叛に加担して罪せられたのでした……それで、今のわたしがある」

田来津は櫂を操る手を止め、舟を波間に漂うに任せた。大船小船の櫛比《しっぴ》する船溜まりを抜けて、入江の出入口近くまで来ていた。

「後で知ったのですが、わたしの仇は、さまで謀叛には関与していなかった。せいぜいが末席に連なっていた程度で、伊豆《いず》に流されるほどの重さの罪ではなかったのだとか」

「では――」

「ええ、豊璋は葛城皇子に目通りした時、自ら進んで冀《こいねが》った。友だちを助けて、と。自分のことより、わたしの身を思いやってくれたのです」

「…………」

「中臣鎌子さまからじかに伺《うかが》った話です」田来津は話の信憑性《しんぴょうせい》を担保すると、同じ言葉を繰り返した。「それで、今のわたしがある」

「今の、あなた?」祚栄は挑むように訊く。

「ええ」田来津は胸を張った。「昔のわたしは力のない惨めな孤児だった。今のわたしは朴市秦一族の氏上であり、阿倍臣比羅夫《あべのおみのひらぶ》どのの副将として戦歴を重ねた身です。船戦《ふないくさ》の戦歴をね」

「船戦とは?」

「蝦夷《えみし》、粛慎《みしはせ》征討《せいとう》のことはお聞きおよびでしょう」

祚栄はうなずいた。

重祚《ちょうそ》した女帝《おおきみ》が熱を上げる事業が二つある。一つは大和《やまと》での大がかりな土木工事、もう一つが北方への勢力拡大だ。

この大八洲国《おおやしまのくに》の北には未《いま》だ服属を拒《こば》み続ける民《たみ》が蟠踞《ばんきょ》している。蝦夷、粛慎と呼ばれる彼らを平定すべく遠征軍が組織され、阿倍臣比羅夫が司令官に任じられた——とは、祚栄もかなり以前に耳にした。

阿倍臣は古来朝廷に重きをなす有力氏族であり、遠征軍は二百隻近い大艦隊と聞いている。女帝の意気込みが知れようというものだった。

それにしても、目の前に坐る長身の青年が、阿倍比羅夫の副将だとは。

「わたしは比羅夫どのに従って」田来津は先を続けた。「ずっと辺境で転戦を続けてきました。齶田《あぎた》、渟代《ぬしろ》、有間浜《ありまのはま》、渡嶋《わたりのしま》、弊賂弁嶋《へろべのしま》。大和に戻ってくるのは十年ぶりになる。そのようなわけで、豊璋には会いたくとも会えなかったのです」

「この五月のことだったかしら。石上池《いそのかみいけ》の辺に須弥山《すみのやま》が作られて、粛慎の人たち四十七人を饗応《きょうおう》する儀式が執《と》り行なわれました。わたしも兄に従って出席を」

女帝、葛城皇子、大海人皇子《おおあまのみこ》を始め皇族、重臣たちが顔を揃《そろ》える盛大な饗宴《きょうえん》だった。

「そうか、ご覧になりましたか。彼らが弊賂弁嶋に柵《き》を築いていた粛慎です」

「阿倍臣は壇上《だんじょう》にお見受けしました。あなたのお顔は、記憶にないわ」

「その頃、わたしは後始末を命じられて渡嶋に駐屯《ちゅうとん》していましたから。比羅夫どのは捕虜《ほりょ》を連れて一足先に凱旋《がいせん》したのです」

「悔《くや》しくはありませんか？」

「何の。孤児のひがみが取れないのか、晴れがましい席は苦手でしてね。船に乗っているほうがいい。船が、海が好きなんです。大和は海がないので、どうも落ち着かない。ここには一昨日に戻ってきましたが、もう海に帰りたくてうずうずしています」

「一昨日……では、戻っていらしたばかりでしたのね」

「いきなり葛城皇子さまから百済《くだら》遠征を命じられて、わけもわからないまま豊璋との再会になったというわけです」

「これで腑《ふ》に落ちたわ」

祚栄は言葉を噛《か》みしめるように云った。「なぜ、あの人が突然、心変わりしたのかが」

「なぜ、あなたは反対するのです、祚栄姫」

「愛する夫を戦場に送りたい妻がどこにいまして？　それに、あの人は武人ではありません」

「そう、武人ではない。彼は王子です。王族は武人、文人を超越した存在だ。しかも祖国が滅んだ今、その復興は王族たる者の義務なのです」

「義務ですって？」

「そう、神聖な義務です」

「だとしても、あの人が戦場に赴く必要がありまして？　蝦夷、粛慎の征討は、今《きん》上陛下《じょうへいか》が直接陣頭にお立ちあそばしたかしら？　女帝だからというのは言い訳にならなくてよ」

「それとこれとは話が違います。昔はこの国の大王たちも、甲冑を擐《き》て戦いました。ましてや滅んだ国を再興する戦いです。彼が百済王として戦場に君臨《くんりん》し、士気を鼓舞《こぶ》する必要があるのです」

「わからない、というのではありません。わたしはそんな聞きわけのない、愚《おろ》かな女ではないわ」

祚栄は痕《あと》が残るほど唇《くちびる》を咬《か》み、きっと顔を上げた。「では、はっきりと申し上げましょう。わたしが云いたいのは勝算です。対手が新羅《しらぎ》一国ならともかく、唐《とう》を敵に回して本当に勝てるとお思いなのですか」

「ご懸念《けねん》ごもっとも」

田来津が表情を改めた。「しかし、勝算はあります。充分ある。と云いますのも、唐の本当の狙いは高句麗《こうくり》だからです。百済は、新羅の甘言《かんげん》に半《なか》ば騙《だま》されて攻め滅ぼしたに過ぎません。つまり唐は百済の興廃《こうはい》について、それほど関心、執着《しゅうちゃく》を持っていないのです。唐皇帝は、属国が一つ減ったことを内心苦々しく思っておりましょう。と、これは政治的な理由からですが、軍事的な見地からも勝つ見込みはある。なるほど、唐は軍事大国ですが、大陸国家として陸の用兵に長《た》けてはいても、船戦の経験が乏《とぼ》しい。そこへゆくと我が国は島国であるがゆえに、船を操ることにかけて一日《いちじつ》の長《ちょう》がある。しかも、このところ蝦夷、粛慎征討で、実戦をたっぷ

りと経験しましたからね。兵士たちは鍛《きた》え上げられていますし

「ずっと北の戦場で明け暮れていたあなたが、よくそこまで国際情勢に頭がまわるものですね」

「受け売りだということは認めます」

田来津は悪びれたふうもなく云った。「今申し上げているのは、比羅夫どのの説明を、わたし自身きちんと納得したうえで、あなたにお伝えしているのです」

「なぜ阿倍臣さまが？」

「もちろん比羅夫どのも百済に出陣なさるからですよ。葛城皇子さまは、倭国の総力を傾けて百済復興軍の支援に乗り出すお考えなのです。かような次第ゆえ、祚栄姫、どうぞご安心を」

「倭国の総力を傾けて、ですって？」

祚栄は我知らず拳《こぶし》をぎゅっと握りしめた。「葛城皇子さまは、どうしてそんな危ない橋を渡ろうとなさるの？　皇子さまは百済嫌いのはずです」

「確か孔子《こうし》先生も云っています、君子《クンシ》ハ豹変《ヒヨウヘン》ス、と」

「『易経《えききよう》』ですわ」

「これは失礼。ともかく、機ニ臨《ノゾ》ミ変ニ応ズ、というわけです。あからさまにいえば、百済の復興で生じる莫大《ばくだい》な権益が目当てなのでしょうね」

「そんなもの、今のこの平和を引き替えにするに値しません」

「平和？　皇子さまは停滞とお考えです」

「停滞？　あなたもそうお考えでして？　秦田来津さま」

「わたしは武人だ。行動することに、生きる意味を見出す男です。停滞とは無縁」

「その理屈で、人の夫を血腥《ちなまぐさ》い戦場に誘いだそうというのね」

「巣箱時代、豊璋と二人して同じ夢を語り合ったことがあります。王子の彼と、総大将のわたしが百済に攻め入る夢です。わたしはこの夢だけを頼りに生きてきた。武人を志したのも、船戦に習熟しようとしたのも、すべてはそのためです。かたや豊璋は、夢を封印した。彼がどのような思いでそうせざるを得なかったか、その辛《つら》さは、わたしには想像することができない。自分のことに精一杯で、何ら彼の力になってやれなかった。二度も助けてくれた彼の力に……」

「その恩を返すのは、今この時だとお考えなのですね」

「わたしは夢を実現したいのです、祚栄姫。今やその時だ。豊璋も封印を解いていい時です。すべての情勢が、彼にそうすることを求めている。多くの百済人が祖国再興の夢を彼に託しているのです。百済は――」

　田来津は腕を水平に伸ばし、西方を指し示した。

　祚栄はその方角を見やった。難波津の先に広がる海は、南北から迫る緑に挟《はさ》まれて、一筋の光る道のようだった。

「百済は、この彼方にある。豊璋の――いいえ、豊璋とあなたの国が」

「…………」

あの人とわたしの国……その言葉を祚栄は反芻《はんすう》する。言葉の、意味を。

田来津は、祚栄に考える時間を与えるつもりか、しばし黙っていたが、やがて口を開いた。「彼はこう云っていました。お聞きでしょう。あなたを百済王妃にしてやりたい、と」

「王妃など」祚栄は、放り込まれた汚物を即座に掃《は》き出すように云った。「王妃になんかなりたくありません。わたしの夢は、あの人が作る蜂蜜を食べることよ」

「蜂蜜？　さて――」

「あなたでも知らないことがあるのね」

「蜂蜜とは何のことです」

「……でも、どうして養蜂《ようほう》のことをお話しにならなかったのかしら」

一矢《いっし》報いてやったという小さな勝利感はすぐに凋《しぼ》み、祚栄は頬が歪むのを感じた。「……恥じているんだわ。親友にも云えないくらいに……」

「祚栄姫？」

「あの人は――あの人は、自分に自信がないのです。わたしに愛されていることにさえも自信が持てない。わたしが、同情と哀れみから自分のものになってくれたのだと、心のどこかでずっと疑っているのです。そんなことのあるものですか。初めて会った時から、一目見て好きになりました。思いを打ち明けたのもわたしから。あなにやし、えをとこを――伊奘冉尊《いざなみ》きどりもいいところだったわ。それでも好きなのです、豊璋さまが」田来津に説くというより、自身に呟《つぶや》きかけるように祚栄は云う。「ああ、何てこと。あの人は国王になり、わたしを王妃にすることで、自信を取り戻そうというのだわ。わたしに愛される資格のある男だと、自分に証明したいんだわ」

「何にせよ、豊璋は」田来津は嚙んで含めるように云った。「自分のものを取り戻す戦いを始めなければならない。彼は百済王子なのです。祚栄姫、あなたは普通ではない男を愛してしまったのですよ」

祚栄は西の海から視線をそらし、田来津に対しても顔をそむけた。涙を見られないためだった。

「わたしの欲しいのは蜂蜜です。王妃ではないわ」声はあくまでも硬《かた》かった。「さあ、もう舟をお戻しになって」

埠頭《ふとう》に立つ豊璋の隻影《せきえい》が見えてきた。馬の手綱《たづな》をとる従者は遠く離れて控《ひか》えている。潮風に袖をはためかせた豊璋は、孤独の色をにじませていた。

表情が見分けられる距離にまで漕ぎ寄せると、田来津はそれとなく首を横に振り、説得が不首尾《ふしゅび》に終わったことを伝えた。豊璋の顔色が翳《かげ》り、がっくり肩が落ちた。田来津は胸が詰まった。なるようにはならないものだ。

豊璋は、新しい百済王として復興軍の陣頭《じんとう》に立つことを肯《がえ》んじた。ただし祚栄の了承が必要だという。この際、女の意見などどうでもいいだろうと、田来津は呆《あき》れる思いで云ったのだが、その点、豊璋はひどく頑《かたく》なだった。

舟を戻す間、祚栄は一言も口をきかなかった。顔を合わせようともしなかった。肩が小刻《こきざ》みに揺れていた。察するに、ずっと泣きつづけていたのだろう。

接岸した。

豊璋の差し出した手を握り、祚栄が舟から埠頭へと軽やかに飛び移る。

「お帰り、祚栄」

豊璋が云った。諦念《ていねん》の響きを帯びた声。「どうだった、海は。怖くはなかったかい。田来津は――」

「わたしを王妃にしてくださいませ、豊璋さま」

舫杭《もやいぐい》に綱を投げかけようとしていた田来津は、思わず耳を疑い、手を止め、啞《あ》然《ぜん》として埠頭を見上げた。祚栄は豊璋の手を握ったまま、彼の前に片膝をついていた。

「祚栄……その……今、何て？」

同じ言葉が、同じ口から、繰り返された。

「では、いいんだね、百済に戻って」

「わたしのお願いを、もう一つお聞きとどけになってくだされば、ですけれど」

「もう一つ？」

「はい。どうか祚栄も百済にお連れになって」

九

じっくり時間をかけて目を通した後、おもむろに女帝《おおきみ》は詔勅《しょうちょく》の草案を音読し始めた。

「――援軍の要請《ようせい》は、昔もあったと聞く。危機に陥ったものを助け、断絶したものを継ぐことは恒典《こうてん》に記された通りである。今、百済《くだら》国が窮《きゅう》し、我が国を頼って参った。『祖国が滅び、依《よ》るところ、告げるところもございません。戈《ほこ》を枕に臥薪嘗胆《がしんしょうたん》しておりますれば、どうか必ずお救いくださいませ』と遠くから上表してきた。その志気を、どうして見捨てられよう。将軍たちにそれぞれ命じ、多方面から同時に進軍させよ。雲会雷動《うんかいらいどう》、一斉《いっせい》に沙喙《さたく》に集結するのだ。さすれば、その鯨鯢《げいげい》を斬り、百済の非常な苦しみを緩《ゆる》めてやれよう。役人は、王子のためによくよく準備し、礼を以て送り遣《つか》わしてやれ」

読み上げ終えると、すぐに下問《かもん》した。「昔もあったとは、今を去る百八十五年前、百済が高句麗に攻め滅ぼされ、我が国に救いを求めてきたことを云うのじゃな？」

「はい」葛城は母帝の言《げん》をいったん肯定してから、先を続けた。「しかし、さのみではありませせん、それ以前にも、阿莘《あしん》王が太子《たいし》を人質に送って救援を乞うてきたこと、内乱によって帰国できなくなった映《えい》王を助け、百済王に即位させてやったこと等々を含みおいた表現です」

「前例に則《のっと》るというわけじゃな。なれど、ここはどうであろうか、沙喙の地名を挙げるのは。少しまずいのではあるまいか」

「通謀《つうぼう》を疑われるとのご懸念でしょうか」

「そうじゃ」女帝はうなずいた。「旧《もと》より新羅領ではないか」

「そのようなことにはなりませぬ。寧ろ逆です。詔書《しょうしょ》の段階から新羅領の占領を予告、宣言するわけですから、百済人どもは、倭国《わこく》の覇気《はき》、本気度の表明と諸手《もろて》を上げて歓迎いたしましょう。しかも具体的に地名を提示することで、各地に逼塞する難民たちを一か所に誘い出す効果も期待できるというものです」

「なるほど、考えたものじゃ。またしても鎌子《かまこ》の深謀《しんぼう》遠慮か」

「いえ、今度ばかりは、この葛城が」

「巧妙《こうみょう》なり」女帝は歎声《たんせい》を放った。「いっぱしの兵法家《ひょうほうか》ではないか」

「我が兵法の師、鎌子の薫陶《くんとう》よろしきを得ましたので。こたびのこと、この葛城が乾坤《けんこん》一擲《いってき》の大勝負です」

「蘇我《そが》を討った時もそう申しておったが」

「振り返ってみますと、序の口でしかなかったようです」

「巧妙といえば、ここに鯨鯢とあるのもそうじゃな」

「鯨は雄、鯢は雌――いずれにせよ小さな魚を呑み込むので、小国を呑食《どんしょく》する仇、不義の人、巨魁《きょかい》の悪人の喩《たと》えとなります」

「仇のう。当然、百済人は憎き亡国の仇、新羅の金春秋と思うわけじゃ」

「御仏《みほとけ》の教えを以て申すなら、祖国の復興などに執着するから、非常な苦しみを味わっているのです。鯨鯢、斬るに如《し》かず」

「宜《よろ》しい」女帝は云った。「これなるを詔勅として允許《いんきょ》いたす。百済救援の詔《みことのり》、内外に普《あまね》く公布するがよい」

葛城は深々と頭を下げた。「ありがとうございます」

　彼は後岡本宮の奥殿に参上し、母帝に上奏《じょうそう》していた。十月も半ばを過ぎ、部屋の中は肌寒い。そろそろ炭櫃《すびつ》を運び入れてもよい季節を迎えている。面を起こし、母の顔を改めて見つめた。老いられたな、との感慨が胸をよぎる。無理もない――豊御食炊屋姫天皇《とよみけかしきやひめのすめらみこと》の治世の初め頃に生まれた宝皇女《たからのひめみこ》、すなわち彼の母帝は今、六十七歳だった。二度結婚し、二度天皇位を践《ふ》んだ。だが、ここはもう一働きしてもらわねばならない。倭国の未来が懸《か》かっているのだ。

　この詔勅をもとに〝遠征軍〟を組織することとなる。その指揮は葛城が自ら筑紫《つくし》に赴いて執る算段になっていた。筑紫は海を挟んで半島に相対し、その距離的近さゆえ半島の情勢に即応できるからである。

「つきましては、今一つお願いしたい儀があります」

「何ぞ、このうえ」

「母上にも何卒《なにとぞ》、筑紫に赴いていただきたく存じます」

「何と、同行せよと？」

「いいえ、同行ではなく、形の上では、天皇たる母上自らがわたしたちを率いて征《せい》西《せい》の途《と》に就き、筑紫に行宮《かりみや》を構える、というふうにしたいのです。百済復興のための行宮を」

「征西とな？　しかし――」

「そうしてこそ、倭国が本気であると百済人どもに思わせられるというものです」

「なるほど、もっともじゃ。とはいえ前代未聞じゃぞ、天皇が、それも女帝が、征途になどと」

「だから効果的なのです。ただし、先例がないわけではありません。気長足姫《おきながたらしひめの》尊《みこと》が征西を行なっているではありませんか。まさに新羅征討を。つまり、これまた前例に則るというわけです。もちろん、母上に海を渡っていただこうというのではありませんが」

「当たり前じゃ。なれど、気長足姫は后《きさき》、朕《われ》は天皇なり」

現帝は胸を張って彼我《ひが》の差を強調した。すぐに溜め息をついて呟く。「気長足姫は若かった。何しろ身籠《みご》っての新羅征討だったのじゃから。朕はもうおばあさんじゃ」

祖母どころではない。葛城の娘の大田皇女《おおたのひめみこ》が妊娠中で、出産は年明け初めと予定されている。そうなれば女帝は曾祖母《そうそぼ》となるのである。

「構えてお考えになることはありません。筑紫への旅をお楽しみあそばされませ」

「旅か」

ふと女帝は遠い目になった。やがてその目に生気《せいき》が吹き込まれた。

「宜しい」朗らかとさえいっていい口調でうなずいた。「朕自ら筑紫にゆこう。ただし、条件が一つある」

「伊予《いよ》ですと？」

中臣鎌子は目をしばたたいた。

「途中、伊予の熟田津《にきたつ》の石湯《いわゆの》行宮に逗留《とうりゅう》したいと仰せなのだ」

「石湯行宮。では、湯治《とうじ》に？」

「熟田津は」葛城は首肯《しゅこう》した。「亡き父上との曾遊《そうゆう》の地だからな。重祚の前にもたびたび出かけておられたし、よほど愛着があるのだろう。しかし、気楽なものだよ。息子が一世一代の大勝負に臨《のぞ》もうというのに、母親のほうは温泉三昧《ざんまい》をしゃれこむのだから」

「しかし殿下、それはそれで実に好都合ではございませぬか。遠征軍にはそれなりの数を取り揃えねばならず、兵士の徴募《ちょうぼ》に時間がかかるは必定《ひつじょう》。途中、陛下が温泉をお楽しみあそばされくださるとなれば、そのための時間が捻出《ねんしゅつ》できるというものです」

「おれもそう思って、是非なく受け容れたのだ」

「遠征軍の目的が目的ですから、目くじらをたてるほどのことはございません。親孝行のいい機会になったとお考えくださいませ」

「親孝行?」葛城は鎌子の生真面目《きまじめ》な顔を見つめ、ぷっと吹き出した。「兵法ではそなたに肩を並べたつもりのこのおれだが、ああ、人間の度量ではまだまだだなあ」

「ともかく殿下、おめでとうございます。詔勅を得られたことといい、陛下が筑紫への征途をご承諾なされたことといい、すべては殿下の描かれた絵図面通りに進んでおります」

「いまのところは、な」

「わたしのほうからも報告すべきことがございます。豊璋《ほうしょう》王子が出征を肯んじました」

「ようやくか」

葛城は冷淡に云った。何にせよ豊璋に選択の余地などないのだ。あらゆる情勢、すべての条件が、亡命王子を半島へと駆り立てている。

「己の意志としての首肯にございます。いいえ、志願と申してよいかと」

「それは重畳《ちょうじょう》。で、心変わりの理由は何だ」

「愛する女人《にょにん》の承諾を得たから、と」

「はっ、呆れたものだな、かまでの大事を女人の思いに委《ゆだ》ねるとは。ま、その程度の器《うつわ》ゆえ我らの手駒となってくれるわけだが。女人というのは、確か、蒋敷《こもしき》の妹であったな」

「名は祚栄《そえ》です」鎌子はうなずいた。「豊璋王子に同行して海を渡るとの由に」

「女傑《じょけつ》だな。気長足姫を気取るつもりか」

新羅征討を渋《しぶ》る夫の大王に代わって、気長足姫は軍船《いくさぶね》を連ね渡海したのだ。「あるいは、百済王妃という座に愚かしくも目が眩《くら》んだ欲深な女か。どちらにせよ、ひ弱な夫には相応《ふさわ》しい」

「さ、それは――」鎌子は言葉を濁《にご》した。祚栄はそのような女人でない。だが、彼女の突然の翻心《ほんしん》は、鎌子にして謎というしかなかった。「王妃と仰せでございましたが、豊璋王子と祚栄姫はまだ正式な夫婦にはなっておりませぬ」

「では、婚儀を準備せよ。海を渡る前に祝言《しゅうげん》をあげさせてやるのだ。これで欲深女はいよいよ意気込んで夫の尻を叩《たた》くだろう」

百済救援の役《えき》の発令は、江湖《こうこ》に驚きを以て迎えられた。しかし勅命とあれば従わざるを得ない。まずは諸国に造船が課された。

十二月、現帝は後岡本宮を出御《しゅつぎょ》、難波宮《なにわのみや》に幸《こう》した。筑紫へと向かう第一段階である。乗船は年明けが予定された。

十

金多遂《きんたすい》が海を渡るのは、今年これで五度目だった。唐《とう》の参戦を知った葛城《かつらぎ》の命で金春秋《しゅんじゅう》の幕下《ばくか》に参じ、百済《ひゃくさい》総攻撃に従軍、泗沘《しひ》城の落城と義慈《ぎじ》王の降伏とを見届けて飛鳥《あすか》に戻り、復命したのが八月のこと。三度目は二か月後の十月初旬、介礼《じれい》城を囲んだ春秋を訪ねた時だ。そこで秘密同盟締結の承諾を得たからには、その時点で五度目の渡海が織り込み済みとなったも同然であった。

十一月七日、金多遂は春秋の本営に至った。春秋は泗沘城北方の王興寺岑《おうこうじしん》城に拠《よ》る百済の残党を攻撃中だった。介礼城は先月の十八日に陥落させ、転戦していたのである。

多遂の任務は、百済支援の勅命が発せられたことを春秋に伝えることにあった。

「ありがたい」

春秋は戦塵《せんじん》に汚れた顔をほころばせた。「これで、ひとまず徐那伐《じょなばつ》に戻ることができる」

「沙喙《さたく》の件は――」

「むろん了承だ。葛城皇子によしなに伝えてくれ」

春秋はその日のうちに本営をたたんだ。王興寺岑城は降伏に追い込まず、それまでの攻城戦で得た首級七百を以て一方的に勝利を宣言すると、新羅《しんら》への帰還の途に就いた。

二十二日、春秋は王都徐那伐へ凱旋し、論功行賞を行なった。多遂はその次第をも目に刻んで倭国に戻った。六度目の海峡、である。

「これで合点が行った」

「合点？」

「うむ。この城は昨日まで金春秋めに囲まれていた。落城は時間の問題だった。あと三日もったかどうか。恥を明かすが、実は逃げ出す算段を整えていた。ところが夜が明けて見ると新羅のやつら、きれいさっぱり引き払っていた。一兵残らずな。狐につままれたとはこのことで、いったい何事ならんと訝っていたところなのだ。なあ和尚《おしょう》」

「福信《ふくしん》将軍の申す通りでな」道琛《どうちん》が坊主頭をつるりと撫《な》でてうなずく。「じゃが、謎はこれで解けた。新羅王も知ったに違いない。ガラ空きにした王都に倭軍が攻め込んでくるやも――恐れ慄《おのの》き慌てて撤退《てったい》していったのじゃ」

「新羅王が知ったにしては」道中の埃《ほこり》にまみれた旅装の熊城貴智《ゆうじょうきち》は小首を傾げ

た。「少し早すぎませぬかな。それがしにしてからが、夜を日に継いでここまで戻って参ったのですぞ」

「新羅は使者を倭国に常駐させているというではないか」

鬼室《きしつ》福信は忌々《いまいま》しさを隠さない声で吼《ほ》えた。「佐平どのは、一足先んじられたのだわ」

「何をっ」貴智は床几を蹴倒《けたお》して立ち上がった。「鬼室福信！　それがしの使行《しこう》に、ケチをつけるおつもりか！」

老鶴《ろうかく》を思わす気品のある顔に、朱が濃く迸《ほとばし》っている。

「ケチなどつけておらぬわ！」

眉を逆立てて鬼室福信も憤然《ふんぜん》と腰を上げる。「新羅王が知ったにしては早すぎると仰せゆえ、その疑問にお答え申し上げたまでよ。それのどこがケチをつけたことになる、え？」

「まあまあ」道琛が割って入った。「ご両所ともに、そう熱くならずとも」

「だ、誰が熱くなっているっ」熊城貴智の怒りの鉾先は道琛にも向かう。「使行を成功させて戻って参ったそれがしに対し、その態度は何だと云っているのだ」

「いや、これは失礼つかまつった」

道琛は一礼して詫《わ》び、福信に顔を向けた。「そなた、言葉が少し過ぎたようだの、将軍。新羅王は倭国の百済救援決定を知ったればこそ、大慌てで兵を引き、結果として落城寸前の我らは助かったのではないか。何にせよ、百済救援の応諾《おうだく》を倭国から引き出した佐平どのの手柄じゃ」

「云われてみればその通り」

福信は表情、態度を渋々改めた。「まずは佐平どのの手柄を祝福すべきところであったわ。頭を悩ませていた新羅軍撤退の謎が解けたかと思い、それに気をとられてしまったようだ。許されよ、佐平どの。この通りだ」

頭を軽く下げる福信に、貴智は不承不承《ふしょうぶしょう》ながらもうなずき、床几を起こして腰を下ろした。

「少しは慎《つつし》むがよいぞ、将軍」

道琛は、なおも福信を説諭する。「炎が一気に燃え上がるように、すぐかっとなる。まるで炎病、そなたの悪い癖《くせ》じゃ。祖国を再興せねばならぬ大切な時に、一時の感情に押し流され、仲間割れなどいたしておってどうする。こんなことでは先が思いやられるわい」

「わかった、わかった」福信は煙《けむ》たそうに云って顔をそむけた。「もうわかったというに」

道琛は溜め息をつき、貴智に顔を向け直すと、恭《うやうや》しさを響かせた声で云った。

「佐平どの、こたびの使行、成功おめでとうござりまする。さすがは外交巧者の貴智どのじゃ。見事に使命を果たしてくださった。おかげで、ようやく百済復興への曙光《しょこう》が見えて参ったというもの。して、詳細を承りたい。ご成長あそばした豊璋王子はどの程度の器量人であそばされるか？　倭国の援軍はいつ頃になろう？　その規模は？」

矢継《やつ》ぎ早《ばや》の問いに応じて、貴智は縷々《るる》語ってゆく。

派兵の期日、規模については未定であったが、これは是非もないことだ。貴智は救援の約束を取りつけただけで、すべてはこれからなのである。とはいえ、倭国の老女帝が年明けにも筑紫の行宮に遷るという情報は、福信と道琛を興奮させずにはおかなかった。百済の救援にかける倭国の、なみなみならぬ意気込みを読み取れるというものだ。

「しかしながら、倭国には」やや冷静さを取り戻して福信は眉《まゆ》を顰《ひそ》める。「過去のごとくに宗主国ぶられてはかなわぬ」

「火急の時じゃ、是非もなきことよ」道琛が云った。「例によって例の通り、倭国をとことん利用してやればよいのじゃ」

「それもそうだ。倭国をいかに上手《うま》く手玉に取るか、それが我が国の対倭外交の基本であり、伝統であったな」福信は得心したようにうなずき、やや身構える表情になって貴智に問いを発した。「王子は、その……このおれについて何か云っていなかったか」

「一言なりと」貴智は首を横に振った。「豊璋さまとそなたの因縁、それがしも知らぬではない。それについて豊璋さまのほうで何もお触れにならなかったということは、百済復興の大事を前に、個人的な怨恨《えんこん》はいっさい水にお流しあそばすご覚悟であり、ご決意なのであろう、と忝《かたじけな》くも拝察した次第」

「うむ、そうに違いないわ」豊璋の胸中《きょうちゅう》を思いやってか、厳粛《げんしゅく》な表情で道琛が云った。「とすると王子はなかなかの器量人じゃな。亡命して辛酸《しんさん》を舐《な》めた王子が名君へと育つ例は『春秋』にも書かれておる。これ、福信将軍。くれぐれも王子の心を刺激してはならぬぞ」

「当たり前ではないか。もとよりそのつもりのこのおれだ」

大見得《おおみえ》を切るように福信は応じる。「ともかく、この報せ、一国も早く全土に広めたい。士気を上げて、反撃の態勢を整え、そのうえで王子を迎えるのがよいかと愚考《ぐこう》する。倭軍に主導権を奪われぬためにもな」

道琛にも貴智にも異存はなかった。

十一

年が明けた。重祚《ちょうそ》した現帝七年目の治世の始まりである。新年の朝賀《ちょうが》の儀は難波宮でいたって簡素に行なわれた。それは出陣式の性格を色濃く演出させたせいでもあった。

一月六日、現帝の乗る大船は難波津を出港した。

見送る人々の中に多品治《おおのほんじ》がいた。飛鳥の留守は、大化改新で都が難波に遷った時がそうであったように、今度もまた多臣蔣敷《おおのおみこもしき》が預かることに決まった。帝の信任厚い父の名代《みょうだい》として、品治は飛鳥から出向いてきた。それのみならず、御座船《ござぶね》に叔母《おば》の祚栄《そえ》が同乗しているとあっては、見送りに振る手に力が籠もろうというものだ。

豊璋《ほうしょう》に従って海を渡るという祚栄の決意は固く、蔣敷も説得をすぐに諦《あきら》めたほどだった。品治も叔母らしいと思う。乗船する祚栄の顔は、豊璋が緊張に頬を硬くしているのに較《くら》べ、新春の陽射《ひざ》しを浴びて幸福そうに輝いていた。二人揃っての旅立ちを心から喜んでいるようだった。

叔母上は百済《くだら》王妃になられるのだ——。

品治はそう信じて疑わず、自分の心までもが自然と浮き立ってくるのを感じた。徴兵《ちょうへい》は筑紫《つくし》への道中、同時進行で順次行なうことになっているからだ。

船が桟橋《さんばし》をゆっくりと離れてゆく。軍旅を盛大に率いての征西ではない。

色とりどりの旌旗《せいき》を潮風にはためかせ、船体を極彩色《ごくさいしき》の幔幕《まんまく》で飾った御座船は、前後左右を軍船に警固させ、穏やかな初春の海に乗り出した。入江を出ると舳先《へさき》を西に向けた。見送る人々の目には、女帝が物見遊山《ものみゆさん》に出かけるようにも映じた。

事実、六十八歳の高齢で〝出征〟する女帝の心は伊予《いよ》の温泉に飛んでいて、形ばかりの厳《いか》めしい軍装とは裏腹に、その表情は晴れやかに寛《くつろ》いだものだ。

女帝の傍《そば》に葛城《かつらぎ》の姿がある。十六年前、蘇我入鹿《そがのいるか》を自らの手で誅戮《ちゅうりく》した葛城は三十七歳を迎えたばかりだ。そして出港から二日後には、その若さで早くも祖父と呼ばれる身となった。弟の大海人《おおあま》に嫁がせた娘の大田皇女《おおたのひめみこ》が、彼の初孫を生んだのである。船上での出産だった。生まれたのは女だ。出生地が、いや出生海が大伯海《おおくのうみ》であったことから、大伯皇女《おおくのひめみこ》と名づけられた。

「よくぞ生んでくれた。これは幸先《さいさき》がいい」

元気な産声《うぶごえ》を上げる赤子を抱き、葛城は上機嫌で娘をねぎらった。

臨月の大田皇女を一行に加えるに当たっては、諫止《かんし》の声も少なくはなかった。葛城が敢《あ》えて強行したのは、この征西を気長足 姫 尊《おきながたらしひめのみこと》の新羅《しらぎ》征伐に見立てんがためである。気長足姫尊は身籠ったまま出征して海を渡り、帰国して男児——誉田大王《ほむたのおおきみ》を出産した。女が軍を率いて新羅を討つという図式を踏襲《とうしゅう》するならば、妊婦の同行は必須の条件となる。老齢の母帝にその役割は期待できない。娘の大田皇女は恰好の代役というわけだった。

一月十六日、御座船は伊予の熟田津《にきたつ》に入港した。ここには石湯行宮《いわゆのかりみや》がある。葛城は、いってみれば温泉を餌《えさ》に母帝を担ぎ出すに成功したようなものだが、気長足姫も夫の足仲彦大王《たらしなかつひこのおおきみ》とともにこの湯を訪れており、これまた新羅征伐の見立てに適《かな》うものではあった。

翌日、彼は母帝とともに見晴らしのよい丘陵に登り、厩戸皇子《うまやどのみこ》が建立したという石碑を見物した。

「法興《ほうこう》六年の十月、歳は丙辰《ひのえたつ》に在《あ》り、我、法大王《のりのおおきみ》は、慧慈《けいじ》法師、及び葛城臣《おみ》と伊予の村に遊びて、神のごとき温泉を観る。その妙験《みょうげん》に感歎《かんたん》して、聊《いささ》か碑文一首を作るものなり——」

女帝は碑文を読み上げ、一同に得々と解説する。「法大王というのが厩戸皇子、すなわち聖徳太子《しょうとくたいし》のことじゃ。慧慈とは太子の仏教の師であったという高句麗《こうくり》の高僧、葛城とあるは蘇我馬子《うまこ》を指す。くれぐれも我が皇子と間違うでないぞ」

下手な戯言《ざれごと》に、お追従《ついしょう》の笑いがどっと起きる。葛城の笑いがぎこちないことに気づいたのは、同行者の中では中臣鎌子《なかとみのかまこ》ただ一人だった。

「厩戸皇子と縁づくことを恐れておいでてございますな」

行宮に戻って二人きりになると、さっそく鎌子は葛城の意中を質《ただ》した。

「見抜かれたか」

葛城は渋い顔をしてうなずいた。「聖徳太子のことなど、あの石碑を目にするまで思い出しもしなかった」

こたびの征西を気長足姫尊の新羅征伐に擬《なぞら》えようとする葛城ではあったが、その秘められた意図は聖徳太子の新羅征討計画のほうに、実はより酷似《こくじ》している。任那《みまな》日本府が新羅に奪われた敗北の記憶がまだ生々しく、任那を復興すべしと声高に叫ばれていた額田部女帝《ぬかたべのおおきみ》の御代《みよ》、太子はその声に押されるように遠征軍を組織した。そうせざるを得なかったのである。海を渡って新羅を討ち、任那諸国を再興するという名分を掲げて二万五千の兵士を集めた。

だが、これは太子の巧妙きわまりない策略であった。任那に有していた古い権益に恋々《れんれん》と後ろ髪を引かれる豪族たちの不満を解消すべく、見せかけの軍旅を組織してみせたに過ぎなかった。

筑紫に兵士を集結し、船団を整え、軍糧を運び込んだが、すべては真似ごとだった。渡海など端《はな》から考えてもいなかったし、実際に海を渡らなかった。渡らない口実も当然考えられていた。その口実を豪族たちが受け容れるかどうかは別としても。図りきや、思いもかけざる事態が出来《しゅったい》し、口実を持ち出すまでもなくなってしまおうとは。

遠征軍の最高司令官を拝命した太子の弟の来目皇子《くめのみこ》が、筑紫で頓死《とんし》したのである。太子は後任に今一人の弟である当麻皇子《たいまのみこ》を指名したが、これまた筑紫に向かう途中、妻である舎人姫王《とねりのひめみこ》が播磨《はりま》の赤石《あかし》で薨《こう》じた。

かくして新羅遠征は不吉、不浄の烙印《らくいん》を押されて中止を余儀《よぎ》なくされ、以後、任那復興への期待も自然と気が抜けたように凋《しぼ》んでいった。太子の目的は達せられた。しかし、偽《いつわ》りに対する代償さながらに、弟と義妹の命を失ったことになる。

同じように新羅征討軍を組織して筑紫へと向かう葛城は、奇《く》しくも熟田津の地で太子の痕跡《こんせき》と遭遇《そうぐう》したわけで、そのことを気に病んでいるのだった。自分もまた偽りへの代償を支払うことになるのでは、と。

「これは殿下のお言葉とも思われませせぬ」

鎌子は声を厳しくした。「畏《おそ》れながら、弟皇子の訃報《ふほう》に接した聖徳太子の内心を忖度《そんたく》参らすならば、来目よ、よく死んでくれた——でありましたろう」

「よく死んでくれた、か。そなたの云う通りだ、鎌子。為政者《いせいしゃ》たるもの、そうでなくてはならぬ。験を担ぐなど、愚か者のすることだった」

葛城は弱気に駆られたことを恥じるように背筋を立て直し、自身を鼓舞《こぶ》するためであったろうか、それを口にしたことを後々まで悔み続ける痛恨《つうこん》の一言を声に出した。「――大義親《しん》を滅《めっ》す」

三月二十五日、御座船は筑紫の娜大津《なのおおつ》に到着した。しばらくの間は近くの磐瀬《いわせ》に行宮を置いたが、内陸部に新たな宮殿が完成し、豊国《とよのくに》との国境に近い朝倉橘《あさくらのたちばなの》広庭宮《ひろにわのみや》に移ったのが五月九日のことである。

六月――。

新羅《しんら》王金春秋《きんしゆんじゆう》は死の床《とこ》にあった。王宮の庭樹に巣食う梟《ふくろう》の声が禍々《まがまが》しく聞こえ、ただでさえ暑い夜気が、数多く立てられた蠟燭《ろうそく》の炎で熱せられ、なお温度を上げるかのようだった。臨終に立ち会う王族、重臣たちは皆、全身に汗を滴《したた》らせている。隣室からは、春秋の恢復《かいふく》を祈念する読経《どきよう》の声が厳《おごそ》かに響いている。墨胡《ぼくこ》寺《じ》の玄鍼和尚《げんしんおしよう》を主座とする僧侶《そうりよ》団が詰めていた。

春秋が体調を崩したのは、年が明けてまもなくのことだった。最初は軽い風邪《かぜ》に臥《ふ》せっていたが、快癒《かいゆ》を見ないままに床に就く日が多くなった。今まで重ねてきた労苦が、これに乗じて一気に発現したかのようであった。積年の軍役に民が怨嗟《えんさ》の声を上げる一方で、百済《ひゃくさい》復興軍の蠢動《しゅんどう》、跳梁《ちょうりょう》の知らせが続々と齎《もたら》され、それを平定すべく派遣した新羅軍は敗北に敗北を重ねている……そうした状況も、ますます彼の心を塞がせたのかもしれなかった。

春秋は死に臨み、高熱にうかされながら自らの生涯《しょうがい》を一気に回想した。二人の女王に仕え、その右腕として辣腕《らつわん》を振るったという自負はある。危殆《きたい》に瀕《ひん》した祖国を救うべく高句麗に行き、倭国《わこく》に渡り、入唐《にっとう》もした。新羅王位を継いだが、それは彼にとってさほど意味のあることではない。宿敵の高句麗と百済を滅ぼして、半島を新羅一国の手中に収めること、それこそが彼の描いた夢だ。その夢の半ばで逝《い》かねばならない。それだけが心残り――。

しかし常々、この大事業は己《おのれ》一代で成し遂《と》げられるほど容易《たやす》いものだとは思っていなかった。よって心残りはないともいえる。来るべき時が来た。わたしは唐を味方につけ、まずは百済を滅ぼした。それを以て瞑《めい》すべし。次に高句麗を滅亡させ、唐との関係にどう折り合いをつけるか――その先は、残された世代の仕事だ。

迫りくる死から逃れられぬと春秋が観念したのは五月下旬のことで、後事を託《たく》す時間が与えられたのは幸いであった。遺言《ゆいごん》すべきことは、然るべき者たちにすでに伝え終えている。

春秋は渾身《こんしん》の力でまぶたを上げ、枕頭《ちんとう》に侍《はべ》る人々を霞《かす》む目で見やった。息子の法《ほう》敏《びん》。その沈痛《ちんつう》ながらも性根の坐った冷静な顔ほど、今わの際《きわ》にある春秋を安堵させてくれるものはなかった。ああ、わたしはよき息子を得た。法敏ならば父の志を受け継ぎ、未完の夢を叶えてくれることだろう。

いま一人の息子、長安《ちょうあん》にいる仁問《じんもん》も思い浮かべる。あれは智将の顔だ。兄が劉《りゅう》備玄徳《びげんとく》ならば、弟は諸葛孔明《しょかつこうめい》というところ。兄弟が力を合わせれば、新羅は盤石《ばんじゃく》の国として興隆するであろう。

法敏の傍らに座す妻に視線を移す。ありがとう、文明《ぶんめい》。わたしによい子を贈ってくれた。おまえと出会えて運が開けた。おまえこそは国母《こくも》というに相応しい。

その隣では、文明の兄にして歴戦の勇将である金庾信《ゆしん》が嗚咽《おえつ》を堪《こら》えている。戦塵を浴びて鞣《なめ》されたような顔は悲しみに歪み、滂沱《ぼうだ》の涙で濡れていた。泣くな、庾信よ。一足先に行くだけだ。そなたは国の守護神だ。そなたが身体を張って新羅を守ってくれなければ、こうして王として皆に見送られることもなかっただろう。新羅は百済に併合され、自分は義慈王の奴隷《どれい》に身を落とし、憤死《ふんし》していたはずだ。万斛《ばんこく》の謝意を目に込め、春秋はうなずいてみせる。庾信の目から新たな涙がどっと流れた。

さまよう視線が金多遂に止まった。当面の問題は、百済の残党にどう対処するかにかかっている。案ずるな、多遂、と春秋は目で呼びかける。すべては法敏に託してある。倭国との連携は、法敏が引き続きこれまで通りに取り仕切ってくれるはずだ。

その時、異変が起きた。天井の隅《すみ》に極彩色の雲が現われたのを春秋は見た。彼だけに見えた。他の者は誰一人としてそれに気がつかぬ。極彩色の雲は降下し、春秋が仰臥《ぎようが》する足元に着地した。雲が霧散《むさん》し、そこに立っていたのは、かつて彼を危地から逃《のが》すために身代わりとなって落命した男だった。

――おお、温君解《おんくんかい》ではないか、そなたが迎えに来てくれたのだな。

春秋は声にならぬ声を上げた。懐《なつ》かしさが込み上げ、彼を苦しめていた高熱が去り、身も心も軽くなった。

新羅王薨去《こうきよ》の報は、数日と置かず鬼室福信の耳に飛び込んだ。

「これは幸先がよいわ」

福信は歓喜の声を憚《はばか》りなく上げた。王都泗沘《しひ》城を奪還《だつかん》すべく出陣の準備を進めている最中だった。

数日経って続報が届いた。唐の長安から金仁問が帰国し、高句麗へ出兵せよとの皇帝命令を伝えた、というのである。

「何、服喪《ふくも》も許さぬというのか?」

福信は耳を疑ったが、それだけ唐は高句麗攻撃を焦っているということであろう。新羅としても応じないわけにはいかない。高句麗攻めへの参加と引き換えに、百済を唐に滅ぼしてもらったからだ。

復興戦に臨む福信にとっては、願ってもない状況である。唐も新羅も高句麗を目指す。王都泗沘城は唐将の劉仁願《りゆうじんがん》が僅《わず》かな兵力で守っているにすぎない。そもそも唐の狙いは百済ではなかった。占領政策がおざなりになるのも道理である。

王都を奪い返し、倭国から帰国する豊璋を王として迎え入れれば、ともかくも百済の復興はなる。むろん、それはまだ形ばかりのものであり、その先の道のりの険《けわ》しさはいうまでもない。

——だが、見ておれよ。それからは唐との交渉次第だ。

宗主国として三国の和を云い続けてきた唐は、結局、前言を翻《ひるがえ》して新羅を択《えら》んだ。つまり半島の属国は一つに絞《しぼ》ると方針を転換したのである。

ならば、唐に択び直させるまでだ——新羅から百済へと。

福信は遙《はる》か先まで戦略を練っている。

金春秋の訃報《ふほう》を倭国にもたらしたのは金多遂だった。

葛城は驚くと共に、安堵もした。偽りに対する代償、それを贖《あがな》ったのは意外にも新羅《しらぎ》王であったか、と。その心の動きを顔色から読んだのは、鎌子だけだったが。

「御子息《ごしそく》の金法敏どのは無事に後を継がれたのだな」

「はい。何の滞りもなく」葛城の問いに多遂は神妙にうなずいた。「代替わりをしても、新羅倭国の秘密同盟にはいささかの揺るぎもあるべからず、法敏さま――いえ、新たな新羅王から葛城皇子さまへのご伝言にございます」

「さこそ重畳《ちょうじょう》。表立って弔意《ちょうい》を表すことはできぬが、葛城が衷心《ちゅうしん》よりの哀悼《あいとう》の念を法敏どのに伝えてくれ。新羅は、失うべからざる王を失った。これからのことは新王の双肩《そうけん》にかかっている。共に歩もうぞ、と」

「承りました。王はさぞ喜ばれましょう」

多遂は旅装を解いていない。伝えるべきことを伝えたら、すぐにも海を渡って徐那伐に引き返すつもりだった。

「王は間もなく高句麗に親征なさいます」

「唐の命令か」葛城は眉を顰めた。「何ということだ、服喪も認めぬとは」

「属国になり下がるとは、畢竟《ひっきょう》このようなことかと、正直わたくしも現実を突きつけられた思いでございます」

座に重苦しい沈黙が落ちた。

ややあって鎌子が口を開いた。

「鬼室福信は小躍《こおど》りしているはず。新羅王が死に、それに加えて高句麗遠征を強制される。どちらも福信には好都合です。すぐにまた、豊璋殿下を早く返せと矢の催《さい》促《そく》をして参りましょう」

二か月前にも福信は督促《とくそく》の使者を送って寄越したばかりである。

「さあて、どうしたものか」

葛城は腕組みをした。

嘘から出た実《まこと》で、さらぬだに有利な状況を手にした福信が、そのうえ豊璋をも得て意気衝天《いきしょうてん》となり、唐将の劉仁願が駐留する旧王都の泗沘城を奪還する――そのようなことが実現してしまっては、元も子もないのである。

七月十七日、金法敏は高句麗遠征軍の編制を発表した。彼にとって母方の伯父となる金庾信を大将軍に据え、弟の仁問を三人の副将軍の一人としたが、法敏自らが全軍を率いて北伐《ほくばつ》に向かう心積もりであった。唐から帰国した仁問の伝えた出兵命令は、抗弁の余地を許さない絶対的なものだったのだ。

――たとえ喪に服すると雖《いえど》も、皇帝の勅命《ちょくめい》に違《たが》うこと勿《なか》れ。

まさに厳命である。

唐はすでに今年初めから高句麗攻撃を再開させていた。河南《かなん》、河北《かほく》の兵四万を派遣したのを皮切りに、全国三十五道の兵力を動員したものの、例によってはかばかしい成果を上げられず、苛立《いらだ》って、いわば新羅の尻を叩いたのだ。対百済戦の恩義を返すのはこの時だぞ、とばかり。

甲冑を身にまとった法敏は、これまでになかった重さを肩にずしりと感じた。

その七日後、倭国では朝倉橘広庭宮に激震が走った。

老女帝、天豊財重日足姫天皇《あめとよたからいかしひたらしひめのすめらみこと》、崩御《ほうぎよ》――。

十二

田来津《たくつ》が豊璋のもとを訪れたのは、仲秋《ちゆうしゆう》八月も終わりに近づき、秋風の涼しさが増し始めた頃だった。

豊璋は祚栄《そえ》とともに、磐瀬《いわせ》改め長津《ながつ》の行宮《かりみや》に居を据えていた。水軍の将軍に就くことが既定のものとなっている田来津は、徴兵のために全国を飛び回っていて、筑《つく》紫《し》に足を踏み入れるのはこれが初めてである。

母帝の崩御後、葛城皇子《かつらぎのみこ》は非常の折りだからと即位の式は挙げず、皇太子の立場での称制を宣言した。それは遠征継続の明白な意志表明であり、豊璋を安堵させた。周囲では、聖徳太子《しょうとくたいし》の新羅征伐中止の故事に鑑《かんが》み、軍役が取り止めになるのではないかという声が頻《しき》りに囁《ささや》かれていたからである。

——百済《くだら》救援は亡き帝《おおきみ》の遺志である。

葛城は重臣たちを前に断乎《だんこ》としてそう告げたといい、早々に内陸の朝倉橘広庭宮《あさくらのたちばなのひろにわのみや》を引き払って、海を眼前に望む長津行宮に遷ったのだった。

筑紫に来て五か月、その間、豊璋は渡海を待って他律的に日々を送っていたのではなかった。彼は亡命百済人に取り巻かれて毎日を過ごしていた。彼らのほとんどは、大和《やまと》から豊璋の後を追って筑紫に馳《は》せ参じた者たちである。百済復興に血を滾《たぎ》らせ、自主的に豊璋の取り巻き団を結成して、さながら親衛隊のごとくに行動した。

豊璋は彼らに交じって身体を鍛えた。動乱の地に向かうからには、それなりに心身を整えておかねばならない。時に剣を振るって汗を流した。

「王子、王子と呼ばれるのは、どうも慣れないな。人に上から指示するのも苦手だ」

初めのうち、よく祚栄にこぼした。

「わたしも王子とお呼びしようかしら」祚栄はいたずらっぽく返す。「それならお慣れあそばしましてよ、王子さま」

「よしてくれ、きみにまでそんなことをされたら、息が詰まってしまう」

時間の経過とともに、それは気にならなくなり、威厳のようなものが自然と身についていった。

「血は争えないとは、このことだな」

久しぶりに姿を現わした田来津が目を瞠《みは》ったのも、まさにその点だった。「いつのまにか王子の風格が備わってるじゃないか」

「冗談はやめてくれ」

「本当のことだよ。いや、そうでなくてはならん。百済では、おまえの帰りを今や遅しと待っているだろうからな。この人なら王に担ぐに相応しいと思わせなければ」

「そういうものかな」

「だからって、あれこれ意識する必要なんてない。今のおまえで充分だ、うん」

二人の前に酒と肴《さかな》が並べられた。祚栄は気を利かせて彼らを二人きりにした。

「かき集めた兵を連れてきたんだ」

田来津は筑紫に来た目的を告げた。

「では、いよいよ渡海だね」

「いや、まだまだだ」

「まだ？」

「募兵は全国で精力的に行なわれているが、如何《いかん》せん、はかばかしくいっていない。ま、それはそうだろうな。この百年、倭国は戦争とは無縁に過ごしてきた。民は平和の味を知ってしまった。武人でもない限り、誰が遠く海を渡って、他国のために戦おうとするだろうか。愛する家族とそれきりになってしまうかもしれないんだ」

「確かにね」

「阿倍比羅夫《あべのひらぶ》さまから聞いたところでは、最低でも二万五千人は渡海させたいと葛城皇子さまはお考えらしい。そうでないと倭国の沽券《こけん》にかかわるというんだ。百済の側でも倭国に大きく期待しているだろうし、そこへきて一万程度の援軍じゃ面目が保てないし、焼け石に水でしかない。そんなこんなで、渡海には今少し時間はかかりそうだ。ただし、遠征軍の編制は決まったぜ」

　豊璋は身を乗り出した。

「近く正式に発表されるが」田来津は声をやや落として続ける。「今のところは内定の段階だ。そのつもりで聞いてくれ。遠征軍は五軍団に分かれる。前軍が二軍団、後軍が三軍団だ。前軍を率いる将軍には阿曇連《あずみのむらじ》比羅夫さまと河辺臣百枝《かわべのおみももえ》さま。後軍を率いるのは阿倍引田臣比羅夫《あべのひけたのおみ》さま、物部連熊《もののべのむらじくま》さま、守君大石《もりのきみおおいわ》さまだ」

「どういう人たちなんだ？」

　豊璋は正直に訊いた。社会との交わりを断って生きてきたも同然の彼は、倭国の豪族たちの顔ぶれについてほとんど知識がない。「阿曇氏だったら、古くから水運を掌《つかさど》る一族だってことは聞いているが」

「その通り。だから真っ先に白羽《しらは》の矢が立った。船を造り、操り、輸送することにかけては阿曇氏を措《お》いて他に候補が見当たらないからね」

「それから、同じ比羅夫でも阿倍引田臣というのは確か、きみが副将になって蝦夷《えみし》・粛慎《みしはせ》征伐を敢行《かんこう》した将軍だな」

「そうだ。阿倍比羅夫さまこそは、当代きっての水将だよ。あの人の参加がなければ、そもそも遠征軍は成り立たない。唐《とう》も水軍を投入しているということだし」

「で、今回もきみはその下に配属される？」

「それが違うんだな」田来津は意味ありげに片目をつぶってみせる。「そのことは、また後で話すよ。他の三人については？」

「まったく知らない。どれも初めて聞く名前ばかりだ」

「河辺臣百枝さまは蘇我《そが》の同族だ。物部連熊さまは、読んで字のごとく物部一族でね。蘇我と物部——前時代の雄族が再興を期して手を挙げたってところだろうな。

最後の守君大石さまというのは、先祖を古く遡れば皇族なんだが、ほら、三年前に有間皇子《ありまのみこ》さまが謀叛を企んだ時、連座を疑われている。罪にはならなかったものの、本人は雪冤《せつえん》のつもりで従軍を申し出たという噂《うわさ》だ。以上の五将軍さ。見る人にもよるだろうが、おれは手堅い布陣だと思うね。阿曇さまは輸送担当だ。阿倍さまは水戦を担う。敵は唐の水軍だ。となると、河辺、物部、守の三将軍が率いる三軍団、すなわち後軍が陸戦を展開することになる。百済軍とどう提携するかは、現地に渡ってからだろうがね」

　渡海はまだ先だ、そう云われた時は脱力しかけた豊璋《たくら》だったが、軍団の編制を聞くうちに再び闘志が漲《みなぎ》ってくるのを覚えた。

「遠征軍とぼくとの関係はどうなるんだい」

「それはもはやきみの関知するところではない。きみは百済王子なんだからな。復興軍を率いている遺臣たちに迎えられて、おそらくは百済王ということになるだろう」

「王！」

「王都を奪還してからの話だろうが。ともかくきみは百済の人間だ。倭国の援軍とどう提携して復興戦を進めてゆくかは、遺臣たちとの軍議による」

「確かに」

豊璋は頬を緊張させてうなずいた。意識の上で自分はまだ倭国の人間なのだ、と改めて気づかされる。この意識から早く抜け出さなくては。

しかし、そう思えば思うほど案じられてくることがある。自分は祖国を離れて長い。そんな立場の者が、王子だからといって上手くやっていけるだろうか。不意に鬼室福信《きしつふくしん》の顔が眼前に現われた。王位継承者として迎えられるというのに、まるで敵地に一人で乗り込むような心細さに豊璋は見舞われた。

もちろん、彼にも親衛隊らしきものは存在する。大和から後を追ってきた在倭の百済人たちだ。彼らの立場は、生粋《きっすい》の本国人よりも豊璋に近い。だが、これまで彼らの共同体に背を向けていたツケというべきか、彼らと君臣《くんしん》の絆《きずな》を結ぶところまでには、まだ至っていない。

「これもここだけの話だ」

豊璋の内心の憂いを見透かしたように、田来津の口もとに会心の笑みが広がった。「軍団はもう一つ編制される。兵力は五千、将軍は二人体制となる。一人は狭《さ》井連檳榔《いのむらじあじまさ》さま――物部の同族だ。もう一人は、このおれ、秦造《はたのみやつこ》田来津というわけだ」

「田来津が将軍か」

歓声が豊璋の口から飛び出した。「それで、きみの軍団の役割は？」

田来津は一息おいて云った。

「親衛隊さ、百済王子豊璋さまの」

第六章　開戦一年前

一

豊璋《ほうしょう》は連日、軍船《いくさぶね》の舳先《へさき》に立って、飽《あ》かず大海原《おおうなばら》を眺め続ける。二十年前、蘇《そ》我入鹿《がのいるか》に伴われて渡った海。だが、往時の記憶はなきに等しい。心を閉ざした六歳の少年の目には何も映らなかったのだ。憶《おぼ》えているのは、難波津《なにわづ》を目前にしてからの光る海だ。イルカと戯《たわむ》れていた入鹿……。

よもやこの海を再び渡る日が来ようとは。命の恩人にして最強の庇護者《ひごしゃ》だった入鹿、忠実な傅役《もりやく》の沙宅智萬《さたくちまん》老人を相次いで失い、亡命先である異国の片隅《かたすみ》でひっそり生きてゆく、それが自分の運命だと受け容《い》れてきた。相思相愛の仲である祚栄《そえ》がいればそれでいい、そう納得していた。周囲もそのような目で見ていたはずだ。

誰が想像しただろうか、哀《あわ》れな流離《りゅうり》の王子が軍団を従えて祖国復興のため海を渡る、などと。今年、彼は二十六歳になった。

娜大津《なのおおつ》を出発した倭国《わこく》軍の軍船百七十隻《せき》は一路、百済《くだら》の旧地を目指していた。率《ひき》いるは水将の阿曇連比羅夫《あずみのむらじひらぶ》、兵力は一万余り。とはいえ比羅夫はこの先、彼と行動を共にするのではない。豊璋を鬼室福信《きしつふくしん》の拠《よ》る周留城《しゅうりゅう》に送り届けた後は、反転して半島南岸部に向かい、後続の倭軍が最短距離で上陸し得るための拠点を確保するとのことだ。

豊璋に従うのは秦田来津《はたのたくつ》麾下《きか》の親衛隊千人である。田来津は同じ船に乗っている。そして祚栄も、常に豊璋の傍《かたわ》らにあった。

豊璋と祚栄は昨年九月、正式に婚《こん》した。葛城皇子《かつらぎのみこ》が長津宮《ながつのみや》に二人を招き、盛大な華燭《かしょく》の典《てん》を催《もよお》してくれた。粋《いき》な計らいというほかはない。しかも、祚栄が豊璋に同行するのを頻《しき》りに慰留《いりゅう》した葛城は、その意志が固いと知るや、二十人から成る侍女《じじょ》団を結成させ、祚栄にかしずかせた。彼女たちも祚栄に従って船に乗り込んでいる。

船団は、娜大津を出港して壱岐《いき》、対馬《つしま》と北上し、今は半島南部を西に航行中だった。右手には常に陸地が見えている。この先は、再び針路を転じて、半島西部を北上することになる。

「毎日よく見飽きないものだ」

田来津が歩み寄って、爽《さわ》やかな笑みを向けた。

「ぼくは……どんなふうに振る舞えばいいんだろうか」

「またそれか」

「だって二十年ぶりの祖国なんだ」

「もう何度も云《い》ってるじゃないか。でかい顔をして乗り込めばいいと。自分から押しかけてゆくんじゃない。どうかお帰りくださいませ、豊璋王子――そう乞《こ》われて帰国するんだからな」

「そうだった。だが、何度でも聞きたい。聞くたびに安心できる」

「いいよ、いくらでも答えてやる。けれど、この船に乗っている間だけだ。何といっても君は百済の人間なんだ。いつも横に倭人のおれがいたら、鬼室福信たちだって面白くあるまい」

「心得ているよ」

「それともう一つ。王はあくまで象徴的存在だということを忘れるな。臣下の建議に承認を与えるという立場を貫くことだ。まして君は百済のことは何も知らないんだからな」

「胆《きも》に銘《めい》じる」

豊璋の不安はそれだけではない。だが、敢《あ》えて口には出さなかった。田来津に訴えても詮《せん》のないことである。

不安とは、倭国の援軍計画が停滞しているように感じられることだった。前将軍に阿曇連比羅夫、河辺臣百枝《かわべのおみももえ》、後将軍に阿倍引田臣比羅夫《あべのひけたのおみひらぶ》、物部連熊《もののべのむらじくま》、守君大石《もりのきみおおいわ》の五人の将軍をそれぞれの長とする五軍団が編制されたのが昨年八月で、それを豊璋は発表の直前に田来津から聞かされたのだったが、なぜか今に至るも一軍団たりと海を渡っていない。理由を訊《き》いても、田来津は困惑《こんわく》の顔で首を横に振るばかり。彼もまた理解に苦しんでいるようだった。

豊璋自身の渡海についてもそうだ。本来なら、五軍団と共に昨年九月に百済の旧《きゅう》地へと向かう予定になっていた。それでも遅すぎるほどだ。ところが、なぜか急遽《きょ》延期と決まり、代わりに祚栄との婚礼が執《と》り行なわれた。勘繰《かんぐ》れば、まるでその埋め合わせでもするかのようだった。そうこうするうち年が明けてしまい、二月、三月と手を拱《こまぬ》くままに虚《むな》しく過ぎ去り、仲夏《ちゅうか》五月になってようやく彼は船上の人となったのだ。その間、福信が豊璋の帰国を催促《さいそく》すること矢のごとしだった。

やはり、女帝《おおきみ》の崩御《ほうぎょ》による服喪《ふくも》が影響しているのだろうか？　だが、そうだとしても葛城の姿勢は鈍《にぶ》ってきたように感じられてならない。当初、ただちに飛鳥《あすか》を立って筑紫《つくし》に行宮《かりみや》を移すという果断さを見せたのが嘘《うそ》のようだ。

彼の親衛隊も、初めの計画では田来津と、狭井連《さいのむらじ》檳榔《あじまさ》の二人が率い、五千の兵から構成されるはずだったのが、いつの段階でか檳榔の任命が取り消され、兵数も五分の一の千人に減らされてしまった。

「二人して毎日、海を見てばかり。よく飽きないものね」

百済の言葉に振り返ると、祚栄が微笑をそよがせ、長い領巾《ひれ》を潮風に優雅《ゆうが》に吹き流して立っていた。

一瞬、豊璋は不安を忘れた。祚栄には感歎《かんたん》を禁じ得ない。そういう体質に生まれついたのか、出航して早くも船酔いで全員が倒れてしまった侍女団をよそに、彼女だけが初日から泰然自若《たいぜんじじゃく》としていた。学んでいる百済語にも、ますます磨《みが》きがかかってきている。

二

半島西端を回って舳先を転じ、西海岸を右手に捉《とら》えながら北上を続けると、やがて大河の河口が見えてきた。白村江《はくそんこう》である。

名前の由来は定かではないが、広闊《こうかつ》な平野部を蛇行《だこう》する中、下流の流れは緩慢《かんまん》で、かなり上流まで大船を遡航《そこう》させることができるという。そのために沿岸に河港都市の発達が著しく促《うなが》され、最後の王都であった泗沘《しひ》、その上流に位置する旧都の熊津《ゆうしん》は、いずれも白村江に面していた。

鬼室福信ら百済復興軍の主力が拠る周留《しゅうりゅう》城は、白村江の河口に近い右岸にあるとのことだった。北方の任存《にんそん》城を中心に活動していた福信が周留城に拠点を移したのは、昨年三月のことと聞いている。

河口に入ったというのに、まだ海にいるような感覚が続いた。真夏のくっきりとした青空に、鷗《かもめ》の群れが白く点々と舞っている。水は徐々に碧緑《あおみどり》色に変わりつつあった。いっこうに豊璋の記憶にはない光景だ。

半刻ほど過ぎると、左手に大きな入江が望まれた。百隻近い軍船が停泊している。百済復興軍の持ち船であろうか。沿岸一帯には営舎、倉庫などの厳《いか》めしく武骨《ぶこつ》な建物が並び、背後の小丘陵《きゅうりょう》に石垣を張り巡らした堅固《けんご》な砦《とりで》が遠望できた。周留城に違いない。船着き場を武人たちが埋めていた。その数は一万を下らない。兵士たちの手にする幟《し》旗《き》が、河風に勇壮に吹きたなびいている。

「豊璋王子、御下船を」

言葉遣《づか》いを改めて田来津が促した。頬《ほお》を引き締め、豊璋に仕える親衛隊長の厳しい顔になっていた。

豊璋は田来津の率いる親衛隊を従え、ついに祖国の土を踏んだ。長い航海で感慨《かんがい》を使い果たしたものか、特別な思いは湧かなかった。感じるのは緊張だけだ。彼は葛城から授けられた織冠《しょくかん》をかぶり、王族らしい豪奢《ごうしゃ》な服をまとっていた。もちろん百済風に仕立てられたものである。

整列した復興軍の中央で、甲冑《かっちゅう》に身を包んだ三人の指揮者が出迎えた。一人にははっきりと見覚えがあった。使者として飛鳥で対面した熊城貴智《ゆうじょうきち》だ。もう一人は頭を剃《そ》りあげた僧将。そして——。

真ん中に立った男に、かつて母を惨殺《ざんさつ》し、自分をも亡き者にしようとした殺人鬼の面影《おもかげ》を、豊璋は探し求めようとした。だが二十年という歳月は、殺人鬼を老《お》いさせ、被害者の記憶も曖昧《あいまい》にしていた。彼が目にしたのは、やや疲れた感じのする初老の将軍だった。

「豊璋王子、よくぞお戻りあそばされました。祝着至極《しゅうちゃくしごく》に存じまする。我ら旧臣一同、一日も早いご帰国を念じておりました」

前に進み出て、片膝《かたひざ》をつき、そう厳《おごそ》かに云う鬼室福信の顔には、近くで見れば秘《ひそ》かな緊張の色があった。

「このような状況ではあるが、生まれた国に戻って来られたのをうれしく思う。百済を再興させる、そのためだけにこの豊璋は帰って来た。心得よ、わたしに過去はない。あるのは未来だけだ。新生百済《ひゃくさい》の未来とともにのみ、余《よ》豊璋はある」

用意していた文言を豊璋は淀《よど》みなく口にした。三人の指揮官の面上に、安堵《あんど》の色が浮かび上がった。豊璋もまた、難関を通過した感を覚えずにはいられなかった。

兵士たちが腹の底からの鬨《とき》の声を上げた。


倭軍の船から軍事物資が次々と陸揚《あ》げされた。剣、槍《やり》、矢、糸、綿、韋《い》、稲種《いなだね》、そして軍資金としての黄金。荷揚げが終わると、阿曇連比羅夫と兵士たちは休む間もなく船に戻り、帆柱《ほばしら》を起《た》てた。百七十隻のうち田来津の指揮下にある中型船二十隻を残し、他の百五十隻は風を孕《はら》んだ帆を連ねながら白村江を河口へと下っていった。

見送る豊璋は、不意に自分が見放されたような不安感を覚え、狼狽《ろうばい》した。なぜそんな莫迦《ばか》なことを考えてしまったのだろうか、と己《おのれ》を訝《いぶか》った。比羅夫とその水軍はこれから半島南岸部の戦場へ向かうというのに。しっかりしろ、と豊璋は自分に言い聞かせた。

「では王子さま、我らの周留城へとご案内申し上げます」

そう福信が促《せ》すのを遮《さえぎ》り、豊璋は急いた気持ちを抑《おさ》えかねて云った。

「その前に、現在の情勢を聞いておきたい」

三

百済に向かう豊璋《ほうしょう》を見送った金多遂《きんたすい》は一刻《こく》後、自らも船上の人となり、娜大津《なのおおつ》を出航した。彼が目指す先は新羅《しんら》である。四日後には王都徐那伐《じょなばつ》の地を踏んで、新羅王、金法敏《ほうびん》と王宮で対面していた。

半島統一の志半ばで急逝《きゅうせい》した父王の遺志を継《つ》いでほぼ二年、三十代の半ばとなった法敏は、早くも王者に相応《ふさわ》しい威厳と貫禄《かんろく》を備え始めていた。父、金春秋《しゅんじゅう》から授けられた帝王学が、天与の英明な資質と相俟《あいま》って、ようやく開花の時を迎えたかのようであった。

しかし、この二年間の歩みは法敏にとって決して平坦なものではなかったはずである。猖獗《しょうけつ》を極《きわ》める百済の残党を対手《あいて》に果てなき掃蕩《そうとう》戦を継続せねばならず、唐《とう》の要請に応じては対高句麗《こうくり》戦線に派兵を余儀《よぎ》なくされ、その一方で長年の戦争で疲《ひ》弊《へい》した国力の振興《しんこう》にも意を注《そそ》ぐ必要があったのだ。

多遂は開口一番、豊璋の帰国を報じ、新羅王は重々しくうなずいた。

「いよいよだな」

もとより法敏も了承済みの事案なのである。ここに至るまで、多遂は新羅と倭国《わこく》の間を幾度《いくど》も往還し、半島の最新情勢を葛城《かつらぎ》に伝えつづけた。その過程を通じて葛城と法敏の間で意思の疎通《そつう》、調整、すり合わせがなされ、豊璋を百済に送る時宜《じぎ》の決定を見たというわけだった。新羅と倭国、その二国間には秘密同盟が結ばれ、それぞれの主権者の間には同盟を盤石《ばんじゃく》不動のものとする鞏固《きょうこ》な信頼関係が成立している。十五年前、倭国に渡った金春秋が息子の法敏を同行させた深謀遠慮《しんぼうえんりょ》を思うべし、であった。

二年前の八月、百済の義慈《ぎじ》王を降伏させた唐は、占領した王都泗沘城に若干《じゃっかん》の駐留兵を残して撤兵した。もとより唐の狙いは高句麗を服従させることにあり、百済征伐《せいばつ》はその手段に過ぎなかった。唐は直《ただ》ちに高句麗再侵攻の準備に取りかかり、その年の十二月に遠征《えんせい》を公表、年が明けるや軍を発した。新羅も出兵を命じられ、その最中に金春秋は没したのだが、今度もまた高句麗に苦戦する唐は、服喪を許さぬ強硬な姿勢で法敏に臨《のぞ》んだ。

対高句麗戦は一年余り続き、結局のところ唐が敗北を認めて撤兵したのが今年二月、すなわち今から三か月前のことである。百済復興の旗を翻《ひるがえ》す鬼室福信《きしつふくしん》や僧将の道琛《どうちん》の活動が活発化し、その規模を広げ得たのも、この高句麗戦争によって百済の占領が手薄になっていたからに他ならない。泗沘城に駐留する唐軍は二度も包囲されて、絶体絶命の危地に陥《おちい》ったほどなのである。

かかる時点で豊璋が福信の手に渡っていたら、およそ危なかった。福信は豊璋を百済王に即位させ、その気勢は大いに上がったであろう。

しかし、そうはならなかった。法敏の意を受けた葛城が、豊璋の渡海を引き延ばしつづけたからである。

「さっそく使者を派遣し、仁問《じんもん》に豊璋の帰国を報じよう」法敏は云った。「仁問の口から劉仁軌《りゆうじんき》にも伝えられる」

目下、唐の駐留軍は泗沘城を引き払い、熊津城に籠城《ろうじよう》中である。彼我《ひが》の位置関係をいえば、白村江の河口近くに百済復興軍の拠点である周留城があり、遡《さかのぼ》って中流に泗沘城、そのさらに上流に熊津城がある。

鬼室福信は河口を封鎖《ふうさ》し、唐本国と駐留軍との連絡、補給路を遮断《しやだん》したうえで泗沘城に対し猛攻撃を加えた。駐留軍を率いる唐将劉仁願《じんがん》と、援将格の劉仁軌は、かろうじてこれを凌《しの》ぎ、復興軍が一時的に兵を引いて態勢を立て直す間に、周留城に近い泗沘城を捨て、より上流の熊津城へと移ったのだ。

とはいえ、熊津城と新羅との間の連絡、補給路も遮られて、今や唐の駐留軍は完全に袋の鼠《ねずみ》状態にある、というのが現状だ。劉仁願は弱音を洩《も》らしているが、劉仁軌のほうは闘志満々であると聞こえている。その劉仁軌と、法敏の弟である金仁問は行を共にしているのである。

「劉仁軌は腹を括《くく》るだろう。豊璋が来たからと撤退などしたら、百済に侵攻した意味がなくなってしまうからな。籠城を止《や》め、必ずや決戦に打って出るはず。その時は当然、我が新羅軍も出撃する。事態はいよいよ動き出すぞ、多遂」

「では、さっそく倭国の皇子に伝えます」

「もう引き返すのか。ゆっくり休んでいけと云えぬ我が身がつらいな。そなた、何度海を渡った？」

「数えるのはもう止めました」多遂は席を立った。「今では船に揺《ゆ》られているほうが休まります。身体《からだ》がそのように馴れてしまったのでしょう。おっと忘れるところでしたが、沙鼻岐《さびき》と奴江《ぬえ》の件は？」

「必ず手配する」法敏はうなずいた。「葛城皇子によしなに伝えよ」

四

「父上、お呼びですか」

「百済へ参れ」

「またですか。いえ、別に厭《えん》じるものではありませんが、こないだ戻ってきたばかりなので」

「福信どのより書状が参ったのだ。豊璋王子が倭国より帰国したという」

「ようやくですか。しかし、時機を失しましたね。帰国させるのなら、唐と新羅が我が国を攻めている間でなければならなかったはずです。今ごろ金法敏は言葉巧《たく》みに唐側に促していることでしょう。今度の高句麗攻略の失敗は、百済の残党が背後を脅《おびや》かしたせいだ。鬼室福信を野放しにしたまま高句麗攻めを急ぐからこうなったのだ。とはいえ、今回に限っては新羅から唐軍に兵力、軍糧を供給できたのは、不完全ではありながら百済が消滅したからである。よってこの際、来《きた》るべき高句麗再征に備え、百済復興運動を完全に潰《つぶ》しておくに如《し》かず――と。そんな時に、のこのこ戻ってきた豊璋を担《かつ》いだところで、効果は高が知れていますよ」

「倭国の動きは、わしも不審だ。葛城皇子は傑物《けつぶつ》と聞いていただけに、なおさらの訝しさを禁じ得ぬ。単に評判倒れの愚物《ぐぶつ》であるのか、あるいは他に何か狙いがあってのことか――」

泉蓋蘇文《せんがいそぶん》は一瞬、虚空《こくう》に視線を流した。自他共に智慧者《ちえしゃ》と認める彼にして正答を引き出せぬことへの苛立《いらだ》ちが、瞳の奥にくすぶっている。「ともかくも豊璋は帰国した。これで事態は動く。我が高句麗にとっては、唐が百済に足を取られ続けてくれることが利益だ」

「そのためには百済復興軍を支援することが不可欠。父上のその意を受けて、これまでに何度も鬼室福信のもとに遣わされたわたしですが、今さら何を?」

「状況は変わった。豊璋の帰国は、いよいよ倭国が参戦したことを意味する。考えてもみよ。任那《にんな》を失って以来、海の中に逼塞《ひっそく》し、大陸、半島の大動乱をよそに百年の太平楽《たいへいらく》を享受《きょうじゅ》していた倭国が、再び半島に兵を送ってくるのだ。高句麗、百済、倭国の提携、延《ひ》いては軍事同盟——わしが模索《もさく》せんとするのはそれだ。三国の軸となるのは、当然、福信どのである。よいか男産《だんさん》、そなたは彼の腹蔵を探り、併《あわ》せて倭国軍の動静をつぶさに報告し続けよ」

「し続けよ?」

泉男産の片眉《かたまゆ》が驚きに撥《は》ね上がった。

五

周留城での生活が始まった。日を経《へ》るにつれ、豊璋《ほうしょう》は徐々に思い出していった。百済《ひゃくさい》という祖国の臭《にお》いを。それは軍《いくさ》の臭いであり、兵の臭いだ。二十年前と何ら変わるところがない。新羅《しんら》と連年、果てしなき武力衝突を繰り広げていた頃と同じ臭いを彼はかいでいる。あの時は国が存続してい、今は国を再興させるためという違いはあるが、戦いの最中に置かれている点では同じなのだ。

気がつくと、平和だった倭国《わこく》がつくづく懐《なつ》かしく思われ、すぐにそんな自分を叱《しっ》咤《た》し、百済に平和をもたらすために海を渡ったのだと云い聞かせることが日課のようになった。

今や豊璋は王子ではなかった。王なのである。正式な百済王だ。王子よりは王を奉戴《ほうたい》して戦った方が復興軍の士気は高まる、との意見が大勢を占めて、帰国後すぐの戴冠《たいかん》式となったのだ。

王位継承に何ら問題はない。二年前、降伏して唐《とう》に連れ去られた義慈《ぎじ》王は、その年のうちに長安《ちょうあん》で病死し、遺骸《いがい》は皇帝の命令により孫皓《そんこう》、陳淑宝《ちんしゅくほう》の墓の傍《そば》に埋葬《まいそう》されたという。孫皓は呉《ご》の孫権《そんけん》の曾孫《そうそん》、つまり呉の最後の皇帝で、陳淑宝は陳《ちん》の武《ぶ》帝《てい》の曾孫、こちらも陳のラスト・エンペラーである。唐側の措置《そち》の意味するところは瞭《あきら》かだった。義慈王の後を継ぐはずだった王子の隆《りゅう》は、唐の朝廷の役人として登用された。

野外に設《しつら》えられた玉座に昇り、王妃《おうひ》となった祚栄《そえ》とともに豊璋は手を振って軍《ぐん》兵《ぴょう》の歓呼に応《こた》えたものだった。正直を云えば、新羅と唐を撃退し、百済の旧領を恢復《かいふく》した暁《あかつき》に、晴れて王になりたかった、というのが本音だ。今のままでは名ばかりの王、仮王《かおう》に過ぎない。いや、自分はともかく、名ばかりの王妃、仮王妃では、祚栄があまりにも不憫《ふびん》だった。

不憫というのは、あくまで豊璋の推測ではある。祚栄は内心をおくびにも出さなかったからだ。途惑《とまど》いの色一つ表わさず、王妃としての振舞《ふるま》いを見せつけた。その風格と優雅さは、誰をも驚かせる流暢《りゅうちょう》な百済語と相乗効果を発揮して、百済遺臣の間にそれなりの基盤を築いてゆくようだった。最初のうちこそ反目《はんもく》するかに見えた百済人の女官たちとも打ち解け、困難な状況の中で宮廷生活を再建しようと力を尽くしている。

問題は豊璋のほうに山積していた。復興軍の先頭に立ち、全軍に号令するのだと思っていた。たとえお飾りではあっても、そうするのが百済王としての義務なのだと。

「戦場に出るですと？　とんでもない」

福信《ふくしん》は首を強く横に振った。莫迦なことを云うなと叱咤せんばかりの口調だった。「間違って流れ矢でも受けたらどうするのです。王には安全なところにいていただかなくては」

僧将の道琛《どうちん》も云うのだった。「何かと対立することの多い我ら両人ですが、これに関しましては福信の申すことが至極もっともにございます。かつて聖《せい》王は自ら軍を率いて出陣され、新羅の伏兵の手にかかって最期《さいご》をお遂《と》げあそばされました。聖王は殿下《でんか》の玄祖父《げんそふ》に当たられるお方。今をさる百八年前の悲劇にございます。殿下には其の轍《てつ》を踏んでいただきたくはございませぬ。なんとなれば――不吉なことを申すはためらわれますが、敢えて口にいたしまする。殿下がそのような運命におなりあそばされれば、百済王家の血筋は絶えてしまうことになるのですから」

そこまで云われては、豊璋としても自分を強く主張することはできなかった。しかし何ということだろう、新参の王として復興軍首脳部の云うことには従うつもりだったが、その意向というのが、よもや、戦場に出るなということであろうとは。

次なる驚きは、飛鳥《あすか》から彼と行を共にした在倭百済人の有志からなる親衛隊五百人が解散させられたことだった。彼らは分散させられて強制的に復興軍に組み入れられた。有無を云わさぬ措置であった。当然、反発の声は上がった。

――我らは豊璋さまをお支えせんとして、倭国から馳《は》せ参じたものである。親衛隊としての役割をまっとうさせていただきたい。

彼らにすれば、それなりに筋の通った訴えを、しかし鬼室《きしつ》福信は一蹴《いっしゅう》した。

「甘えたことを申すな！　祖国に戻った以上、諸君らは百済人として百済の国家体制に従わねばならぬ！」

こちらもこちらで筋が通った理屈だったが、福信はなおもこう続けたというのである。「祖国が戦乱に喘《あえ》ぎ、苦しみ、挙句《あげく》の果ては亡国の憂《う》き目まで見たというのに、その間、逃げるも同然に倭国に渡ったおまえたちは、のうのうと平和を甘受《かんじゅ》していた。しかも聞くところによれば、倭国で優遇され、種々の在倭特権を賦与《ふよ》されていたというではないか。その所業はもはや売国奴《ばいこくど》というに等しい。恥を知れ、恥を。その罪を償《あがな》うのは今を措《お》いてない。贖罪《しょくざい》の機会を与えてやろうというのだ。王遅きには失したが、復興軍の一兵卒となって祖国再興のために命を捧げるのだ。王の親衛隊などという在倭特権に馴染んだ甘えの発想は、今後一切通用せぬものと覚悟せよ」

――ならば倭国に戻るまで。

反発する声が幾《いく》つも上がった。彼らはその場で福信に斬殺《ざんさつ》された。豊璋は居合わせなかったが、後で聞いたところでは、福信は寸前まで殺気を感じさせず、やにわに剣を抜いて反抗者を一刀両断に処した、ということである。

かくして在倭百済人有志による親衛隊は、一瞬にして消滅した。残った者たちは即座に戦場に送り出され、豊璋は二度と彼らの顔を見ることがなかった。

「ひでえことしやがるな」田来津《たくつ》は眉を顰《ひそ》めた。豊璋と二人っきりになった時だった。

「わたしは見間違いをしたようだ」

豊璋は沈んだ声で云った。「自分が変わったように、あの男も変わったと思った。そう思いたがっただけだったんだ。鬼室福信、あいつは根本のところで何も変わってはいない。二十年前と同じだよ。嫌悪《けんお》で人を殺す外道《げどう》だ」

「外道——それが百済《くだら》復興軍の指揮官か。実を云うとな、豊璋。おれもここに来て、復興軍の軍紀、士気におかしなものを感じて、いろいろと噂《うわさ》を集めてまわったんだ。福信ってやつ、相当な曲者《くせもの》らしいな。百済の復興に立ち上がった遺臣は福信だけじゃない。遅受信《ちじゅしん》、黒歯常之《こくしじょうし》、沙吒相如《さたしょうじょ》とかいう者たちも、それぞれ手勢《てぜい》を集めて唐と新羅《しらぎ》に抵抗戦を繰り広げているそうだ。ならば連合すればいいじゃないか、と思うだろう。そうならないのは、鬼室福信に人望がないかららしい。おれの見るところ、福信と道琛の間もしっくりとはいっていないようだ」

「……わたしは……どうしたらいい……」

「焦るな。まだ来たばかりじゃないか。百済王としての務めを果たし、きみに忠実に仕える者を増やしてゆくんだ。今、専念すべきはそれだけだ。安心しろよ、豊璋。おれは絶対にきみのそばを離れない」

　さすがの福信も、田来津の率いる倭国軍の親衛隊千人には手出しできなかった。福信はそれとなく田来津に出撃を促した。復興軍とともに唐、新羅軍と戦えというのである。

「そのような命令は受けていない」

田来津の答えは明快だった。「わたしたちは豊璋殿下の親衛隊として、葛城皇子《かつらぎのみこ》さまから直々《じきじき》に勅命《ちょくめい》を賜《たまわ》った部隊だ。貴殿の指揮下に入るいわれはない」

福信はあっさりと引き下がった。事を構えれば、援助を受けている倭国との関係にひびが入りかねないと危惧《きぐ》したのだろう。

豊璋《ゆうしん》を迎え入れた五月、福信と道琛の率いる百済《ひやくさい》復興軍は白村江《はくそんこう》の上流に位置する熊津城に拠った唐軍を包囲中だった。唐軍は糧道《りようどう》を断たれ、落城寸前にまで追いつめられていた。意気盛んな福信は、唐軍総司令の劉仁願《りゆうじんがん》に対し、「ご帰国の意志有らば、お送り参らそう」と、揶揄《やゆ》を利《き》かせた降伏勧告状まで送りつけたほどである。

七月に入ると、平壌《へいじよう》での戦役から解放されていた新羅《しんら》が突如《とつじよ》として攻勢に出た。新羅王、金法敏《きんほうびん》が大規模な救援軍を派遣したのである。

熊津城で一人気を吐《は》く闘将劉仁軌《じんき》がこれに呼応して城を出撃、奮戦した。多勢を頼んで傲倨《ごうきよ》していた百済復興軍は、よもやの逆襲《ぎやくしゆう》に総崩《そうくず》れとなった。支羅《しら》城、及《きゆう》尹《いん》城、大山柵《だいさんき》、沙井《さい》柵が次々と攻め落とされた。最終的に包囲軍の最重要拠点である真峴《しんけん》城が陥落《かんらく》して、攻守の立場は逆転した。囲みを解かれた唐軍は、新羅から熊津城に至る軍需品の輸送ルートが再開したことで息を吹き返した。片や百済復興軍は甚大《じんだい》な数の死傷者を出して、撤退を余儀なくされた。

この敗報は当然、豊璋の耳にも入った。作戦失敗の責任を巡って福信と道琛との間にさらなる亀裂《きれつ》が生じたらしい、ということも。

それを、彼は他人事《ひとごと》のように聞いた。他人事として聞くしかない立場に置かれていた。

白村江河口の復興軍最大拠点は、今や王都と呼ばれるようになった。周留城は王宮である。豊璋が第三十二代の百済王に即位した以上、そう呼称されるべきという理屈であった。王宮といっても別段改修されたわけでなく、堅固な砦そのままなのだが――。

名ばかりのその王宮で、豊璋は来る日も来る日も百済王としての教育を授けられていた。廷臣《ていしん》だったと称する貴族たちが招かれ、彼の教育係となった。すべては鬼室福信の差し金であろう。まず以《もっ》て矯正《きょうせい》の対象とされたのは、言葉だった。

「殿下のお言葉遣いは、倭臭《わしゅう》がぷんぷんとしております。そのようであっては、とても百済王とは見てもらえませぬ。殿下が口を開くたび、聞く者は、何と嘆《なげ》かわしい、倭王を戴《いただ》いたかと気落ちいたしましょう」

言葉担当の老臣はそう云って、生粋《きっすい》の百済人としての正しい発音、正しいものの云い方を指導した。実際、長年の倭国暮らしで、百済語があやしくなっているのを豊璋は自覚していた。

「思いもしなかったよ」寝床《ねどこ》で彼は祚栄《そえ》を抱きながら泣きごとを云った。「母国に帰ってきて、言葉をしつけられるなんて」

「少しの辛抱《しんぼう》よ、あなた」

優しく百済語で答える祚栄のほうが、より母語話者らしく聞こえ、豊璋は鬱屈《うつくつ》した。

「殿下のお振舞いは、未開野蛮《やばん》な倭人そのもので見てはいられませぬ。贔屓目《ひいきめ》に見ても半倭人というところです。どうか百済人らしい優雅で文明的な物腰を身につけられますよう」

と云ったのは、また別の老臣である。豊璋が立ち居振る舞いの範《はん》としたのは、当然ながら倭国の皇族たちであった。すなわち宴席《えんせき》で目にした葛城や、大海人《おおあま》、有間《ありま》らの皇子たちの挙措《きよそ》を真似《まね》ていたのである。それが罷《まか》りならぬというのだが、従ってみれば、ただ煩雑《はんざつ》な違いに過ぎなかった。

勉学も強《し》いられた。四書五経《ししょごきょう》に始まって漢《かん》土の古い文献を読まされた。幸い、これは悩みの種とはならなかった。巣箱でしっかりと基礎学力が身についていたからである。豊璋は改めて蘇我入鹿《そがのいるか》に感謝した。

最も厄介《やっかい》なのは宮中祭祀《きゆうちゆうさいし》だった。古来の複雑な決まりごとがあり、祭祀にかける時間も膨大《ぼうだい》である。始祖王の温祚《おんそ》およびその生みの母である召西奴《しようせいぬ》を始め、歴代の百済王、王妃を祀《まつ》っていると、気がつけば一日の大半をそれに費《つい》やしていることもたびたびだった。

「いいえ、祭祀こそは王たる者のなすべき靖国《せいこく》の御業《みわざ》にございます」

奉斎《ほうさい》教育担当の老臣は厳《おごそ》かに云う。「戦《いくさ》は将軍の仕事、平時に民《たみ》を支配するは大臣の仕事にございます。王は彼らを信任し、濫用《らんよう》があれば必要な措置をとるまで。すなわち戦争と民生は臣下の仕事でござりまするが、祭祀を司《つかさど》ることは、王以外の何者も為《な》すことができませぬ。王が王たる所以《ゆえん》は、祭祀の執行にこそあると申せましょう。しかも、今は百済が再興するか否《いな》かの瀬戸際《せとぎわ》にございますれば、祖神の御《ご》加護《かご》を乞うべく、祭祀は欠かすわけには参りませぬ」

その弁舌は、彼を〝王宮〟の奥深くに閉じ込めておこうとする福信の意図の、体《てい》のよい代弁としか聞こえなかった。

夏の暑さがおさまり、汗を吹き払う秋風が白村江の川面《かわも》を渡り始めた頃、例によって例のごとく祭壇《さいだん》に祈りを奉《ささ》げていた豊璋は、背後に老臣の叫び声を聞いた。

「な、なりませぬ、国王殿下は目下、大切な祭祀の真っ最中にございます。祭祀を妨《さまた》げるなどということは――」

「どけよ」倭語の訛《なま》りが強い百済語が響《ひび》き渡った。「親衛隊長が王に拝謁《はいえつ》を求めているだけだ」同じ声が倭語に切り替わって、「いるか、豊璋」

豊璋が振り返った時、背後の幕が一方に乱暴に引き寄せられ、甲冑に身を固めた田来津《たくつ》が踏み込んできた。

「どうしたんだ、田来津」

「どうしたもこうしたもない。道琛が殺されたぞ。鬼室福信の仕業《しわざ》だ」

六

惨劇《さんげき》の舞台となったのは、軍議に用いられる講堂だった。汚れた床に道琛が朱に染まって仰向《あおむ》けに倒れていた。文字通り袈裟《けさ》がけに斬り下げられ、ぱっくりと開いた腹部から小腸がうねうねと這《は》い出しているさまは、さながら蛇《へび》が絡《から》みついていでもいるような不気味さだ。無念の形相《ぎょうそう》でかっと虚空を睨《にら》み、息絶えていた。

「これは王子、いや国王殿下」

鬼室福信は血塗《ちぬ》られた剣を引こうともせず、これ見よがしに引っ提《さ》げたまま、形ばかりの一礼をした。

「この狼藉《ろうぜき》は何事である、将軍」

国王としての威厳を保つよう努めつつ、豊璋は声を荒らげた。

「裏切り者の処断に及んだまで」

「裏切り、と申したか？」

「如何《いか》にも。道琛めは、こともあろうに新羅《しんら》への投降を考えていたのでござる。周留城《しゅうりゅう》に新羅兵を引き入れんと画策していたのでござるよ。この城を手土産《てみやげ》に、新羅で貴族に遇される肚積《はらづ》もりだったと見える」

「それはまことか」

「この福信が自ら道琛を斬った、それが何よりの証拠でござろう」

およそ滅茶苦茶《めちゃくちゃ》な論法だった。

豊璋は気を取り直し、周囲を見回した。講堂内には兵士が満ち溢《あふ》れ、みな殺気立っている。彼らの担ぐ大将の鬼室福信を護《まも》ろうとして、荒ぶっているのだ。道琛の他にも死体がなお十ばかり転がっていることに気づいた。いずれも道琛配下の僧将たちだった。

「共謀者どもでござる」豊璋の視線に気づき、福信は云った。「道琛に加勢しようとしましたので、我が手の者たちが仕留《しと》めました」

「生き残った者は？」

「ほかの僧将どもは泡を喰《く》って逃げ出してござる。なあに、国王殿下、ご案じなさいますな。これまで我ら復興軍は、いってみれば双頭《そうとう》の蛇でござった。二つの頭が勝手に動けば、一つしかない大切な身が真っ二つに裂けようというもの。これぞ禍《わざわい》を転じて福となす。以後は、この福信が指揮系統を一手に握り、これまで以上に効率的かつ弾力的に兵を運用してご覧にいれましょうぞ」

返す言葉――それが豊璋にはなかった。

「案じていたことが現実になった」

その夜、私室に田来津を呼び入れ、愚痴《ぐち》をこぼした。胸中を明かせる相手は、祚《そ》栄《え》の他には田来津しかいなかった。豊璋は、自分が鬼室福信の魔手に囚われた人質《ひとじち》であるかのような気さえしていた。

「悪いほうには考えるな」

田来津は自分に云い聞かせるように云った。事態の慮外《りよがい》の展開を、さすがの田来津もまだ把握《はあく》できてはいないように見えた。「確かに内紛を起こしたのはまずかった。統率力のなさを内外にさらけ出し、道琛の兵力も失ったのだから」

麾下の僧兵たちはある者はこっそりと、ある者は公然と、周留城から去っていった。

「道琛が新羅《しらぎ》に内通していた？　怪しいものだ。復興軍内の主導権争いの帰結だよ。こうならないことを祈っていたが、ま、なってしまったものはどうしようもない。ものは考えようだ」

「というと？」

「福信の言《げん》にも一理ないわけではない。船頭《せんどう》多くして船、山に登る、という。むしろ最悪の事態は避けられたのかもしれない。両者が真っ向から激突して、共倒れになる恐れもなくはなかった。おれが望むのは、福信が一日も早くこの自ら招いた災《さい》厄《やく》を取り除いて、復興軍を立て直してくれることだ」

「大丈夫だろうか、あんな船長で」

「それを案じてみても始まるまい。もはや福信を恃《たの》む以外にないのだからな。彼の手並みに期待しようじゃないか」

言葉とは裏腹に、田来津は深々と溜め息をついた。

「どうやら、きみにも気がかりなことがあるらしいな、田来津」

「はっきり云えよ、豊璋。倭国からの援軍はいったい何をしているのだって。そうさ、おれの案じ事はそれだ。いったい我が国の援軍ときたら、どこで何をしているのだか。葛城皇子さまはあれほど華々しく遠征軍の編制を打ち上げたというのに、それから後のことはさっぱり聞こえてこない。まったく、きみに対して面目《めんぼく》が立たない」

「ぼくにすれば、きみがそばにいてくれるだけで充分だ。きみの本来の務めは、百済王の近衛兵《このえ》を統率することにあるのだから。それに倭国軍は先《せん》だって沙鼻岐《さびき》と奴江《ぬえ》の二城を抜いたというじゃないか。本格的な攻勢はこれからだろう、きっと」

「沙鼻岐と奴江か。あれは——いや、そうだな。そうだといいんだが……」

「むしろ、今回のことが倭国に伝わって、援軍はやる気をなくすんじゃないか。心配なのは、そちらのほうだ」

すぐに話は豊璋自身の憂慮《ゆうりょ》に戻った。「そうだ、葛城皇子に親書《しんしょ》を認《したた》めるというのはどうだろう。今回の内紛の影響は限りなく小さい、ご懸念《けねん》には及ばず、と知らせる必要があると思うんだが、きみの意見を聞かせてくれないか、田来津」

自室に戻った田来津は、沙鼻岐と奴江のことを考え続けた。

先だって、と豊璋が云ったように、その二つの城を倭国の遠征軍が攻めて新羅から奪取した、という朗報が伝わったのは一か月前のことだった。正確には九月晦日《みそか》だ。周留城は歓喜に沸《わ》き返った。しかし田来津は疑問を覚えた。戦闘の詳細な状況がほとんど伝えられなかったからだ。数日して第二報が届き、次第は暸《あきら》かになった。が、却《かえ》って田来津の疑惑は深まった。二つの城を守る新羅の守備兵は、押し寄せる倭国軍に恐れをなし、ほとんど抵抗らしい抵抗もせずに城を捨てて逃げ出した、というのである。まずあり得ないこと。武人としての本能がそう彼に告げた。新羅軍はそこまで怯懦《きょうだ》ではない。城を陥《おと》したのならば、実際には熾烈《しれつ》な攻防戦が展開され、倭国軍は激戦の末に奪ったはずである。

労せずして二城を得た――というのは、士気を高めるための作り話だろうか。それ以上に気になるのは、沙鼻岐も奴江も本来の新羅領に位置する城であるということだ。大雑把《おおざっぱ》にいえば国境付近だが、細かく詰めれば新羅領内なのである。橋頭堡《きょうとうほ》を築くのに、何も敵国領を選ぶ必要はない。戦略戦術上からいっても旧百済領が適当である。いったい何を血迷って、沙鼻岐と奴江などを攻撃目標としたのだろうか。

さらに不可解なのは、その二城を拠点に戦線を拡大するべきであるのに、その動きがいっこうに伝わってこないことである。新羅軍が反撃に出たという続報もない。要するに沙鼻岐城と奴江城の倭国軍は、その二城を奪っただけで満足し、新羅軍も奪われっぱなしでよしとしてしまったかに見えるのだ。

おかしい、何かが、おかしい――。考えれば考えるほど不審が募《つの》る。ちょうど豊璋が福信の人質になった感覚に囚われていたように、田来津もまた葛城皇子によって、最前線の周留城に弾《はじ》き飛ばされたかのような疑心を覚えずにはいられなかった。

阿倍比羅夫《あべのひらぶ》の副将として蝦夷《えみし》、粛慎《みしはせ》征伐に臨んだ時は、やはり大和《やまと》から遠く離れての軍事作戦だったにもかかわらず、これほどの孤独感、置き去りにされたかのごとき感覚に見舞われることはなかった。

いったい遠征軍の本営で何が進行中なのか。沙鼻岐と奴江の様子をこの目で見なければという思いが、焦りのように胸に突き上げてきた。だが、豊璋《どうよう》のもとを一時であれ離れるわけにはいかない。さなきだに、内紛の直後で城内が動揺しているとあっては。

結局、田来津は信頼できる副官の沼崎蛭足《ぬまさきのひるたり》を呼び、沙鼻岐と奴江に使いしてくるよう命じた。

「目下《もっか》、遠征軍の総指揮官が誰かさえわからないでは話にならない。何が起きているのか、おまえの目でしっかり調べてきてくれ」

七

蛭足が戻ってくるまで半月かかった。その間に特筆すべき出来事が二つ起きた。

一つは高句麗《こうくり》の特使派遣を受け容れたことだ。国王から権柄《けんぺい》を奪って久しい独裁者の泉蓋蘇文《せんがいそぶん》が、己の三男である泉男産《だんさん》を周留城に送ってきた。とはいえ援軍を率いさせてのことではない。高句麗も目下、唐《とう》軍の対処に精魂《せいこん》を傾けなければならない状況に置かれているからである。百済《ひゃくさい》への援軍など、したくてもできないのが実情だ。

男産の任務はあくまで高句麗、百済、倭国《わこく》の三か国の同盟の可能性を探り、促進することにあった。鬼室福信《きしつふくしん》は泉男産を歓迎した。自身も百済王の豊璋《ほうしょう》を傀儡《かいらい》にして復興軍の実権を握っている立場上、泉蓋蘇文に親近感を覚えるのだろう。その実子の来訪とあって、それこそ下にも置かぬ歓待ぶりだった。

男産のほうは、しかし福信ではなく豊璋と昵懇《じっこん》の間柄になっていった。年齢がさほど離れていないということもあったろうが、気安く豊璋の下に入り浸《いびた》った。

「王よ、百済は高句麗より発した、いわば分家です。百済の初代王温祚は、高句麗の初代王朱蒙《しゅもう》の息子なのですから。高句麗は朱蒙の長男の瑠璃《るり》が継ぎ、温祚は南に新天地を求めて百済を興《おこ》した。よって高句麗と百済は、文字通り血を分けた兄弟国であるのです。のみならず今や、唇歯《しんし》の国でなくては互いにかなわぬ間柄だ。百済が滅びた結果、我が高句麗もまた危殆《きたい》に瀕《ひん》しています。父の蓋蘇文が百済復興に意を用いる所以《ゆえん》です。倭国のように援軍を送るというわけには参りませんが」

そう言葉巧みに豊璋に力説し、次いで田来津《たくつ》を見やって、「それにしても、貴国の支援は速やかならざると見えるのですが、どうしたことでしょうか」と訊く。自分の国のことは棚に上げて何を、と田来津としては鼻白む思いだが、図星を衝《つ》かれては返す言葉がなかった。

もう一つの特筆すべき出来事とは、唐が現地駐屯軍の要請に応えて、ついに援軍を送ってきたことである。水軍、だった。ゆうに百隻を超す巨大な軍船《いくさぶね》が群れ集まるように白村江《はくそんこう》に入ってきた。一気に緊張する周留城を尻目に、唐水軍は堂々たる船列を組んで白村江を遡上《そじょう》していった。唐将の劉仁願《りゆうじんがん》、劉仁軌《じんき》らの拠《よ》る上流の熊津城《ゆうしん》を目指していることは云うまでもない。

周留城の兵士は暗然と顔を見合わせた。これで唐軍は水軍力を飛躍的に強化した。もはや水路から熊津城を攻略することは不可能になったのだ。かたや復興軍の水軍は無きに等しい。水軍を再建するだけの余力が復興軍にはなかった。周留城の船溜《ふなだ》まりに停泊しているのは、田来津の乗ってきた倭国の軍船のほうが目立つほどなのである。

泉男産は、口には出さないが内心はほっとしているに違いなかった。唐が百済戦線に軍事力を注ぎこむほど、高句麗の危機は遠のく。一人、福信だけが意気軒昂《けんこう》だった。

「戦《いくさ》は陸上で決するもの。軍船の見かけの恐ろしさに竦《すく》んではならぬ」

全将兵にそう訓示した。

道琛《どうちん》とその一派を排除した内紛の余波はまだおさまらず、福信は復興軍の引き締め、再編制に必死だった。当分の間、唐や新羅《しんら》に対して攻勢に出ることはできそうになかった。

そうこうするうちに、沼崎蛭足《ぬまさきのひるたり》が戻ってきた。十一月も半ばになっていた。真冬の最中である。

「遠征軍の総指揮官は、上毛野君稚子《かみつけののきみわくご》さまでございました」

開口一番、蛭足は報じた。

「上毛野君稚子？」

田来津は眉根《まゆね》を寄せて訊き返した。葛城皇子《かつらぎのみこ》が編制したのは五軍体制で、将軍はそれぞれ阿曇連比羅夫《あずみのむらじひらぶ》、河辺臣百枝《かわべのおみももえ》、阿倍引田臣比羅夫《あべのひけたのおみ》、物部連熊《もののべのむらじくま》、守君大石《もりのきみおおいわ》の五人だったはず。上毛野君稚子とは初耳だ。寝耳に水といってよい。

「なぜそんな人事に？　阿倍比羅夫さまはどうされたのだ」

「詳しいことはわかりません。阿倍さまは倭国にお戻りあそばされたと聞きました」

「沙鼻岐《さびき》や奴江《ぬえ》にはいらっしゃらないと？」

「さようです。阿倍さまだけではございませぬ。阿曇さま、河辺さま、物部さま、守さまに至っては、まだ一度も海を渡ってはおられぬとの由《よし》」

「いったい、どうしてそんなことに」

「沙鼻岐や奴江におられる将軍は、上毛野さまの他に、間人連大蓋《はしひとのむらじおおふた》さま、巨勢神前臣訳語《こせのかんさきのおみをさ》さま、三輪君根麻呂《みわのきみねまろ》さま、大宅臣鎌柄《おおやけのおみかまつか》さま」

「何と！」

田来津は叫んだ。遠征軍を率いる将軍の顔触れは、総入れ替えになったのだ。

「葛城皇子さまの差し金か？　いや、これはしたり。おれともあろう者が、愚《おろ》かなことを口にした。新羅遠征計画の総元締めは皇子なのだからな。では、改めて聞こう。皇子さまはなぜそのような変更を？」

「わたしもその点をしつこく食い下がってみたのでございますが、上毛野さまをはじめとして、どの将軍がたも知らぬ存ぜぬ、我らは皇命を奉るまでよ、とのお答えにて、挙句の果てには、そこまで不審と申すならば筑紫《つくし》に渡り、皇子さまに直接伺《うかが》いを立ててみよ、とまで云われまして」

皇子さまに直接——そんなことのできるはずもない。だが田来津には、葛城皇子が当初の計画を修正し始めたことだけは確かなことのように思われた。

「沙鼻岐、奴江の様子はどうであったか」

「まったく奇妙の一語に尽きます。それというのも、上毛野さまたちはさらなる軍事行動に出る気配がないことです。近くで独立的に活動している旧百済《くだら》遺臣が連帯、支援を求めて沙鼻岐、奴江を訪ねて参りますが、のらりくらりと言を左右にして――あれではまるで追い返しているも同然」

またも田来津は叫んだ。「何と！」

「いいえ、奇妙なのはそればかりではございませぬぞ。二城を奪われた新羅軍が反撃に出る気配はいっこうにございません」

「落城の経緯――新羅軍が恐れをなして城を放棄したというのは？」

「それは事実のようです。戦闘らしい戦闘はほとんどなかったと、何人かの兵士に当たって確認いたしました。なお奇妙に思えますのは、予想されて然《しか》るべき新羅側の反撃に備える姿勢を、上毛野さま以下どの将軍も見せてはいないことにございます」

「では、彼らは何をしているのだ」

「さて」蛭足は途方に暮れた顔をした。「ただ駐屯《ちゅうとん》しているだけ、としか」

渡海した兵力は、公称二万七千とのことだったが、とてもそのような数には見えなかった、せいぜい五千がいいところ、と蛭足は付け加えた。

「なるほど、それっぽっちの数では身動きがとれまい」田来津は自らに納得させるように云った。「本来なら橋頭堡を築いたからには、すぐにもここ周留城との連絡路を開き、共同して復興作戦を展開しなければならないが、その数ではな――徴《ちょう》兵《へい》が上手くいっていないということなのか?」首を傾《かし》げる。「確かに、こればかりは筑紫に渡ってお伺いを立ててみなければわかるまい」

「そういえば二つの城には」思い出したように蛭足は口にした。「百済人たちが押し寄せていました」

「倭国軍の庇護《ひご》下に入ろうというわけか」

「いいえ、亡命希望者たちです」

八

十二月に入って新たな動きがあった。拠点を移す、と鬼室福信《きしつふくしん》が発表した。周留《しゅうりゅう》城を離れて白村江《はくそんこう》を渡り、さらに南方の避城《へさし》に「遷都《せんと》する」という。理由は食糧問題だ。備蓄米《びちくまい》はいずれ底を突く。周留城の周辺は農地ではなく、糧食の搬入には困難が伴った。包囲されれば飢餓《きが》するほかない。それはかねてから周留城の弱点として指摘されていたが、寒飢《かんき》の季節となって一挙に表面化したのだった。

避城は百済《ひゃくさい》随一の穀倉地帯に位置し、その肥《こ》えた地味は古来、「三韓《みつのからくに》の上腴《よきもの》」と絶賛されていた。この沃地《よくち》に都を遷《うつ》せば、確かに飢えの恐怖からは解放される。長期戦に備えるにはもってこいの地だ、と福信は断言した。周留城ほど堅固とはいえないものの、防御にも優れている。西北に古連旦涇《これんたんけい》の川が取り巻き、東南には深泥《しんでいこえん》巨堰の防塁《ぼうるい》がある。

福信の案内で豊璋とともに避城を視察した田来津は、真っ向から反論した。

「だめだ。ここは敵地に近すぎる」

百済復興軍を鎮圧するため派遣された新羅の独立部隊が、東方に陣地を構えていた。一夜で行軍できる距離だ。厳寒の中、白村江は凍結している。唐の水軍は上流の熊津城の船溜まりに閉じ込められ、下ってこられない。食糧補給の確保に意を注ぎ、周留城を動かないのが賢明だ、と訴えた。

その意見は、福信によって一蹴《いっしゅう》された。田来津は翻意《ほんい》に努めたが、福信は耳を貸さなかった。なすすべはなかった。道琛《どうちん》が生きていれば彼を通じて牽制《けんせい》することもできただろうが、今や百済復興軍の全権は福信が一手に握っている。福信の私軍も同然だった。かくして遷都は断行された。留守を預かるわずかな数の部隊を残し、復興軍は年内に周留城を引き払った。

豊璋も田来津と同じ意見だったが、福信に拉致《らち》されるも同然に避城に移った。祚《そ》栄《え》と女官団も行《こう》を共にした。田来津は豊璋の親衛隊長であるからには、独り周留城に留まるというわけにもいかなかった。高句麗の特使、泉男産《せんだんさん》もついてきた。

冬の寒さは厳しく、攻める方も守る方も戦争どころではなかった。双方それぞれの城、砦《とりで》、駐屯地に閉じ籠《こ》もって寒さを避けることに専一した。冬の間はそれでよかった。

春になると事情が変わった。まず動き始めたのは新羅軍だった。百済旧領に入り込んで越冬した彼らは、啓蟄《けいちつ》を迎えた虫のように一斉《いっせい》に行動を開始した。居列《きょれつ》城、居勿《きょぶつ》城、沙平《さへい》城、徳安《とくあん》城と攻撃され、次々に陥落した。いずれも百済旧領の南部の城で、復興軍は大打撃を被《こうむ》った。

福信は慌《あわ》てふためいた。新羅軍がこれほど早く、大規模に、それこそ疾風《しっぷう》のように攻勢に出ようとは思いもしないことだった。田来津の懸念が現実のものとなって迫ってきたのである。

ただちに福信は遷都、いや再遷都を号令した。周留城に戻れ、と。いったい何のための遷都だったのかと豊璋は嘆息《たんそく》せずにはいられなかった。ただし、留守にした周留城を奪われてはおらず、軍事的な失敗に終わったとまではいえない。それが慰《なぐさ》めといえば慰めであった。二月のうちに彼らは周留城に戻った。

以来なすすべもなく月日は経過した。新羅軍は攻勢を止め、中休みに入ったかのようである。熊津城の唐軍は、不気味な沈黙を続けていた。唐と新羅は次なる攻勢を共同して遂行《すいこう》すべく、軍議に軍議を重ねているに違いなかった。

かたや福信は、各地に点在して独自の活動を続ける復興軍の指導者たちを糾合《きゅうごう》しようと、盛んに勧誘の手を伸ばしていた。黒歯《こくし》常之《じょうし》をはじめ余自進《よじしん》、遅受信《ちじゅしん》、沙吒《さた》相如《しょうじょ》らの遺臣たちだが、反応は鈍かった。豊璋の見るところでは、彼らは道琛の二の舞になることを恐れているようだった。ここへきて福信は、指揮系統を一本化すべく道琛を手にかけてしまった失策を悟《さと》ったことだろう。

かくして三月、四月、五月と過ぎた。干戈《かんか》は交えられず、表面上は平穏《へいおん》に経過した。嵐の前の静けさであった。豊璋が百済に渡って丸一年だ。この一年、自分は何をしてきたのか、と彼は猛省《もうせい》した。祖国の復興に何ら役に立っていないと云わざるを得ない。このままでは、これから先も同じことだ。

――百済王としての務めを果たし、きみに忠実に仕える者を増やしてゆくんだ。

田来津はそう云った。しかし、それが無理であることを、この一年間で身に沁《し》みて実感した。百済王としての務めとは、畢竟《ひっきょう》するに百済の社稷《しゃしょく》を祀ること、すなわち国家祭祀を司ることだった。務めを果たせば果たすほど、彼は宮中の奥深くに埋没してゆくばかりとなった。身の回りに張り付けられている者、出入りする者は、すべて福信の息のかかった連中である。豊璋の焦りは深まる一方だった。

田来津は、倭国の援軍が来ないことを気に病んでいるが、問題はそれではない。百済復興軍が一つにまとまらないことなのだ。内紛さえ起こしてバラバラな状態では、葛城皇子にしても援軍を送るのを手控《てびか》えて当然ではないか、と豊璋は思う。このままでは百済復興運動は瓦解《がかい》する。必ず頓挫《とんざ》する。それがこの一年間の観察結果だ。何か他に自分の果たすべき役割があるのではないか……。彼はひたすらそれを考え続けた。

六月に入って豊璋は答えを得た。きっかけになったのは田来津の「それを案じてみても始まるまい。もはや福信を恃《たの》む以外にないのだからな。彼の手並みに期待しようじゃないか」という言葉だったが、彼には諮《はか》らなかった。すべて自分一人で考え、決断した。体当たりでゆくしかない、と。

六月半ばのある夜、彼は宦官《かんがん》の朴宮卓《ぼくきゆうたく》を呼び、福信の部屋に案内するよう命じた。宮卓は豊璋と福信の間をとりもつ連絡役である。

「殿下がお渡りになることを、将軍に知らせて参ります」

「かまうものか。気遣《きづか》いは無用だ」

いつになく断固たる調子で豊璋は云った。

「親衛隊長はお呼びになりませぬので？」

「わたし一人でゆく。福信と差し向かいで話したいのだ」

宮卓は気圧《けお》されたようにうなずき、豊璋を先導した。増築に増築を重ねた周留城の内部は、複雑極まりなかった。長い渡り廊下が次々と現われた。豊璋はこの城の主だが、福信の私室がどこにあるのか一年経《た》っても知らない自分に気づき、苦笑を禁じ得なかった。福信の秘密主義は筋金入りだった。

戸口には屈強《くっきょう》な体格の衛士が二人、槍を手に仁王立ちしていた。彼らは警戒心を隠さぬ目で豊璋を見やった――彼らの王を。

「やっ、殿下ではございませぬか」

前触れもなく入室した豊璋を、福信はあたふたと、しかし猜疑《さいぎ》を露《あら》わにした表情になって迎え入れた。若く美しい愛妾《あいしょう》が二人、主人の目配せを受け、そそくさと豊璋に頭を下げて退出してゆく。寝室で寛《くつろ》いでいたというのに、福信の顔には疲労の色が濃かった。昼間、兵士に囲まれて辺りを睥睨《へいげい》しているのとは違う男のようだ。二、三度、豊璋の背後をうかがって訊いた。「お一人で？」

「さしで、そなたと話をしに来た」

目に宿る猜疑の色が強くなった。「では、着替えて参りまする」

別室に下がろうとする寝着姿の福信を豊璋は制した。

「そのままでかまわぬ」豊璋自身は王としての正装だ。朝見《ちょうけん》の儀に臨む時の衣冠《いかん》を隙なく身に着けている。

豊璋は手近な椅子を引いて腰を下ろし、福信に対坐《たいざ》を促した。福信はしぶしぶ従った。その目に興味の色が浮かび始めた。

「そなた、何のためにこの豊璋を倭国から呼んだ」

単刀直入に切り出した。

福信は目をしばたたいた。「……こ、これは異なことを。王族がいませずば、王国の再興は叶《かな》いませぬゆえ」

「ならば、もっと上手《うま》くやるがいい」

「上手く、と?」

「わたしをもっと利用しろといっているのだ。そなたの好きなように利用しろ。今のままでは宝の持ち腐れというものだぞ」

福信はぽかんと口を開けた。実際、彼の意表を衝《つ》いたのだ、利用という思いがけない言葉が。

「この一年、わたしがしてきたことといったら、倭臭を脱して生粋の百済人となるよう努めること、宮中祭祀を執《と》り行なうこと、その二つだけだ。そんなことをわたしにさせるために、倭国から呼び戻したわけではあるまい」

「……それこそが国王殿下たるお方の務めにございますれば……」

「では聞こう。結果として百済復興軍が強化されたか? 各地でバラバラに戦っている将軍たちが手を組んだか? 国王の下《もと》に統一復興軍を組織したか? わたしが来る一年前と何ほどが変わったというのだ?」

「それは……その……いずれ必ず……」

「未来永劫《えいごう》無理だろう、このままでは。たとえば、わたし自らが黒歯常之や、遅受信、余自進らのもとに足を運び、鬼室福信と力を合わせるよう命ずるというのはどうだ。国王命令だ。そなたの呼びかけよりは、よほど効果があるだろう」

「………」

「命令に耳を傾けなければ、その者は逆賊として天下に布告《ふこく》する、そう脅《おど》しつけてもやろう」

「………」

「そなたの懸念はわかる。彼らとわたしが結び付かぬよう、そなたはずっと気を遣ってきたからな。だから、わたしを手中におさめただけで満足し、深窓《しんそう》の令嬢《れいじょう》よろしく宮中の奥深くに抱《かか》え込んだ。しかし、わたしが知る百済遺臣は、福信、そなただけだ。黒歯常之や遅受信など会ったこともない。彼らのほうでも倭国帰りの新王にどれほど信《しん》を置くだろうか。彼らとわたしが結託《けったく》するなどという考えは杞憂《きゆう》に過ぎる。それでも信用できぬというのなら、黒歯常之や遅受信のもとに赴《おもむ》くわたしに、そなたの信頼する者をいくらでも付けて、監視するがいい」

「……利用というのは」福信はゆっくりと云った。その声はかすれていた。「そのような意味でございましたか……それがしは……」

「活用といってもいい。わたしはそなたの持ち駒なのだから。せいぜい利用してかまわない。それで百済が再興できればいいではないか」

「持ち駒など」福信は首をすくめた。「滅相《めっそう》もございませぬ」

「いや、わたしはそなたの持ち駒だよ。そなたの持ち駒になる以外、百済の再興は叶わぬと見切ったのだ。そなたとて、そう思っているだろう、余豊璋は己だけの持ち駒だと。ならば、二人の思いは一致したではないか。そなたのなすべきは、持ち駒を存分に活用すること。わたしのなすべきは、そなたの意に十全《じゆうぜん》に応えることだ」

「国王殿下……」

「そなたとわたしは一蓮托生《いちれんたくしよう》なのだ。そなたがいなければ、わたしは百済に戻った意味がない。わたしがいなければ、そなたは行き詰まるだけだ……不思議な縁で結ばれた二人だが」

「殿下……」

「本心を明かそう。わたしはそなたの招聘《しようへい》に乗り気ではなかった。考えを変えたのは、惚《ほ》れた女を王妃《おうひ》にしてやりたかったからだ。笑わば笑え、ただそれだけだ」

「祚栄さまを?」

「祚栄は百済王妃になった。わたしの夢は叶った。わたし自身は百済王という位に未練はない。百済が再興した暁には、誰か適当な者を見つけて王位を譲るつもりだ。福信、そなたは王族であり、百済復興のため先頭に立って戦っている男。そなたこそは、次なる百済王に相応しい」

「殿下、何をおっしゃいます！」

「わたしたちは退位し、倭国に帰ろう。この豊璋にとって故国は、祚栄の国のようだ。それに、わたしは血腥《ちなまぐさ》い政争を見過ぎてきた。母が死に、わたしを庇護してくれた蘇我入鹿《そがのいるか》を失った。高位にあるということは、それだけ身を危険に晒《さら》すことだ。わたしは倭国の海岸に居《きょ》を構え、祚栄と二人で静かに暮らしたい」

「し、しかし……葛城皇子がそれを許しましょうや。殿下を通じて百済に影響力を行使しようというのが狙いでしょうから」

「知ったことか、葛城皇子の意向なんて」

云った瞬間に、胸中を爽《さわ》やかな風が吹き渡り、莞爾《かんじ》と笑いが込み上げた。

福信はしばらく、呆然《ぼうぜん》と豊璋を見つめ続けた。その目から猜疑の色は消えていた。

「殿下、お目に入れたきものがございます。しばしお待ちを」

隣室に消え、すぐに布に包まれた重そうなものを抱えて戻ってきた。それを卓上に置き、布を剝《は》いだ。出てきたのは、鉄斧《てっぷ》だった。

「覚えておいででしょうか。当時、六歳でいらした殿下は、この斧を握って、沙宅《さたく》智萬《ちまん》を救おうとされたのだとか。智萬、入鹿よりそれを聞きました。殿下がまだお目覚めにならぬ間に」

豊璋は鉄斧に凝《じ》っと視線を注いだ。刃の部分は赤錆《あかさ》びてぼろぼろとなり、木の柄《え》は乾燥して汚れが目立つ。智萬老人を救おうとした鉄斧、というより——彼の母の首を斬り落とした斧であった。

「……なぜ、こんなものを取っておいた？」

「自分でもわかりませぬ」福信は首を横に振った。「幾度も夢を見ました。成長あそばされた豊璋さまが、この鉄斧を握って、それがしの前に現われる悪夢を。しかし、どうしたものか、これを捨てようという気にはなれませんでした」

しばらく沈黙があり、再び福信は口を開いた。「自分でもわかりませぬ。なぜ、今、これを殿下にお見せする気になったのか」

何かを乞《こ》うような口調だった。

鉄斧は、柄を豊璋に、刃の部分を福信に向けて置かれていた。

豊璋は手を伸ばした。布で元通り鉄斧を包み込んだ。「わたしに過去はない。あるのは未来だけだ」

それは、周留城に着到した時に告げ渡した言葉である。

「国王殿下」

鬼室福信は片膝を床につき、深々と頭《こうべ》を垂れた。

豊璋が福信の居室を後にしたのは、それから半刻後のことだった。

二人の間では大まかな行動計画が練り上げられた。数日のうちに、豊璋と福信は共に黒歯常之の拠城に向かう。各地で戦う百済遺臣を任存《にんそん》城に呼び集めて、戦線を一つに統合すべく、百済復興会議とでも呼ぶべき会合を主宰《しゅさい》するのだ。場所を周留城としなかったのは、福信ただ一人が突出するかのごとき、露骨《ろこつ》な印象を避けるためである。復興軍は新たな国王余豊璋の下に平等に力を合わせる、という演出であった。これを提案したのは福信自身だった。

福信は戸口に出て豊璋を見送った。待機していた宦官の朴宮卓が驚きの視線を二人の間に往復させ、さすが変わり身の早いところを見せて、これまで寸毫《すんごう》も垣間見《かいまみ》せたことのない恭順《きょうじゅん》な気配を滲《にじ》ませて、豊璋に扈従《こしょう》した。

夜は更《ふ》けていたが、豊璋は胸の昂《たかぶ》りを抑えられなかった。これで展望が開けた。袋小路に迷い込んだ感のあった復興運動は、必ずや息を吹き返すだろう。

長い廊下を進み、角を曲がる前に振り返ると、福信はまだ戸口でこちらを見送っていた。燭台《しょくだい》に揺れる炎に照らされたその姿は、妙にはかなげに見えた。豊璋はうなずいた。福信は頭を下げた。

角を曲がったところで、背後に叫び声を聞いた。豊璋は踵《きびす》を返した。一陣の真っ黒い旋風が、福信の居室の中に吸い込まれてゆくところだった。戸口には、二人の衛兵が血まみれになって転がっていた。

廊下は長かった。足を急がせる豊璋がたどりつくより早く、黒い旋風が戸口から吹き出してきた。今度は距離が近く、旋風の正体は燭台の明かりでもはっきりとわかった。僧侶たちだった。いずれも白刃《はくじん》を引っ提げている。切っ先から赤い液体が滴《したた》っている。殿《しんがり》の僧侶が豊璋を見るや刀身を振り上げかけたが、豊璋と気づいたか、

「道琛師の仇《かたき》を討ち取ったり！」

高らかに声を上げ、僚僧《りようそう》の後を追って駆け去った。あっという間の出来事だった。

豊璋は、撫《な》で斬りにされた二人の衛兵を一瞥《いちべつ》し、居室に足を踏み入れた。床が濡れて、危《あや》うく足を滑《すべ》らせそうになった。その足が何かを蹴《け》った。蹴られたものが、ピチャピチャと水しぶきのような音をたてながら床を転がっていった。首のない死体が倒れていた。

背後で朴宮卓が甲高《かんだか》い悲鳴を上げた。

その瞬間、自分が蹴ったのが福信の首だったことに豊璋は気づいた。

第七章　開戦

一

「よく鬼室福信《きしつふくしん》を討ち果たしてくれた。彼《か》の者こそは最大の障害であったのだ。深《しん》甚《じん》なる謝意を表しよう」

新羅《しんら》王金法敏《きんほうびん》の若々しく弾《はず》む声が、王宮の広間にこだました。

頭上に金冠《きんかん》を整え玉座に悠然《ゆうぜん》と着席する彼の前に参集しているのは、十数人からなる僧侶《そうりよ》の一団だ。泥にまみれた僧衣を見れば遠路を経《へ》てきたことが、武将もかくやの逞《たくま》しい面魂《つらだましい》に目を留《と》めれば僧兵であることが、即座に察せられる。

すなわち彼らこそは、今は亡き百済《ひやくさい》復興軍領袖《りようしゆう》の道琛和尚《どうちんおしよう》の麾下《きか》にあった僧将たちだった。勝手を知りぬいた周留《しゆうりゆう》城に易々《やすやす》と潜入し、師僧の仇《かたき》である不倶戴天《ふぐたいてん》の鬼室福信に報仇《ほうきゆう》し、野山に寝泊まりしながら数日を費《つい》やして新羅王都の除那伐《じよなばつ》にたどりついたところである。

いや、戻ってきたというのが正確であろう。なんとなれば彼らは、道琛が暗殺されるや辛《から》くも難を逃れ、徐那伐に奔《はし》って新羅王に庇護《ひご》を求めていたからだ。黒歯常之《こくしじようし》や遅受信《ちじゆしん》ら、各地で祖国復興のため独自に戦っている百済遺臣を頼ろうとはしなかった。見限ったのだった、百済を――百済の未来を、百済のすべて、そのものを。

いってみれば彼らは亡命僧なのであり、亡命者は亡命者なりに新たな祖国、新たな君主、新たな大檀越《だいだんおつ》に対して忠誠心を見せる必要があった。

そのようなわけで、金法敏としては自分のほうから取り立てて卑劣《ひれつ》な暗殺命令を下すまでもなかった。かくて以心伝心、亡命百済僧たちは金法敏の暗黙の望みを履《り》行《こう》してくれたのである。とはいえ、それなりの褒賞《ほうしよう》はもちろん与えておくべきだった。論功行賞《ろんこうこうしよう》は王侯将相《おうこうしようそう》の特権にして義務である。

「嚮後《きようご》、貴僧らを新羅僧として遇することを約束しよう」

金法敏の言葉は、玉座の下《もと》に控《ひか》えた訳官により、すぐに百済語に翻訳される。兇行《きようこう》直後のような殺気をたたえていた僧将たちの表情が和《やわ》らいだ。金法敏は語を継ぐ。「願い通り寺刹《じさつ》の建立《こんりゆう》も差し許す。さしあたっては道琛師の菩提《ぼだい》寺を建てるがよい」

「ありがたき幸せ。これで我らが師父の冥福《めいふく》を祈ることができまする。寛大《かんだい》なる新羅国王殿下《でんか》とその所有の王国に、御仏《みほとけ》の大いなる守護と慈悲《じひ》があまねく行き渡りますよう、我ら心を尽くして祈る所存にございます」

一団を代表して答礼の言葉を述べたのは、道琛の右腕だった慧灌《えかん》である。その言葉は、同じ訳官によって今度は新羅語に訳された。

「もっとも」金法敏は素早《すばや》く応じた。「目下《もっか》のところ百済平定に力を尽くすべき戦時である。今すぐとは参らぬ。それは了承されたい。とはいえ鬼室福信が亡き者となったのだ。その日も遠くはないであろう」

「敢《あ》えて申し上げまするが、国王殿下」慧灌が古くからの忠実な臣下のような、もっともらしい口調で語を返した。「新たな百済王を低くお見積もりになってはなりませぬ」

「とは？」

「倭国《わこく》育ちの軟弱者、拙僧《せっそう》も当初はそう軽んじておりました。取り柄といえば百済王家の血を引くことのみ、と。ところが道琛さまは、余豊璋《よほうしょう》のいったいどこに目をお留めあそばされたか、そのような考えを次第に改めてゆかれたのです。やはり貴種なり、あのお方こそは本物の王として推戴《すいたい》するに値する、と」

「豊璋に器量を見出したというわけか。そなたの目にもそう映ったか？」

慧灌は首を横に振った。「豊璋王を拝する機会はまずありませんでした。福信めが、王を己《おのれ》の生擒《せいきん》も同然に王宮の奥深く擁《よう》してしまったからで。道琛さまのみ、王に接することができたのです。豊璋王を名実ともに王と担《かつ》いで復興軍を統一すべきだ、というお考えに道琛さまは到達されました。それが福信には気に入らず、両者の間に亀裂《きれつ》を招いたのです」

「なるほど、余豊璋を警戒《けいかい》せよというわけだな。それならば」金法敏は玉座からぐっと身を乗り出した。「そなたたちに頼みたいことがある」

「何でございましょうや」

「福信横死の〝真相〟は、仏の言葉を語る聖《ひじり》の口から発せられれば、誰もがこれを信じるであろう。鬼室福信を殺《あや》めたのは他ならぬ余豊璋その人なり――百済旧領の津々浦々にそう吹聴《ふいちょう》して回ってほしいのだ」

その言葉が百済語に訳されると、慧灌をはじめ亡命百済僧たちは一様に目に畏怖《いふ》の色を浮かべた。

広間を退出した金法敏は居室に戻り、金多遂《たすい》を招じ入れた。福信の死を告げるや多遂の顔は輝いた。

「いよいよ決戦の秋《とき》かと、殿下」

「うむ。待ちに待ったその日が来た。道琛、そして今また鬼室福信まで失って、周留城はさぞ動揺《どうよう》していることだろう。この期を逃さず撃《う》って出るに如《し》かず。わたしはこれより軍議を招集し、総攻撃を諮《はか》るつもりだ。反対はあるまい。それでなくても将軍たちは、出撃を具申して矢の催促《さいそく》なのだからな」

「では、このわたくしもただちに」

多遂は晴れやかな声で云《い》った。


七日後、旅装を解かぬ多遂の姿は筑紫《つくし》の行宮《かりみや》にあった。時は仲夏《ちゅうか》七月の半ば、つまり真夏の盛りだったが、客間に吹き込む潮風は存外に涼しく、何百、いや何千匹と鳴いているのであろうか、庭樹から聞こえる蟬《せみ》の声にも不思議な涼気が感じられた。

「三年になるか」

葛城皇子《かつらぎのみこ》が云った。多遂の報告を聞き終えての第一声である。金法敏の勇躍ぶりに較《くら》べると、葛城の反応は冷静だった。

「百済《くだら》が滅《ほろ》んだのは――滅ぶべくして滅んだのが、三年前の、ちょうど七月であったな。鬼室福信が豊璋の帰国を要請してきたのが十月のこと。年が明けて難波《なにわ》を発《た》ち、七月、わたしは母帝《おおきみ》を喪《うしな》った――二年前のことだ。そして一年前の五月、福信の求めに応じて豊璋を送り還《かえ》してやった。何のことはない、福信はせっかく手に入れた〝百済王〟を活かすこともできず、僚将《りょうしょう》の道琛を殺し、因果応報、その残党たちに自分も仕返しされた、か。いかにも百済人らしい迷走ぶりだな」

「鬼室福信――字面を見ればひとかどの大人物らしく思えますが、所詮《しょせん》はその程度の器量でしかなかったということでありましょう」

例によって葛城の傍《かたわ》らに影のごとく控えた中臣鎌子《なかとみのかまこ》が口を添える。

「まったく以《もっ》てだ。何が百済の復興か。あまりに莫迦々々《ばかばか》し過ぎて、云うべき言葉も見つからぬ」

多遂は、豊璋の運命についても話題にのぼるのではと思ったが、主従どちらも口の端《は》に乗せなかった。

「何にせよ」葛城は多遂に顔を向けた。藤色に染めた麻の薄物《うすもの》をすらりとまとったその姿は涼しげである。汗ひとつかいていない。「筑紫に居座るのはもう飽き飽きした。次の夏は飛鳥《あすか》で蟬の声を聞きたい。よし、わかった。一気に決着をつけてしまおう。こちらも呼応する。その旨《むね》、よろしく新羅王に伝えよ」

「かしこまりました。して、倭国側の総大将は？」

阿倍比羅夫《あべのひらぶ》ではあるまい、と多遂は予想していた。蝦夷《えみし》、粛慎征伐《みしはせせいばつ》で勇名を馳せた比羅夫は葛城のお気に入りの将軍であり、倭国水軍の象徴、代名詞といっても過言ではない。そんな名将を敗軍の将に仕立て上げるはずもなかった。果たして多遂の読みは的中した。

「廬原君臣《いおはらのきみおみ》を擢《ぬ》くつもりでいる」

来《きた》るべき白村江《はくすきのえ》の水戦で、敗将の汚名を歴史に残すであろう不幸な男の名前は、多遂の耳に馴染《なじ》みがなかった。若くして祖国を出奔《しゅっぽん》した彼が知る倭国豪族は、大和《やまと》を中心とするごく狭い範囲に限られている。

「廬原君？」

「駿河《するが》の国造《くにのみやつこ》だ」葛城は答えた。「駿河には、とりわけて造船を多く割り当てたからな。臣に率《ひき》いさせるのが至当というものだ」

二

周留城《しゅうりゅう》で秦田来津《はたのたくつ》は、真夏の太陽の下《もと》、自ら汗を振り絞《しぼ》りながら将兵の訓練に余念がない。鬼室福信《きしつふくしん》の死により、唐《とう》と新羅の連合軍がこれを好機と見て決戦を挑《いど》んでくるのは必至《ひっし》である。

福信の横死を知った時、真っ先に田来津の頭をよぎったのは、

——ああ、万事休す！

という慨嘆《がいたん》だった。

福信こそは百済復興運動の中心人物である。倭国に豊璋《ほうしょう》の返還を求めたのが他ならぬ福信であったことが、その何よりの証左《しょうさ》だ。福信の死は、復興軍を支えていた柱が折れたということに他ならない。もはや百済再興の見込みはなくなった、そのように田来津が断じたのも当然だった。このうえは豊璋を守って倭国に撤退するのみ、とまで先読みした。

彼の見立ては外《はず》れた。

豊璋は屈《くっ》しなかった。動揺する城内をまとめ、福信配下の将軍たちを掌握《しょうあく》した手並みは、田来津の記憶の中にある〝雀《すずめ》〟とは別人だった。雀が鴻鵠《こうこく》に変貌《へんぼう》したとしか云いようがない。これが王家の血というものなのか、と田来津は目を瞠《みは》り、思いを新たにした。絶望的な立場に追い込まれ、かえって豊璋は王族の高貴な血を滾《たぎ》らせ、上に立つ者としての資質を開花させたに違いない。

将兵を始めとして城中の人々にとっても、右往左往してばかりはいられなかった。彼らとしても仲間割れは論外で、結束して事に当たる必要があった。そうするしか生き延びる道はないのである。となれば豊璋の下に一致団結するのが自然の勢い、なりゆきというものだった。先を争うようにして豊璋に忠誠を誓った。誓うことは、精神の安定を得る効果があるようだった。祚栄も百済王妃として気丈に振る舞った。内心の思いはどうあれ、常と変わらぬ気品に満ちた笑みをたたえて城内を回り、人々に声をかけ、時に作業を共にして、彼らの不安を取り除き、励《はげ》ましつづけた。

「このうえは劉秀《りゅうしゅう》になるしかない」

豊璋は田来津に云った。それが決意の披瀝《ひれき》だった。その云わんとするところを田来津はすぐに理解した。劉秀とは、後漢《ごかん》の初代皇帝光武帝《こうぶてい》のことだ。挙兵して王莽《おうもう》を破り、赤眉《せきび》の乱を制圧、群雄たちも鎮定して、ついに漢を再興した稀世《きせい》の英雄である。

「劉秀は自ら馬上にあって天下を取った。いや、劉秀だけではない。前漢《ぜんかん》の高祖《こうそ》も、魏《ぎ》の武帝も、古《いにしえ》の英傑《えいけつ》は自ら軍を率いて戦場に臨《のぞ》んだ。わたしもそうするつもりだ。百済の復興ではなく、新たな国を創成する気で事に臨もうと思う」

「おれはおまえを支えつづけるだけだ。これからも」

田来津はそう応じた。強大な唐・新羅連合軍を敵にしている豊璋は、劉邦《りゅうほう》や曹《そう》操《そう》の比ではない劣勢《れっせい》に置かれているのだが、それは口には出さなかった。

ともかくも、豊璋の存在感によって鬼室福信が殺された痛手が思いのほか最小限で済んだのは幸いだ。福信の死を奇貨として、各地に蟠踞《ばんきょ》する百済遺臣たちが豊璋の下に一つにまとまる可能性も高まるのではあるまいか、と秘《ひそ》かに期待した。

七月下旬、新羅王金法敏は全軍を率いて王都徐那伐を出陣した。その陣容は次の通りである。

大将軍　金庾信《ゆしん》
大幢《だいどう》将軍　金仁問《じんもん》、金真珠《しんじゅ》、金欽突《きんとつ》
貴幢摠管《きどうそうかん》　金天存《てんそん》、金竹旨《ちくし》、金天品《てんぴん》
上《じょう》州摠管　金品日《ひんじつ》、金忠常《ちゅうじょう》、金義服《ぎふく》
下《か》州摠管　金真欽《しんきん》、金衆臣《しゅうしん》、金自簡《じかん》
南川《なんせん》州摠管　金軍官《ぐんかん》、金藪世《そうせい》、金高純《こうじゅん》
首若《しゅじゃく》州摠管　金述実《じゅつじつ》、金達官《たつかん》、金文潁《ぶんえい》
河西《かせい》州摠管　金文訓《ぶんくん》、金真純《しんじゅん》
誓幢《せいどう》摠管　金真福《しんぷく》
郎幢《ろうどう》摠管　金義光《ぎこう》
罽衿幢大監《けいきんどうたいかん》　金慰知《いち》

二年前の七月十七日に編制した高句麗征討軍《こうくりせいとう》とまったく同じ顔ぶれだ。違っている点といえば、新羅に投降した旧百済軍の将兵が加わっていることだ。百済人の将軍に指揮を任せ一軍を構成させている。戦意の最も高いのが――皮肉なことであるが――この旧百済人軍団であるのかもしれなかった。彼らは戦場で目覚ましい働きをして、新たな新羅人として認めてもらおうと必死なのだ。

八月の十日までに新羅軍は長蛇《ちょうだ》の列をなして半島を東西に横断し、唐軍の拠《よ》る熊津城《ゆうしんじょう》に順次到着した。

八月十三日――。

豊璋は軍議の広間で、遅受信《ちじゅしん》のもとに遣《つか》わした熊城《ゆうじょう》貴智《きち》の報告に耳を傾けていた。貴智は泥だらけの旅装で、乱れた白髪《はくはつ》も埃《ほこり》にまみれて茶色っぽく見える。貴智の話が進むにつれて豊璋の憂色《ゆうしょく》は深まっていった。遅受信は彼の呼びかけを拒否したという。今こそ共闘しようとの呼びかけを。

「王命を拒絶したというのか！」

将軍の一人が憤懣《ふんまん》やるかたない声で叫んだ。

「半倭人は、百済王《ひゃくさい》と断じて認めず――これが遅受信どのの答えでありました」

貴智は豊璋の反応を気にしながらも、云うべきことを云った。「国王殿下、遅受信どのは福信の死を疑っておりましたぞ。つまり、その……殿下が福信を殺《あや》めたのだろう、と」

「遅受信もか」

別の将軍が叫んだ。

貴智はその将軍に顔を向けた。「はて、遅受信も、とは？」

「昨日、黒歯常之《こくしじょうし》どのに遣わした使者が帰ってきた」将軍は答えた。「黒歯どのの答えは否《いな》だった。使者は罵《ののし》られたそうだ、福信と仲違《なかたがい》して殺してしまうような半倭人とは手を組めぬ、と」

「貴智どの」さらに別の将軍がなじるように云った。「遅受信どのには事情を説明してくださったのだろうな。鬼室福信は、彼に意趣《いしゅ》を抱《いだ》く道琛《どうちん》一派の残党の手にかかって果てたのだ、と」

「もちろんじゃ。大いに力説したとも。しかるに遅受信どのは頑《かたく》なまでに信じようとせぬ。――豊璋王と鬼室福信は、指揮権をめぐる確執から共に猜疑《さいぎ》の心が生じた。そこで福信は病を偽《いつわ》って窟室《くっしつ》に臥《ふ》せり、見舞いに来た豊璋王を殺そうとした。この計略を見抜いた王は、倭兵を率いて福信の不意を衝《つ》き、殺害したというのじゃ。かかる与太《よた》話を、遅受信ともあろう賢者が頭から信じ込んでおる」

「窟室？」首を傾《かし》げたのは文臣の朝服《ちょうふく》をまとった達率《だちそち》の徳執得《とくしゅうとく》だった。「昨日の話とは少し違うようだが」

「昨日の話とは？」

「使者の伝えるところによれば、黒歯常之は福信の死をこう聞いたという。――福信に叛意《はんい》あるを疑った豊璋王は、彼を捕縛《ほばく》したはいいが後難を恐れて優柔不断、群臣に処置を問うた。福信が罪はすでに明白、斬るべきや否や、と。すると徳執得が、すなわちこのわたしが――」徳執得は自らの手で胸を叩《たた》き、いかにも呆《あき》れたように首を二、三度強く横に振ってつづける。「口を開いたというのだ。王よ、かかる悪逆の者は断じて生かしておいてはなりませぬぞ、と。すると福信はわたしに唾《つば》を吐《は》きかけて罵った。この腐狗《くちいぬ》痴《かたくな》奴《やつこ》めが、と。そこで豊璋王は福信の首を斬り、首を塩漬けにしたそうだ」

「何だそれは？　遅受信はそのようなことは一言も申しておらなかったが」

「流言蜚語《りゅうげんひご》の類《たぐ》いでありましょう」

臨席した軍師の一人が、自らを恥じるように伏し目で云った。「徳執得さままで登場させて話をまことしやかにしております。単に噂《うわさ》話に尾鰭《おひれ》がついたにしてはできすぎている。おそらくは、もっともらしい作り話を幾《いく》つか用意して、各地で意図的に広めている者がいるに違いありませぬ。それも一人や二人の仕業《しわざ》ではないでしょう。数十人規模の集団による謀略宣伝戦、それを仕掛けられてしまったのです」

「何と、迂闊《うかつ》だった」

将軍たちは顔を歪《ゆが》めて口々に喚《わめ》きたてた。

「今さら云っても仕方がないが、まずは弥縫策《びほうさく》をと、徒《いたずら》に福信さまの死を伏そうと図ったのが間違いだったか」

「うむ、そうだ。即座に公表して、道琛一味の非道を天下に周知すべきであった」

「是非《ぜひ》もない。あの時は誰もが呆然自失《ぼうぜんじしつ》して、そこまでの頭は回らなかったのだからな」

「新羅王の差し金だろうか？　よくもこんな卑劣な手を使えたものだ」

「もうよい――」

豊璋の凜然《りんぜん》たる声が無秩序なざわめきを一気に静めた。「過ぎたことだ。何を云っても取り返しはつかない。それよりも、今後のことを考えようではないか。何はともあれ、彼らの誤解を解くことが肝要だ。わたし自らが黒歯常之や遅受信のもとに出向き、事情を説明しよう。実をいえば、あの夜、福信どのとわたしとの間でその取り決めができていた。百済王自らが釈明に努めれば、いかな頑なな者とて耳を傾けてくれるであろうと思うが、どうか」

「国王殿下、それはなりませぬ」

将軍の一人が語気を強めて云った。「新羅軍が熊津城で唐軍に合流し、近くこの周留城に押し寄せてくるのは必至です。そのような状況下で国王が城を離れては、士気にかかわります」

　将軍たちの首が一斉《いっせい》に縦に振られ、文臣の間からも賛同の声が上がった。

「如何《いか》にも三年前がそうでした」文臣を代表して徳執得が云った。「当時も今とほぼ同じ状況で、唐と新羅の連合軍が泗沘《しひ》城を囲み、先代の義慈《ぎじ》王は口実を設けて城を出たのです――ありていに申せば……その……逃げ出したのですが。それで士気は一気に低下し、脱走者が引きも切らず、一戦も交《まじ》えずして降伏に追い込まれたのでした」

「わかった」豊璋はうなずいた。「では、もう口にするまい。この城だけで戦おう。籠城《ろうじょう》するにせよ撃って出るにせよ、孤城の奮闘ぶりを敵味方に対して遺憾《いかん》なく見せつけ、動かぬ黒歯常之や遅受信らへの無言の声明とすることにしよう」

　熊城貴智が立ち上がった。両手で顔を押さえて嗚咽《おえつ》をこらえながら、よろめく足どりで諸臣の居並ぶ円卓《えんたく》を回り、豊璋の足元に身を投げ出した。旅衣から黄塵《おうじん》が舞い立った。

「何としたことか。こ、これ、熊城どの」

　徳執得が慌《あわ》てて駆け寄り、肩に手を当てて上体を引き起こした。貴智はわななく手を外して豊璋を振り仰《あお》いだ。その顔は涙に濡れ、旅埃《りょあい》を含んだ黒い滴《しずく》が頰《ほお》を伝い、顎先《あごさき》からぽたぽた垂れている。

「豊璋さま、今のお言葉、この老《お》いぼれの胸は深く抉《えぐ》られました。覚えておいででしょうか、三年前、倭国は飛鳥の王宮にて初めてお目にかかった時のことを。畏《おそ》れ多いことを申し上げますが、豊璋さまはまったく別人になられた。真の百済国王におなりあそばされました。あの時、わたしはこう申し上げたと記憶します。王子さまのご返事がいただけるまで、愚臣《ぐしん》は百済に帰りますまい、と。その覚悟を奮《ふる》い起こして、今一度、遅受信のもとへと参ります。言葉を尽くして口説《くど》きに口説き、それでも足らざるならば、我が一命を賭《と》しても遅受信を動かしてみせましょう」

徳執得の手を振りほどいて立ち上がり、豊璋に向かって深々と一礼すると、決然たる足取りで広間から出ていった。

誰もしわぶき一つ立てなかった。

入れ替わるようにして田来津が入ってきた。福信が横死して以後、田来津は軍議の場に顔を出さないようにしていた。距離を置いて豊璋の身辺《しんぺん》警固に意を払っている。

「吉報です、国王殿下」

意気軒昂《いきけんこう》、田来津は待ちに待った報《しら》せを告げた。

「たった今、沙鼻岐《さびき》の上毛野君稚子《かみつけののきみわくご》将軍から連絡が入ったのです。まもなく倭国水軍が来援します」

「まもなく倭国水軍が来援します」

同じ頃、白村江を遙《はる》か遡《さかのぼ》った上流に位置する唐軍の本拠地、熊津城の大広間で唐・新羅連合軍による軍議が開かれていた。巨大な方卓を囲んで、甲冑《かっちゅう》に身を包んだ宗主国と属国の将帥《しょうすい》が強面《こわもて》を突き合わせている。

前日までの軍議で周留城攻囲戦の方針が決定されていた。すなわち唐軍は劉仁《りゅうじん》願《がん》、孫仁師《そんじんし》、新羅軍は金法敏が親《みずか》ら率いて陸路を出撃し、白村江に南面する周留城を東西北の三方向から二重三重に囲む。一方、新羅軍は水軍を擁していないから、唐水軍のみの出撃である。劉仁軌《じんき》、杜爽《とそう》の二将が率いて白村江を下り、南から周留城を攻撃する。かくて百済の残党どもは袋の中の鼠《ねずみ》も同然に陥《おちい》る――という筋書だった。

十七日を期して水陸同時に進撃すると決められていた。それが今日になって、新たな情報が入ったからと新羅王が両軍将帥の再招集を要請したのだった。

「なぜ倭国が？」

そう訊《き》いた劉仁願だけでなく、その他の唐将たちの顔にも斉《ひと》しく不審の色が射した。倭国の介入とは寝耳に水であった。驚き以外の何ものでもない。

もちろん彼らにしても、倭国と百済の間に横たわる歴史的経緯は知らぬではない。百済が倭国を、ある意味で宗主国と仰ぎ、その軍事力を後ろ盾《うしろだて》として半島での覇権《はけん》を握ろうと長く高句麗、新羅を対手《あいて》に抗争を続けてきたことを知識としては知っている。

しかし、それとて遠い昔の話で、倭国が半島から軍を引き、半島不介入の方針を掲《かか》げてから百年ばかりが経過している。三年前に百済が滅亡《めつぼう》した時も、彼らは我関せず焉《えん》とばかり海の向こうで傍観《ぼうかん》を決め込んでいたではないか。なるほど、百済遺臣の求めに応じ、長らく人質《ひとじち》になっていた王子を帰国させはしたらしい。その際、身辺警固の兵をつけて送り届けたとも聞くが、戦力といえるほどのものではなく、百済を本格的に支援すべく軍事介入してきたのではなかった。

昨年、南岸の二か所に倭国が上陸して城を築いたということは耳にしていたが、新羅軍と交戦したわけでもなく、唐軍としては無視していい動きだと捨て置いていたのである。

「倭国が半島不介入の方針を転換して百済を全面的に支援すると決めたのか、つまり本気で我々に敵対するつもりなのか、それとも周留城の百済王を救い出そうとする程度の作戦なのか、そこのところはまだ判然としませんが、二百艘《そう》近い軍船《いくさぶね》が周留城に向かっているのは確かです」

金法敏は答えた。その新羅語が唐語に訳されると、また劉仁願が訊いた。

「それはどの程度信用できるのか」

「倭国に潜入《せんにゅう》させた信頼すべき間諜《かんちょう》からの報告です。総大将が盧原君臣という駿河の豪族であることも判明しています」

沈黙が軍議の席に舞い降りた。唐将たちにすれば、最後の最後になって突然に倭国が出てくるなど、面妖《めんよう》という以外の何ものでもない、という不可解な気分に襲《おそ》われているのである。

「もしも周留城を攻囲中、白村江に入ってきた倭国水軍に腹背《ふくはい》を衝かれたならば、面白からざることになろう」

劉仁軌が慎重《しんちょう》な口ぶりで発言した。

金法敏はこの言葉を待っていた。

「では、こうしてはどうでしょうか。唐水軍には一足先に白村江を下り、河口を封鎖していただく」

「なるほど」もう一人の水将である杜爽が飛びついた。「満を持して倭国水軍を迎え撃つというわけか」

「乗った」劉仁軌も吠えた。「船戦《ふないくさ》は、河の上流を背にした側に利あり。遡ってくる倭国水軍が不利を蒙《こうむ》るのは云うまでもない。この戦、勝ったも同然だ」

金法敏は両将をなおも煽《あお》るべく云った。「周留城を攻囲するのは、船戦の後に回しても可です。いいえ、百済の残党どもは倭国水軍を頼みにしておりましょうから、それが眼下で敗れ去ったのを見れば、士気は落ち、攻囲するまでもなく白旗を掲げるかもしれません」

「いかがでござろう」

劉仁軌と杜爽は、劉仁願に向かって声を揃《そろ》えた。

しばらく考えた末に、劉仁願は断を下すように云った。「上策かと思う。諸卿《しょけい》に異論はないか？　なければこの策を採ろう。無論、陸路からも出撃し周留城を遠巻きにするが、本格的に攻囲するのは劉杜両将が倭国水軍を片づけてからだ。願わくは、この水戦を以て大勢《たいせい》が決してほしいものだよ。皇帝陛下の意向は高句麗にこそあり。いつまでも百済の残党どもに手こずっていては我らの査定に響《ひび》く」

三

八月二十七日申《さる》ノ刻《こく》（午後四時）――。

廬原君臣《いおはらのきみおみ》の率いる倭国《わこく》水軍は白村江河口に到った。大船百七十艘余りからなる堂々たる陣容である。

筑紫の港を発し、対馬《つしま》、壱岐《いき》と島づたいに海原を渡り、半島に辿《たど》りついてからは南岸を西走、最西端を右に回って針路《しんろ》を北へと転じた。常に右手に陸地を望みながら帆走《はんそう》してきた。天候には恵まれた。海岸の景色はさまざまで、青松白砂《せいしょうはくさ》、断崖《だんがい》、磯辺《いそべ》と幾通りにも変化した。それが突然途切れ、海が東に向かって吸い込まれてゆくかに見えたのが、目指す白村江の河口であった。

船団の先頭をゆく船の舳先《へさき》に立った臣は、そこに予期していたものを目にした。河幅いっぱいに横列する唐水軍の軍船《いくさぶね》である。船の大きさもほぼ同じなら、数も同じく二百艘に少し届かぬくらい。戦力は互角といえた。異国の軍船は、満艦に幟《し》旗《き》を風に吹き流し、この先、白村江には断じて入れさせぬとばかり戦意を漲《みなぎ》らせている。甲板《かんぱん》には兵士がぎっしり立ち並んで弓を手にしていた。

「待ち伏せだ」

倭国水軍の兵士たちはどよめいた。彼らは、白村江に入ってすぐの北岸にある周留城を目指すと聞かされていた。そこに拠る百済《くだら》軍と力を合わせて、復興戦を展開するのだと。河口に敵水軍が待ち構えていようとは、思いもよらないことだった。それを知っているのは、臣ら少人数の指揮官のみである。

臣は、ただちに遭遇戦に移るとの命令を全船に伝え、率先垂範《そっせんすいはん》、自らの船を以て唐水軍に向かって突っ込んでいった。時を移さず弓矢の応酬《おうしゅう》が始まった。だが、舷側《げんそく》を接しての激戦にまでは発展しなかった。ましてや互いの船に乗り移って斬り合う乱戦などには。

それというのも臣は、全船突撃せよの合図の後、ほどなく戦鼓《せんこ》の鳴らし方を変えて、「利あらざれば退《しりぞ》くも可なり」と命令内容を変更したからである。上流を背にした唐水軍は、流れを利用して優勢に攻めかかってくる。倭国水軍は最初から不利だった。真っ先に突入した臣の船が、真っ先に後退した。それに他の船も倣《なら》った。

唐水軍は深くは追ってこなかった。海原に誘いだされるのを警戒《けいかい》したのかもしれない。海に出たが最後、河の流れという〝地の利〟は失われる。要は、倭国水軍を白村江に入れずにおけばそれでいいのだ。

そのうちに日没が迫り、後方の旗艦から撤退命令が伝えられた。臣はほっと安堵《あんど》し、今日の戦いは史書にどのように記されるのであろうか、と頭をめぐらした。

「大唐《もろこし》の軍将《いくさのきみ》、戦船《いくさぶね》百七十艘を率いて白村江《はくすきのえ》に陣烈《つらな》れり。倭国の船師《ふないくさ》の初づ至《ま》る者と、大唐の船師と合ひ戦ふ。倭国不利《ま》けて退く。大唐陣を堅《かた》めて守る」

おおかた、そんなところではあるまいか。

まあいい。葛城皇子《かつらぎのみこ》の示す恩賞に目が眩《くら》み、損な役回りを引き受けたが、これで敗戦の将という汚名は着ずにすみそうだ。大敗したのではない。単に退いただけなのだから。

臣は全船に回頭を命じた。

唐水軍は勝鬨《かちどき》をあげた。

河口を一望におさめる北岸の小高い丘では、城を脱け出して観戦に来ていた豊《ほう》璋《しよう》と田来津《たくつ》が、逃げ帰る倭国水軍に呆然とした目を注《そそ》いでいた。

なお、来援した倭国水軍には巣箱で一緒だった博麻《はかま》や刀良《とら》たちが従軍していた。彼らの主人が参戦したので、下人である彼らも動員されたのである。しかし、いずれも個別の従軍であったから、彼らは仲間たちが従軍しているなど思いもよらなかった。まして、丘から観戦していた豊璋と田来津には知る由《よし》もないことだった。この一戦で博麻、刀良らは唐軍の捕虜になり、後年、帰国する。

肩を落として周留城に戻った二人であったが、まもなく吉報が飛び込んだ。倭国水軍は敗退したと見せかけ、すぐ南の海上で反転、白村江には入らず、そのまま北上して海岸に上陸し、大軍団が周留城に向かいつつある、というのである。上陸部隊の斥候《せつこう》の一人が使者として派遣され、それを伝えた。

果《は》たせるかな、日付が変わる頃になって、倭国軍の軍兵がぞくぞくと周留城の北廓《ほつかく》に集結し始めた。本来ならば友軍の到着を百済《ひやくさい》軍が歓呼して迎え、饗宴《きようえん》を張るところだが、包囲網を敷く敵の目を欺《あざむ》きたいので無用に、という要請があった。城兵たちは歓喜を爆発させられずに苦しんだ。

ややあって警兵の一団を従えた廬原君臣が現われ、豊璋に拝謁《はいえつ》した。臣は、百済王と王妃《おうひ》に倭軍の拝謁を懇願《こんがん》した。深夜ではあったが、待ち望んだ援軍を閲兵するにやぶさかではない。倭軍の到来で周留城は一息つくことができるのである。豊璋は喜んで承諾した。祚栄に急ぎ準備させると、田来津とその親衛隊による警護の下《もと》、北門を出て、倭軍の軍営へと向かった。

まだ月は昇っていなかった。倭軍の将兵は星空の下、整然と並んでいた。その数は少なすぎるように豊璋には思えた。

「これだけ?」

彼の胸中を代弁するように、田来津が訊いた。

「主力は行軍中。我らは一刻も早く朗報を伝えんとして、急ぎ参った先遣隊なればば」

硬い声で廬原君臣は答える。

前方に、野戦用の移動天幕が張られていた。

「まずはあちらへ――」

臣が促した。

突然、田来津が足を止めた。微弱な星明かりでも、その顔いっぱいに刷《は》かれた不審の色は見て取ることができた。よく訓練された親衛隊の兵士たちが田来津の意を即座に感じ取り、警戒態勢を取って油断なく身構える。

「待っていただきたい」田来津は声を尖《とが》らせた。「閲兵するとは聞いたが、どうしてあの中へ入る必要が？」

「閲兵の前に、まずは引き合わせたいお方が」

「誰だ、それは」

争うような声が耳に入ったのだろう、天幕の入口が開き、その人物が姿を現わした。

豊璋は目を瞠《みは》った。傍らで、祚栄《そえ》が息を呑《の》んだのが気配でわかった。田来津の口から驚愕《きょうがく》にかすれた声が洩《も》れる。

「……葛城皇子、さま……」

葛城の貌《かお》はすぐに天幕の奥へと消えた。代わって戸口に現われたのは、これまた予期せざる人物――中臣鎌子《なかとみのかまこ》だった。

「お入りくださいませ、百済王《くだらおう》」例によって慇懃《いんぎん》そのものの口調で鎌子は云い、「ささ、王妃さまも。どうぞ」やや芝居《しばい》がかった恭《うやうや》しさを添えた口ぶりで祚栄をも促《うなが》すと、次いで田来津を見やり、目顔でうなずいてみせる。

豊璋の心は歓喜に沸騰《ふっとう》した。親征《しんせい》――その二文字が、闇夜を焙《あぶ》る炎のように赫々《かっかく》と脳裡《のうり》に浮かび上がった。弾む足取りで二、三歩進み、

「何をしてるんだ。行こう、祚栄」

振り返って、傍目《はため》もかまわず祚栄の手を握ったのは、心の躍動のしからしめるところだったろう。祚栄は落雷を浴びたかのごとくその場に立ち尽くし、歩《ほ》を共にする気配を見せずにいたのである。その表情は硬く強張《こわば》り、星明かりのせいにしては頬の色が蒼白《そうはく》すぎるように見えた。心細やかな豊璋にして彼女の微妙な変化を見逃したのは、やはり天にも昇る心地《ここち》のなせるわざであったか。

「わたしだって驚いたさ。まさか、皇子が、葛城皇子さまが自ら来てくださるなんて。さあ――」

祚栄の手をぐいぐいと引いて、天幕の入口へ向かう。

田来津は、配下の兵士にこの場に留《とど》まっているよう命じ、引きつった表情で二人の後に続いた。その顔は祚栄以上の率直さで内心の感情を露《あら》わにしていた――黝々《くろぐろ》とした猜疑《さいぎ》を。

広い天幕の中には数本の炬火《たいまつ》が炎を揺《ゆ》らしていた。存外に大勢の人が詰めていたが、すぐにも目が慣れると、大半は片膝《かたひざ》をついて待機する親衛隊の兵士らしいということがわかった。葛城と鎌子の背後には、幕僚《ばくりょう》と思われる高位の武将たちが神妙な面持ちで控えている。そこへ盧原君臣が加わった。

黒漆《くろうるし》塗《ぬ》りの革札《かわざね》甲冑をまとった葛城は、ほっそりと見えながらも鍛《きた》え上げられた鋼《はがね》のような強靱《きょうじん》さを全身から放ち、かたや道服《どうぶく》に身を包んだ鎌子のほうは忠実な軍師という印象を与える。葛城はしばらくの間、引き寄せられたように豊璋の面《おもて》に視線を注いでいた。その口が開かれ、感歎《かんたん》の響きを含《お》しまぬ声を発した。

「見事だ。置かれた立場は、人をここまで変えるということか。人は器《うつわ》によって育つとは、よく云ったもの。いや、血は争えぬと云うべきか――ともかくも、見違えたぞ余《よ》豊璋。そなた、掛け値なしの百済王と相成った」

「葛城皇子さま、よくぞお越しくださいました。我ら、倭国の援軍をどれほど待ち望んでいたことか。ああ、ついにその日が到来した。しかも皇子さまのご親征を賜《たまわ》ろうとは、望外の歓《よろこ》びと申し上げるより他ございませぬ」

「うむ」葛城は小さく点頭すると、途端に素《そ》っ気《け》ない声に転じて云った。「なれど、遺憾《いかん》にも倭軍は敗れた」

豊璋は自分が聞き違えたかと思った。次いで、その言葉が葛城の背後に控えた幕僚たちの誰かから出たのでは――と疑いを抱き、視線を巡らせてから、すぐにまた葛城へと向け戻した。「敗れた？」

「報告を受けているはずだが。本日八月二十七日、倭国の救将廬原君臣の率いる倭国水軍は、白村江河口にて唐水軍と遭遇、ただちに交戦状態に入れるも、利あらずして敗退し畢《おわ》んぬ。よって百済王余豊璋殿下のおわす周留城には入城するを得ざるとなれり」

「……失礼ですが、皇子さま、おっしゃっておいでの意味がよくわかりませぬ。実を申せば、わたしは河口に出向いて船戦《ふないくさ》の一部始終を観望したのです。確かに倭軍に利がなかったことは認めますが、あれは敗れたというほどのものではありませんでした。あくまでも一時的な退却と評すべきものです。そう、戦略的後退と云ったらいいか……」

「わたしは船に乗っていたのだ」葛城は首を横に振った。「傍観者の目にはどう映ろうと、当事者たるこの葛城が云っている――倭軍、敗れたり、と」

「つまり、その……」豊璋は続けるべき言葉を探した。「……ま、まさか、このまま引き下がるとの仰《おお》せではありますまい？」

「その、まさかだよ、百済王。繰り返すが、倭国水軍は利あらず、白村江河口にて唐水軍に惨敗《ざんぱい》した。痛恨《つうこん》の敗北を蒙《こうむ》ったのだ。よって百済復興への支援、協力は打ち切ることと決定した」

打ち切る！　豊璋は呆然とした。葛城の姿が急に石像のように見えてきた。傍らの鎌子に視線を移した。詰問《きつもん》の色を強めた豊璋の目を真正面から受け止めた鎌子は、返すに哀《あわ》れむような目の色を以てした。盧原君臣ら武将たちはなべて無表情だ。これという反応も示さない。葛城の敗北宣言を当然のことのように受け容《い》れている。

豊璋は急に息苦しさを覚えた。救いを求めて祚栄と田来津を見た。祚栄の顔は、血の気というものがまったく失《う》せていた。田来津のほうは両眼を裂《さ》かんばかりに見開き、凄《すさ》まじい形相《ぎょうそう》になって葛城を睨《にら》みつけている。とても豊璋の疑問に答えてくれそうにはなかった。

「しかし――」豊璋は葛城に向き直った。「皇子はここにおいでになった。倭の大軍を引き連れて。引き下がると仰せになりながら、どういうことです？」

「迎えに来たのだ」

「迎えに？」

「百済復興軍はバラバラで、鬼室福信《きしつふくしん》も今や亡い。頼みの綱の倭軍も敗れ、百済が再興する見込みは悉《ふっく》に断たれた。となれば、倭国に戻るに如かず、だ。それでなくとも余豊璋よ、そなたはこの葛城の密命を見事に果たしてくれた。よって、筑紫でそなたの帰還を出迎えるのではなく、わたし自らの手で撤収に力添えしてやろうと考えた。せめてもの心づくしと受け取ってもらいたい」

「密命ですって？　何のことです？　わたしは――」

その先は田来津の大声で遮《さえぎ》られた。

「すべては最初から仕組んだことだったのだな、葛城皇子！」

瞋恚《しんい》に燃える声。皇族に対する敬意は一欠片《ひとかけら》もなく、さながら敵将を攻めるかのごとくだった。

「仕組んだ？　最初から？　いったい何を云ってるんだ、田来津？」

田来津は、しかし豊璋のその問いかけが耳に入らないのか、ぎらぎらする目で葛城を見据え続けている。祚栄が豊璋の視線をつかまえ、小さく首を縦に振った。その瞳が絶望の色に塗りたくられてしまっていることに、豊璋は気づいた。

田来津は続ける。「外征に際し、皇族は絶対に親征しない。それが倭国の不文律だ。にもかかわらず、皇太子《ひつぎのみこ》、あなたはここにやって来た。事と次第によっては落城も危《あや》ぶまれる周留城に。だから、あなたを見た時、おれにはピンと来た。おぼろげながら、すべてのからくりが見えた。おそらくは――」と祚栄に視線を移し、「王妃さまも同じだろう」

祚栄が無言で、しかしきっぱりとうなずき、田来津の言《げん》を肯定する。田来津は再び挑むような目を葛城に向けた。「あなたは、自分が仕組んだことの結果を、自らの目で確かめに来たんだ」

「然《しか》り」葛城はうなずいた。「どうしても見届けたかった。我が壮大な目論見《もくろみ》が成功裏に帰結するのを。そのついでに、ここへ立ち寄ったというわけだ。用済みの百済王など捨て置こうかと考えなくもなかった。白村江敗戦を見届け、そのまま倭国に帰ってもよかった。畢竟《ひっきょう》、そなたは捨て駒なのだからな、余豊璋。しかし身に覚えのないこととはいえ、我が忠実な密使となって腕を振るってくれたそなただ。その働きに報いるためにも、こうして迎えに参ってやった次第」

豊璋は葛城と田来津の顔をせわしなく交互に見やった。

「くそっ」ようやく田来津は豊璋に顔を向けた。「皇太子は、百済を救う気など最初からなかったんだ、これっぽっちもな。おまえは、いや、おれたちは欺かれていたんだ！」

「まさにご明察」

葛城はまた素っ気なくうなずいた。「それでは、わたしの口から手短に語るとしよう。話は十八年前に遡《さかのぼ》る。蘇我入鹿《そがのいるか》を誅戮《ちゅうりく》した後、余豊璋、そなたの処遇が問題となった。百済に送り返してしまうか、とわたしは簡単に考えた。亡命王子を庇《ひ》護《ご》し続ける義理はない、どうせ入鹿に救われた命、運命を共にするもまた可なり、とか何とか、まあ、そんな意味のことを口にしたと憶《おぼ》えている。それを止めたのが、ここにいる鎌子なのだ。この男、実に麗《うるわ》しい言葉でわたしを諫《いさ》めたものだよ。——運命に抗《あらが》おうとしている者は、かけがえのないほど美しいものです。慈《いつく》しんでやらねばなりませぬ、と。そうであったな、鎌子」

「さて？」話を振られた謀臣《ぼうしん》は首を傾げてみせた。「さようなこと、申しましたでしょうかな。わたしめはただ、駒としてお手元にお持ちしていて損はありますまい。この先きっと、何かの機会に利用できるはずですから、と注進に及んだに過ぎませぬ」

鎌子はあくまで控えめにそう云った。葛城はうなずき、また話を引き取って先を続けた。「鎌子の云う何かの機会は、十五年の時を経てやってきた。義慈《ぎじ》王が唐・新羅《しらぎ》連合軍に降伏し、百済が滅亡したことだ。しかし、その前に、新羅と我が倭国との連合についても話しておくべきだろうな。連合、というより同盟、秘密同盟と云ったほうが適切だが。先の新羅王が、即位前に倭国にやって来たことを覚えているかな」

問われて豊璋はあいまいにうなずいた。記憶を探れば、そのようなことがあったのをかろうじて思い出せる。確か、入鹿の横死からほどない頃のことで、気に留めることはなかった。自分のことで精一杯だった辛い時期だ。

「百済の侵攻に苦しむ金春秋《きんしゅんじゅう》は、倭国に支援を要請に来たのだよ。わたしは回答した。誓って半島には介入《かいにゅう》するつもりはない、と。その結果、めでたく倭羅《わら》同盟が成立した。倭国の半島不介入方針――それが意味するところのものがおわかりかな、余豊璋。つまり倭国は百済を見放すということだ。所期の目的は達成できなかったものの、金春秋は大喜びで帰国した。そして王位に即《つ》き、唐と結び、ついには形勢を逆転させて、百済を滅ぼすという宿願を遂《と》げた。不世出《ふせいしゅつ》の戦略家と云っても過言ではないな、金春秋は。彼は奇蹟《きせき》を起こしたのだ。それはともかく、すると、時を移さず百済遺臣の鬼室福信から支援の要請が倭国に届いた。王子の余豊璋を送り返し、そのうえで軍事的にも与力《よりき》してほしいという。わたしには応じる気などないし、そもそも倭羅同盟を締結した以上、応じることはできない。当初は福信の要請を蹴《け》るつもりでいた。ところが、突如《とつじょ》として名案が閃《ひらめ》いたのだよ。もし倭国が介入しなかったら、半島の形勢はどうなるか？　鬼室福信は執念を燃やし、粘り強く復興戦を続けるだろう。百済は滅亡したとはいえ、陥落《かんらく》したのは王都のみ。その他の広大な領土は完全に制圧されたわけではない。倭国が豊璋を返さずとも、福信自身が王族なので、多少の無理には目をつぶって彼自身が王になるという手もある。奇策、ではあるがな。何にせよ、百済の各地で復興の兵火が燃え広がり、その対策に新羅が手を焼くこととなるのは必至だ。一方の唐としては、本当の狙いは高《こう》句麗《くり》にあるので、いつまでも新羅と百済の争いに足を取られているわけにはいかない。超大国、そして宗主国たる権威をかさに、新羅に百済との手打ちを強要するかもしれない。新羅と福信の間で唐の寵《ちょう》を争うという図式だな。そうなったら新羅にはそれこそ悪夢だ。唐の属国に甘んじてまでして百済を滅ぼしたというのに、その百済が前と変わりなく甦《よみがえ》るのだから。それはまた、わたしとしても望むところではない。半島は新羅一国のものになってほしい。それが倭国の国益になる。そもそもは、三国の紛争に引きこまれて辛苦した過去を省察しての、厩戸皇子《うまやどのみこ》のそれが願いである。わたしは策を巡らした。そうさせないためには、どのような手があるだろうか。そこで、こう考えたのだ。まず福信の要請に応じるふりをする。つまり福信を騙《だま》すわけだ。援助の姿勢が見せかけのものだと悟られてはならない。皇太子であるわたしのみならず、天皇までもが筑紫に拠点を移動するならば、倭国は本気だと福信は信じるだろう。そのうえで若干《じやっかん》の——」

葛城はちらりと田来津を見やり、おまえのことだというようにうなずいた。「護衛兵を付け、余豊璋を送り返してやった。だが、肝腎《かんじん》の援軍は送らなかった。送るはずがなかろう。編制してみせたが、ふりをしただけだ。渡海させるつもりなど端《はな》からなかった。期待させるのが目的だった。もちろん、このことは新羅側に通知済みだ。わたしの策に新羅王は同意した。そうこうするうちに、百済復興軍は内紛を起こした。福信は倭国の援軍を当てにして、道琛《どうちん》を排除したのだろうな。捕《と》らぬ狸《たぬき》の皮算用というやつだ。それが祟《たた》って福信も殺された。周留城は孤立無援、風前の灯火《ともしび》となった。今こそ倭国水軍の出番だ。わたしはその旨を新羅王に連絡し、折り返し新羅王から承諾の返事を得た。あとは——余豊璋、そなたが船戦《ふないくさ》を見たという通りだ。倭国水軍は唐水軍に敗れ去った」

「最初から、敗れることを目的にした出撃だったというのですか」信じられないという思いで豊璋は声を絞り出した。「わからない。そんなもってまわったことを、いったいなぜ……」

「考えてもみよ、百済王。倭国が支援せぬとなれば、鬼室福信は百済だけの力で頑張り抜こうとしただろう。他に頼る者もないからには団結力は強くなる道理だ。だが、なまじ倭国の軍事的支援を期待したがために、心に緩《ゆる》みが生じた。それが内紛につながった。そして肝腎要《かなめ》のところで倭国水軍が唐水軍に敗れて逃げ帰ったとなれば、その結果はどうなるか。頼みの綱である倭国にそれ以上は期待することができず、ここ周留城だけではなく、百済旧領《や》の各地で戦っている復興軍の将兵誰もが落胆し、再興の望みを失い、抵抗を止めてゆくだろう。唐、新羅のほうでは大勝利と喧伝《けんでん》するはずだ。その実、大した勝利でもないのだが、皆が皆、自分の目で見たわけではない。結局は宣伝がものをいう。我らとしても、でき得る限り敗北感を演出してみせるつもりだ」

「それが？　そんなことが、あなたの狙いだったというのですか？　さっぱりわけがわからない。倭国は唐に敗北したという汚名を内外の歴史に残し、それで何が得られるというのです」

「人だ」

「何ですって」

「唐の制度に学んだ百済の百官百僚たち。わたしは彼らが咽喉《のど》から手が出るほどに欲しいのだ。彼らを手中におさめる。それがわたしの狙いだ。福信らが百済復興運動に邁進《まいしん》し続ける限り、彼らはその指揮下で働かなくてはならぬ。復興させる価値などない祖国のため、徒《いたずら》に命を捧《ささ》げることになるのだ。何と虚《むな》しいことか、何ともったいないことか。律令《りつりょう》の実務に通じた彼らが、そのようなことであたら落命してゆくなど。ところがだ、頼みにしていた倭国が敗退したとなれば、復興運動は凋零《ちょうれい》し、終熄《しゅうそく》する。そうなった場合、彼らはどう身を処するだろうか。新羅に投降する？　それもありだろう。現に、今でさえそれなりの数の百済官人が新羅に亡命している。が、あくまで敵国に屈することを拒《こば》む者は少なからずいる。とはいえ、もはや半島に彼らの安住の地はない。すると、どうするか。倭国という新天地があるではないか、と彼らは考える。百済のために戦ってくれた友好国の倭国ならば、自分たちを受け容れてくれるはずだ、と。そして、我も我もと倭国を目指す、自発的にな。この、自発的に、というところが肝《きも》だ。来てもらうのではなく、自ら来るように仕向けるのだ。祖国を失った哀れな百済難民どもに、倭国は救いの手を差し伸べてやり、寛大に受け容れてやる。そのためにこそ企画、演出した〝大敗北〟なのだ。わたしの改革が思い通りに運ばないのは、律令国家の実務に習熟した官僚の数が絶対的に不足しているからだ。百済からの亡命官僚でこれを補えば、我が改革は力強く前進を再開する。それほどの数でなくてもよい。旧来の慣習しか知らぬ倭国の豪族どもをいい意味で刺激し、その手本になってくれればそれでよいのだ。白村江《はくすきのえ》で敗れた倭国水軍は、沙鼻岐《さびき》と奴江《ぬえ》に近い港に停泊する。その二つの城では、既《すで》に亡命者の募集と選定に入っているが、こたびの倭国水軍の敗報に接し、百済復興を諦めた者たちは続々と沙鼻岐と奴江を目指すだろう。こちらとしては優秀な人材を択《えら》び放題に択ぶことができる」

葛城はそこで言葉を切った。反応をうかがうように豊璋を見たが、すぐにまた口を開いた。「もはや贅言《ぜいげん》は要すまい。この企図《きと》に新羅王が賛成したのも当然だ。百済の執拗《しつよう》な抵抗運動を終熄させることができるのだから。しかも、投降者の中に、あくまで百済に忠誠を誓う危険分子が入り込むのを防ぐことができる。そういう者たちは倭国に行ってくれるのだから、こんなありがたい話はない。わたしとしても、優秀な人材が手に入り、律令化の事業を加速することができる。倭国水軍を敗北させたという汚名など安い代償だ。重んずべきは名に非《あら》ず、実利なのだから。百済の官僚たちも、くだらぬ復興戦で命を落とすより、新天地の倭国で人生をやり直すことができる。三方、何をとってもよいことばかりだ」

「そう事が上手《うま》く運ぶものでしょうか」

豊璋は必死に自らの声を励ました。「亡命希望者は官人だけとは限らない。唐の制度に通じてなどいない農民や一般の敗残兵も沙鼻岐、奴江へ押し寄せることでしょう」

「選定する、と云ったではないか。当然、篩《ふるい》はかける。何の取柄《とりえ》もない、手に技術を持たぬ、役立たずの難民どもは置いてゆく。そのような者たちを倭国に住まわせる気はないからな。とはいえ流入者対策にも怠《おこた》りはない。網の目を逃れて倭国に不法侵入した者には土木工事を課すつもりだ。彼らを使役して対馬《つしま》、筑紫、瀬戸内沿い、そして大和《やまと》と河内《かわち》の境に山城を築くのだ。唐軍が攻めてくるといって恐怖心を煽《あお》れば、彼らは自分の命を守るため狂奔《きょうほん》して築城工事に挺身《ていしん》するだろう。無駄《むだ》な工事とも知らずに。いや、無駄とは云えまい。他日、ということもある。歴史はどう動くか予断を許さないからな」

「実際に唐軍が攻めてくるのでは？」豊璋は云い返した。「倭国を、百済の同盟国と見做《みな》して」

「たった一度の遭遇戦を以て倭国に遠征《えんせい》してくるだと？」

葛城は嘲笑《あざわら》うように云った。「およそ、日が西から昇ることがあっても、唐による倭国侵攻などあり得ぬこと。彼らの次なる狙いは高句麗なのだ。倭国などにかかわっている金も暇も余力もあるものか。その目で船戦を見たと申したな。ならば容易《たやす》く理解できるはずだ。あれは、いくらでも弁明の利《き》く戦い方であった、と。もちろん唐は倭国の非を責めることだろう。問責使《もんせきし》が送られてくるのは必至だ。その時は弁明するまで。あれは、単なる偶発的な戦闘だった、と押し通す。周留城に孤立する倭人を収容に来ただけだった、不幸にも行き違い、誤解が生じ、干戈《かんか》を交えてしまったが、唐と戦争する気など端《はな》からなかった、これっぽっちもなかった、それが証拠に、相手が唐軍と知って畏《おそ》れかしこみ、すぐに撤退したではないか、と。あくまで恭順《きょうじゅん》にそう申し開きをするつもりだ。それで貫き通す。云い抜けられないはずがあろうか。高句麗戦を控える唐としては、それ以上は強く出まい。もちろん、我が同盟国の新羅も取りなしの口添えをしてくれることになっている」

　豊璋は言葉を失った。反論、抗弁はもはや無意味だ。自分が葛城に利用されたのだということが骨身に沁《し》みて理解できた。それを表現するに「密使」とは、なんという言草《いいぐさ》だろう。葛城に浴びせ返すべき言葉は、悪罵《あくば》しか残っていない。

「つまるところ、白村江の戦いとは――」葛城は総括した。「人さらい戦争なのだ」

「皇太子殿下、そろそろ」

　鎌子が葛城を促した。

「何か他に訊いておきたいことは？」

　葛城は鷹揚《おうよう》に豊璋、祚栄、田来津を順に見やった。短い無言の間に、田来津の荒い息遣いだけが獰猛《どうもう》な獣《けもの》の唸《うな》り声めいて聞こえた。しかし田来津の口はついに開かれなかった。

「では諸君、帰国の途に就くとしよう。夜明けを期して、新羅軍が陸から周留城を包囲することになっている。白村江からは唐水軍が肉薄する。――多遂《たすい》」

炬火の明かりの届かぬ闇の奥から、三人の男が進み出た。親衛隊の兵士たちの、さらに後ろに控えている者たちがいたのだ。

「伯父《おじ》さまっ」

天幕に入室以来、一度も開かれることがなく固く閉ざされてきた祚栄の唇《くちびる》が割れ、驚きの声があがった。

三人の真ん中にいた金多遂は、複雑な色をたたえた目で一瞬、祚栄を見やり、すぐに葛城に相対して指示を待った。

「事は順調に推移していると、新羅王金法敏《ほうびん》どのに連絡してくれ。我らはこれより直《ただ》ちに撤収するゆえ、総攻撃は予定通りに始めてくれて構わぬ、と」

「承《うけたまわ》りました」

多遂はきびきびと一礼すると、再び祚栄に顔を向けた。

「おまえの気持はわかる、祚栄。だが、ここはこらえて運命に身をゆだねるのだ。夫を連れて倭国に戻れ。そして幸せに暮らせ。さすれば、いずれ楽しく語らう時もあるだろう」

　云い残すようにして多遂は天幕を出ていった。従者らしい二人が後を追った。どちらも新羅兵の戎装《じゅうそう》だった。

「さほど驚くことでもあるまい」葛城は豊璋に云った。「新羅軍が遠巻きにしているというのに、こうしてわたしがここまでやってこられたのは、盟友金春秋の息子、金法敏が道を開けてくれたからだ。父子二代の新羅王とわたしの間は、あの多遂が結んでくれた」

「殿下」鎌子が再び促した。

「わたしは百済《ひゃくさい》王です」

　豊璋は云った。自分でも驚くほど平静な声音《こわね》が出た。平静ではあったが、これまでで最も自信に満ちた声を出しているという自覚と自負があった。「倭国に亡命せよとのお誘い、言下《げんか》にお断り申し上げましょう。お戯《たわむ》れもたいがいになさるがよい」

「そうか」

　葛城はあっさりとうなずいた。豊璋の反応を予期していたようだった。

「おれは豊璋王の親衛隊長だからな」田来津が高らかに云った。「あんたの顔をこれ以上見ていたら、反吐《へど》が出そうだ。とっと消え失せな、皇太子さまよ」

葛城は首を縦に振った。田来津の痛罵《つうば》に対し、とりたてて意に介したふうはなかった。

「あなた――」祚栄が豊璋に向き直った。目には涙が盛り上がり、唇はわななないていた。「わたし、おそばにはいられません」

豊璋は耳を疑った。「何を云うんだ、祚栄」

「あなたは百済王としての運命を全《まっと》うしようというのね。それでこそわたしの夫だわ。とてもうれしい。でも、わたしは足手まといになるだけよ。これからのことを考えれば、こうするのがいちばんなの。わかってくださるわね、あなた」

祚栄は田来津を見やった。「どうか、夫を頼みます。わたしの豊璋を……お願い」

内心の思いを断ち切るように祚栄は顔を逸《そ》らし、胸元を探りながら葛城の前へと進んだ。

「皇子さま、お怨《うら》み申し上げます」

次の瞬間、その手には粧刀《しょうとう》が握られていた。刃渡り一寸ほどだとはいえ、頸動脈《けいどうみゃく》を断ち切るには充分だった。唇には優美な笑みを浮かべ、濃い憎しみを込めた目で葛城を睨みながら、祚栄は粧刀を右首に深々と突き立てた。一気に、一文字に走らせた。

凄まじい勢いで迸《ほとばし》り出た血流は、一瞬、長剣のような形を成し、葛城に向かって斬りかかった。

四

　翌八月二十八日は快晴だった。

　空は高く、その深い青みを映して滔々《とうとう》と流れる白村江《はくそんこう》の澄《す》んだ川面《かわも》を、爽《さわ》やかな秋風が吹き渡っていた。

　巳ノ刻《みこく》（午前十時）、甲冑に身を固めた豊璋《ほうしょう》は軍船《いくさぶね》の楼閣《ろうかく》上に立った。同じく武人の盛装を凝《こ》らした田来津《たくつ》が従っている。

　豊璋は周囲を見回した。船溜まりには五十隻《せき》ほどの船が繋留《けいりゅう》され、戦闘準備を急いでいる。うち二十隻は田来津が倭国《わこく》から率いてきた本格的な仕様の軍船だった。いずれも中型船である。大きさを比較すれば唐《とう》水軍の巨大楼船には見劣《みおと》りがするものの、船体の堅固《けんご》さではこちらに一日《いちじつ》の長《ちょう》ありというのが田来津の見立てだ。

　中型船の速力を活かし、体当たり攻撃を敢行《かんこう》する戦法で臨む算段を田来津は立てていた。唐水軍の弱点、大型船の構造的脆弱《ぜいじゃく》さを衝こうというのである。彼の部下たちは名将阿倍比羅夫《あべのひらぶ》の指揮下で行なわれた蝦夷《えみし》、粛慎《みしはせ》征伐を通じ、水戦に習熟した者が多い。闘志も申し分なかった。残る三十隻は百済《ひゃくさい》の船を軍船に改装したもので、お世辞《せじ》にも戦力とは呼び難《がた》かったが、ないよりはましだった。それを補うのは、乗船した百済将兵の戦意だ。自ら志願しただけのことはあって、彼らは決死の覚悟を面上に刷《は》いていた。

「不思議な気がするな」

豊璋は田来津に笑みを向けた。「この心弾む感じは何だろう。そうだ、ずっと戦いたかったんだって、今になって気づいたようだ」

「いいね」田来津も豪快な笑顔で応じた。「実はおれもだよ。存分に暴れ回ってやろうじゃないか、雀《すずめ》」

船溜まりを出て白村江に乗り出せば、一隻一隻が要塞《ようさい》のごとき唐水軍の巨艦《きょかん》百七十隻がひしめいている。そこに殴り込みをかけようというのだった。悲壮なはずが、なぜだか突き抜けたような開放感があるだけだ。今、頭上に仰いでいる秋空のような。

祚栄《そえ》の埋葬《まいそう》は、夜のうちに終えた。葛城《かつらぎ》と倭国軍は幻《まぼろし》のように去り、夜明けとともに圧倒的な現実である新羅《しんら》軍が現われた。周留《しゅうりゅう》城は十重二十重《とえはたえ》に包囲され、袋の鼠《ねずみ》となった。三年前に陥落した王都泗沘《しひ》城の再現だった。

倭国軍の撤退は、周留城の守備兵にとてつもない衝撃を与えた。期待していたぶん、落胆は大きかったのだ。まさに葛城が企図した通りの展開である。豊璋は葛城の策略を誰にも語らなかった。悔《くや》しいことだが、とても公表できるものではない。自分が知らぬまま、葛城という卑劣な策士の傀儡《かいらい》にされていたなど、どうして明かせるだろう。その惨《みじ》めさを味わうのは自分一人で充分だ。

誰もが洶々《きょうきょう》として浮足立つ中、豊璋は最後の軍議を開催した。籠城か、撃って出るか――。議論は紛糾《ふんきゅう》した。その中で注目を浴びたのは、高句麗から特使として派遣されていた泉男産《せんだんさん》の発言だった。

「水軍で以て唐水軍の囲みを突き破り、百済王が親《みずか》ら高句麗へ援軍を求めに行くのが上策と思うが如何《いかが》」

それは、泉男産が助かる道はその策以外にないからであった。おためごかしであるにもかかわらず大方の賛同を得たのは、「援軍」という言葉の響きに誘惑されたからに他ならない。

確かに男産は高句麗の事実上の支配者である泉蓋蘇文《がいそぶん》の息子だが、蓋蘇文が援軍を送ってくれるという保証は何もない。だのに挙《こぞ》って男産の安請け合いにすがりついた。豊璋にも田来津にも異存はなかった。二人は事前に泉男産から打ち明けられ、彼らなりの理由で応諾《おうだく》していた。籠城は坐《ざ》して死を待つよりなく、下《げ》の下の策。ならば撃って出るべきで、その場合は田来津の得意とする水戦を以てすべきは当然だった。死中に活を求めるのだ。

とはいえ、いざ水戦の準備にとりかかると、船に乗り込んで唐水軍と一戦を交えようという者は少なかった。城に籠《こ》もっていれば、少なくとも幾日かは持ちこたえられる。船に乗ってしまえば、もうおしまいだ。強大なうえに数で勝る唐水軍の牙《きば》から脱出できる見込みはほとんどない、と怖気《おじけ》づいた。かくして百済将兵のうち悲《ひ》憤慷慨《ふんこうがい》する少数の精鋭のみが、豊璋と行を共にすることになったのだ。

「統制も何もあったものじゃないな」

出撃準備を眺めやりながら田来津が云った。彼の麾下の水軍は別だが、急編制、急拵《きゅうごしら》えの百済水軍は指揮系統もあやふやで、誰がどの船に乗るかでさえ混乱をきたしている有様だった。

「だが、そこがいい」

田来津は満足げに続けた。「この戦いに求められるのは、きっちりとした作戦に基づく一糸《いっし》乱れぬ動きといったものじゃない。もはや戦略も戦術も要《い》らない。そんなものは邪魔《じゃま》なだけだ。唐と新羅のやつらに一矢《いっし》報いたい、せめて一太刀《ひとたち》浴びせたい、それで満足して死んでゆける——その気迫、覚悟だけなんだ。それが彼らにはある」

しばらくの間、二人は肩を並べて船溜まりの様子を黙って眺めやった。

やがて百済軍の将軍が楼閣に現われ、出撃準備のほぼ整ったことを報告した。

「先鋒は、百済王と親衛隊が務める。怯《ひる》まず続いてくれ」

田来津が云うと、将軍は万感の思いを溢《あふ》れさせた顔でうなずき、豊璋に一礼して船を降りていった。

「いよいよか」豊璋は胸元にそっと片手を当てた。懐紙《かいし》に包んだ祚栄の遺髪《いはつ》がおさめられている。「高句麗に着いたら——着けたらの話だが、ぼくは余豊璋の名を棄《す》てる。まったく新しい人間として、自分の力ひとつで、一から始めてみようと思うんだ」

「新しい名か。当ててみせよう。多《お》……いや、字を改めたんだったな。太祚栄《おおのそえい》だろう」

「驚いた。よくわかるんだな」

「お見通しさ。ま、おれには余豊璋だろうが太祚栄だろうがどうでもいい。おまえは雀なんだから」

「ありがとう、田来津」

「任せておけ。必ず囲みを破って、おまえと泉男産を高句麗に逃してやるとも。窮《きゅう》鼠《そ》猫を咬《か》む、さ。死に物狂いで戦って、やはり倭国は百済と共謀していたと唐の将軍たちに思わせ、あいつを震《ふる》え上がらせてやりたい」

豊璋は声を上げて笑った。あいつとは、訊くまでもなく葛城皇子のことだった。

田来津も豊璋に劣らぬ快活な笑い声を上げた。「体当たり戦法あるのみだが、こちらの船体がいくら頑丈《がんじょう》と云っても、そういつまでももつものじゃない。いずれバラバラになる。そうなったら――」

「そうなったら」豊璋は田来津の言葉を引き取り、肩を抱いた。「またひと泳ぎすることにしよう。あの時のように」

＊　＊　＊

所謂《いわゆる》「白村江の戦い」二日目の戦況については、中国の正史である『旧唐書《くとうじょ》』の「劉仁軌伝《りゅうじんきでん》」を繙《ひもと》けば、そのあらましを知ることができる。

「仁軌、倭兵と白江の口に遇し、四たび戦ひ捷《か》つ。其の船四百艘を焚《や》く。煙焔天《えんえんてん》に張り、海水皆赤し。賊衆大潰《ぞくしゅうたいかい》す」

もっともこれは、唐水軍の将たる劉仁軌の手柄話、自慢話であり、「白髪三千丈《はくはつさんぜんじょう》」を吹聴《ふいちょう》するお国柄からしても、四百艘という数字は誇張《こちょう》されたものと、大いに割り引いて考える必要がある。『旧唐書』の編纂者《へんさんしゃ》たちも、そこは心得ていたものと見え、この文章は本紀に採用されるところとはならず、列伝に留めおかれた。

とはいえ、田来津の率いる倭国水軍が壊滅《かいめつ》的な打撃を蒙《こうむ》ったことには一点の疑問も挟む余地がない。『日本書紀』はこう記す。
「進みて大唐《もろこし》の堅陣之軍《つらかたむるいくさ》を打つ。大唐、便《すなわ》ち左右《もとこ》より船を夾《はさ》みて繞《かく》み戦ふ。須臾《とき》之際《のま》に、官軍《みいくさ》敗《や》績《ぶ》れぬ。水に赴《おもむ》きて溺《おぼお》れ死ぬる者衆《おお》し。舳艫《へとも》廻旋《めぐら》すこと得ず」（巻第二十七・天智《てんじ》天皇二年八月《はつき》　己酉《つちのとのとりのひ》　条）

須臾之際に——戦闘が短時間で終わったのは、やはり数の差が違い過ぎたからであろう。まさに衆寡敵《しゅうかてき》せず、田来津の体当たり戦法は功を奏さなかったことが知れる。

なお、新羅は白村江の戦いに参戦しなかった。彼《か》の国の史書『三国史記《さんごくしき》』に戦いの記述がないのは、それがためである。

とまれ天智二年（西暦六六三年）八月二十七、八の両日を以て白村江の戦いは決着した。周留城の陥落はほぼ十日後、九月七日のことだ。『日本書紀』は云う。現代語訳では大略次の通り。
「この時、百済の国民は語り合って、『周留城が陥落したからには、もはや事態はどうにもならない。百済の名は今日で絶えた。墓参もかなわず、後は倭国の将軍たちに会って、事を行なうよい時機についての要点を相談するだけである』と云い、国を去るという考えを妻子に告げた」（同・九月《ながつき》　丁巳《ひのとのみのひ》　条）
「九月二十四日、佐平余自進《さへいよじしん》、達率木素貴子《だちそちもくそきし》、谷那晋首《こくなしんす》、憶礼福留《おくらいふくる》ら百済国民は倭

国水軍とともに発船して倭国に向かった」（同・九月甲戌《きのえいぬのひ》条）

葛城は〝戦果〟を目論見《もくろみ》通り手にした。五年後、彼は待望の『近江令《おうみりよう》』を制定するに至るのである。編者は中臣鎌子《なかとみのかまこ》ら。もっとも刑法に当たる律までは作られず、律令の完成は彼の死後、弟の天武《てんむ》の世を待たねばならなかったが。

その葛城が洞察《どうさつ》してみせた通り、唐軍の倭国侵攻などなかった。戦後、唐は外交使節を幾度《いくど》か遣わし、倭国のほうでもそれに応《こた》えて遣唐使（第五次）を長安《ちようあん》へと送ったのは、早くも二年後のことである。時を措《お》かず、さらにその四年の後にも遣唐使（第六次）を送るというぬかりなさで、その甲斐《かい》あってか同年中には、捕虜《ほりよ》として抑留《よくりゆう》されていた倭国兵士が返還されてきた。白村江で干戈を交えたにもかかわらず、唐との関係が引き続き良好だったことがうかがい知れよう。

寧《むし》ろ唐は新羅との関係が悪化した。百済旧領の支配をめぐる対立は、五年余の大戦争へと発展した。世界に冠《かん》たる大唐帝国を対手に新羅は国の存亡をかけて戦い抜き、唐は敗れて撤退した。新羅の勝利を決定づけた戦いは、奇《く》しくも白村江河口で行なわれた。六七六年のことである。戦闘の規模、国家の命運という尺度で比較した時、世界戦史上「白村江の戦い」と呼ばれるに相応《ふさわ》しい国際戦争は果たしてどちらであろう歟《か》。

朴市秦造《えちはたのみやつこ》田来津の勇壮な最期《さいご》は、『日本書紀』に活写されている。

「田来津、天《あめ》に仰ぎて誓ひ、歯を切《くいしば》りて嗔《いか》り、数十人を殺しつ。焉《ここ》に戦《たたかい》死せぬ」

すぐに続けて、

「是《こ》の時に、百済の王豊璋、数人と船に乗りて、高（句《こ》）麗《ま》に逃げ去りぬ」

とある。数人と、とあるから泉男産も一緒だったのは間違いない。

五年後、高句麗《こうくり》がついに唐によって滅ぼされた時、泉男産は王命を奉《ほう》じて唐の軍門に降《くだ》った。

「王の蔵、泉男産をして首領九十八人を帥《ひき》ゐ、白幡《しろはた》を持し、勣《せき》に詣《いた》りて降らしむ」

（『三国史記』「高句麗本紀」第十）

王の蔵というのは、高句麗最後の王である宝蔵《ほうぞう》王のことである。勣とは唐軍の最高司令官の英国公李勣《えいこくこうりせき》を指す。男産は後に許され、唐朝廷に司宰少卿《しさいしょうけい》として仕えた。

豊璋の行方は記録にない。

ただ――。

高句麗滅亡の三十年後、遺民たちが渤海《ぼっかい》国を建て、旧高句麗領に威を張った。その建国者の名は史書に明記されている。

――大祚栄《たいさくえい》、と。

付録　各国王家略系図

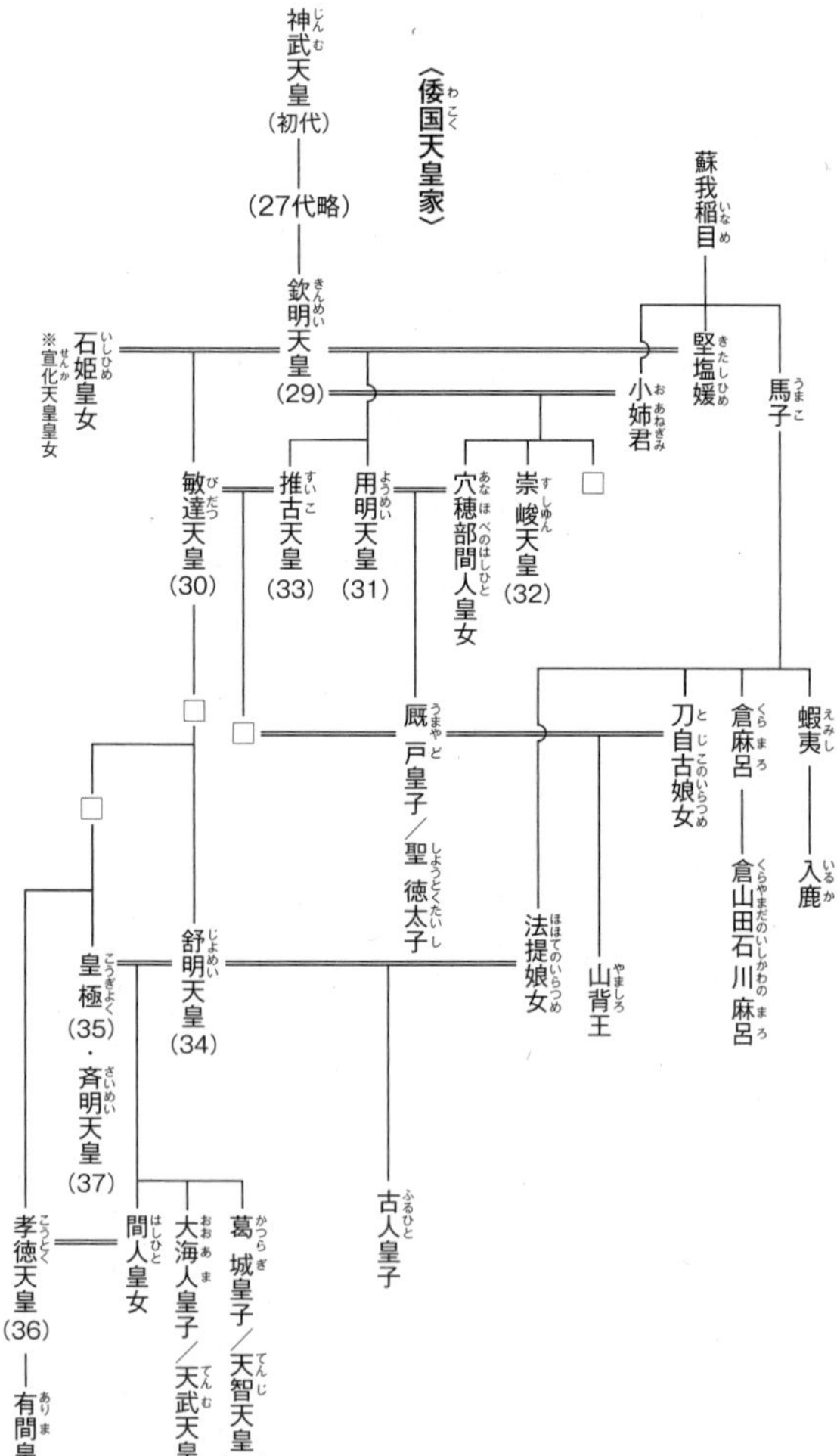

※（　）内は天皇（大王）位即位順

〈新羅《しんら》王家〉

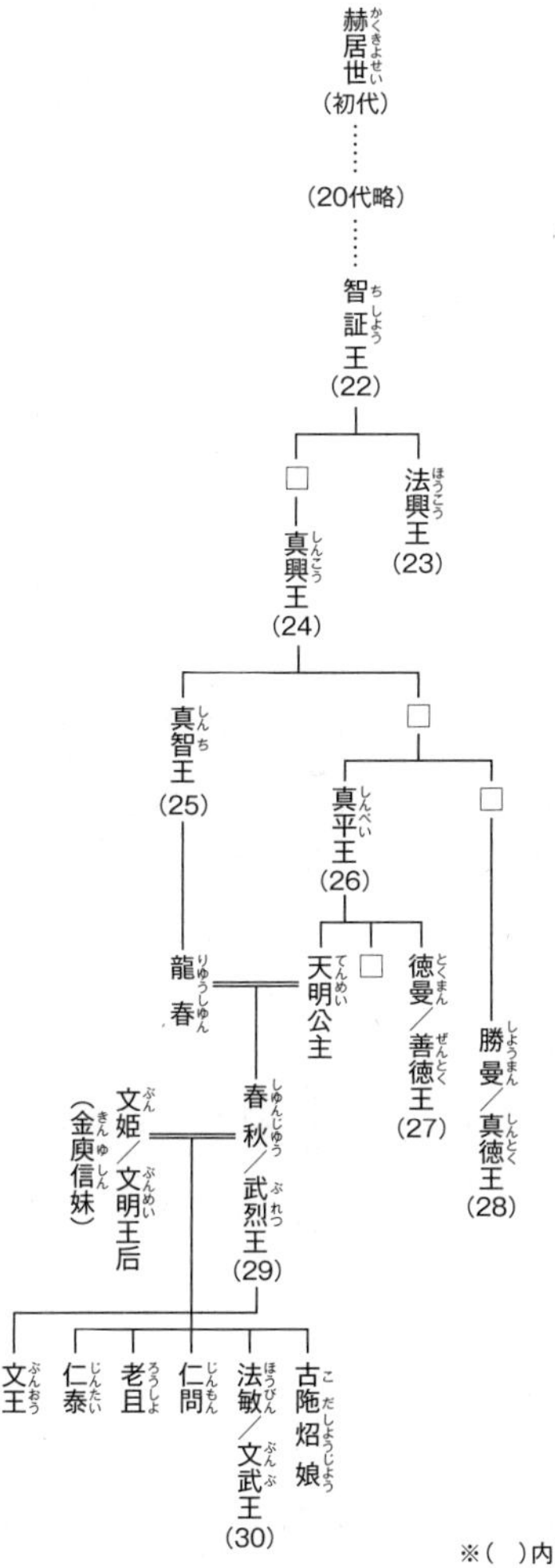

※(　)内は王位即位順

〈高句麗《こうくり》王家・百済《ひゃくさい》王家〉

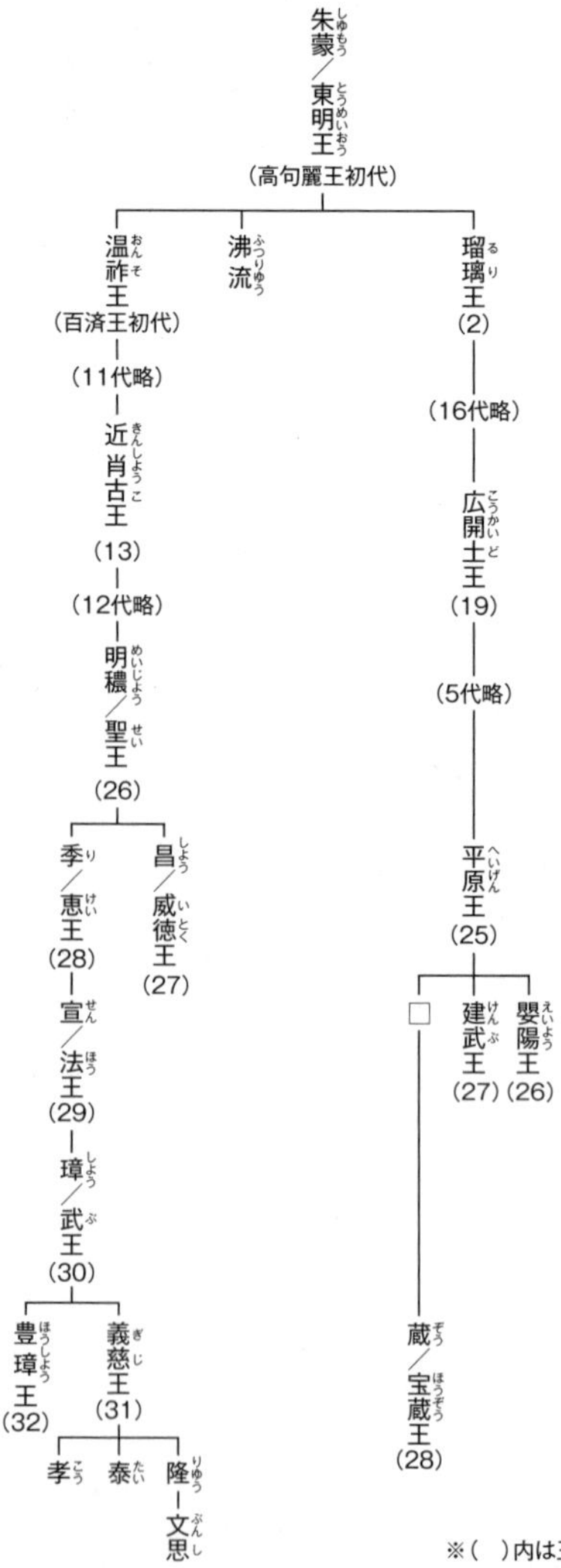

※（　）内は王位即位順

本書は、二〇一七年一月にＰＨＰ研究所より刊行された作品に
加筆・修正をしたものです。

著者紹介
荒山　徹（あらやま　とおる）
1961年富山県生まれ。上智大学卒業後、新聞社、出版社勤務を経て、朝鮮半島の歴史・文化を学ぶために韓国に留学。99年『高麗秘帖』で作家としてデビュー。『魔岩伝説』『十兵衛両断』『柳生薔薇剣』で吉川英治文学新人賞候補となる。2008年『柳生大戦争』で舟橋聖一文学賞を受賞。2017年『白村江』で歴史時代作家クラブ賞作品賞を受賞。同作で「週刊朝日2017年歴史・時代小説ベスト10」第1位。主な著書に、『徳川家康（トクチョンカガン）』『禿鷹の城』『神を統べる者』などがある。

ＰＨＰ文芸文庫　白村江《はくそんこう》

2020年1月23日　第1版第1刷
2021年5月27日　第1版第8刷

著　者　荒　山　徹
発行者　後　藤　淳　一
発行所　株式会社ＰＨＰ研究所
東京本部　〒135-8137　江東区豊洲5-6-52
第三制作部　☎03-3520-9620（編集）
普及部　☎03-3520-9630（販売）
京都本部　〒601-8411　京都市南区西九条北ノ内町11
PHP INTERFACE　https://www.php.co.jp/
組　版　朝日メディアインターナショナル株式会社
印刷所　株式会社光邦
製本所　株式会社大進堂

ISBN978-4-569-76982-0